EL LIBRO de la SELVA

Rudyard Kipling

ALMA CLÁSICOS ILUSTRADOS

EL LIBRO de la SELVA

Rudyard Kipling

Traducción de Rebeca Bouvier Ballester

Ilustrado por Núria Solsona

Título original: *The Jungle Book*

© de esta edición:
Editorial Alma
Anders Producciones S.L., 2022
www.editorialalma.com

 @almaeditorial
 @Almaeditorial

© de la traducción: Rebeca Bouvier Ballester, 2020
Traducción cedida por Sureda 57 Libros, S.L., 2020

© de las ilustraciones: Núria Solsona

Diseño de la colección: lookatcia.com
Diseño de cubierta: lookatcia.com
Maquetación y revisión: LocTeam, S.L.

ISBN: 978-84-18395-27-7
Depósito legal: B1125-2022

Impreso en España
Printed in Spain

Índice

Los hermanos de Mowgli

Rann, el Milano, nos trae la noche
que Mang, el Murciélago, libera.
Encerrad los rebaños en establos y refugios
pues hasta el amanecer andamos acechando.
Es la hora del orgullo y la fuerza,
la garra, el colmillo y la zarpa.
¡Oíd la llamada! ¡Buena caza a todos
los que acatan la Ley de la Selva!
LA CANCIÓN DE LA NOCHE EN LA SELVA

Eran las siete de una tarde muy calurosa en las colinas de Seeonee[1] cuando Padre Lobo despertó de su descanso, se rascó, bostezó y abrió las garras una a una para deshacerse del entumecimiento de sus puntas. Madre Loba estaba echada con su gran hocico gris metido entre los lobeznos, torpes y protestones; la luna iluminaba la boca de la cueva en la que vivían.

—¡Grr! —dijo Padre Lobo—. Es hora de salir a cazar otra vez.

Iba a dar un salto colina abajo cuando una sombra pequeña con cola peluda cruzó el umbral y lloriqueó:

—Que la suerte te acompañe, oh, Jefe de los Lobos. Y que la buena suerte acompañe a tus nobles hijos y tengan unos dientes fuertes y blancos, y que nunca olviden a los hambrientos de este mundo.

---

1   Seoni, localidad y distrito en India central.

Era el chacal (Tabaqui, el lameplatos) y los lobos de la India desprecian a Tabaqui porque corre por ahí haciendo travesuras, contando mentiras y comiendo trozos de tela y pedazos de cuero de los montones de basura de las aldeas. Pero también le temen porque Tabaqui, más que ninguna otra criatura en la jungla, es propenso a la locura y se olvida de que en algún momento ha temido a este o aquel, y corre por la selva mordiendo a todo el que se cruce en su camino. Hasta el tigre huye y se esconde cuando el pequeño Tabaqui se vuelve loco, porque la locura es lo más deshonroso que le puede suceder a una criatura salvaje. Nosotros la llamamos hidrofobia, pero ellos la llaman *dewanee* (la locura) y huyen de ella.

—Entra, pues, y mira —dijo Padre Lobo con frialdad—, aunque aquí no hay comida.

—Para un lobo puede que no —dijo Tabaqui—, pero para alguien mezquino como yo, un hueso pelado equivale a un buen festín. ¿Quiénes somos acaso los Gidur[2] para ser tan escrupulosos? —Se escabulló al fondo de la cueva, donde encontró el hueso de un ciervo con algo de carne, y se sentó a destrozar la punta con alegría.

—Gracias a todos por esta buena comida —dijo lamiéndose el hocico—. ¡Qué bellos son los nobles cachorros! ¡Qué grandes sus ojos! ¡Y son tan jóvenes! Claro que, sin duda, debería de haber recordado que, ya desde que nacen, los hijos de reyes son hombres.

Desde luego, Tabaqui sabía perfectamente que no hay nada tan desafortunado como elogiar a los pequeños delante de ellos, y se sintió complacido al ver cómo incomodaba a Madre Loba y Padre Lobo.

Tabaqui siguió sentado disfrutando de su malicia y luego dijo con desdén:

—Shere Khan[3] el Grande ha cambiado de territorio de caza. Durante este ciclo lunar irá en busca de presas por estas colinas. Es lo que me ha dicho.

Shere Khan era el tigre que vivía cerca del río Waingunga, a veinte millas de distancia.

---

2   Gidur significa 'chacal'.

3   Shere Khan significa 'jefe de los tigres'. Shere por 'tigre', Khan, un título, por 'jefe'.

—¡No tiene derecho! —empezó a decir enfadado Padre Lobo—. Según la Ley de la Selva, no tiene derecho a cambiar de territorio sin previo aviso. Asustará a toda la caza en diez millas a la redonda y yo... ahora he de matar por dos.

—No por nada lo llamó su madre Lungri[4] —murmuró Madre Loba—. Es cojo de nacimiento. Por eso solo caza ganado. Ahora, los habitantes de las aldeas de Waingunga están enfadados con él y viene aquí a hacer enfadar a nuestros aldeanos. Rastrearán la jungla en su busca cuando él ya esté lejos, y nosotros y nuestros hijos tendremos que huir cuando prendan fuego al pasto. Sin duda, tendremos mucho que agradecerle a Shere Khan.

—¿Puedo hacerle llegar tu gratitud? —dijo Tabaqui.

—¡Fuera! —saltó Padre Lobo—. Fuera de aquí y vete a cazar con tu amo. Ya has causado suficiente daño por una noche.

—Me voy —dijo discretamente Tabaqui—. Oigo a Shere Khan entre los matorrales. Puede que me haya ahorrado transmitirle el mensaje.

Padre Lobo prestó atención y, abajo, en el valle que discurre junto al riachuelo, oyó el soniquete del lamento seco, enfadado y amenazador del tigre que no ha cazado nada y al que no le importa que toda la selva lo sepa.

—¡Idiota! —dijo Padre Lobo—. Empezar la noche montando ese escándalo. ¿Acaso cree que nuestros ciervos son como los gordos bueyes de Waingunga?

—Chitón. Esta noche no va en busca ni de bueyes ni de ciervos —dijo Madre Loba—. Caza un hombre.

El quejido se había transformado en una especie de ronroneo cantarín que parecía venir de todas las direcciones que marca una brújula. Era el sonido que desconcierta a los leñadores y gitanos que duermen al aire libre, y que los hace correr a veces hacia la mismísima boca del tigre.

—¡Un hombre! —dijo Padre Lobo mostrando sus colmillos blancos—. ¡Puaj! ¿Acaso no hay suficientes escarabajos o ranas en los depósitos que va y tiene que comerse a un hombre? Y encima en nuestro territorio.

---

4 Lungri significa 'cojo'.

La Ley de la Selva, que nunca ordena nada sin una razón concreta, prohíbe a todos los animales comerse a un hombre excepto cuando este mata para enseñar a su prole a matar, y entonces debe ser cazado fuera del territorio de su manada o tribu. La verdadera razón para ello es que matar a un ser humano significa que tarde o temprano el hombre blanco llegará montado en elefantes, acompañado por hombres morenos con gongs, cohetes y antorchas. Entonces, todo el mundo en la selva sufrirá. Entre los animales, la explicación que dan para esta norma es que el hombre es el ser más débil e indefenso, y se considera poco caballeroso tocarlo. También dicen, y es cierto, que los comedores de hombres acaban sarnosos y pierden los dientes.

El ronroneo se hizo más sonoro y acabó en un «aaaarrr» a pleno pulmón cuando el tigre se lanzó sobre su presa.

Entonces se oyó un aullido que no era el típico de un tigre y que fue lanzado por Shere Khan.

—Se le ha escapado —dijo Madre Loba—. ¿Qué ves?

Padre Lobo corrió unos metros y oyó a Shere Khan hablando salvajemente por lo bajo mientras se revolcaba en los matorrales.

—El idiota ha sido tan estúpido como para lanzarse contra la hoguera de un leñador y se ha quemado las zarpas —dijo Padre Lobo con un gruñido—. Tabaqui está con él.

—Algo está subiendo la colina —dijo Madre Loba torciendo una oreja—. Prepárate.

Los matorrales crujieron un poco y Padre Lobo bajó los cuartos traseros, listo para dar un salto. Entonces, si hubierais estado mirando, habríais visto la cosa más maravillosa del mundo: al lobo corrigiendo su salto en el aire. Padre Lobo había iniciado el salto antes de ver sobre qué se estaba lanzando y después intentó detenerse. El resultado fue que se impulsó hacia arriba un metro o un metro y medio y aterrizó casi en el mismo sitio de su despegue.

—¡Un ser humano! —gritó—. Una cría de hombre. ¡Mira!

Directamente delante de él, sosteniéndose en una rama baja, había una pequeña criatura desnuda que apenas caminaba, suave y con hoyuelos, la cosa más diminuta que jamás se ha acercado a la cueva de un lobo en plena noche. Levantó la vista para mirarle la cara a Padre Lobo y rio.

—¿Es eso una cría de hombre? —dijo Madre Loba—. Nunca he visto uno. Tráelo aquí.

Un lobo acostumbrado a transportar a sus propios lobeznos puede, si es necesario, llevar un huevo en la boca sin romperlo y, aunque las mandíbulas de Padre Lobo se cerraron en la espalda del crío, ni un solo diente le había dejado marca alguna cuando lo depositó entre los cachorros.

—¡Qué pequeño! Qué desnudo y... ¡qué valiente! —dijo Madre Loba con ternura. El bebé se abría paso entre los lobeznos para llegar a la piel caliente—. Ajá. Está comiendo con los otros. Así que esto es un cachorro de hombre. Dime, ¿puede algún lobo alardear de haber criado un cachorro de hombre entre sus propios hijos?

—Alguna vez ha oído historias, pero nunca en nuestra Manada, ni en mi época —dijo Padre Lobo—. No tiene pelo y lo podría matar apenas rozándolo con mi garra. Pero míralo, levanta la vista y no tiene miedo.

La luz de la luna dejó de llegar al interior de la cueva porque la gran cabeza y hombros de Shere Khan se habían quedado atrapados en la entrada. Detrás de él, Tabaqui chillaba:

—¡Mi señor, mi señor! ¡Ha entrado ahí!

—Shere Khan nos honra con su visita —dijo Padre Lobo, pero sus ojos indicaban que estaba enfadado—. ¿Qué necesita Shere Khan?

—Mi presa. Un cachorro de hombre ha entrado ahí —dijo Shere Khan—. Sus padres han escapado. Dámelo.

Shere Khan había saltado sobre la hoguera de un campamento de leñadores, como había dicho Padre Lobo, y estaba furioso porque le dolían las zarpas quemadas. Padre Lobo sabía que la entrada de la cueva era demasiado estrecha para los hombros del tigre y tenía las patas delanteras apiñadas por la falta de espacio, como un hombre que pretende pelear metido en un barril.

—Los Lobos somos un Pueblo Libre —dijo Padre Lobo—. Estamos a las órdenes del Jefe de la Manada y no de un asesino de ganado. El cachorro de hombre es nuestro y podemos matarlo si así lo decidimos.

—¿Que si lo decidís o no? ¿Qué es esto de decidir? ¡Por el buey que maté! ¿Acaso he de quedarme aquí en esta perrera esperando a lo que en justicia me corresponde? Os está hablando Shere Khan.

El rugido del tigre retumbó en la cueva con la intensidad de un trueno. Madre Loba se sacudió los cachorros de encima y dio un salto adelante. Sus ojos, como dos lunas verdes en la oscuridad, se enfrentaron a los ojos de fuego de Shere Khan.

—Y la que te responde soy yo, Raksha, el Demonio. El cachorro de hombre es mío, Lungri; mío para hacer lo que yo decida. No se le va a matar. Vivirá para corretear con la Manada y cazar con la Manada. Y, al final, presta atención, cazador de ranitas desnudas, comedor de sapos y asesino de peces, al final será él quien te cazará a ti. Y ahora vete de aquí, o por el sambhur[5] que maté (*yo* no como ganado hambriento) te mandaré, bestia chamuscada de la selva, de vuelta a tu madre más cojo que cuando llegaste a este mundo. ¡Vete!

Padre Lobo la miró con admiración. Casi había olvidado la época en que ganó a Madre Loba en una pelea justa con otros cinco lobos, cuando ella corría con la Manada y la llamaban el Demonio, y no por galantería. Puede que Shere Khan se hubiera enfrentado a Padre Lobo, pero nunca pelearía con Madre Loba porque sabía que, donde se encontraba, ella disponía de ventaja y lucharía a muerte. De modo que retrocedió y salió de la cueva gruñendo, y cuando estuvo fuera dijo:

—Todos los perros ladran en su propia casa. Ya veremos qué dice la Manada sobre esto de recoger cachorros de hombre. El cachorro es mío, y al final acabará entre mis colmillos. ¡Ladrones de cola peluda!

Jadeando, Madre Loba se echó junto a sus pequeños y Padre Lobo le dijo, serio:

—Shere Khan tiene razón. Tenemos que presentar al cachorro ante la Manada. ¿Aún le quieres, Madre?

—¿Quererle? —dijo con voz entrecortada—. Ha llegado desnudo, en plena noche, solo y muy hambriento. Y, sin embargo, no tiene miedo. Mira, ya ha empujado a uno de mis pequeños a un lado. Y ese carnicero cojo lo habría matado y se habría largado a Waingunga. Y entonces, los de la aldea habrían venido a cazar a nuestras guaridas para vengarse. ¿Quererle? Por

---

5   El sambhur, o sambar, es un ciervo de la India de gran tamaño.

12

supuesto que sí. Échate, ranita. Oh, Mowgli... porque te llamaré Mowgli, la Rana... Llegará un día en que tú perseguirás a Shere Khan como él te ha perseguido a ti.

—Pero ¿qué dirá la Manada? —dijo Padre Lobo.

La Ley de la Selva establece muy claramente que, al casarse, todo lobo tiene permitido alejarse de la Manada a la cual pertenece. Pero en cuanto sus lobeznos han crecido lo suficiente para tenerse en pie, debe llevarles ante el Consejo de la Manada, que suele reunirse una vez al mes con la luna llena, para que así los demás lobos puedan identificarlos. Después de la inspección, los cachorros pueden ir por donde les plazca, y hasta que no han matado a su primer ciervo ningún lobo adulto miembro de la Manada tiene permitido matar a ninguno de ellos. El castigo es la muerte para el asesino y, bien pensado, es natural que esto sea así.

Padre Lobo esperó hasta que sus cachorros fueron capaces de corretear y entonces, la noche en que la Manada se reunía, les llevó a ellos y a Mowgli y a Madre Lobo a la Roca del Consejo, la cima de una colina cubierta de rocas y peñascos donde cien lobos podían esconderse. Akela, el Lobo Solitario, grande y gris, que dirigía la Manada gracias a su fuerza y astucia, estaba echado cuan largo era sobre su roca, y más abajo se sentaban unos cuarenta lobos de todos los tamaños y colores, desde los más veteranos, del color de los tejones, capaces de vencer ellos solos a un ciervo, hasta los jóvenes de tres años, de negro pelaje, que se creían capaces de vencer solos a un ciervo. El Lobo Solitario los había dirigido durante un año. En su juventud había caído dos veces en una trampa para lobos y una vez había sido apaleado y dado por muerto. De modo que conocía los usos y costumbres de los hombres. Se hablaba poco en la Roca. Los cachorros estaban jugueteando en el centro del círculo formado por los padres y madres y, de vez en cuando, un lobo adulto se acercaba silenciosamente a un cachorro, lo miraba con detenimiento y regresaba a su sitio pisando sin hacer ruido. A veces, una madre empujaba a su cachorro hacia la luz de la luna para asegurarse de que nadie pasara por alto a su pequeño. Akela, desde su roca, gritaba:

—¡Ya conocéis la Ley, ya conocéis la Ley! ¡Mirad bien, Lobos!

Las ansiosas madres repetían la llamada:

—¡Mirad! ¡Mirad bien, Lobos!

Finalmente (y los pelos del pescuezo de Madre Loba se erizaron cuando llegó el momento), Padre Lobo empujó a Mowgli, la Rana, pues así es como lo llamaban, al centro del círculo, donde se quedó sentado, riendo y jugando con unos guijarros que brillaban a la luz de la luna.

Akela no levantó la cabeza de entre sus patas, sino que prosiguió con su canto monótono:

—¡Mirad bien!

Un rugido apagado surgió de detrás de las rocas. Era la voz de Shere Khan, que gritó:

—El cachorro es mío. Dádmelo. ¿Qué hace el Pueblo Libre con un cachorro de hombre?

Akela ni se molestó en torcer las orejas. Lo único que dijo fue:

—¡Mirad bien, Lobos! El Pueblo Libre no recibe órdenes de nadie que no pertenezca al Pueblo Libre. ¡Mirad bien!

Se alzó un coro de gruñidos graves y un joven lobo en su cuarto año arrojó de vuelta a Akela la pregunta de Shere Khan:

—¿Qué hace el Pueblo Libre con un cachorro de hombre? La Ley de la Selva establece que, si hay alguna disputa respecto al derecho de un cachorro a ser aceptado por la Manada, al menos dos miembros de la Manada que no sean su padre o su madre deben interceder por él.

—¿Quién intercede por este cachorro? —preguntó Akela—. ¿Quién entre el Pueblo Libre va a hablar? —No hubo respuesta y Madre Loba se preparó para la que sabía que sería su última pelea, si es que se llegaba a la pelea.

Entonces, la única otra criatura que tiene permitido asistir al Consejo, Baloo, el tranquilo oso pardo que enseña a los cachorros la Ley de la Selva, el viejo Baloo que puede ir y venir como le plazca porque solo come nueces y raíces y miel, se levantó sobre sus cuartos traseros y gruñó.

—¿El cachorro de hombre? ¿El cachorro de hombre? —dijo—. Yo intercedo por el cachorro de hombre. Un cachorro de hombre es inofensivo. No tengo el don de la palabra, pero digo la verdad. Dejadle que corra con la Manada y que se mezcle con los otros. Yo mismo le enseñaré.

—Aún necesitamos a otro —dijo Akela—. Baloo ha hablado. Es el maestro de nuestros cachorros. ¿Quién hablará además de Baloo?

Una sombra negra descendió sobre el círculo. Era Bagheera, la Pantera Negra, todo él como la tinta pero con las marcas de las panteras que aparecen según la luz, como los estampados de aguas de las sedas. Todo el mundo conocía a Bagheera y nadie osaba cruzarse en su camino, porque era astuto como Tabaqui, valiente como el búfalo salvaje y peligroso como un elefante herido. Pero su voz era suave como la miel silvestre que cae del árbol y el pelaje, sedoso como plumón.

—Oh, Akela, y vosotros, el Pueblo Libre —ronroneó—. No tengo ningún derecho en vuestra asamblea, pero la Ley de la Selva dicta que, si surge alguna duda que no sea cuestión de vida o muerte para un nuevo cachorro, la vida de dicho cachorro puede ser adquirida a un precio. Y la Ley no dicta quién debe pagar el precio. ¿Me equivoco?

—¡Bien! ¡Bien! —dijeron los lobos jóvenes, que siempre tienen hambre—. Escuchad a Bagheera. El cachorro puede ser adquirido a un precio. Lo dicta la Ley.

—Sabiendo que no tengo derecho a hablar aquí, os pido permiso.

—Habla entonces —dijeron veinte voces.

—Matar a un cachorro es una vergüenza. Además, seguro que cazarlo de adulto sería más divertido. Baloo ha intercedido por él. Yo añadiré a la palabra de Baloo un buey, uno gordo, recién cazado, a menos de media milla de aquí, si queréis aceptar al cachorro de hombre según la Ley. ¿Lo veis difícil?

Se oyó el clamor de una veintena de voces que decían:

—Qué importa. Morirá cuando lleguen las lluvias de invierno. Se abrasará al sol. ¿Qué daño nos podría hacer una rana desnuda? Que corra con la Manada. ¿Dónde está el buey, Bagheera? Que sea aceptado.

Entonces se oyó el aullido grave de Akela, que proclamaba:

—¡Mirad bien! ¡Mirad bien, Lobos!

Mowgli seguía interesado en los guijarros y no se dio cuenta de que los lobos se acercaban uno a uno y lo miraban con detenimiento. Finalmente, descendieron la colina en busca del buey y solo quedaron Akela, Bagheera,

Baloo y los lobos de Mowgli. Shere Khan seguía rugiendo en medio de la noche, enfurecido porque no le habían entregado a Mowgli.

—Eso es, sigue rugiendo —dijo Bagheera entre dientes—. Vaticino que llegará el día en que esta cosilla desnuda te hará rugir otra canción, o no conozco al hombre.

—Bien hecho —dijo Akela—. Los hombres y sus cachorros son muy sabios. Con el tiempo, puede que este nos ayude.

—Es verdad, ayudará en un momento de necesidad. Nadie confía en liderar la Manada eternamente —dijo Bagheera.

Akela no dijo nada. Pensó en ese momento, que llega al jefe de toda Manada, en que le fallan las fuerzas y cada vez es más y más débil, hasta que al fin halla la muerte bajo las garras de sus lobos y surge un nuevo jefe... que a su vez será aniquilado cuando llegue su hora.

—Llévatelo —le dijo a Padre Lobo—, y prepáralo como a un miembro del Pueblo Libre. —Y así fue como Mowgli fue introducido en la Manada de lobos de Seeonee por el precio de un toro y la palabra de Baloo.

Ahora habréis de conformaros y permitirme dar un salto de diez u once años y limitaros a imaginar la maravillosa vida de Mowgli entre los lobos, porque si la tuviera que escribir ocuparía demasiados volúmenes. Mowgli creció entre los cachorros. Como es lógico, estos llegaron a lobos adultos antes que él a niño, y Padre Lobo le enseñó todo lo pertinente, así como el significado de las cosas en la Selva, hasta que el susurro de la hierba, cada bocanada de la cálida brisa nocturna, cada nota exhalada por los búhos encima de su cabeza, el rasguño de las garras del murciélago al posarse brevemente en una rama y la salpicadura de cada pececillo que salta en un estanque significaron tanto para Mowgli como el trabajo de oficina para un hombre de negocios. Cuando no estaba aprendiendo se sentaba al sol y dormía, y comía y volvía a dormirse; cuando se sentía sucio o hacía calor se bañaba en los estanques naturales de la selva; y cuando quería miel (Baloo le contó que comer miel y nueces era tan agradable como la carne cruda) trepaba para conseguirla, algo que Bagheera le había enseñado a hacer. Bagheera, tendido en una rama, decía:

—Ven, Hermanito.

Al principio, Mowgli se aferraba como un perezoso, pero más adelante fue capaz de saltar de rama en rama con la misma valentía del mono gris. También ocupaba su propio sitio en la Roca del Consejo cada vez que la Manada se reunía, y allí descubrió que si fijaba su mirada en alguno de los lobos este acababa por apartar la vista, de modo que solía hacerlo por diversión. En otras ocasiones, arrancaba las espinas de las almohadillas de sus amigos, puesto que los lobos sufren mucho con los pinchos o las vainas espinosas que se les enganchan en el pelaje. Por la noche bajaba la montaña hasta los campos cultivados y miraba con curiosidad a los aldeanos en sus cabañas, pero desconfiaba de los humanos porque Bagheera le había enseñado un cajón cuadrado con una puerta guillotina escondido en la selva con tanta astucia que por poco cae en él. Bagheera le explicó que eso era una trampa. Pero lo que más le gustaba era adentrarse con la pantera en lo más profundo, oscuro y caluroso de la selva, dormir a lo largo de todo el somnoliento día y por la noche observar cómo cazaba el felino. Bagheera mataba a diestro y siniestro, dependiendo del hambre que tuviera, y lo mismo hacía Mowgli, salvo una excepción. En cuanto fue lo suficientemente mayor para tener entendimiento, Bagheera le explicó que jamás había de tocar el ganado porque se le había permitido vivir con la Manada gracias a un buey.

—La selva es toda tuya —dijo Bagheera—, y puedes matar todo lo que tu fuerza te permita, pero, por el buey que compró tu vida, nunca deberás matar o comer ganado, tanto si es joven como adulto. Esta es la Ley de la Selva.

Y Mowgli la acataba escrupulosamente.

Y creció y se hizo fuerte como cualquier niño que no sabe que está aprendiendo sus lecciones y que no tiene nada de que preocuparse, excepto de comer.

Madre Lobo le dijo un par de veces que debía desconfiar de Shere Khan y que algún día tendría que matarlo; pero, aunque un joven lobo habría recordado este consejo a todas horas, Mowgli lo olvidaba porque era tan solo un niño (aunque él habría dicho que era un lobo de haber sido capaz de hablar la lengua del hombre).

Shere Khan siempre se cruzaba con él en la selva porque, a medida que Akela se había ido haciendo mayor y más débil, el tigre cojo se había ido haciendo amigo de los lobos más jóvenes de la Manada, que lo seguían para conseguir sobras, cosa que Akela nunca habría permitido si se hubiera atrevido a imponer su autoridad y marcar los límites adecuados. Shere Khan adulaba a los jóvenes y cuestionaba delante de ellos la actitud de unos cazadores tan estupendos que se dejaban liderar por un lobo viejo y un cachorro de humano.

—Me dicen —observaba Shere Khan— que en el Consejo no os atrevéis a mirarlo a los ojos.

A esto los jóvenes lobos respondían gruñendo y erizándose.

Bagheera, que tenía puestos ojos y oídos en todas partes, se enteraba de estas cosas y en ocasiones le recordaba a Mowgli de forma categórica que algún día Shere Khan le mataría. Mowgli se reía y contestaba:

—Tengo a la Manada y te tengo a ti. Y Baloo, aunque sea tan perezoso, es capaz de dar un par de zarpazos para defenderme. ¿Por qué iba a tener miedo?

Un día de mucho calor, a Bagheera se le ocurrió una idea gracias a algo que había oído. Quizás fuera algo que le había dicho Ikki, el Puercoespín. En cualquier caso, estando en las profundidades de la selva, mientras el niño yacía con la cabeza apoyada sobre el bello pelaje negro de Bagheera, la pantera le dijo a Mowgli:

—Hermanito, ¿cuántas veces te he dicho que Shere Khan es tu enemigo?

—Tantas veces como hay frutos en esa palmera —dijo Mowgli, que, naturalmente, no sabía contar—. ¿Y qué? Tengo sueño, Bagheera, y a Shere Khan lo que le gusta es presumir y jactarse igual que Mao, el Pavo Real.

—Pues no es momento de dormir. Baloo lo sabe, yo lo sé, la Manada lo sabe. Incluso los estúpidos ciervos lo saben. Tabaqui también te lo ha dicho.

—¡Je, je! —dijo Mowgli—. Tabaqui vino a mí no hace mucho llamándome con grosería cachorro de hombre desnudo y diciendo que no era digno ni de escarbar trufas; pero yo lo agarré por la cola y lo arrojé dos veces contra un árbol de palma para enseñarle buenas maneras.

—Eso fue una estupidez porque, a pesar de que Tabaqui es un chismoso, te habría contado una cosa que te concierne a ti. Abre los ojos, Hermanito. Shere Khan no se atreve a cazarte en la selva, pero recuerda que Akela es muy viejo y pronto llegará el día en que no podrá matar a un ciervo y dejará de ser el Jefe. Muchos de los lobos que te miraron cuando Padre Lobo y Madre Loba te llevaron ante el Consejo también son viejos, y los jóvenes creen, tal como les ha enseñado Shere Khan, que un cachorro de hombre no tiene cabida en la Manada. Y dentro de poco te harás en hombre.

—¿Y qué tiene un hombre para que no pueda correr junto a sus hermanos? —preguntó Mowgli—. Nací en la selva. He acatado la Ley de la Selva y no hay lobo al que no le haya quitado una espina de la zarpa. ¡Pues claro que son mis hermanos!

Bagheera se estiró cuan largo era y entrecerró los ojos.

—Hermanito —dijo—, tócame la quijada.

Mowgli levantó su mano fuerte y morena y, justo debajo de la piel sedosa de Bagheera, donde sus músculos gigantes y sólidos se escondían tras el brillante pelaje, descubrió una zona pequeña sin pelo.

—Nadie en la selva sabe que yo, Bagheera, cargo con el peso de esta marca, la marca del collar. Y, sin embargo, Hermanito, nací entre los humanos y fue entre ellos donde murió mi madre, en las jaulas del Palacio del Rey en Oodeypore.[6] Esta es la razón por la que pagué por ti en el Consejo cuando no eras más que un cachorrillo desnudo. Sí. Yo también nací entre los humanos. Nunca había visto la selva. Me alimentaban entre rejas usando una bandeja de hierro hasta que una noche sentí que era Bagheera, la Pantera, y no un juguete para los hombres, y rompí el estúpido cerrojo con un simple golpe y escapé. Y puesto que había aprendido los métodos de los hombres en la selva fui más terrible que Shere Khan. ¿Acaso no es así?

—Sí —respondió Mowgli—. Todos en la selva temen a Bagheera. Todos menos Mowgli.

—*Tú* eres un cachorro de hombre —dijo la Pantera Negra con ternura—. E igual que yo volví a la selva, tú al final tendrás que volver con

---

6   En adelante, Udaipur, ciudad del estado de Rajastán, India.

los hombres, los hombres que son tus hermanos... si no te matan en el Consejo.

—Pero ¿por qué? ¿Por qué querría nadie matarme? —dijo Mowgli.

—Mírame —dijo Bagheera, y Mowgli le miró fijamente a los ojos. La gran pantera apartó la vista al cabo de unos segundos.

—*Esa* es la razón —dijo moviendo la zarpa por encima de las hojas—. Ni siquiera yo puedo sostenerte la mirada. Y eso que nací entre los humanos y te amo, Hermanito. Los otros te odian porque no pueden sostenerte la mirada, porque eres sabio, porque les has arrancado espinas de las patas... porque eres un hombre.

—No lo sabía —dijo Mowgli con mal humor, y frunció sus espesas cejas negras.

—¿Qué dice la Ley de la Selva? Da el primer golpe y alborota. Saben que eres hombre porque eres despreocupado. Pero sé inteligente. En el fondo de mi corazón sé que cuando Akela no sea capaz de matar la próxima vez (y cada vez que sale a cazar le cuesta más acorralar a un ciervo) la Manada se volverá contra él y contra ti también. Celebrarán un Consejo de la Selva en la Roca y entonces... entonces...

—¡Ya lo tengo! —dijo de repente Bagheera dando un salto—. Ve rápidamente a las chozas de los hombres en el valle y trae la Flor Roja que crece allí, de modo que cuando llegue el momento tú dispongas de un amigo más fuerte que yo, Baloo o los de la Manada que te quieren bien. Ve a buscar la Flor Roja.

Bagheera se refería al fuego, solo que no había criatura en la selva que llamara al fuego por su nombre real. Todo animal siente pavor ante el fuego e inventa mil maneras de describirlo.

—¿La Flor Roja? —dijo Mowgli—. Crece dentro de sus cabañas cuando anochece. Conseguiré un poco.

—Así habla un verdadero cachorro de hombre —dijo Bagheera orgulloso—. Recuerda que crece dentro de pequeñas ollas. Consigue una y guárdala para cuando la necesites.

—¡Bien! Iré. Pero ¿estás seguro, oh, mi Bagheera... —Mowgli rodeó con el brazo su espléndido cuello y le miró directamente a sus enormes ojos—, ¿de que todo esto es cosa de Shere Khan?

—Por el Cerrojo Roto que me liberó, estoy segura, Hermanito.

—Entonces, por el Buey que hizo posible que me compraras, Shere Khan pagará con creces, sino más, por esto —dijo Mowgli, y se alejó dando brincos.

—Esto es un hombre. Esto sí que es un hombre —dijo Bagheera mientras volvía a echarse—. Oh, Shere Khan, nunca fuiste tan desafortunado en la caza como cuando quisiste atrapar una rana hace diez años.

Corriendo veloz, Mowgli se adentró en la Selva con el corazón abrasando en su pecho. Llegó a la cueva cuando se levantaba la neblina al alba. Respiró hondo y bajó la vista al valle. Los lobeznos estaban afuera, pero Madre Lobo, que estaba en el fondo de la cueva, supo por la respiración forzada que algo le preocupaba a su rana.

—¿Qué ocurre, Hijo? —dijo.

—Habladurías de un murciélago sobre Shere Khan —respondió—. Esta noche voy a cazar en los campos de cultivo.

Y desapareció entre los matorrales en dirección al río que corría en el fondo del valle. Allí se detuvo a prestar atención porque oyó el ulular de la Manada cuando caza, el bramar de un sambhur apresado y el resoplido del ciervo volviéndose. Después advirtió los aullidos crueles y amargos de los lobos jóvenes:

—¡Akela! ¡Akela! Dejad que el Lobo Solitario demuestre su fuerza. Haced sitio al Jefe de la Manada. ¡Salta, Akela!

El Lobo Solitario debió de haber saltado y perdido la presa porque Mowgli oyó el chasquido de sus colmillos y después un aullido cuando el sambhur lo derrumbó con sus patas delanteras.

No esperó, sino que prosiguió veloz su camino y los aullidos se fueron alejando a medida que corría hacia las tierras de cultivo donde vivían los aldeanos.

—Es verdad lo que ha dicho Bagheera —se dijo, jadeando, cuando se acurrucó en un montón de forraje para ganado que había junto a la ventana de una choza—. Mañana será un día importante, tanto para Akela como para mí.

Luego acercó la cara a la ventana y observó el fuego en el hogar. Durante la noche vio a la esposa del campesino levantarse y avivarlo con unos pedazos negros de carbón; y cuando llegó la mañana y la neblina era blanca y fría, vio al hijo coger un recipiente de mimbre con el interior revestido de arcilla, llenarlo de trozos de carbón al rojo vivo, colocárselo bajo la manta y salir a ocuparse de las vacas en el establo.

—¿Eso es todo? —se dijo Mowgli—. Si un cachorro puede hacerlo, entonces no hay nada que temer.

De modo que dobló la esquina y fue a encontrarse con el niño, le arrebató el recipiente y desapareció en la neblina mientras el pequeño chillaba asustado.

—Se parecen mucho a mí —dijo Mowgli soplando en el recipiente tal como había visto hacer a la mujer—. Estas ascuas se apagarán si no las alimento.

Y arrojó ramitas y cortezas secas sobre las brasas. A mitad de la colina se encontró con Bagheera. Su pelaje brillaba como piedras preciosas por el rocío del amanecer.

—Akela dejó escapar la presa —dijo la Pantera—. Lo habrían matado anoche, pero también te necesitaban. Te buscaron por la colina.

—Estaba en los campos de cultivo. Estoy listo. ¡Mira! —Mowgli levantó el recipiente con el fuego.

—¡Bien! He visto a hombres meter una rama en esa cosa y entonces la Flor Roja abrirse en el extremo. ¿No tienes miedo?

—No, ¿por qué iba a tener miedo? Ahora me acuerdo (a menos que sea un sueño) de cómo yo, antes de ser un Lobo, solía yacer junto a la Flor Roja, y recuerdo que era cálida y agradable.

Todo ese día Mowgli lo pasó en la cueva atendiendo al fuego del recipiente y metiendo ramas secas para ver lo que ocurría. Encontró una rama que le satisfizo y al anochecer, cuando Tabaqui fue a la cueva y le dijo de malas maneras que le esperaban en la Roca del Consejo, Mowgli se echó a reír hasta que el chacal salió corriendo. Entonces Mowgli, sin dejar de reír, se encaminó al Consejo.

Akela, el Lobo Solitario, estaba echado a un lado de su roca en señal de que la posición de Jefe de la Manada estaba vacante, y Shere Khan, con sus lobos alimentados de sobras, caminaba de un lado a otro, abiertamente, siendo adulado. Bagheera estaba echado cerca de Mowgli y el recipiente del fuego estaba entre las piernas del niño. Cuando se congregaron todos Shere Khan empezó a hablar, algo que nunca habría osado hacer cuando Akela estaba en la plenitud de su vida.

—No tiene derecho —susurró Bagheera—. Dilo. No es más que el hijo de un perro. Se asustará.

Mowgli se levantó de un salto.

—Pueblo Libre —gritó—, ¿es acaso Shere Khan el Jefe de la Manada? ¿Qué tiene que ver un tigre con nuestros líderes?

—Viendo que el puesto de jefe está vacante y que se me ha pedido que hable... —empezó a decir Shere Khan.

—¿Quién? —preguntó Mowgli—. ¿Acaso somos todos chacales que adulan a este asesino de ganado? Los jefes de la Manada solo pertenecen a la Manada.

Hubo gritos de «¡Silencio, cachorro de hombre!», «Dejad que hable, pues ha acatado nuestras Leyes». Y, finalmente, los más mayores de la Manada vociferaron:

—Dejad que hable el Lobo Muerto.

Cuando el líder de una Manada deja escapar una pieza, se le llama Lobo Muerto el resto de su vida, que no suele ser muy larga.

Akela levantó su vieja cabeza con cansancio:

—Pueblo Libre, y vosotros también, chacales de Shere Khan. Durante doce estaciones os he liderado en las cacerías y en todo este tiempo ni uno de vosotros ha sido atrapado o mutilado. Ahora he dejado escapar una pieza. Sabéis que todo fue planeado. Sabéis que me condujisteis a un ciervo sin experiencia para dejar patente mi debilidad. Fue un plan ingenioso. Por lo tanto, pregunto: ¿quién será el que acabe con el Lobo Solitario? Es mi derecho, según la Ley de la Selva, que vengáis a mí de uno en uno.

Hubo un largo silencio. Ningún lobo quería luchar a muerte con Akela. Entonces, Shere Khan rugió:

—¡Bah! ¿Por qué perder tiempo con este desdentado idiota? Está condenado a morir. Es el cachorro de hombre el que ha vivido demasiado. Pueblo Libre, su carne es mía. Dádmelo. Ya me he cansado de esta tontería del Niño-lobo. Ha causado problemas en la selva durante diez estaciones. Dadme al cachorro de hombre o me quedaré a cazar para siempre en este territorio y no os daré ni un hueso. Es un hombre, es el hijo de un hombre, y lo odio hasta la médula.

Entonces, más de la mitad de la Manada gritó:

—¡Un hombre! ¡Un hombre! ¿Qué hace un hombre entre nosotros? Que se vaya por donde vino.

—¿Y que toda la gente de las aldeas se ponga en contra de nosotros? —exclamó Shere Khan—. No, dádmelo. Es un hombre. Y ninguno de nosotros es capaz de mirarle a los ojos.

Akela volvió a levantar la cabeza y dijo:

—Ha comido nuestra comida. Ha dormido con nosotros. Nos ha traído caza. No ha incumplido una sola palabra de la Ley de la Selva.

—Además, yo pagué por él con un buey cuando fue aceptado. El valor de un buey es poco, pero el honor de Bagheera es algo por lo que quizás pelee —dijo Bagheera con la más dulce de las voces.

—¡Un buey de hace diez años! —rugió la Manada—. ¿Qué nos importan huesos de hace diez años?

—¿Y una promesa? —dijo Bagheera mostrando sus dientes blancos—. ¿Acaso no os llamáis Pueblo Libre?

—Ningún cachorro de hombre corre con los habitantes de la selva —aulló Shere Khan—. ¡Dádmelo a mí!

—Es nuestro hermano, aunque no lo sea de sangre —prosiguió Akela—, y lo queréis matar aquí. Es verdad que yo he vivido mucho tiempo. Algunos de vosotros coméis ganado y he oído decir que otros, según las enseñanzas de Shere Khan, salís por la noche y arrancáis del umbral de la casa del aldeano a sus hijos. Por lo tanto, sé que sois cobardes, así que hablo a los cobardes. Es verdad que debo morir y que mi vida no vale nada, de otro modo la ofrecería a cambio de la del cachorro de hombre. Pero, por el Honor de la Manada (una cosilla que por no tener líder habéis olvidado), prometo que si permitís que el cachorro de hombre regrese al lugar de donde vino cuando me llegue la hora de morir no os clavaré un colmillo. Moriré sin luchar. Eso ahorrará a la Manada al menos tres vidas. Más no puedo hacer. Pero si queréis os puedo salvar de la vergüenza que viene de matar a un hermano que no ha cometido falta, un hombre representado y adoptado por la Manada según la Ley de la Selva.

—¡Es un hombre!... ¡Un hombre!... ¡Un hombre! —rugió la manada, y la mayoría de lobos se congregó alrededor de Shere Khan, que empezó a mover la cola de un lado a otro.

—Ahora todo está en tus manos —le dijo Bagheera a Mowgli.

Mowgli se puso en pie y en sus manos sostenía el recipiente que contenía el fuego. Entonces extendió los brazos y bostezó ante el Consejo; aunque lo cierto es que estaba furioso, airado y apenado porque, siendo lobos, estos nunca le habían dicho lo mucho que le odiaban.

—Oídme —gritó—. Todo este parloteo es innecesario. Esta noche me habéis llamado tantas veces hombre (y, sin duda, habría sido un lobo con vosotros hasta el final de mi vida) que siento que vuestras palabras son verdad. De modo que ya no os llamaré hermanos, sino *sag*,[7] como debería hacer un hombre. Sea lo que sea lo que hagáis o dejéis de hacer, no estáis en posición de decidir. Eso es algo que me toca a mí, y para que lo veáis con más claridad, yo, el hombre, he traído un poco de la Flor Roja que vosotros, perros, teméis.

Arrojó el recipiente al suelo y parte de las ascuas rojas encendieron una mata de musgo seco que prendió. Todo el Consejo retrocedió aterrorizado ante las llamas saltarinas.

Mowgli metió la rama seca en el fuego hasta que las ramitas más finas se encendieron y restallaron, y la agitó por encima de su cabeza, entre los lobos aterrorizados.

—Tú eres el amo —dijo Bagheera con voz grave—. Salva a Akela de la muerte. Él siempre fue tu amigo.

Akela, el viejo y digno lobo que no había pedido clemencia en su vida, lanzó una mirada lastimera a Mowgli, que permanecía en pie y desnudo ante todos, con su larga melena negra rozándole los hombros, bañado por la luz de la rama ardiente que hacía que las sombras saltaran y se estremecieran.

---

7 Perros.

26

—Bien —dijo Mowgli mirando detenidamente alrededor—. Veo que sois unos perros. Voy a dejaros por mi propia gente... si es que son en verdad mi propia gente. La selva me ha sido vetada y he de olvidar vuestro habla y compañía, pero seré más compasivo que vosotros. Porque he sido vuestro hermano excepto de sangre, prometo que cuando sea un hombre entre los hombres no os traicionaré ante ellos como vosotros me habéis traicionado a mí.

Le dio una patada al fuego y las chispas revolotearon.

—No habrá guerra entre nosotros y la Manada. Pero he aquí una deuda a pagar antes de que me vaya.

Anduvo hasta donde se encontraba Shere Khan pestañeando estúpidamente ante las llamas y le agarró por la mata de pelo de su mentón. Bagheera le siguió por si acaso había un accidente.

—Levántate, perro —gritó Mowgli—. Levántate cuando te hable un hombre o prenderé fuego a tu pelaje.

Shere Khan aplastó las orejas contra su cráneo y cerró los ojos porque tenía muy cerca la rama en llamas.

—Este asesino de ganado ha dicho que me mataría en el Consejo porque no me mató cuando era un cachorro. De esta manera, pues, pegamos a los perros cuando somos hombres. Mueve siquiera un bigote, Lungri, y te embutiré la Flor Roja en el esófago.

Le pegó a Shere Khan en la cabeza con la rama y el tigre gimoteó y se quejó en una agonía de miedo.

—¡Bah! Gato de la selva chamuscado, ¡lárgate! Pero recuerda que cuando vuelva la próxima vez a la Roca del Consejo, como corresponde a un hombre, será con la piel de Shere Khan en mi cabeza. En cuanto al resto, Akela es libre de vivir como le plazca. No lo mataréis, porque no es lo que quiero. Tampoco creo que os quedaréis sentados aquí por mucho tiempo más, repantingados como si fuerais alguien importante y no perros a los que voy a echar de aquí. Así que, ¡largaos!

El fuego ardía furioso en el extremo de la rama y Mowgli iba golpeando a diestro y siniestro por todo el círculo, y los lobos corrieron aullando con las chispas quemando su pelaje. Al final ya solo quedaron Akela, Bagheera y quizás diez lobos que se habían puesto de parte de Mowgli. Entonces algo empezó a dolerle en el pecho a Mowgli como nunca antes, y suspiró y sollozó, y las lágrimas rodaron por su cara.

—¿Qué me pasa? ¿Qué me pasa? —dijo—. No quiero abandonar la selva y no sé qué es esto. ¿Estoy muriendo, Bagheera?

—No, Hermanito. Eso son solo lágrimas como las que derraman los hombres —dijo Bagheera—. Ahora sé que eres un hombre y que ya no eres un cachorro. En efecto, la selva te ha sido vedada de ahora en adelante. Déjalas rodar, Mowgli. Son solo lágrimas.

Así que Mowgli se sentó y lloró como si su corazón se hubiera roto. Nunca antes en la vida había llorado.

—Ahora —dijo—, voy a ir a donde los hombres. Pero primero he de decirle adiós a mi madre.

Y se fue a la cueva donde la loba vivía con Padre Lobo y lloró sobre su pelaje mientras los cuatro cachorros aullaban con tristeza.

—¿No me olvidaréis? —dijo Mowgli.

—Nunca mientras seamos capaces de seguir un rastro —dijeron los lobeznos—. Ven al pie de la colina cuando seas hombre y te hablaremos. Y por la noche iremos a jugar contigo en las tierras de cultivo.

—Ven pronto —dijo Padre Lobo—. Oh, sabia ranita, ven pronto, porque tu madre y yo nos hacemos viejos.

—Ven pronto —dijo Madre Loba—. Mi pequeño hijo desnudo. Escucha, hijo de hombre, te he amado a ti más de lo que nunca he amado a mis cachorros.

—Vendré sin falta —dijo Mowgli—. Y cuando venga será para extender la piel de Shere Khan sobre la Roca del Consejo. No me olvidéis. Decid a todo el mundo en la selva que nunca me olviden.

Ya amanecía cuando Mowgli descendió solo por la ladera de la colina para ir al encuentro de esas misteriosas criaturas llamadas hombres.

CANCIÓN DE CAZA DE LA MANADA DE SEEONEE

Al amanecer el sambhur barritó
¡una vez, dos veces y otra más!
Y una corza saltó, y una corza saltó
del estanque en el bosque donde beben los ciervos.
Esto contemplé yo, explorando a solas,
¡una vez, dos veces y otra más!

Al amanecer el sambhur barritó
¡una vez, dos veces y otra más!
Y un lobo fue, y un lobo fue
a llevar a la manada el mensaje que esperaba.
Y buscamos y encontramos y aullamos tras su rastro
¡una vez, dos veces y otra más!

Al amanecer la Manada de Lobos aulló
¡una vez, dos veces y otra más!
¡Patas en la jungla que no dejan huella!
¡Ojos que ven en la oscuridad! ¡En la oscuridad!
¡Ladra! ¡Ladra! ¡Escucha! ¡Escucha!
¡Una vez, dos veces y otra más!

La cacería con Kaa

Las manchas son el deleite del Leopardo; del Búfalo los cuernos su orgullo son.
Sé limpio, porque la fuerza del cazador se conoce por el brillo de su pelaje.
Si descubres que el buey te puede tumbar, o que el sambhur ceñudo te puede
[cornear;
no interrumpas tu labor para informarnos; hace diez temporadas que lo
[sabemos.
No pises los cachorros de un desconocido, sino considéralos tu Hermana y
Hermano, porque a pesar de ser pequeños y rechonchos, puede que la Osa sea
[su madre.
«¡No hay nadie como yo!» dice el Cachorro orgulloso de cobrar su primera
[pieza;
Pero la selva es grande y el Cachorro pequeño. Déjale pensar y no hagas ruido.
MÁXIMAS DE BALOO

Todo lo que aquí se narra ocurrió poco antes de que Mowgli fuera expulsado de la Manada de Lobos de Seeonee y se vengara de Shere Khan, el Tigre. Fue en la época en que Baloo le estaba enseñando la Ley de la Selva. El gran oso pardo, viejo y circunspecto, estaba encantado de tener un alumno tan despierto, porque los lobos jóvenes únicamente aprenden la parte de la Ley de la Selva que corresponde a su propia manada y tribu y escapan en cuanto son capaces de repetir el Verso de la Caza: «Patas que no hacen ruido; ojos que ven en la oscuridad; oídos que perciben los vientos en sus guaridas y colmillos blancos afilados, todas estas cosas son las marcas de nuestros hermanos, excepto Tabaqui, el Chacal y la Hiena, a los que odiamos». Pero Mowgli, como cachorro de hombre, tenía que aprender mucho más. A veces, Bagheera, la Pantera Negra, cruzaba perezosamente la selva para ver cómo avanzaba su favorito y ronroneaba satisfecho con la cabeza apoyada en un árbol mientras Mowgli recitaba la lección del día para Baloo. El niño podía trepar casi tan bien como corría, de modo que Baloo, el Maestro de la Ley, le enseñó las Leyes del Bosque y del Agua: cómo distinguir una rama podrida de una sólida; cómo hablar con educación a las abejas silvestres cuando uno se encontraba una colmena a cincuenta pies de altura; qué decirle a Mang, el Murciélago, si se le molestaba cuando descansaba en una rama a mediodía; y cómo avisar a las serpientes de agua de los estanques antes de tirarse a nadar entre ellas. A ningún Habitante de la Selva le gusta que lo molesten, y todos están dispuestos a ahuyentar a un intruso. A Mowgli también se le enseñó la Llamada de Caza del Desconocido, que se debe repetir en voz alta hasta obtener respuesta siempre que uno de los Habitantes de la Selva caza fuera de su territorio. Significa, traducido: «Dame permiso para cazar aquí porque tengo hambre». La respuesta es: «Entonces, caza para comer, pero no por placer».

Todo esto explica lo mucho que Mowgli tuvo que memorizar. Y se cansaba de repetir lo mismo cien veces, pero como le dijo Baloo a Bagheera un día que le había dado un cachete a Mowgli y este había huido enfadado:

—Un cachorro de hombre es un cachorro de hombre y debe conocer *toda* la Ley de la Selva.

—Pero piensa en lo pequeño que es —dijo la Pantera Negra, que, si le hubieran dejado hacer las cosas a su manera, habría consentido a Mowgli—. ¿Cómo aguanta su cabecilla toda esa cháchara tuya?

—¿Acaso hay en la selva algo demasiado pequeño para que le maten? No. Por eso le enseño estas cosas y por eso le doy cachetes, con mucha suavidad, cuando las olvida.

—¡Con suavidad! ¿Qué sabes tú de suavidad, viejo Patas de Hierro? —gruñó Bagheera—. Hoy lleva toda la cara llena de arañazos gracias a tu suavidad. Bah.

—Mejor que vaya de moretones de la cabeza a los pies por mi mano, yo que le quiero, a que le hagan daño por ignorancia —respondió Baloo muy serio—. Ahora le estoy enseñando las Palabras Maestras de la Selva que lo protegerán de las aves y de las serpientes y de todo lo que caza a cuatro patas, excepto de su propia manada. Ahora puede pedir protección, si recuerda las palabras, de todos los seres de la selva. ¿Acaso no vale esto un pequeño cachete?

—Bueno, pero ten cuidado y no mates al cachorro de hombre. No es un tronco donde afilar tus garras. Pero ¿qué son esas Palabras Maestras? Hay más probabilidades de que alguien me pida ayuda de que la pida yo —dijo Bagheera estirando una pata y admirando sus garras azul acero, excelentemente cinceladas, que lucían al final de su extremidad—, pero aun así me gustaría conocerlas.

—Llamaré a Mowgli y las recitará. ¡Ven, Hermanito!

—Noto un zumbido en la cabeza como si tuviera dentro un enjambre de abejas —sonó una voz huraña por encima de ellos, y Mowgli se deslizo tronco abajo, muy enfadado e indignado. Al llegar al suelo añadió—: He venido por Bagheera, no por ti, gordo y viejo Baloo.

—Me da lo mismo —dijo Baloo a pesar de que estaba dolido y apenado—. Dile, pues, a Bagheera las Palabras Maestras de la Selva que te he enseñado hoy.

—¿Las Palabras de la Selva de qué criaturas? —dijo Mowgli, encantado de presumir—. La selva tiene muchas lenguas. *Yo* las conozco todas.

—Conoces unas pocas, pero no muchas. ¿Ves, Bagheera? Nunca agradecen nada a sus maestros. Ni un solo lobezno ha vuelto jamás a agradecerle al viejo Baloo sus enseñanzas. Vamos, pues, gran sabio, recita las palabras de los Cazadores.

—Somos hermanos de sangre, tú y yo —recitó Mowgli, dando a las palabras el tono del Oso que todos los Cazadores utilizan.

—Bien. Ahora las de las aves.

Mowgli recitó, con el silbido del Milano al final de la frase.

—Ahora la de las Serpientes —dijo Bagheera.

La respuesta fue un siseo indescriptible y Mowgli levantó los pies, dio unas palmadas para felicitarse y saltó sobre el lomo de Bagheera, donde se sentó de lado y golpeó con sus talones el pelaje brillante de la pantera, y le hizo a Baloo las peores muecas que se le ocurrieron.

—¡Ea! ¡Ea! Eso bien ha valido unos pocos moratones —dijo con cariño el Oso Pardo—. Algún día me recordarás.

Y se volvió para explicarle a Bagheera cómo le había pedido las Palabras Maestras a Hathi, el Elefante Salvaje, que lo sabe todo sobre estas cosas, y cómo Hathi había llevado a Mowgli al estanque para obtener las Palabras de las Serpientes de una serpiente de agua, porque Baloo no era capaz de pronunciarlas, y cómo ahora Mowgli estaba razonablemente protegido contra todos los accidentes de la selva, porque ni serpientes ni aves ni bestias podían hacerle daño.

—No hay que temer, pues, a nadie —concluyó Baloo con orgullo mientras se daba unas palmadas sobre su gran estómago peludo.

—Excepto a su propia tribu —masculló Bagheera. Luego le dijo en voz alta a Mowgli: —¡Cuidado con mis costillas, Hermanito! ¿Qué significa toda esta actividad?

Mowgli había estado intentando hacerse oír tironeando los pelos del lomo de Bagheera y dándole fuertes patadas. Cuando los dos empezaron a hacerle caso, Mowgli ya estaba gritando a grandes voces:

—Entonces formaré mi propia tribu y la conduciré por las ramas todo el día.

—¿Qué nueva locura es esa, pequeño soñador? —dijo Bagheera.

—Sí, y arrojaremos ramas y fango al viejo Baloo —prosiguió Mowgli—. Ellos me lo han prometido. ¡Ja!

—¡Uf! —protestó Baloo, y con su gran zarpa arrancó a Mowgli del lomo de Bagheera, y cuando el niño vio que con sus patas delanteras lo aplastaba contra el suelo entendió que el Oso estaba verdaderamente enfadado.

—Mowgli —dijo Baloo—. ¿Has estado hablando con los *Bandar*? ¿Con los monos?

Mowgli miró a Bagheera para ver si estaba también enfadado. La mirada de la pantera era dura como el jade.

—Has estado con los Monos, los monos grises, las criaturas sin Ley, los comedores de todo. ¡Qué gran vergüenza!

—Cuando Baloo me hizo daño en la cabeza —dijo Mowgli, que seguía tendido en el suelo—, me fui y los monos grises bajaron de los árboles y se apiadaron de mí. A nadie más le importaba.

Se sorbió los mocos.

—¡La piedad de los Monos! —bufó Baloo—. ¡El silencio del arroyo de la montaña! ¡El frescor del sol de verano! ¿Y qué más, cachorro de hombre?

—Y entonces, y entonces, me dieron nueces y otras cosas agradables de comer y me... me llevaron en sus brazos a la copa de los árboles y me dijeron que era su hermano de sangre excepto que no tenía cola y que algún día debería ser su jefe.

—*No* tienen jefe —dijo Bagheera—. Mienten. Siempre han mentido.

—Fueron muy amables y me pidieron que volviera. ¿Por qué nunca me habéis llevado con los Monos? Ellos andan derechos, como yo. Y no me golpean fuerte con las zarpas. Juegan todo el día. ¡Déjame subir! Baloo malo, déjame subir. Jugaré con ellos otra vez.

—Escúchame, cachorro de hombre —dijo el Oso, y su voz resonó como un trueno en una noche calurosa—. Te he enseñado toda la Ley de la Selva de todas las criaturas de la selva, excepto de los Monos que viven en los árboles. Ellos no tienen leyes. Son unos parias. No tienen lengua propia, sino que usan palabras robadas que oyen a otros cuando escuchan y fisgonean y esperan en lo alto de las ramas. Sus maneras no son las nuestras. No tienen jefes. No tienen recuerdos. Presumen y parlotean y fingen ser grandes personajes a punto de hacer grandes cosas en la selva, pero se distraen cuando cae una nuez de un árbol y se echan a reír y lo olvidan todo. Los que habitamos en la selva no tenemos trato con ellos. No bebemos donde los monos beben. No vamos donde van los monos. No cazamos donde cazan ellos. No morimos donde mueren ellos. ¿Me has oído hablar alguna vez de los *Bandar*?

—No —dijo Mowgli, apenas susurrando, porque ahora que Baloo había terminado de hablar el bosque se había sumido en un silencio absoluto.

—Los Habitantes de la Selva ni hablan de ellos ni piensan en ellos. Son muchos, malos, sucios, no tienen vergüenza y desean, si es que tienen un deseo concreto, que los Habitantes de la Selva les presten atención. Pero nosotros *no* les prestamos atención incluso cuando nos arrojan nueces y porquerías a la cabeza.

Apenas había hablado cuando una lluvia de nueces y ramitas los salpicó a través de las ramas, y oyeron entre las ramitas más finas, en lo más alto de la copa, los escupitajos y aullidos y saltos furiosos.

—Los Monos están prohibidos —dijo Baloo—, prohibidos a los Habitantes de la Selva. Recuérdalo.

—Prohibidos —dijo Bagheera—, pero sigo creyendo que Baloo te debería haber advertido acerca de los Monos.

—¿Yo...? ¿Yo? ¿Cómo iba a adivinar que él jugaría con esos asquerosos? Monos. ¡Puaj!

Volvió a llover sobre sus cabezas y los dos se alejaron trotando, llevándose a Mowgli con ellos. Lo que Baloo había dicho sobre los monos era totalmente cierto. Su lugar era la copa de los árboles, y como las fieras casi nunca miran arriba apenas había ocasión para que los monos y los Habitantes de la Selva se cruzaran en sus respectivos caminos. Pero siempre que se encontraban con un lobo enfermo, o un tigre o un oso herido, los monos los atormentaban y arrojaban palitos y nueces a cualquier animal por diversión, y chillaban canciones estúpidas e invitaban a los Habitantes de la Selva a trepar los árboles y a enfrentarse a ellos, o bien iniciaban furiosas peleas entre ellos mismos por meras tonterías y dejaban a los monos muertos ahí donde los Habitantes de la Selva pudieran verlos. Siempre estaban a punto de tener un jefe y leyes y costumbres propias, pero nunca llegaban a tenerlos porque sus recuerdos no iban más allá del día a día, de modo que acordaban cosas inventando un dicho: «Lo que los *Bandar* piensan ahora, la selva lo pensará más adelante», y eso los reconfortaba muchísimo. Ninguna de las fieras podía alcanzarlos, pero por otro lado ninguna de las fieras se fijaba en ellos, y por eso se alegraron tanto de que Mowgli fuera a jugar con ellos y de enterarse de lo enfadado que estaba Baloo.

Su intención no fue ir más allá. Los *Bandar* nunca hacen nada intencionadamente. Pero a uno de ellos se le ocurrió lo que le pareció una idea brillante y les contó a los demás que Mowgli sería de utilidad en la tribu porque era capaz de entretejer ramitas para protegerse del viento. De modo que, si lo atrapaban, podrían obligarle a enseñarles a hacerlo. Por supuesto, Mowgli, como hijo de leñador, había heredado todo tipo de instintos y solía construir pequeñas cabañas a base de ramas caídas sin pensar en cómo lo hacía, y los Monos, observando desde lo alto de los árboles, consideraban maravillosos sus juegos. Esta vez, dijeron, iban a tener un jefe de verdad y se convertirían en las criaturas más sabias de la selva, tan sabias que todos los demás se fijarían en ellos y les envidiarían. Por lo tanto, siguieron a Baloo, Bagheera y Mowgli a través de la selva, en silencio, hasta que fue la hora de la siesta y Mowgli, que se sentía muy avergonzado, se quedó dormido entre la Pantera y el Oso, decidido a no frecuentar nunca más a los Monos.

Lo siguiente que recordó fue notar en las piernas y brazos unas manos duras, fuertes y pequeñas, y luego que su cara recibía los azotes de la en-ramada, y luego que miraba abajo, a través de las ramas oscilantes, hacia donde estaban Baloo, que despertaba a toda la selva con sus gritos roncos, y Bagheera, que trepaba el tronco enseñando los colmillos. Los *Bandar* aulla-ron triunfantes y armaron un rifirrafe al subir a las ramas más altas, adonde Bagheera no se atrevía a seguirles, y gritaron: «¡Nos ha visto! Bagheera nos ha visto. Todos los Habitantes de la Selva nos admiran por nuestras dotes y astucia». Entonces se dieron a la fuga, y la fuga de los Monos por los árboles es algo que nadie puede realmente describir. Tienen sus carreteras y cruces, subidas y bajadas, todo dispuesto a unos quince, veinte o treinta metros por encima del suelo y, si es necesario, viajan por ellas incluso por la noche. Dos de los monos más fuertes cogieron a Mowgli por debajo de los brazos y se balancearon por entre las copas a razón de seis metros la braceada. Si hu-bieran avanzado solos habrían ido el doble de rápido, pero el peso del niño les ralentizaba. A pesar de las náuseas y el mareo, Mowgli no podía evitar disfrutar de la carrera salvaje, aunque entrever el suelo a tanta distancia le asustaba, y los parones y tirones al final de cada balanceo por encima de la nada hacían que sintiera un nudo en el estómago. Su acompañante lo arras-tró a lo alto de un árbol y notó cómo las ramas más delgadas empezaban a crujir y arquearse bajo su peso, y luego, como escupidos con un silbido, am-bos salieron impelidos hacia delante, manos y pies agarrándose a las ramas inferiores del siguiente árbol. A veces alcanzaba a ver millas y millas de selva verde, igual que un marinero en lo alto de un mástil es capaz de otear el horizonte a millas de distancia por encima del océano, y entonces las ramas y hojas le azotaban la cara y él y sus dos guardianes casi tocaban el suelo de nuevo. Y así, brincando y rebotando y chillando y gritando, la tribu entera de los *Bandar* avanzó por los árboles cargando con Mowgli como prisionero.

Hubo momentos en que temió que le dejaran caer. Luego se enfadó, pero no quiso forcejear y empezó a pensar. Lo más urgente era enviarle un mensaje a Baloo y Bagheera. Al ritmo que avanzaban los monos, sabía que sus amigos quedarían rezagados. Era inútil mirar abajo, porque solo era capaz de ver la parte superior de las ramas, de modo que miró arriba y vio, en lo más alto del cielo azul, a Rann, el Milano, volando armoniosamente en círculos, vigilando y esperando a que una criatura expirara. Rann vio que los monos cargaban con algo y descendió un centenar de metros para averiguar si la carga era buena para comer. Lanzó un silbido de sorpresa al ver que Mowgli, mientras era arrastrado a la copa de un árbol, le lanzaba la llamada del Milano: «Somos hermanos de sangre, tú y yo». Las olas de ramas se cerraron encima del niño, pero Rann voló al siguiente árbol a tiempo para ver aparecer de nuevo la carita morena.

—Sigue mi rastro —le gritó Mowgli—. Enséñaselo a Baloo de la Manada de Seeonee y a Bagheera de la Roca del Consejo.

—¿En nombre de quién, Hermano? —Rann nunca había visto a Mowgli, aunque había oído hablar de él.

—Mowgli, la Rana. Me llaman cachorro de hombre. ¡Sigue mi rastro!

Las últimas palabras las gritó cuando le columpiaban en el aire, pero Rann asintió y se elevó hasta que no pareció más que una mota de polvo. Allí se quedó, observando con su vista telescópica el balanceo de las copas de los árboles, agitadas por el avance tumultuoso de la comitiva de Mowgli.

—Nunca llegan lejos —dijo riéndose por lo bajo—. Nunca acaban haciendo lo que se proponen. Los *Bandar*, siempre picoteando cosas nuevas. Esta vez, si mi vista es buena, han picoteado un problema porque Baloo no es un novato y Bagheera es capaz, como bien sé, de matar algo más que solo cabras.

Así que flotó en el aire con las patas recogidas y esperó.

Entre tanto, Baloo y Bagheera estaban furiosos de rabia y dolor. Bagheera trepó a una altura que nunca antes había alcanzado, pero las delgadas ramas se rompieron bajo su peso y resbaló hacia abajo, llevándose cortezas con las garras.

—¿Por qué no advertiste al cachorro? —le rugió al pobre Baloo, que había partido trotando torpemente con la esperanza de alcanzar a los monos—. ¿De qué ha servido que casi le mataras a zarpazos si no le advertiste?

—¡Rápido! ¡Rápido! Qui... quizás aún los alcancemos —jadeó Baloo.

—¿A esta velocidad? Ni una vaca herida se cansaría. Maestro de la Ley, que sacudes a los cachorros, una milla más de tanto ir y venir te hará estallar. ¡Párate y piensa! Traza un plan. Este no es momento de ir tras ellos. Podrían soltarle si les seguimos desde demasiado cerca.

—¡*Arrula*! *¡Whoo!* Puede que ya le hayan soltado, cansado de arrastrarle. ¿Quién puede fiarse de los *Bandar*? ¡Que me llenen la cabeza de murciélagos muertos! ¡Que me den huesos ennegrecidos para comer! ¡Que me arrojen a las colmenas de abejas silvestres para que me maten a aguijonazos! ¡Y que me entierren con la Hiena, porque soy el oso más desgraciado del mundo! *¡Arulala! ¡Wahooa!* ¡Oh, Mowgli! ¡Oh, Mowgli! ¿Por qué no te advertí acerca de los Monos en lugar de partirte la cabeza? Ahora quizás le haya borrado a tortazos la lección del día y estará solo en la selva, sin recordar las Palabras Maestras.

Baloo se tapó los oídos con las garras y se meció de un lado a otro, gimiendo.

—Por lo menos, hace un rato, me ha recitado las palabras correctas —dijo Bagheera con impaciencia—. Baloo, no tienes ni memoria ni respeto. ¿Qué pensaría toda la selva si yo, la Pantera Negra, me hiciera una bola igual que Ikki, el Puercoespín, y me pusiera a aullar?

—¿Qué me importa a mí lo que piense la selva? Puede que a estas alturas ya esté muerto.

—A menos que le suelten, o que le suelten desde las ramas solo por divertirse, o le maten por aburrimiento, no temo por la vida del cachorro de hombre. Es inteligente y está bien enseñado, y, sobre todo, tiene unos ojos que hacen que los Habitantes de la Selva le teman. Pero (y eso es lo malo) está en manos de los *Bandar,* y ellos, porque viven en los árboles, no temen a ninguno de los nuestros.

Bagheera se lamió pensativamente una de las zarpas delanteras.

—¡Soy un idiota! ¡Oh, soy un oso pardo gordo, idiota, y escarbarraíces! —dijo Baloo poniéndose derecho con una sacudida—. Es verdad lo que dice Hathi, el Elefante salvaje: «A cada uno su propio miedo». Y ellos, los *Bandar,* temen a Kaa, la Serpiente de Roca. Él puede trepar igual que ellos. Les roba los monos jóvenes en plena noche. El mero susurro de su nombre les congela sus malvadas colas. Vamos a ver a Kaa.

—¿Qué va a hacer él por nosotros? No pertenece a nuestra tribu. No tiene patas... y sus ojos son maléficos —dijo Bagheera.

—Es muy viejo y astuto. Por encima de todo, siempre tiene hambre —dijo Baloo con optimismo—. Prométele muchas cabras.

—Una vez ha comido duerme durante un mes entero. Es posible que esté dormido ahora. Incluso si estuviera despierto, quizás preferiría matar él mismo a sus propias cabras. ¿Y entonces qué?

Bagheera, que no conocía bien a Kaa, desconfiaba por naturaleza.

—Entonces, en ese caso, tú y yo juntos, viejo cazador, haremos que entre en razón. —Baloo frotó su hombro pardo contra la Pantera y los dos partieron en busca de Kaa, la Pitón de Roca.

Encontraron a la serpiente echada cuan larga era sobre un saliente calentito, tomando el sol de la tarde y admirando su piel nueva, ya que se había retirado diez días para hacer la muda. Ahora tenía un aspecto espléndido, movía su cabeza de nariz roma por el suelo, retorcía los nueve metros que medía su cuerpo en fantásticos nudos y curvas y se lamía la boca como si estuviera pensando en la cena.

—No ha comido —dijo Baloo con un gruñido de alivio en cuanto vio la piel marrón y amarilla bellamente moteada—. Ten cuidado, Bagheera. Siempre que hace la muda se queda un poco ciego y ataca ante la mínima provocación.

Kaa no era una serpiente venenosa (de hecho, opinaba que las serpientes venenosas eran unas cobardes) sino que su fuerza radicaba en su abrazo, y una vez que había envuelto a alguien en sus enormes bucles ya no había nada más que hacer.

—¡Buena caza! —gritó Baloo, y se sentó sobre sus cuartos traseros. Como todas las serpientes de su raza, Kaa era algo sordo y en un primer momento no oyó la llamada. Luego, preparado para cualquier eventualidad, se enrolló con la cabeza baja.

—Buena caza a todos —respondió—. Pero bueno, Baloo, ¿qué haces por aquí? Buena caza, Bagheera. Al menos uno de nosotros necesita comer. ¿Tenéis noticia de alguna presa por aquí cerca? ¿Una corza, quizás? ¿O puede que un joven ciervo? Estoy vacío como un pozo seco.

—Vamos de caza —dijo Baloo con tono despreocupado. Sabía que no se debe apresurar a Kaa. Es demasiado grande.

—Permitidme que os acompañe —dijo Kaa—. Un golpe más o menos no significa nada para vosotros, Bagheera o Baloo, pero yo... Yo he de esperar y esperar durante días en un sendero de la selva y trepar a un árbol y pasar media noche esperando la mera posibilidad de conseguir un joven mono. ¡Puaj! Las ramas ya no son lo que eran como cuando era joven. Ramas podridas y vástagos secos; eso es lo que son.

—Quizás tu peso tenga algo que ver —dijo Baloo.

—Soy bastante largo... bastante largo —dijo Kaa con un poco de orgullo—. A pesar de ello, es culpa de estos árboles jóvenes. En mi última cacería a punto estuve de caer, muy a punto, y el ruido que hice al escurrirme, porque no tenía la cola enrollada con firmeza alrededor del tronco, despertó a los *Bandar* y me lanzaron los más malvados calificativos.

—Sin pies, lombriz amarilla —dijo entre dientes Bagheera, como si estuviera tratando de recordar algo.

—Ssssssssss. ¿Me han llamado *eso*? —dijo Kaa.

—Algo por el estilo nos gritaron la última luna llena, pero no les hicimos caso. Dicen lo que sea, incluso que has perdido todos tus dientes, o que no te enfrentas a nada de mayor tamaño que una cría, porque... (estos *Bandar* son sin duda unos desvergonzados) porque tienes miedo de los cuernos de los machos cabríos —prosiguió Bagheera en tono adulador.

Ahora bien, una serpiente, especialmente una pitón vieja como Kaa, casi nunca muestra su enfado, pero Baloo y Bagheera podían ver que los grandes músculos de tragar, visibles a ambos lados de la garganta de Kaa, se abultaban y se movían formando ondas.

—Los *Bandar* han trasladado su campamento —dijo en voz baja—. Cuando he salido a tomar el sol les he oído chillar en lo alto de los árboles.

—Estooo... Estamos siguiendo a los *Bandar* —dijo Baloo, pero las palabras se le atragantaron porque recordó que esta era la primera vez que un Habitante de la Selva admitía estar interesado en lo que hacían los monos.

—No es poco que dos cazadores como vosotros, sin duda líderes en vuestra propia selva, vayáis tras la pista de los *Bandar* —respondió Kaa con cortesía y muerto de curiosidad.

—En efecto —empezó a decir Baloo—, yo no soy más que el viejo y en ocasiones estúpido Maestro de la Ley de los lobeznos de Seeonee, y Bagheera...

—... es Bagheera —dijo la Pantera Negra, y cerró las mandíbulas con un chasquido porque no creía en mostrarse humilde—. El asunto es el siguiente, Kaa. Esos ladrones de nueces y recolectores de hojas de palmera nos han robado a nuestro cachorro de humano, de quien quizás hayas oído hablar.

—Por Ikki (sus púas hacen que se comporte de forma presuntuosa) tuve noticias de un humano que se unió a una manada de lobos, pero no creí nada. Ikki siempre tiene historias oídas a medias y peor contadas.

—Pues es verdad. Es un cachorro de humano como nunca lo ha habido —dijo Baloo—. El mejor y más inteligente y valiente de los cachorros de hombre, mi propio pupilo, el que hará el nombre de Baloo famoso en todas las selvas. Además, Kaa, yo... nosotros... le tenemos mucho cariño.

—Ss. Ssss —respondió Kaa sacudiendo la cabeza de un lado a otro—. Yo también he conocido el amor. Os podría contar historias...

—... que requieren una noche despejada cuando todos tengamos el estómago lleno y así podamos apreciarlas como es debido —dijo rápidamente Bagheera—. Nuestro cachorro de humano está en manos de los *Bandar* y sabemos que, de todos los Habitantes de la Selva, solo temen a Kaa.

—Solo me temen a mí. Y tienen motivos —dijo Kaa—. Los monos son unos charlatanes, estúpidos, vanidosos... vanidosos, estúpidos y charlatanes. Pero eso de secuestrar a un ser humano, eso no es bueno. Cuando se cansan de las nueces que recolectan las arrojan al suelo. Arrastran una rama durante medio día con la idea de hacer grandes cosas con ella y al final la parten en dos. No envidio a ese humano. También me han llamado pez amarillo, ¿cierto?

—Lombriz… lombriz… lombriz de tierra —dijo Bagheera—, así como otras cosas que no puedo repetir por pudor.

—Tenemos que recordarles que deben hablar bien de su superior. Sssss. Tenemos que ayudarles a recuperar esa memoria tan errante que tienen. Bien. ¿Adónde fueron con el cachorro?

—Solo la selva lo sabe. En dirección al crepúsculo, creo —dijo Baloo—. Pensábamos que tú lo sabrías, Kaa.

—¿Yo? ¿Cómo? Los capturo cuando se cruzan en mi camino, pero no cazo a los *Bandar,* ni tampoco ranas o, si vamos al caso, la chusma verde de los charcos.

—¡Arriba! ¡Arriba! ¡Arriba! ¡Arriba! ¡Eo! ¡Eo! ¡Mira arriba, Baloo de la Manada de Lobos de Seeonee!

Baloo levantó la vista para ver de dónde venía la voz y vio a Rann, el Milano, precipitándose hacia ellos con el sol iluminando los bordes de sus alas. Era casi la hora en que Rann se retiraba a descansar, pero había cubierto casi toda la selva en busca del Oso sin verlo bajo la espesura.

—¿Qué ocurre? —dijo Baloo.

—He visto a Mowgli con los *Bandar.* Me ha pedido que te lo diga. Los he observado. Los *Bandar* se lo han llevado más allá del río, a la ciudad de los monos, a las Guaridas Frías.[8] Puede que se queden allí a pasar la noche, o durante diez días, o durante una hora. Les he dicho a los murciélagos que vigilen durante las horas oscuras. Este es mi mensaje. ¡Buena caza a todos allá abajo!

—Te deseo un estómago lleno y un sueño profundo, Rann —gritó Bagheera—. Me acordaré de ti cuando cobre mi próxima pieza y reservaré la cabeza solo para ti, el mejor de los milanos.

---

8 Ciudad abandonada. Una guarida fría significa que ha sido abandonada por los animales, y lo mismo vale para las ruinas de una ciudad.

—No hay de qué. No hay de qué. El chico pronunció las Palabras Maestras. No podía haber hecho menos —dijo, y se alzó volando en círculos hacia su nido.

—No ha olvidado utilizar su lengua —dijo Baloo soltando una risita de orgullo—. Imagina, alguien tan joven que recuerda las Palabras Maestras de las aves. Y encima mientras lo arrastran por los árboles.

—Se le han inculcado a la fuerza —dijo Bagheera—. Pero estoy orgulloso de él, y ahora debemos ir a las Guaridas Frías.

Todos sabían dónde estaba ese lugar, pero pocos Habitantes de la Selva se aventuraban allí porque lo que ellos llamaban Guaridas Frías era una antigua ciudad desierta, perdida y enterrada en la selva, y los animales no suelen utilizar un lugar que haya sido habitado por los hombres. Lo hace el jabalí, pero las tribus cazadoras, no. Además, podría decirse que los monos vivían allí tanto como en cualquier parte, y ningún animal con dignidad se acercaría a la ciudad excepto en época de sequía, cuando los depósitos y embalses en ruinas contenían algo de agua.

—Está a una distancia de media noche de viaje... a velocidad máxima —dijo Bagheera, y Baloo puso cara seria.

—Iré tan rápidamente como pueda —dijo el oso con ansiedad.

—No podemos esperarte. Síguenos, Baloo. Kaa y yo debemos correr.

—Con patas o sin patas, soy capaz de ir a la misma velocidad que tú —dijo Kaa en tono cortante. Baloo hizo un esfuerzo por correr, pero tuvo que sentarse porque estaba jadeando, de modo que le dejaron atrás, ya vendría más adelante, mientras que Bagheera corría al galope sostenido de las panteras. Kaa no dijo nada, pero por mucho que se esforzara Bagheera la enorme pitón de roca le seguía el ritmo. Cuando llegaron a un riachuelo Bagheera se adelantó para saltar por encima, mientras que Kaa nadó manteniendo la cabeza y dos pies de cuello por encima del agua. Sin embargo, en el suelo, Kaa recuperó terreno.

—Por el Cerrojo Roto que me liberó —dijo Bagheera a la hora del crepúsculo—, no eres en absoluto lento.

—Es que tengo hambre —dijo Kaa—. Además, me han llamado rana moteada.

44

—Lombriz. Lombriz de tierra, y encima, amarilla.

—Es lo mismo. Prosigamos —y pareció como si Kaa se derramara por el suelo y encontrara atajos con los ojos clavados en el suelo, sin desviarse un ápice.

En las Guaridas Frías, los Monos no pensaban en los amigos de Mowgli. Habían traído al chico a la Ciudad Perdida y por el momento estaban muy satisfechos. Mowgli nunca había visto una ciudad india y, a pesar de que esta era prácticamente un montón de ruinas, le pareció maravillosa y espléndida. Algún rey la había construido mucho tiempo atrás sobre una pequeña colina. Aún se podían seguir las calzadas de piedra que conducían a los vestigios de las puertas, donde las últimas astillas de madera seguían colgando de los goznes gastados y oxidados. Los árboles habían crecido dentro de las murallas; las almenas se habían derrumbado y degradado, y enredaderas silvestres brotaban de las ventanas de las torres y bajaban por los muros formando tupidas matas de plantas colgantes.

Coronaba la colina un gran palacio sin techo, y el mármol de los patios y las fuentes se había partido y estaba manchado en tonos rojo y verde, y los mismísimos adoquines del patio donde habían vivido los elefantes del rey se habían levantado y separado por el empuje de las hierbas y los vástagos. Desde el palacio se podía ver hilera tras hilera de casas que habían conformado la ciudad y que se asemejaban a panales vacíos, llenos de oscuridad; el bloque de piedra informe que había sido una vez un ídolo situado en la plaza donde se encontraban cuatro calles; los agujeros y surcos en las esquinas donde una vez estuvieron las fuentes públicas; y las cúpulas hechas añicos de los templos, con higueras salvajes brotando a los lados. Los monos llamaban a ese lugar su ciudad y fingían despreciar a los Habitantes de la Selva por vivir en la espesura. Y, sin embargo, nunca supieron para qué se habían construido los edificios ni cómo utilizarlos. Se sentaban en círculos en el vestíbulo de la sala del consejo del rey y se buscaban las pulgas y fingían ser humanos; o bien corrían dentro y fuera de las casas y recogían pedazos de yeso y viejos ladrillos y los depositaban en una esquina, y olvidaban dónde los habían escondido, y se peleaban y gritaban en altercados multitudinarios, y se detenían para jugar a trepar y bajar por las terrazas del jardín del rey, donde sacudían los rosales y los naranjos por diversión para ver caer la fruta y las flores. Exploraban todos los callejones y túneles oscuros del palacio y los cientos de pequeños dormitorios oscuros, pero nunca recordaban lo que habían visto y lo que habían dejado de ver; y así deambulaban, de uno en uno, o a dos, o en grupos, diciéndose mutuamente que se comportaban como verdaderos hombres. Bebían en los depósitos y dejaban el agua fangosa y luego peleaban por ella, y después se precipitaban para juntarse en grupos y gritar «no hay nadie en la selva ni tan inteligente ni tan listo ni tan fuerte ni tan amable como los *Bandar*». Luego todo comenzaba de nuevo hasta que se cansaban de la ciudad y regresaban a las copas de los árboles, a la espera de que los Habitantes de la Selva se fijaran en ellos.

A Mowgli, que había sido educado de acuerdo con la Ley de la Selva, no le gustaba este tipo de vida ni tampoco la entendía. Los monos lo arrastraron hasta las Guaridas Frías a última hora de la tarde y en lugar de ir a dormir, como Mowgli habría hecho tras un largo viaje, se cogieron de las manos y danzaron y cantaron sus descabelladas canciones. Uno de los monos pronunció un discurso y les dijo a sus compañeros que la captura de Mowgli marcaba un nuevo hito en la historia de los *Bandar,* porque Mowgli iba a enseñarles a entretejer ramitas y cañas como protección contra la lluvia y el frío. Mowgli recogió varias enredaderas y empezó a trabajarlas, y los monos intentaron imitarle; pero a los pocos minutos perdieron el interés y empezaron a tirar de las colas de sus amigos o a saltar sobre sus cuatro extremidades, arriba y abajo, escupiendo.

—Quiero comer —dijo Mowgli—. No conozco esta parte de la selva. Traedme comida o permitidme cazar.

Veinte o treinta monos salieron brincando para llevarle nueces y papayas silvestres; pero por el camino empezaron a pelearse y les acarreó demasiados problemas regresar con lo que quedaba de la fruta. Mowgli estaba irritado y enfadado y tenía hambre, así que deambuló por la ciudad vacía lanzando de vez en cuando la Llamada de Caza de los Desconocidos, pero nadie le respondió y Mowgli sintió que, sin duda, estaba en apuros.

«Todo lo que me ha contado Baloo sobre los *Bandar* es verdad», se dijo Mowgli. «No tienen Leyes, ni Llamada de Caza, ni jefes... nada, excepto palabras estúpidas y pequeñas manos de ladrón. Así que si me muero de hambre o me matan será culpa mía. Pero he de intentar volver a mi selva. Baloo seguro que me dará una paliza, pero eso es preferible a ir a la caza de pétalos de rosa con los *Bandar*.»

En cuanto llegó a la muralla de la ciudad, los monos lo trajeron de vuelta diciéndole que no sabía lo feliz que era, y le dieron pellizcos para que se mostrara agradecido. Apretó los dientes y no dijo nada, pero fue con los monos, que iban chillando, a la terraza que había encima de los depósitos de arenisca roja, medio llenos de agua de lluvia. En el centro de la terraza había un pabellón de verano de mármol blanco en ruinas que había sido construido para reinas que llevaban cien años muertas. La bóveda del tejado se había derrumbado y había bloqueado el paso subterráneo que conducía al palacio y por el cual accedían las reinas al pabellón; pero las paredes eran de tracería en mármol, unas bellas grecas blancas como la leche, con ágatas y cornalina y jaspe y lapislázuli engarzados, y cuando salió la luna detrás de la colina brilló sobre la estructura labrada, arrojando sombras en el suelo semejantes a un bordado de terciopelo negro. A pesar de lo irritado, somnoliento y hambriento que estaba, Mowgli no pudo evitar reír cuando los *Bandar* empezaron, veinte a la vez, a decirle lo grandes e inteligentes y fuertes y amables que eran, y lo estúpido que era por su parte querer abandonarlos.

—Somos grandes. Somos libres. Somos maravillosos. Somos los habitantes más maravillosos de la selva. Todos lo decimos, de modo que debe de ser verdad —gritaban—. Como eres un público nuevo y puedes llevar nuestras palabras a los Habitantes de la Selva para que en el futuro se fijen en nosotros, te contaremos todo sobre nosotros, que somos tan excelentes.

Mowgli no objetó y los monos se juntaron a cientos en la terraza para escuchar a sus propios oradores cantar las virtudes de los *Bandar*, y cada vez que un orador se detenía a recobrar el aliento todos gritaban a la vez:

—Es verdad, todos lo confirmamos.

Mowgli asentía y pestañeaba y decía «sí» cuando le hacían una pregunta, y la cabeza le daba vueltas de tanto disparate.

«Tabaqui, el Chacal, debe de haber mordido a toda esta gente», se dijo, «y ahora padecen de locura. Sin duda, esto es *dewanee*, la locura. ¿Nunca duermen? Por ahí se acerca una nube que tapará la luna. Si tan solo fuera lo suficientemente grande podría intentar escapar en medio de la oscuridad. Pero estoy cansado».

Esa misma nube era observada por dos buenos amigos en la zanja en ruinas que había bajo la muralla de la ciudad, porque Bagheera y Kaa, sabiendo lo peligrosos que eran los Monos en gran número, no querían correr ningún riesgo. Los monos no luchan a menos que sean cien contra uno, y a pocos en la selva les gusta ese porcentaje.

—Yo iré a la muralla oeste —susurró Kaa— y bajaré velozmente gracias a la pendiente natural del terreno. No se me lanzarán encima a cientos, pero...

—Lo sé —dijo Bagheera—. Ojalá estuviera aquí Baloo. Pero tenemos que hacer lo que podamos. Cuando esa nube tape la luna iré a la terraza. Están celebrando una suerte de consejo relacionado con el niño.

—Buena caza —dijo Kaa sombrío, y se alejó deslizándose hacia la muralla oeste. Dio la casualidad de que era la que estaba menos derruida y la serpiente se vio rezagada un rato antes de hallar un camino de subida por las piedras. La nube ocultó la luna y justo cuando Mowgli se preguntaba qué pasaría a continuación, oyó la pisada ingrávida de Bagheera en la terraza. La Pantera Negra había corrido pendiente arriba casi sin hacer ruido y daba zarpazos (tenía la suficiente sensatez como para no perder tiempo mordiendo) a derecha e izquierda a los monos que rodeaban a Mowgli sentados en círculos de un grosor de cincuenta o sesenta individuos. Hubo un aullido de miedo y rabia, y entonces, cuando Bagheera tropezó con cuerpos caídos que se revolvían debajo de él, un mono gritó:

—¡Solo hay uno! ¡Matadlo! ¡Matadlo!

Una masa de monos al ataque, mordiendo, arañando, desgarrando y tirando, se lanzaron sobre Bagheera mientras cinco o seis agarraron a Mowgli, le arrastraron hasta la pared de la casa de verano y le empujaron por el agujero de la bóveda derrumbada. Un chico educado entre los hombres habría acabado muy magullado, dado que la distancia desde arriba era de unos buenos cuatro metros, pero Mowgli cayó como le había enseñado Baloo y aterrizó sobre los pies.

—Quédate ahí —gritaron los monos— hasta que hayamos matado a tus amigos y luego jugaremos contigo… si las Criaturas Venenosas te dejan vivir.

—Somos hermanos de sangre, tú y yo —dijo Mowgli rápidamente, pronunciando la Llamada de la Serpiente. Oyó susurros y siseos entre los escombros que le rodeaban y lanzó la Llamada una segunda vez, por si acaso.

—¡Eso es! ¡Todas! ¡Bajad las capuchas! —susurraron media docena de voces (toda ruina en la India se convierte tarde o temprano en la morada de las serpientes, y la vieja casa de verano estaba infestada de cobras)—. Quédate quieto, Hermanito, porque tus pies pueden hacernos daño.

Mowgli se quedó tan quieto como pudo, mirando a través de la piedra trabajada y escuchando el estrépito de la pelea en torno a la Pantera Negra, los gritos y chillidos y la escaramuza, y las exhalaciones graves y roncas de Bagheera cuando reculaba y se volvía y retorcía y se zambullía bajo montones de enemigos. Por primera vez desde su nacimiento Bagheera peleaba por su vida.

«Baloo debe de estar al caer, Bagheera no habría venido solo», pensó Mowgli, y entonces dijo en voz alta:

—¡Al depósito, Bagheera! Ve a los depósitos de agua. ¡Ve y sumérgete! ¡Métete en el agua!

Bagheera le oyó y el grito que le informaba de que Mowgli estaba a salvo le dio ánimos. Avanzó desesperadamente, palmo a palmo, directo hacia los depósitos, danzo zarpazos en silencio. Entonces, procedente del muro en ruinas más cercano a la espesura, surgió el atronador grito de guerra de Baloo. El viejo oso se había esforzado pero no había podido llegar antes.

—¡Bagheera! —gritó—. Ya estoy aquí. Estoy trepando. Ya me doy prisa. *¡Ahowora!* Las piedras se escurren bajo mis patas. ¡Ya veréis cuando llegue, infames *Bandar*!

Alcanzó la terraza jadeando para desaparecer por entero bajo una oleada de monos, pero se levantó sobre los cuartos traseros y, abriendo las patas delanteras, abrazó a cuantos individuos pudo y luego empezó a pegar de manera que se oía un constante *bat bat bat,* como los golpes de una rueda de palas al dar vueltas. Un estrépito y un salpicón le indicaron a Mowgli que Bagheera había avanzado hasta el depósito donde los monos no podían seguirle. La pantera cogía bocanadas de aire recuperando el aliento con la cabeza por encima de la superficie, mientras tres hileras de monos permanecían en los escalones rojos, saltando furiosos arriba y debajo, listos para saltar sobre Bagheera desde todas partes si salía del agua para ayudar a Baloo. Entonces Bagheera levantó su mentón chorreando de agua y gritó con desesperación la Llamada de la Serpiente para recibir protección: «Somos hermanos de sangre, tú y yo...» Creía que Kaa había dado media vuelta en el último momento. Ni siquiera Baloo, en un extremo de la terraza, medio asfixiado bajo los monos, pudo evitar reírse por lo bajo al oír a la Pantera Negra pedir ayuda.

Kaa justo acababa de superar la muralla oeste y había aterrizado con violencia, desalojando una piedra de albardilla que cayó en la zanja. No tenía intención de perder su ventaja una vez en el suelo, y se enroscó y desenroscó varias veces para asegurarse de que cada metro de su largo cuerpo funcionaba perfectamente. Mientras tanto, la pelea con Baloo continuaba y los monos gritaban en el depósito, rodeando a Bagheera. Mang, el Murciélago, volaba de un lado a otro llevando las noticias de la gran batalla por toda la selva hasta que incluso Hathi, el Elefante Salvaje, barritó y, lejos, bandas dispersas de monos despertaron y llegaron brincando por los árboles para ayudar a sus camaradas de las Guaridas Frías, y el ruido de la pelea despertó a todas las aves diurnas a millas de distancia. Entonces llegó Kaa, veloz, deseoso de matar. La fuerza de una pitón en combate es el golpe que da con la cabeza más toda la fuerza y el peso de su cuerpo. Si sois capaces de imaginar una lanza o un ariete o un martillo de casi media tonelada manejado por la mente fría y tranquila que habita en el mango, entonces podéis imaginar lo que era Kaa cuando peleaba. Una pitón de un metro o metro y medio de largo puede tumbar a un hombre si le golpea directamente en el pecho, y Kaa, como sabéis, media nueve metros. El primer golpe lo asestó en el centro de la multitud que rodeaba a Baloo, dejándolos a todos fuera de juego y sin habla, y no hubo necesidad de un segundo golpe. Los monos se dispersaron gritando «¡Kaa! ¡Es Kaa! ¡Corred! ¡Corred!».

A generaciones de monos se les había atemorizado para que se portaran bien a través de las historias que les contaban sus mayores sobre Kaa, el ladrón en la noche, que era capaz de deslizarse por las ramas tan silencioso como el crecimiento del musgo, y así raptar al mono más fuerte que jamás hubiera vivido; Kaa, que hasta tal punto era capaz de fingir ser una rama seca o un tronco podrido que engañaba al más inteligente... y entonces la rama lo atrapaba. Kaa era todo lo que los monos temían en la selva, porque ninguno de ellos conocía el límite de su poderío, ninguno podía mirarle a la cara y ninguno salía vivo de su abrazo. De modo que salieron corriendo, tartamudeando de horror, hacia los muros y tejados de las casas, y Baloo soltó aire, aliviado. Su pelaje era más espeso que el de Bagheera, pero había sufrido serios daños durante la pelea. Entonces, y por primera vez, Kaa abrió la boca y pronunció una sola palabra sibilante, y los monos que habían llegado corriendo de lejos para socorrer a los de las Guaridas Frías se detuvieron en seco, acobardados, hasta que las ramas cargadas se doblaron y se partieron bajo su peso. Los monos subidos a los muros y las casas vacías dejaron de llorar y, en el silencio que invadió la ciudad, Mowgli oyó a Bagheera sacudirse los costados mojados al salir del depósito de agua. Entonces, el clamor estalló de nuevo. Los monos treparon más alto en los muros; se agarraron a los cuellos de los grandes ídolos de piedra y chillaron al brincar por las almenas, mientras Mowgli, bailando en la casa de verano, acercó un ojo a la piedra trabajada y ululó como un búho a través de sus dientes frontales, en tono de burla, mostrando su desdén.

—Saca al cachorro de hombre de esa trampa, yo ya no puedo hacer más —dijo sin aliento Bagheera—. Recuperemos al cachorro y vayámonos. Podrían atacar de nuevo.

—No se moverán hasta que yo se lo ordene. ¡Quedaosssss quietossss! —siseó Kaa, y la ciudad volvió a quedar en silencio—. No he podido llegar antes, Hermano, pero *creo* que he oído tu llamada. —Estas palabras iban dirigidas a Bagheera.

—Pue... puede que te haya llamado en plena batalla —respondió Bagheera—. Baloo, ¿estás herido?

—No estoy del todo seguro de que no me hayan desgarrado y me hayan partido en cientos de pequeños osos —dijo con gravedad Baloo mientras sacudía una pata tras otra—. Cielos. Qué dolor. Kaa, creo que Bagheera y yo te debemos la vida.

—No importa. ¿Dónde está el hombrecillo?

—Aquí, en una trampa. No puedo salir —dijo Mowgli. La curva de la cúpula rota estaba justo encima de su cabeza.

—¡Sacadlo de aquí! Baila como Mao, el Pavo Real. Va a aplastar a nuestras crías —dijeron las cobras desde el interior.

—¡Ja! —dijo Kaa riéndose entre dientes—, tiene amigos por todas partes, este hombrecillo. Apártate, Hombrecillo. Y vosotras, oh, Criaturas Venenosas, escondeos, porque voy a romper la pared.

Kaa estudió minuciosamente el tabique hasta que encontró una grieta descolorida en la tracería de mármol, lo que indicaba un punto débil. Dio dos o tres golpecitos con la cabeza para calcular la distancia y luego, levantando dos metros de su cuerpo por encima del suelo, descargó con su nariz y con toda la potencia posible media docena de golpes que lo dejó todo hecho añicos. La piedra trabajada estalló y cayó bajo una nube de polvo y escombros. Mowgli saltó por el hueco y se lanzó en el espacio que había entre Baloo y Bagheera, rodeando el cuello de ambos amigos con los brazos.

—¿Estás herido? —dijo Baloo abrazándolo con cariño.

—Estoy dolorido, tengo hambre y no estoy ni un poco magullado. Pero ¡os han tratado lamentablemente, hermanos míos! ¡Estáis sangrando!

—Otros también —dijo Bagheera lamiéndose la boca y mirando los monos muertos que yacían por la terraza y alrededor del depósito de agua.

—No es nada. No es nada mientras tú estés a salvo. Oh, mi orgullo entre todas las ranitas —gimoteó Baloo.

—Eso ya lo juzgaremos más tarde —dijo Bagheera en un tono mordaz que no gustó nada a Mowgli—. Pero aquí está Kaa, a quien le debemos la batalla y a quien tú le debes la vida. Dale las gracias según dictan nuestras costumbres, Mowgli.

Mowgli se volvió y vio la cabeza de la gran pitón meneándose medio metro por encima de la de él.

—De modo que este es el hombrecillo —dijo Kaa—. Su piel es muy suave y se parece un poco a los *Bandar*. Ten cuidado, Hombrecillo, que un atardecer no te confunda con un mono cuando recién haya hecho la muda.

—Somos hermanos de sangre, tú y yo —respondió Mowgli—. Esta noche tomo mi vida de ti. Cuando cobre una pieza, esa será tu pieza si alguna vez tienes hambre, oh, Kaa.

—Muchas gracias, Hermano —dijo Kaa a pesar de que sus ojos brillaban—. ¿Y qué mata un cazador tan valiente? Pregunto por seguirte la próxima vez que salgas.

—No mato nada, soy demasiado pequeño. Pero llevo a las cabras adonde otros puedan apresarlas. Cuando estés hambrienta ven a verme y verás si digo la verdad. Soy bastante diestro con las manos —se las mostró—, y si alguna vez caes en una trampa, puedo pagar mi deuda contigo, con Bagheera y con Baloo. Buena caza a todos vosotros, mis maestros.

—Bien dicho —gruñó Baloo, pues Mowgli había dado las gracias muy bien. La pitón bajó ligeramente la cabeza a la altura del hombro de Mowgli—. Un corazón valiente y una lengua cortés —dijo—. Te llevarán lejos en esta jungla, cría de hombre. Pero ahora vete rápidamente con tus amigos. Vete y duerme, porque la luna se pone y lo que sigue no es algo que debas ver.

La luna se ponía tras las colinas, y las hileras de monos temblorosos acurrucados en muros y almenas parecían flecos de aspecto precario, andrajoso, como hechos jirones. Baloo se acercó al depósito a beber agua y Bagheera empezó a arreglar su pelaje, mientras Kaa se deslizaba hacia el centro de la terraza y cerraba su mandíbula con un chasquido estridente que hizo que todos los monos fijaran sus ojos en ella.

—La luna se pone —dijo—. ¿Queda luz para ver?

Desde las murallas llegó un gemido como del viento en las copas de los árboles: «Vemos, oh, Kaa».

—Bien. Ahora empieza la Danza, la Danza del Hambre de Kaa. Tomad asiento y ved.

Dio dos o tres vueltas siguiendo un gran círculo, serpenteando su cabeza de derecha a izquierda. Empezó haciendo círculos y ochos con su cuerpo, y triángulos imprecisos, lentos, que se fundían en rectángulos y figuras de cinco lados, y montones de espirales, sin descansar jamás, sin darse prisa jamás, y sin abandonar el zumbido grave de su canto. La oscuridad lo fue invadiendo todo hasta que desaparecieron las últimas espirales, arrastrándose, desplazándose, y, sin embargo, el susurro de las escamas era audible.

Baloo y Bagheera gruñían, quietos como estatuas y con el pelo de la nuca erizado, mientras Mowgli miraba maravillado.

—*Bandar* —dijo finalmente la voz de Kaa—, ¿podéis mover pies o manos sin que yo os lo ordene? ¡Responded!

—Sin que nos des una orden no podemos mover ni pies ni manos, oh, Kaa.

—¡Bien! Dad un paso adelante.

Las hileras de monos avanzaron impotentes y Baloo y Bagheera dieron un paso adelante con ellos.

—¡Más cerca! —siseó Kaa, y volvieron a avanzar.

Mowgli puso sus manos sobre Baloo y Bagheera para apartarlos y las dos grandes fieras se sobresaltaron como si las hubieran despertado de un sueño.

—Mantén tu mano en mi lomo —susurró Bagheera—. Déjala ahí o si no volveré adonde está Kaa. ¡Ah!

—Kaa solo hace círculos sobre el polvo —dijo Mowgli—. Vámonos.

Y los tres se escabulleron a la selva a través de un hueco de la muralla.

—Uau —dijo Baloo cuando ya había llegado a los árboles calmos—. Nunca más me aliaré con Kaa.

Se estremeció de arriba abajo.

—Sabe más que nosotros —dijo Bagheera temblando—. En poco tiempo, si me hubiera quedado habría ido directo a su boca.

—Muchos seguirán ese camino antes de que vuelva a salir la luna —dijo Baloo—. Tendrá una buena caza, al estilo que le es propio.

—Pero ¿qué significaba todo? —preguntó Mowgli, que no sabía nada acerca de los poderes de fascinación de las pitones—. Lo único que he visto era una serpiente enorme haciendo estúpidos círculos hasta que se hizo oscuro. Y tenía toda la nariz magullada. Ja, ja.

—Mowgli —dijo Bagheera enfadado—. Su nariz estaba magullada por tu culpa; igual que mis orejas, flancos, garras, y el cuello y hombros de Baloo están llenos de mordiscos por tu culpa. Ni Baloo ni Bagheera podrán cazar a gusto durante muchos días.

—No es nada —dijo Baloo—, hemos recuperado a nuestro cachorro de hombre.

—Cierto, pero en un momento que podría haberse utilizado para una buena caza hemos pagado en heridas, pelaje (estoy completamente pelado a lo largo del lomo) y, por último, honor. Porque debes recordar, Mowgli, que yo, la Pantera Negra, me he visto obligado a pedir la protección de Kaa, y que Baloo y yo hemos quedado como unos estúpidos durante la Danza del Hambre. Todo esto, cachorro de hombre, ha sido consecuencia de tus correrías con los *Bandar*.

—Es verdad, es verdad —dijo Mowgli arrepentido—. Soy un mal cachorro de hombre y siento tristeza en mi estómago.

—Grr. ¿Qué dice la Ley de la Selva, Baloo?

Baloo no quería meter a Mowgli en ningún otro lío, pero no podía cambiar la Ley, de modo que masculló:

—Arrepentirse no exime de castigo. Pero recuerda, Bagheera, que es muy pequeño.

—Lo recordaré, pero ha hecho una travesura y ahora hay que castigarle. Mowgli, ¿tienes algo que decir?

—Nada. He cometido un error. Baloo y tú estáis heridos. Es justo.

Bagheera le dio media docena de cachetes amorosos. Desde el punto de vista de una pantera, los azotes apenas habrían despertado a uno de sus cachorros, pero para un niño de siete años fueron tan severos que uno querría evitarlos. Cuando hubo pasado todo, Mowgli estornudó y se levantó por su propio pie sin decir palabra.

—Ahora —dijo Bagheera—, salta a mi espalda, Hermanito, y volvamos a casa.

Una de las bellezas de la Ley de la Selva es que el castigo salda todas las cuentas. Después, no hay más que hablar.

Mowgli descansó la cabeza en el lomo de Bagheera y durmió tan profundamente que ni siquiera se despertó cuando lo depositaron junto a Madre Loba en la cueva.

CANCIÓN DE LOS BANDAR
PARA EL CAMINO

Y así vamos, como una guirnalda,
casi hasta la luna celosa.
¿No envidias nuestras alegres bandas?
¿No querrías tener un par de manos de más?
¿No te gustaría que tu cola fuera
curvada, en forma del arco de Cupido?
Ahora estás enfadado, pero... no importa,
Hermano, la cola te cuelga por detrás.

Aquí sentados en fila sobre una rama,
pensando en las cosas bellas que sabemos;
soñando con proezas que hacer queremos,
todas concluidas en un minuto o dos.
Algo noble y grande y bueno,
logrado meramente deseándolo.
Ahora vamos a... no importa,
Hermano, la cola te cuelga por detrás.

Todos los chismes que hemos oído,
anunciados por murciélago o bestia o ave,
cuero o aleta o escama o pluma,
los repetimos rápidamente, todos juntos.

¡Excelente! ¡Maravilloso! ¡Otra vez!
Ahora hablamos como hombres.
Finjamos que lo somos… no importa,
Hermano, la cola te cuelga por detrás.
Estas son las costumbres de los Monos.

Únete pues a nuestras filas saltarinas que vuelan a través de los pinos,
que salen disparadas por donde cuelgan las parras silvestres, ligeras y
[elevadas.
Por los despojos que dejamos atrás y el noble ruido que armamos,
ten por seguro, ¡cosas espléndidas vamos a hacer!

¡Tigre! ¡Tigre!

¿Qué tal la caza, valiente cazador?
Hermano, la espera ha sido larga y fría.
¿Qué tal la presa que fuiste a matar?
Hermano, sigue pastando en la selva.
¿Dónde está la fuerza que te enorgullecía?
Hermano, me abandona por mi flanco y mi costado.
¿Por qué tanta prisa, por qué la premura?
Hermano, voy a mi guarida... a morir.

Ahora debemos regresar al primer relato. Cuando Mowgli dejó la guarida de los lobos tras la pelea con la Manada en la Roca del Consejo, descendió a las tierras de cultivo donde viven los campesinos, pero no se detuvo allí porque era demasiado cerca de la selva y sabía que había hecho al menos un enemigo en el Consejo. De modo que se apresuró, siguiendo el camino agreste que descendía por el valle, corriendo a un ritmo constante durante casi veinte millas, hasta llegar a una región que no conocía. El valle se abría a una gran planicie salpicada de rocas y seccionada por barrancos. En un extremo había una pequeña aldea, y en el otro, la selva espesa se extendía hasta el área de pastoreo, y allí se detenía, como si la hubieran cortado con una azada. Por toda la planicie había reses y búfalos pastando, y cuando los niños a cargo de los rebaños vieron a Mowgli gritaron y salieron corriendo, y los famélicos perros amarillos que corretean por toda aldea india le ladraron. Mowgli siguió andando porque tenía hambre y cuando llegó a la entrada de la aldea vio que, apartado a un lado, había un arbusto de espinos que todas las noches se colocaba derecho delante de la puerta.

—Vaya —dijo, porque se había encontrado con barricadas de este estilo en más de una ocasión, cuando salía por la noche en busca de comida—. De modo que aquí los hombres también tienen miedo de los Habitantes de la Selva.

Se sentó junto a la verja y cuando salió un hombre se puso en pie, abrió la boca y con la mano la señaló para indicar que quería comida. El hombre lo miró fijamente y corrió por la única calle de la aldea llamando a gritos al sacerdote, que era un hombre grande, obeso, vestido de blanco, con una marca roja y amarilla en la frente. El sacerdote se acercó a la entrada y, con él, al menos cien personas que miraron, hablaron, gritaron y señalaron a Mowgli.

—Los hombres no tienen modales —se dijo Mowgli—. Solo los monos grises se comportarían igual. —De modo que se echó el pelo hacia atrás y frunció el ceño a la multitud.

—No hay nada que temer —dijo el sacerdote—. Mirad las marcas en sus brazos y piernas. Son mordeduras de lobos. No es más que un niño lobo que ha escapado de la selva.

Efectivamente, ocurría con frecuencia que, al jugar juntos, los lobeznos mordían a Mowgli más fuerte de lo deseado y el niño tenía cicatrices blancas en brazos y piernas. Pero él habría sido la última persona en todo el mundo en llamar a eso mordeduras porque sabía a la perfección lo que era un mordisco real.

—¡Ea! ¡Ea! —dijeron dos o tres mujeres a coro—. Pobre niño, mira cómo lo han mordido los lobos. Es un niño guapo. Tiene ojos de fuego. Por mi honor, Messua, se parece al niño que se llevó el tigre.

—Dejadme ver —dijo una mujer con unas pulseras pesadas de cobre en muñecas y tobillos que estudió detenidamente a Mowgli—. ¡Qué va a ser él! Está más delgado, pero tiene la misma mirada que mi hijo.

El sacerdote era un hombre inteligente y sabía que Messua era la esposa del hombre más rico del lugar, de modo que miró al cielo durante un instante y dijo con solemnidad:

—Lo que la selva se llevó la selva ha devuelto. Llévate al niño a casa, hermana, y no olvides honrar al sacerdote que ve lo que hay en el interior de las vidas de las personas.

—¡Por el Buey que me salvó la vida! —se dijo Mowgli—. Esta charla no es más que una repetición de la que acaba de tener la Manada. En fin, si hombre soy en hombre me he de convertir.

La multitud se dispersó y la mujer le hizo un gesto a Mowgli para que la acompañara a su choza, donde había una cama laqueada en rojo, un gran arcón de arcilla para grano decorado con un curioso relieve, media docena de ollas de cobre, una imagen de un dios hindú en una pequeña hornacina y de la pared colgaba un espejo de verdad, como los que venden en las ferias rurales.

Le dio a beber leche y para comer un poco de pan, y luego le puso la mano sobre la cabeza y lo miró a los ojos porque pensó que quizás sí fuera su hijo, que había regresado de la selva donde el tigre se lo había llevado. Así que dijo:

—Nathoo, oh, Nathoo.

Mowgli no dio señal de reconocer el nombre.

—¿No recuerdas el día en que te di tus zapatos nuevos?

Ella le tocó el pie y lo notó duro, casi como un cuerno.

—No —dijo ella con tristeza—, estos pies nunca han llevado zapatos, pero te pareces mucho a mi Nathoo y serás mi hijo.

Mowgli se sintió incómodo porque nunca antes se había encontrado bajo techo; pero al estudiar la cubierta vegetal vio que si quisiera escapar, la podía arrancar en cualquier momento, y que la ventana carecía de cierres.

«¿De qué sirve ser hombre...», se dijo finalmente, «... si no soy capaz de entender el lenguaje de los hombres? Aquí me siento tan ridículo y estúpido como se sentiría un hombre entre nosotros en la selva. Debo aprender a hablar su lenguaje».

Mientras había vivido con los lobos no había aprendido a imitar la llamada de los ciervos en la selva ni el gruñido de los jabatos por mera diversión. En cuanto Messua pronunciaba una palabra, Mowgli la imitaba casi a la perfección, y antes de anochecer ya había aprendido los nombres de muchos de los objetos que llenaban la choza.

A la hora de ir a dormir hubo un problema porque Mowgli no quiso dormir en la cabaña, pues le parecía una trampa para panteras. Cuando cerraron la puerta, él salió por la ventana.

—Déjale que haga lo que quiera —dijo el esposo de Messua—. Recuerda que no debe de haber dormido nunca en una cama. Si realmente nos lo han enviado en lugar de nuestro hijo, no escapará.

Así, Mowgli se echó sobre la hierba que crecía alta y limpia al borde del campo, pero antes de cerrar los ojos notó como un suave hocico gris le daba un toquecito bajo el mentón.

—¡Vaya! —dijo Hermano Gris (el cachorro mayor de Madre Loba)—. Qué triste recompensa tras seguirte veinte millas. Hueles a humo y ganado... ya eres un hombre. Despierta, Hermanito. Te traigo noticias.

—¿Va todo bien en la selva? —dijo Mowgli dándole un abrazo.

—Todo bien, excepto para los lobos que se quemaron con la Flor Roja. Ahora, escucha. Shere Khan se ha ido lejos a cazar hasta que el pelaje le haya vuelto a crecer. Se le chamuscó mucho. Cuando vuelva, ha jurado que arrojará tus huesos al Waingunga.

—Pues ya somos dos. Yo también he hecho una promesa. Pero siempre está bien tener noticias. Esta noche estoy cansado... agotado de tanta novedad, Hermano Gris. Pero tráeme siempre noticias.

—¿No olvidarás que eres un lobo? ¿Los hombres no te harán olvidar? —dijo con ansiedad Hermano Gris.

—Nunca. Siempre recordaré que os quiero a ti y a todos en nuestra cueva, pero también recordaré que me han expulsado de la Manada.

—Y recuerda también que te pueden expulsar de otra manada. Los hombres no son más que hombres, Hermanito, y su lenguaje es como el de las ranas del estanque. Cuando vuelva a venir aquí, te esperaré en los bambús que hay en la linde de la tierra de pastoreo.

Durante los tres meses que siguieron a esa noche, Mowgli apenas cruzó la puerta de entrada a la aldea de tan ocupado como estaba aprendiendo los usos y costumbres de los hombres. Primero tuvo que vestir un trapo, lo cual le molestó enormemente. Y luego tuvo que aprender a utilizar dinero (algo que no entendía en absoluto) y a emplear el arado, al cual no le veía ningún uso. Además, los pequeños del pueblo le hacían enfadar. Por suerte, la Ley de la Selva le había enseñado a controlar su genio, puesto que en la selva, la vida y el alimento dependen de saber controlar el genio. Pero cuando se reían de él porque no jugaba con ellos ni hacía volar cometas, o porque no sabía pronunciar bien una palabra, tan solo el conocimiento de que no era caballeroso matar a cachorritos evitaba que los agarrara y los partiera en dos.

Ignoraba completamente lo fuerte que era. En la selva sabía que era débil comparado con otros animales, pero en el pueblo la gente decía que era fuerte como un toro.

Y Mowgli no tenía la más remota idea de las diferencias impuestas por el sistema de castas entre los hombres. Cuando el asno del alfarero resbaló en la cantera de arcilla, Mowgli lo sacó del agujero agarrándolo por la cola y ayudó a amontonar las ollas que habían de viajar al mercado de Khanhiwara. Eso fue muy sorprendente porque el alfarero era de casta inferior y su asno, peor. Cuando el sacerdote le riñó, Mowgli le amenazó con montarlo en el asno a él también, y el sacerdote le dijo al esposo de Messua que era necesario poner a trabajar a Mowgli cuanto antes. El jefe de la aldea le dijo a Mowgli que al día siguiente tendría que salir con los búfalos y vigilarlos mientras pastaban. Nada hizo más feliz a Mowgli; y esa noche, puesto que lo habían nombrado sirviente de la aldea, por así decirlo, se acercó a un círculo de hombres que se reunía todas las noches en una plataforma de obra bajo una gran higuera. Era el club de la aldea donde se reunían para fumar el jefe, el centinela, el barbero (que conocía todos los chismes de la aldea) y el viejo Buldeo, el cazador local, que tenía un fusil de chispa. Los monos se sentaban a charlar en las ramas superiores y bajo la plataforma había un orificio donde vivía una cobra, y cada noche le daban un plato de leche porque era sagrada. Y los viejos se sentaban alrededor del árbol, hablaban y daban caladas a las grandes *huqas,* las pipas de agua, hasta bien entrada la noche. Contaban maravillosos relatos de dioses y hombres y fantasmas; y Buldeo contaba unos incluso más maravillosos sobre los animales de la selva hasta que a los niños que estaban sentados fuera del círculo se les salían los ojos de las órbitas. La mayoría de relatos eran sobre animales, porque la selva estaba al otro lado de los muros de sus casas. Los ciervos y jabalíes desenterraban los cultivos y de vez en cuando, a la hora del crepúsculo, a poca distancia de la aldea un tigre se llevaba a una persona.

Mowgli, que sin duda sabía de lo que hablaban, tenía que esconder la cara para que no le vieran reírse. Buldeo, con el fusil sobre el regazo, iba hilvanando relatos y más relatos que provocaban convulsiones en el niño debido a sus intentos por contener las carcajadas.

Buldeo estaba contando cómo el tigre que se había llevado al hijo de Messua era el tigre fantasma, y que su cuerpo estaba habitado por el fantasma de un malvado y viejo prestamista que había muerto años atrás.

—Y sé que es verdad —dijo—, porque Purun Dass siempre cojeó por culpa de un golpe que se dio durante un disturbio ocurrido cuando se quemaron sus libros de contabilidad, y el tigre del que hablo también cojea, porque las huellas que deja son desiguales.

—Es verdad, es verdad. Debe de ser verdad —dijeron los hombres de barbas grises, asintiendo al unísono.

—Estas historias, ¿no serán enredos y charlatanerías? —dijo Mowgli—. Ese tigre cojea porque nació cojo, lo sabe todo el mundo. Pretender que en una fiera que nunca ha tenido el coraje de un chacal habite el alma de un prestamista no son más que habladurías.

Por un instante, Buldeo se quedó mudo por la sorpresa y el jefe de la aldea miró con frialdad a Mowgli.

—Ajá. Eres el mocoso de la selva, ¿verdad? —dijo Buldeo—. Si tanto sabes, será mejor que lleves el pellejo del tigre a Khanhiwara, porque el gobierno ha prometido una recompensa de cien rupias por él. Es más, cállate cuando hablen tus mayores.

Mowgli se puso en pie para marcharse.

—He pasado toda la noche echado aquí, escuchando las historias —dijo, mirando por encima del hombro—, y, excepto en una o dos ocasiones, Buldeo no ha dicho una palabra que sea verdad sobre la selva, que encima está a su puerta. ¿Cómo voy a creerme los cuentos de fantasmas y dioses y duendes que dice haber visto?

—Ya es hora de que este niño salga a pastorear —dijo el jefe mientras Buldeo daba unas caladas y bufaba ante la impertinencia de Mowgli.

En las aldeas indias es costumbre que, al amanecer, unos cuantos chavales lleven a pastar a las reses y los búfalos, y al anochecer, los traigan de vuelta. Y el mismísimo ganado capaz de pisotear al hombre blanco hasta la muerte se deja golpear y abusar y gritar por unos niños que apenas les llegan a los hocicos. Siempre que los niños cuiden de los rebaños están a salvo, porque ni siquiera el tigre se atrevería a cargar contra una multitud de reses. Pero si los pequeños se rezagan para recoger flores o cazar lagartijas, en ocasiones, las fieras se los llevan. Al amanecer, Mowgli discurrió por la calle de la aldea sentado en el lomo de Rama, el gran buey; y los búfalos color azul pizarra, con sus cuernos largos y recogidos hacia atrás y sus ojos salvajes, salieron de los establos, uno a uno, y lo siguieron. Y Mowgli les dejó bien claro a los niños que lo acompañaban que él era el jefe. Azotaba a los búfalos con una caña de bambú larga y pulida, y le dijo a Kamya, uno de los chavales, que ellos pastorearan las reses y que él iría con los búfalos, y que tuvieran cuidado de no apartarse del rebaño.

En la India, un área de pastoreo consiste en rocas y maleza y matas de hierba y pequeños desfiladeros por donde las reses se dispersan y desaparecen. En general, los búfalos suelen quedarse en las aguas estancadas y lugares enlodados, donde se revuelcan y disfrutan del barro cálido durante horas. Mowgli los condujo al borde de la planicie donde el río Waingunga surgía de la selva; luego bajó de la nuca de Rama y salió trotando hacia una aglomeración de bambú donde encontró a Hermano Gris.

—Ah —dijo Hermano Gris—. Llevo días esperando aquí. ¿Qué significa esto de pastorear ganado?

—Es una orden —dijo Mowgli—. Durante un tiempo seré el pastor de la aldea. ¿Qué noticias hay de Shere Khan?

—Ha vuelto a esta región y te ha estado esperando aquí durante mucho tiempo. Ahora se ha vuelto a ir porque hay poca caza. Pero tiene intención de matarte.

—Muy bien —dijo Mowgli—. Mientras esté fuera, tú o uno de tus hermanos sentaos en esa roca para que os pueda ver cada vez que salga de la aldea. Cuando vuelva, esperadme en la cañada, junto al *dhak*[9] que hay en medio del llano. Tampoco es cuestión de meternos directamente en las fauces de Shere Kahn.

Después, Mowgli eligió un lugar a la sombra y se echó y durmió mientras los búfalos pastaban alrededor de él. En la India, el pastoreo es una de las cosas más apacibles del mundo. Las reses andan y mascan, se echan, vuelven a andar, y ni siquiera mugen. Solo resoplan. Y los búfalos raramente dicen algo, pero se revuelcan en los charcos lodosos, uno tras otro, y se hunden en el fango hasta que solo sus narices y sus ojos azul porcelana aparecen en la superficie y allí se quedan como troncos. El sol hace que las piedras salten por el calor, y si los niños pastores oyen un milano (nunca más de uno) silbar en lo alto, casi invisible, saben que si mueren, o muere una vaca, ese milano descendería veloz, y el siguiente milano lo vería a millas de distancia, y lo vería descender y lo seguiría, y el siguiente igual, y el otro, y casi antes de estar muertos habría una veintena de milanos hambrientos venidos de la nada. Luego duermen, se despiertan, vuelven a dormir y hacen pequeños cestos de hierbas secas y meten saltamontes en ellos; o bien cazan dos mantis religiosas y las hacen pelear; o hacen collares con nueces de color rojo y negro; u observan a las lagartijas tomar el sol sobre una roca o a una serpiente cazar una rana cerca de los charcos. Entonces cantan canciones larguísimas que concluyen en extraños gorjeos, y el día parece más largo que la vida de la mayoría de las personas, y quizás hacen un castillo con fango con figuritas de hombres y caballos y búfalos, y ponen juncos en las manos de los hombres y hacen ver que son reyes, y las otras figuras son sus ejércitos o bien son dioses que deben ser adorados. Entonces llega el anochecer y los niños llaman y los búfalos se levantan del lodo pegajoso con sonidos como disparos, uno tras otro, y cruzan la planicie gris en dirección a las luces titilantes de la aldea.

A diario Mowgli conducía los búfalos a las aguas estancadas, y a diario veía el lomo de Hermano Gris a una milla y media de distancia, al otro lado

---

9   El dhak, *Butea monosperma,* es un árbol nativo de la India.

de la llanura (así sabía que Shere Khan no había regresado), y a diario se echaba sobre la hierba a escuchar los ruidos que lo rodeaban, soñando con los viejos tiempos en la selva. Si Shere Khan hubiera dado un paso en falso con su pata coja en los bosques junto al Waingunga, Mowgli lo habría oído en esas largas mañanas silenciosas.

Por fin llegó el día en que no vio a Hermano Gris en el lugar señalado, y se echó a reír y encaminó a los búfalos hacia la cañada junto al *dhak*, que rebosaba flores color rojo dorado. Allí, se sentó junto a Hermano Gris, que tenía erizado cada uno de los pelos de su lomo.

—Se ha escondido durante un mes para sorprenderte. Anoche cruzó los pastos con Tabaqui siguiendo tu rastro —dijo el lobo, jadeando.

Mowgli frunció el ceño.

—No tengo miedo de Shere Khan, pero Tabaqui es muy astuto.

—No tengas miedo —dijo Hermano Gris, relamiéndose un poco—. Me crucé con Tabaqui al amanecer. Ahora está impartiendo su sabiduría a los milanos... pero antes de que le partiera la espalda me lo ha contado todo. El plan de Shere Khan es esperarte junto a la puerta de la aldea esta noche. Te espera a ti y a nadie más. Ahora mismo está echado en la gran cañada seca del Waingunga.

—¿Ha comido algo hoy? ¿O va a cazar con el estómago vacío? —dijo Mowgli, porque la respuesta era cuestión de vida o muerte para él.

—Cazó un cerdo al amanecer y también ha bebido. Recuerda, Shere Khan no es capaz de ayunar, ni siquiera cuando quiere vengarse.

—¡Oh! Qué tonto. Qué tonto. Menudo cachorro de cachorro. Ha comido y encima ha bebido. Y se cree que esperaré hasta que se haya dormido. A ver. ¿Dónde dices que está? Si fuéramos diez podríamos acabar con él mientras duerme. Estos búfalos no cargarán a menos que lo olfateen, y no conozco su lengua. ¿Podemos ir tras su rastro para que lo huelan?

—Ha ido nadando río abajo por el Waingunga para evitar dejar rastro —dijo Hermano Gris.

—Estoy seguro de que se lo ha dicho Tabaqui. A él nunca se le habría ocurrido —Mowgli se chupó un dedo mientras pensaba—. La gran cañada del Waingunga se abre a la llanura a menos de media milla de aquí. Puedo conducir el rebaño por la selva hasta el extremo de la cañada y luego bajar... pero se escaparía por la parte de abajo. Hemos de bloquear ese extremo. Hermano Gris, ¿eres capaz de dividir el rebaño en dos?

—Yo quizás no, pero me he traído a un ayudante muy inteligente.

Hermano Gris salió trotando y se metió en un agujero del que al instante salió una gran cabeza gris que Mowgli conocía bien. El aire caliente se impregnó del grito más desolador de todos cuantos hay en la selva: el aullido de caza de un lobo a mediodía.

—¡Akela! ¡Akela! —dijo Mowgli vitoreando—. Debiera haber sabido que no me olvidarías. Tenemos mucho que hacer. Divide el rebaño en dos, Akela. Mantén juntas a las vacas y terneros juntos en un grupo, y a los bueyes y búfalos en otro.

Los dos lobos corrieron como si interpretaran una danza tradicional, entrando y saliendo del rebaño, mientras reses y búfalos bufaban y agitaban sus cabezas, y así los separaron en dos grupos. En uno estaban las vacas, con los terneros en el centro. Miraban fríamente y pateaban, preparadas —si tan solo se quedaran quietos— para cargar y pisotear a los lobos hasta arrancarles la vida. En el otro estaban los bueyes adultos y jóvenes, que bufaban y pateaban también, pero, a pesar de ser más imponentes, eran menos peligrosos porque no tenían terneros que proteger. Ni siquiera seis hombres habrían dividido el rebaño con tanta precisión.

—¿Qué órdenes nos das? —jadeó Akela—. Están intentando juntarse de nuevo.

Mowgli se subió al lomo de Rama.

—Akela. Dirige a los machos a la izquierda. Hermano Gris, cuando se hayan ido, mantén a las hembras juntas y condúcelas al pie de la cañada.

—¿Hasta dónde? —dijo Hermano Gris, jadeando, sin apenas aliento.

—Hasta que las paredes de la cañada sean más altas de lo que es capaz de saltar Shere Khan —gritó Mowgli—. Mantenlas allí hasta que bajemos.

Los machos arrancaron cuando Akela aulló. Hermano Gris se plantó delante de las vacas y estas cargaron contra él. Hermano Gris corrió delante de ellas hasta el pie de la cañada, mientras Akela conducía a los bueyes al extremo izquierdo.

—¡Bien hecho! Otra carga y ya estarán más o menos a punto. Ahora con cuidado... cuidado, Akela. Un mordisco de más y los machos cargarán. ¡Arre! Esto es más difícil que conducir antílopes. ¿Os imaginabais que estas criaturas fueran capaces de moverse con tanta agilidad? —dijo Mowgli.

—Yo... en mis tiempos, también cacé búfalos —dijo Akela con dificultad en medio de una nube de polvo—. ¿Quieres que los dirija hacia la selva?

—¡Sí, gira! Rápido, desvíalos. Rama está enfurecido. Ojalá supiera decirle lo que necesito que haga.

Los bueyes giraron a la derecha y trotaron directos hacia los matorrales. Los niños pastores, que observaban lo que estaba sucediendo con el ganado a media milla de distancia, corrieron a la aldea tan rápidamente como se lo permitían sus piernas, gritando que los búfalos se habían vuelto locos y se habían escapado.

Pero el plan de Mowgli era sencillo. Lo único que quería era dar un gran rodeo colina arriba y llegar al origen de la cañada, y luego conducir a los búfalos por ella y atrapar a Shere Khan entre los machos y las hembras. Sabía que después de haber comido Shere Khan no estaría en condiciones de pelear ni de trepar por las paredes de la cañada. Ahora tranquilizaba con su voz a los búfalos, mientras que Akela se había rezagado, gimiendo solo de vez en cuando para apremiar a la retaguardia. La vuelta que estaban dando era amplia porque no querían acercarse demasiado a la cañada y alarmar a Shere Khan. Finalmente, Mowgli logró reunir el rebaño entero en la cabecera, en un área cubierta de hierba que descendía en una pendiente muy empinada hacia la cañada. Desde esa altura, por encima de las copas de los árboles, se podía ver la llanura. Pero lo que le interesaba a Mowgli eran las paredes de la cañada, y vio con satisfacción que eran casi perpendiculares, y las enredaderas y plantas trepadoras que allí crecían no proporcionarían punto de apoyo a un tigre que quisiera escapar.

—Déjalos que descansen, Akela —dijo levantando la mano—. Aún no lo han olfateado. Que respiren. He de decirle a Shere Khan que vamos a por él. Ha caído en la trampa.

Se llevó las manos a la boca y gritó en dirección a la cañada —casi como si gritara por un túnel— y los ecos rebotaron de roca en roca.

Al cabo de un rato llegó de vuelta el gruñido lento, adormilado de un tigre empachado que acaba de despertar.

—¿Quién llama? —dijo Shere Khan. Un espléndido pavo real surgió de la cañada aleteando y chillando.

—¡Soy yo, Mowgli! ¡Es hora de ir a la Roca del Consejo, so ladrón de ganado! ¡Rápido! ¡Haz que corran abajo, Akela! ¡Corre abajo, Rama! ¡Corre!

El rebaño se detuvo un instante al borde de la pendiente, pero Akela soltó su grito de caza y los búfalos se movieron a trompicones, uno tras otro, como barcas descendiendo por rápidos, arrojando alrededor chorros de arena y piedras. Una vez en marcha, no había manera de detenerlos, y antes de llegar al lecho de la cañada Rama olfateó a Shere Khan y bramó.

—¡Ja! ¡Ja! —dijo Mowgli montado en el lomo del búfalo—. ¡Ahora te vas a enterar!

Y un torrente de cuernos negros, hocicos espumantes y ojos penetrantes bajó en tumulto por la cañada como rocas en una crecida, con los búfalos más débiles apartados a empujones hacia los lados, donde se abrían paso entre las plantas trepadoras. Sabían lo que sucedía más adelante, la terrible carga del rebaño de búfalos, ataque que ningún tigre espera sobrevivir. Shere Khan oyó el estruendo de las pezuñas, se puso en pie y avanzó pesadamente cañada abajo, mirando a los lados en busca de una salida; pero las paredes eran verticales y tuvo que continuar —sintiéndose pesado tras haber cenado y bebido— dispuesto a hacer lo que fuera, excepto luchar. El rebaño chapoteó en el charco que el tigre acababa de dejar atrás y sus bramidos resonaron en el paso estrecho. Mowgli oyó los rugidos de respuesta procedentes del otro extremo de la cañada y vio a Shere Khan dar la vuelta (el tigre sabía que en el peor de los casos era mejor enfrentarse a los machos que a las hembras y los terneros). Rama tropezó, vaciló y siguió adelante pisando algo blando y, con los machos pisándole los talones, se topó de lleno contra la otra manada, mientras los búfalos más débiles saltaban por los aires debido a la violencia del choque. La carga llevó a ambas manadas a la llanura entre cornadas, pisotones y bufidos. Mowgli esperó el momento oportuno y desmontó, deslizándose por el cuello de Rama, sin dejar de dar golpes a diestro y siniestro con su vara.

—¡Corre, Akela! Sepáralos. Dispérsalos o empezarán a pelear entre ellos. Apártalos, Akela. *¡Hai, Rama! ¡Hai! ¡Hai! ¡Hai,* niños! Calma. Calma. Ya ha pasado todo.

Akela y Hermano Gris corrían de un extremo al otro mordisqueando las patas de los búfalos, y aunque el rebaño amenazó con volver a cargar cañada arriba, Mowgli fue capaz de hacer que Rama diera la vuelta y los demás lo siguieron a los charcos.

Shere Khan no requería más pisotones. Estaba muerto. Y los milanos ya venían a por él.

—Hermanos, esta ha sido una muerte de perro —dijo Mowgli, palpando el cuchillo que, desde que vivía con los humanos, llevaba en una funda colgando alrededor del cuello—. Pero no habría opuesto resistencia. Su pellejo se verá bien en la Roca del Consejo. Hemos de empezar a trabajar rápidamente.

Un niño criado entre los hombres ni en sueños habría despellejado él solo un tigre de tres metros de largo, pero Mowgli sabía mejor que nadie cómo se ajusta la piel de un animal a su cuerpo y cómo se debe desollar. Pero era un trabajo duro, y Mowgli estuvo cortando y arrancando y resoplando durante una hora mientras los lobos observaban jadeando, o bien se acercaban y tiraban de la piel cuando así se les ordenaba.

Al cabo de un rato, Mowgli notó una mano en el hombro, y al levantar la vista vio a Buldeo con su fusil de chispa. Los niños le habían contado lo de la estampida de los búfalos y Buldeo había salido hecho una furia, ansioso por castigar a Mowgli por no cuidar mejor del rebaño. Los lobos desaparecieron en cuanto vieron llegar al hombre.

—¿Qué es este disparate? —dijo Buldeo furiosamente—. ¡Te crees que eres capaz de despellejar un tigre! ¿Dónde lo han matado los búfalos? Y encima es el Tigre Cojo, por el que dan una recompensa de cien rupias. Bien, bien. Pasaré por alto que hayas permitido que el rebaño saliera en desbandada, y quizás te dé una de las rupias de recompensa cuando lleve la piel a Khanhiwara.

El cazador rebuscó en su cinturón de tela una mecha y se inclinó para chamuscar los bigotes de Shere Khan. La mayoría de cazadores nativos chamusca los bigotes de los tigres para evitar que su fantasma se les aparezca.

—Ajá —dijo Mowgli, como medio hablándose a sí mismo mientras arrancaba la piel de una pata delantera—. Así que llevarás la piel a Khanhiwara para obtener la recompensa y quizás me des una rupia, ¿eh? Pues yo tengo pensado que necesito la piel para un asunto de mi incumbencia. ¡Eh, viejo! ¡Aparta ese fuego!

—¿Qué manera de hablar es esa al principal cazador de la aldea? La suerte y la estupidez de los búfalos te han ayudado a cazarlo. El tigre acababa de comer, de otro modo ya estaría a veinte millas de distancia. Ni siquiera eres capaz de desollarlo bien, mocoso mendigo, y encima me dices que yo, Buldeo, no puedo chamuscarle los bigotes. Mowgli, no te daré ni siquiera un *anna*[10] de recompensa, sino una buena paliza. ¡Deja el cadáver!

—¡Por el buey que me salvó la vida! —dijo Mowgli, que estaba intentando trabajar el hombro del felino—, ¿por qué tengo que perder la tarde hablando con un viejo mono? Akela, ven, este hombre me está molestando.

Buldeo, que seguía inclinado por encima de la cabeza de Shere Khan, se encontró de repente despatarrado sobre la hierba con un lobo gris de pie encima, mientras Mowgli seguía desollando como si fuera la única persona en toda la India.

—Sí —dijo entre dientes—. Tienes razón, Buldeo. Nunca me darás ni un *anna* de recompensa. Porque he librado una vieja guerra con este tigre cojo, una guerra que viene de muy lejos, y la he ganado yo.

Para ser justos con Buldeo, si hubiera sido diez años más joven, habría corrido el riesgo de enfrentarse a Akela si hubieran estado en la selva; pero un lobo que obedece las órdenes de un niño que libra guerras personales con tigres cazadores de hombres no era un animal normal. Era brujería, magia de la peor clase, pensó Buldeo, y se preguntó si el amuleto que llevaba en el cuello le protegería. Se quedó muy quieto, esperando en todo momento ver convertirse a Mowgli en tigre.

—¡Maharajá! ¡Gran rey! —dijo, finalmente, con un susurro ronco.

---

10   Moneda utilizada durante el período del Raj británico que equivalía a una sexta parte de una rupia.

—Sí —dijo Mowgli sin volver la cabeza, riéndose entre dientes.

—Soy un viejo. Pensaba que no eras más que un niño pastor. ¿Puedo levantarme e irme? ¿O me despedazará tu sirviente?

—Vete en paz. Pero te advierto que, la próxima vez, no te metas en mis asuntos. Déjalo ir, Akela.

Buldeo se alejó renqueando hacia la aldea con tanta rapidez como pudo, mirando atrás por encima del hombro por si Mowgli se transformaba en algo horrible. Cuando llegó a la aldea contó un relato de magia y encantamiento y brujería que hizo que el sacerdote se pusiera muy serio.

Mowgli prosiguió con la labor. Casi había anochecido cuando él y los lobos hubieron arrancado del todo la vistosa piel del cuerpo de Shere Khan.

—Ahora hemos de esconder esto y llevar a los búfalos a casa. Ayúdame a juntarlos, Akela.

El rebaño se agrupó en la neblina del anochecer y cuando llegaron cerca de la aldea Mowgli vio luces y oyó el soplido y tañido de caracolas y campanas. Media aldea parecía esperarlo junto a la entrada.

«Eso es porque he matado a Shere Khan», se dijo. Sin embargo, una lluvia de piedras le pasó silbando junto a las orejas, y los aldeanos gritaron:

—¡Brujo! ¡Criatura de los lobos! ¡Demonio de la selva! ¡Vete! Vete de aquí rápidamente o el sacerdote te convertirá de nuevo en lobo. ¡Dispara, Buldeo, dispara!

El viejo fusil se disparó con un estallido y un ternero bramó de dolor.

—¡Más brujería! —gritaron los aldeanos—. Puede desviar las balas. Buldeo. Ese era tu búfalo.

—¿Qué es esto? —dijo Mowgli desconcertado al ver que volaban cada vez más piedras.

—Estos hermanos tuyos no son tan distintos de la Manada —dijo Akela sentándose tranquilamente—. Pienso que, si algo significan estas balas, es que quieren desterrarte.

—¡Lobo! ¡Cachorro de lobo! ¡Vete! —gritó el sacerdote ondeando una ramita de *tulsi,*[11] la planta sagrada.

---

11   Una variedad de albahaca, sagrada para el dios Vishnu.

—¿Otra vez? La última fue porque era hombre. Ahora es porque soy un lobo. Vámonos, Akela.

Una mujer (era Messua) corrió hacia el rebaño y gritó:

—¡Oh, hijo mío, hijo mío! Dicen que eres un brujo capaz de convertirse en bestia. Yo no lo creo, pero vete porque si no te matarán. Buldeo dice que eres un hechicero, pero yo sé que has vengado la muerte de Nathoo.

—¡Vuelve, Messua! —gritó la muchedumbre—. Vuelve o te apedrearemos.

Mowgli soltó una fea risita porque una piedra le había dado en la boca.

—Corre de vuelta, Messua. Esto no es más que uno de los estúpidos relatos que cuentan al anochecer bajo el árbol. Al menos he vengado la vida de tu hijo. Adiós. Y corre rápido, porque voy a enviar el rebaño más rápidamente que ellos sus proyectiles. No soy un hechicero, Messua. ¡Adiós!

—Ahora, Akela, una vez más —gritó—. Haz entrar el rebaño.

Los búfalos estaban ansiosos por llegar a la aldea. Apenas necesitaron los gritos de Akela, pero cargaron por la entrada como un torbellino, dispersando la multitud a derecha e izquierda.

—¡Llevad la cuenta! —gritó Mowgli con desdeño—. Puede que os haya robado alguno. Llevad la cuenta, porque yo ya no voy a pastorear más para vosotros. Adiós, hijos de los hombres, y agradecedle a Messua que no haya entrado con mis lobos y os haya dado caza en vuestras calles.

Dio media vuelta y se alejó con Lobo Solitario. Al mirar a las estrellas se sintió feliz.

—Se acabó lo de dormir en trampas, Akela. Vamos a buscar la piel de Shere Khan y vámonos. No voy a atacar la aldea porque Messua ha sido amable conmigo.

Cuando la luna salió por encima de la llanura, dándole un aspecto lechoso, los aldeanos vieron horrorizados a Mowgli con dos lobos tras él y un fardo sobre la cabeza, trotando al ritmo constante y veloz del lobo que recorre millas como si nada. Entonces hicieron sonar las campanas del templo y soplaron las caracolas con más afán que nunca; y Messua lloró y Buldeo embelleció el relato de sus aventuras en la selva, hasta que acabó por decir que

Akela se había levantado sobre sus patas traseras y había hablado como un ser humano.

La luna descendía cuando Mowgli y los dos lobos llegaron a la colina donde estaba la Roca del Consejo. Antes se detuvieron en la cueva de Madre Loba.

—Me han expulsado de la Manada de Hombres, Madre —gritó Mowgli—, pero he venido con la piel de Shere Khan. He cumplido mi palabra.

Madre Loba caminó envarada, con los cachorros detrás, y sus ojos brillaron al ver la piel.

—Ese día le dije, cuando metió la cabeza y medio cuerpo en esta cueva, cazándote a ti, Ranita... le dije que el cazador sería cazado. ¡Bien hecho!

—¡Hermanito, bien hecho! —dijo una voz grave procedente de los matorrales—. Nos sentíamos solos sin ti en la selva.

Bagheera llegó corriendo hasta los pies descalzos de Mowgli. Treparon juntos hasta la Roca del Consejo y Mowgli extendió la piel sobre la roca plana donde Akela solía sentarse y la sujetó con cuatro astillas de bambú, y Akela se echó encima y lanzó la vieja llamada del Consejo, «Mirad... ¡Mirad bien, oh, Lobos!», exactamente como había hecho cuando trajeron a Mowgli por primera vez.

Desde que Akela había sido depuesto, la Manada no había tenido jefe, y cazaban y peleaban a su antojo. Pero respondieron a la llamada por hábito, y algunos estaban cojos por las trampas en las que habían caído, otros renqueaban por heridas de bala y algunos estaban sarnosos por comer mal. Otros faltaban. Pero todos los que quedaban vinieron a la Roca del Consejo y vieron la piel a rayas de Shere Khan sobre la roca y las enormes garras al final de las patas vacías, colgantes. Entonces Mowgli inventó una canción sin rimas, una canción que brotó espontáneamente de su garganta, y habló a voz en grito, saltando sobre la piel y marcando el compás con los talones hasta que se quedó sin aliento, mientras Hermano Gris y Akela aullaban entre estrofas.

—Mirad... ¡Mirad bien, oh, Lobos! ¿Acaso no he cumplido mi palabra? —dijo Mowgli al terminar, y los lobos aullaron:

—Sí.

Y un lobo maltrecho aulló:

—Guíanos de nuevo, oh, Akela. Guíanos de nuevo, oh, Cachorro de Hombre. Estamos hartos de la falta de normas. Seamos de nuevo el Pueblo Libre.

—No —ronroneó Bagheera—, no puede ser. Cuando estéis otra vez llenos, os acechará de nuevo la locura. No por nada se os llama el Pueblo Libre. Habéis luchado por vuestra libertad y es vuestra. Comedla, oh, Lobos.

—La Manada de Hombres y la Manada de Lobos me han expulsado —dijo Mowgli—. Ahora cazaré solo en la selva.

—Y nosotros cazaremos contigo —dijeron los cuatro cachorros.

De este modo, Mowgli se fue y a partir de ese día cazó con los cuatro cachorros en la selva. Pero no estuvo siempre solo, porque años más tarde se hizo hombre y se casó.

Pero esa es una historia para los mayores.

CANCIÓN DE MOWGLI

Que cantó en la Roca del Consejo mientras bailaba sobre la piel de Shere Khan.

La canción de Mowgli. Yo, Mowgli, la canto. Que la selva sepa las cosas que he
                                                                    [hecho.

Shere Khan dijo que mataría. ¡Que mataría! A las puertas, al anochecer,
                                                    [mataría a Mowgli, la Rana.

Comió y bebió. Bebe mucho, Shere Khan, pues, ¿cuándo volverás a beber?
                                                    [Duerme y sueña con la caza.

Estoy solo en los pastos. Hermano Gris, ven a mí. Ven a mí, Lobo Solitario,
                                                    [porque se avecina una gran cacería.

Traed los grandes búfalos, los machos de piel azul con ojos furiosos. Llevadlos
                                                    [de aquí allá, donde yo ordene.

¿Sigues durmiendo, Shere Khan? ¡Despierta! ¡Oh, despierta! Ya llego, y los
                                                    [búfalos vienen detrás.

Rama, Rey de los Búfalos, patea con su pezuña. Aguas del Waingunga,
                                                    [¿adónde fue Shere Khan?

No es Ikki, que cava hoyos, ni Mao, el Pavo Real, capaz de volar. No es Mang,
el Murciélago, que se cuelga de las ramas. Pequeños bambús que juntos
                                                    [rechináis, decidme, ¿a dónde fue?

¡Uu! Está aquí. ¡Uhuuu! Está aquí. Bajo las patas de Rama yace el Cojo.
                                                    [¡Levanta, Shere Khan!

¡Levántate y mata! Aquí tienes carne. Párteles el cuello a los bueyes.

¡Shhh! Está dormido. No lo despertemos, porque es muy fuerte. Los milanos han bajado a verlo. Las hormigas negras han subido para conocerlo. Se celebra [una gran reunión en su honor.

¡Alala! No tengo tela alguna para taparme. Los milanos verán que voy [desnudo. Me avergüenza presentarme así ante toda esta gente.

Préstame tu piel, Shere Khan. Préstame tu vistosa piel a rayas para que pueda [ir a la Roca del Consejo.

Por el Toro que me compró, he hecho una promesa, una pequeña promesa. Solo [tu piel falta para cumplir mi palabra.

Con el cuchillo, con el cuchillo que usan los hombres, con el cuchillo del [cazador, el hombre, me inclinaré a por mi regalo.

Aguas del Waingunga, sed testigo de que Shere Khan me da su piel por el amor que me tiene. Estira, Hermano Gris. Estira, Akela. La piel de Shere Khan pesa.

Manada de Lobos, vosotros también me habéis desterrado. La selva me es negada y las puertas de la aldea están cerradas. ¿Por qué?

Igual que Mang vuela entre las fieras y las aves, así vuelo yo entre la aldea
                                                        [y la selva. ¿Por qué?

Bailo sobre la piel de Shere Khan, pero tengo el corazón abatido. En la boca
tengo cortes y heridas de las piedras de la aldea, pero tengo el corazón
                        [henchido porque he regresado a la selva. ¿Por qué?

Ambos mundos pelean en mí como pelean las serpientes en primavera.

Brota agua de mis ojos y, sin embargo, me río mientras la derramo. ¿Por qué?

Soy dos Mowglis, pero la piel de Shere Khan está bajo mis pies.

Toda la selva sabe que he matado a Shere Khan. ¡Mirad! ¡Mirad bien, oh, Lobos!

¡Ah! Tengo el corazón abatido por las cosas que no puedo comprender.

La foca blanca

Oh, duérmete, mi niño, la noche ya llegó,
y las aguas que tan verdes brillaban ahora negras son.
La luna, sobre las crestas, nos mira desde lo alto y nos encuentra
descansando en el susurrante valle.
Donde una ola rompe contra otra, allí está tu suave almohada.
¡Ah, cansado cachorrillo, duérmete tranquilamente!
La tormenta no te despertará, el tiburón no te alcanzará,
dormido en brazos del lento vaivén de las olas.
Canción de cuna de las focas

Lo que sigue tuvo lugar hace varios años en un lugar llamado Novastoshnah, o North East Point, en la isla de Saint Paul, en el lejanísimo Mar de Bering. Limmershin, el Reyezuelo, me contó la historia cuando el viento lo depositó en la jarcia de un vapor con destino a Japón, y yo lo bajé a mi camarote y le di calor y lo alimenté unos días hasta que fue capaz de volar de regreso a St. Paul. Limmershin es un pajarillo muy extraño, pero sabe contar la verdad.

Nadie va a Novastoshnah excepto si tiene obligaciones, y los únicos que realmente tienen obligaciones aquí con regularidad son las focas. En los meses de verano vienen a cientos y cientos de miles, procedentes del mar gris y frío, porque la playa de Novastoshnah dispone del mejor alojamiento para focas de todo el mundo.

Sikatchi[12] lo sabía, y todas las primaveras llegaba procedente del cualquiera que fuera el lugar donde estuviera. Como un torpedo nadaba directamente a Novastoshnah y pasaba un mes peleando con sus compañeros por un buen sitio en las rocas, tan cerca del mar como fuera posible. Sikatchi tenía quince años. Era una enorme foca gris con lo que podía considerarse una melena en los hombros, y excelentes y largos colmillos. Cuando se levantaba sobre las aletas frontales alcanzaba más de un metro de altura, y su peso, si alguien hubiera tenido el valor de pesarlo, casi llegaba a los trescientos veinte kilos. Estaba cubierto de cicatrices, consecuencia de salvajes peleas, y a pesar de ello siempre estaba dispuesto a pelear una vez más. Apartaba la cabeza a un lado, como si temiera mirar a su enemigo a la cara, pero a continuación salía disparado como un relámpago y clavaba sus grandes dientes en el cuello de su contrincante. La víctima intentaba infructuosamente escapar, pues Sikatchi no la soltaba.

Sin embargo, Sikatchi nunca perseguía a una foca apaleada, porque eso iba en contra de las Normas de la Playa. Él tan solo quería un espacio junto al mar para su criadero. Pero todas las primaveras sucedía que había cuarenta o cincuenta mil focas en busca de lo mismo, y los silbidos, bramidos y rugidos que se oían en la playa eran cosa de miedo.

Desde una pequeña colina llamada Hutchinson's Hill se podían divisar más de tres millas y media de terreno cubierto de focas peleando; y las olas estaban salpicadas de cabezas de focas nadando rápidamente a tierra ansiosas por empezar a pelear. Peleaban donde rompían las olas, peleaban en la arena, y peleaban en las rocas de basalto, lisas por el desgaste, donde se ubicaban los criaderos, porque eran tan estúpidas y poco acomodaticias como el ser humano. Las esposas nunca llegaban a la isla hasta finales de mayo o principios de junio, porque no les interesaba acabar hechas pedazos; y las focas de dos, tres y cuatro años que aún no habían empezado a formar un hogar se adentraban en el interior, una media milla adentro, atravesando las filas de las que sí peleaban, y jugaban a millares en las dunas y se hacían con cualquier cosa verde que brotara. Se

---

12 Palabra rusa para designar a las focas macho adultas.

los llamaba *holluschickie,* o los solteros,[13] y solo en Novastoshnah podían contarse quizás dos o trescientos mil.

Una primavera, Sikatchi acababa de concluir su pelea número cuarenta y cinco, cuando su esposa Matkah, suave, elegante, de ojos amables, salió del mar y él la agarró por el cogote y la soltó en su reserva, diciendo bruscamente:

—Tarde, como de costumbre. ¿Dónde estabas?

No era hábito de Sikatchi comer nada durante los cuatro meses que pasaba en las playas, de modo que, en general, estaba de mal humor. Matkah sabía que no debía responder. Miró alrededor y murmuró, admirada:

—¡Qué considerado! Has vuelto a coger el sitio de siempre.

—¿Acaso no es evidente? —dijo Sikatchi—. ¡Mírame!

Tenía arañazos y sangraba por veinte sitios; de un ojo casi no veía y tenía la piel de los costados a tiras.

—¡Hay que ver cómo sois los hombres! —dijo Matkah, abanicándose con la aleta posterior—. ¿Por qué no sois razonables y resolvéis lo de los espacios con tranquilidad? Tienes aspecto de haberte peleado con la Ballena Asesina.

—No he hecho otra cosa que pelear desde mediados de mayo. Este año la playa está llena a reventar. Me he topado con al menos cien focas de la playa de Lukannon en busca de casa. ¿Por qué no se queda la gente donde le toca?

—A menudo he pensado que seríamos mucho más felices si nos trasladáramos a Otter Island, en lugar de venir a este lugar tan abarrotado —dijo Matkah.

—Bah. Solo los *holluschickie* van a Otter Island. Si fuéramos allí, dirían que tenemos miedo. Hemos de guardar las apariencias, querida.

Sikatchi hundió con orgullo la cabeza entre sus gordos hombros y fingió dormir unos minutos, a pesar de que en ningún momento dejó de estar intensamente pendiente de las peleas. Ahora que todas las focas macho y sus esposas estaban en tierra, se podía oír el clamor a millas de distancia mar adentro, incluso de manera más intensa que el fragor de los temporales más fuertes. El cálculo más modesto arrojaba una cifra de más de un millón de focas en la playa —entre focas viejas, madres, bebés minúsculos,

---

13 O *holustiaki,* también del ruso.

y *holluschickie* peleando, riñendo, lamentándose, gateando y jugando—que bajaban al mar y volvían de él en cuadrillas y regimientos, se echaban a descansar en cada palmo de terreno, hasta donde alcanzaba la vista, y se enfrentaban en grupos en medio de la niebla. En Novastoshnah casi siempre está nublado excepto cuando sale el sol y, durante un breve instante, el paisaje parece nacarado e irisado.

Kotick,[14] el bebé de Matkah, había nacido en medio de toda esa confusión, y era todo cabeza y hombros, con ojos azul claro como el agua, pequeño como debe ser; pero había algo en su pelaje que hizo que su madre lo estudiara de cerca.

—Sikatchi —dijo finalmente—. Nuestro bebé va a ser blanco.

—¡Por las almejas vacías y las algas secas! —bufó Sikatchi—. En todo el mundo no ha habido jamás una foca blanca.

—No puedo remediarlo —dijo Matkah—. Ahora va a haber una.

Y cantó la melódica canción de cuna que todas las madres foca les cantan a sus bebés:

> *No debes nadar hasta que tengas seis semanas*
> *O te hundirás cabeza abajo;*
> *Y las tormentas de verano y las Ballenas Asesinas*
> *son malas para las foquitas.*
> *Son malas para las foquitas, ratita mía,*
> *muy malas de verdad.*
> *Pero chapotea y hazte fuerte,*
> *Y todo irá bien,*
> *hijo del Mar Abierto.*

Evidentemente, al principio el pequeño no entendía estas palabras. Chapoteaba como un perrito y gateaba junto a su madre, y aprendió a apartarse cuando su padre peleaba con otra foca y los dos rodaban y rugían arriba y abajo por las rocas resbaladizas. Matkah solía ir al mar a buscar

---

14 *Kotick,* en ruso designa a una cría de foca.

de comer, y alimentaba al bebé solo una vez cada dos días; pero entonces el pequeño comía todo lo que podía, y así prosperaba.

Lo primero que hizo fue gatear tierra adentro, y allí encontró a decenas de miles de bebés de su misma edad, y jugaban juntos como cachorros, se quedaban dormidos en la arena limpia y luego volvían a jugar. Las focas mayores en los criaderos no les prestaban atención, y los *holluschickie* se mantenían apartados en su propia parcela, de modo que los bebés se lo pasaban en grande.

Cuando Matkah regresaba de su jornada de pesca en aguas profundas, iba directamente a la zona de juego y llamaba, como una oveja llama a un cordero, y esperaba hasta que oía los balidos de Kotick. Entonces se dirigía hacia él en la más recta de las líneas, golpeando con sus aletas delanteras y derribando a los cachorros a diestro y siniestro. Siempre había unos cientos de madres en busca de sus hijos en las zonas de juego, y los bebés siempre estaban distraídos. Pero, como le decía Matkah a Kotick:

—Mientras no te eches en el agua lodosa ni cojas sarna, ni te frotes un corte o rascada con arena dura, ni vayas a nadar allí donde el mar es bravo, nada malo te sucederá.

Los cachorros de foca saben nadar tan poco como los niños pequeños, pero no son felices hasta que no aprenden a hacerlo. La primera vez que Kotick bajó al mar, una ola lo arrastró a una zona profunda y su cabezota se hundió y sus aletas posteriores se levantaron exactamente como su madre le había dicho en la canción, y si la siguiente ola no lo hubiera arrojado de nuevo a la playa se habría ahogado.

Después de ese episodio aprendió a lanzarse en una piscina natural y a permitir que las olas lo cubrieran lo justo y lo levantaran mientras chapoteaba, pero siempre se mantenía alerta por si venían olas grandes que pudieran hacerle daño. Dos semanas necesitó para aprender a utilizar sus aletas. En todo ese tiempo entraba y salía del agua a trompicones, y tosía y resoplaba y gateaba playa arriba y se echaba siestitas en la arena y regresaba al agua, y así hasta que al final sintió que el agua era su verdadero elemento.

Así que puedes imaginar los buenos momentos que pasó con sus compañeros zambulléndose en el agua, o entrando en la playa montado sobre la cresta de una gran ola y arribando a la orilla escupido por el mar mientras la ola seguía avanzando hasta romper en la playa. O bien se levantaba sobre la cola y se rascaba la cabeza como hacen los viejos. O jugaba a «Soy el Rey del Castillo» sobre las rocas resbaladizas y llenas de algas que sobresalían entre las olas. De vez en cuando veía una aleta como la de un gran tiburón deslizándose a lo largo de la costa, cerca de la orilla, y sabía que era la Ballena Asesina, la Orca, que come focas jóvenes cuando logra alcanzarlas, y Kotick salía disparado como una flecha hacia la playa, y la aleta cambiaba de rumbo, como si no estuviera buscando nada.

A finales de octubre, las focas empezaron a abandonar St. Paul y a adentrarse en aguas profundas según familias y tribus. Ya no hubo peleas por los criaderos y los *holluschickie* jugaban donde querían.

—El año que viene —le dijo Matkah a Kotick—, ya serás un *holluschickie*, pero este año has de aprender a atrapar peces.

Partieron juntos cruzando el Pacífico y Matkah le enseñó a Kotick a dormir boca arriba con las aletas recogidas a los lados y la naricita justo asomando en el agua. No hay cuna más cómoda que el vaivén de las dilatadas olas del Pacífico. Cuando Kotick notó un cosquilleo en la piel, Matkah le dijo que estaba aprendiendo «el sentir del agua», y que el hormigueo y la sensación punzante significaban que llegaba el mal tiempo y que debía nadar rápido y alejarse.

—En poco tiempo —dijo—, sabrás adónde nadar, pero por el momento vamos a seguir a Cerdo de Mar, la Marsopa, porque es muy sabio.

Una manada de marsopas se zambullían y nadaban veloces, y el pequeño Kotick las siguió tan rápido como fue capaz.

—¿Cómo sabéis adónde ir? —jadeó. El jefe de la manada de marsopas puso los ojos en blanco y se zambulló.

—Siento un cosquilleo en la cola, jovencito —dijo—. Eso significa que detrás viene una tempestad. ¡Sígueme! Si te encuentras al sur del Agua Húmeda (se refería al Ecuador), y sientes un cosquilleo en la cola, eso significa que el temporal está delante y debes dirigirte al norte. ¡Sígueme! Aquí el agua no tiene buena pinta.

Esa fue una de las muchas cosas que Kotick aprendió. Y siempre estaba aprendiendo algo. Matkah le enseñó a seguir al bacalao y al fletán por los bancos submarinos y a sacar a las barbadas de sus guaridas entre las algas; a bordear los pecios a cien brazas bajo el mar y a entrar veloz como una bala por un ojo de buey y salir por otro igual que los peces; a bailar sobre las crestas de las olas cuando los relámpagos restallan en el cielo y a agitar amablemente la aleta para saludar al Albatros de cola corta y al Rabihorcado que vuelan a favor del viento; a saltar más de un metro por encima del agua, como un delfín, con las aletas pegadas a los costados y la cola recogida; a dejar en paz a los peces voladores porque son todo espinas; a arrancar un pedazo de lomo de un bacalao que nada a toda velocidad y a diez brazas de profundidad; y a no detenerse jamás a mirar un barco o un buque, pero, sobre todo, un bote de remos. Al cabo de seis meses, lo que Kotick no supiera acerca de la pesca en alta mar no valía la pena saberlo y, en todo ese tiempo, jamás tocó tierra firme.

Un día, sin embargo, cuando flotaba medio dormido en aguas cálidas en algún lugar cercano a la isla de Juan Fernández, se sintió débil y lento, igual que los humanos notan la primavera en las piernas, y se acordó de las playas firmes de Novastoshnah a siete mil millas de distancia, los juegos con sus compañeros, el olor de las algas, el rugido de las focas y las peleas. En ese mismo instante viró hacia el norte, nadando sin parar, y a medida que avanzaba se iba encontrando con sus compañeros, todos con el mismo destino, e iban diciendo:

—¡Saludos, Kotick! Este año somos todos *holluschickie* y podemos bailar la Danza del Fuego sobre las olas de Lukannon y jugar en la hierba recién salida. Pero ¿de dónde has sacado ese pelaje?

La piel de Kotick era ahora casi puramente blanca, y aunque le enorgullecía, solo dijo:

—¡Nademos rápido! Mis huesos añoran tierra firme.

Y así llegaron todos a las playas donde habían nacido, y oyeron a las focas mayores, sus padres, peleando en la niebla.

Esa noche, Kotick bailó la Danza del Fuego con las focas de un año. En las noches de verano, desde Novastoshnah hasta Lukannon, el mar se llena de fuego, y cada foca deja tras ella una estela como de aceite ardiendo, y cuando salta aparece un destello llameante, y las olas rompen formando estrías y remolinos fosforescentes. Esa noche las focas avanzaron tierra adentro, a los terrenos de los *holluschickie*, y se revolcaron en el trigo silvestre, y se contaron historias sobre lo que habían hecho en el mar. Hablaron sobre el Pacífico como los niños hablan sobre un bosque en el que han recolectado nueces, y si alguien hubiera podido entenderlas habría sido capaz de ir y dibujar un mapa preciso de ese océano. Los *holluschickie* de tres y cuatro años bajaron veloces de Hutchinson's Hill gritando:

—¡Salid de en medio, enanos! El mar es profundo y aún no sabéis todo lo que hay en él. Esperad a haber rodeado el Cabo de Hornos. ¡Eh, tú, cachorro! ¿Dónde has conseguido ese pelaje blanco?

—No lo he conseguido —dijo Kotick—. Ha crecido.

Y justo cuando pensaba en arrollar la foca que le había hablado, aparecieron dos hombres de pelo negro y caras redondas y rojas por detrás de una duna, y Kotick, que nunca había visto a un hombre, tosió y bajó la cabeza. Los *holluschickie* se agruparon a unos pocos metros de distancia y se quedaron mirándolos aturdidos. Los hombres eran nada más y nada menos que Kerick Booterin, el jefe de los cazadores de focas de la isla, y Patalamon, su hijo. Venían de la pequeña aldea a menos de media milla de distancia de los criaderos de focas y estaban decidiendo qué focas conducirían al matadero (puesto que las focas recibían el mismo trato que los corderos) para convertirlas posteriormente en chaquetas de piel de foca.

—¡Uoooo! —dijo Patalamon—. ¡Mira! ¡Una foca blanca!

Kerick Booterin se tornó casi blanco bajo la capa de aceite y humo de su cara, puesto que era aleutiano, y los aleutianos no son gente limpia. Entonces procedió a murmurar una plegaria.

—No la toques, Patalamon. No ha habido una foca blanca desde... desde que nací. Quizás sea el fantasma del viejo Zaharrof, que se perdió el año pasado durante el gran temporal.

—No me voy a acercar a la foca —dijo Patalamon—. Trae mala suerte. ¿De verdad crees que es el viejo Zaharrof que ha vuelto? Le debo unos huevos de gaviota.

—No la mires —dijo Kerick—. Dirige ese grupo de focas de cuatro años. Los hombres deberían despellejar doscientas hoy, pero estamos a principio de temporada y aún son novatos. Con cien ya habrá suficiente. ¡Rápido!

Patalamon hizo sonar un par de omóplatos de foca delante de un grupo de *holluschickie* que respondieron parándose en seco, bufando y resoplando. Entonces, se acercó y las focas empezaron a moverse. Kerick las condujo tierra adentro y ellas en ningún momento intentaron regresar junto a sus compañeras. Cientos y cientos de miles de focas miraron cómo se las llevaban, pero siguieron jugando. Kotick fue el único que hizo preguntas y ninguno de sus compañeros supo responderle, excepto que todos los años los hombres se llevaban focas de este modo durante un período de seis semanas y hasta dos meses.

—Voy a seguirles —dijo. Los ojos casi se le salieron de las órbitas al seguir en la estela del grupo.

—La foca blanca nos está siguiendo —gritó Patalamon—. Es la primera vez que una foca ha venido al matadero sola.

—Chitón. No mires atrás —dijo Kerick—. Es el fantasma de Zaharrof. Tengo que hablar con el sacerdote sobre esto.

La distancia hasta el matadero era de tan solo media milla, pero tardaron una hora en recorrerla porque si las focas iban demasiado rápidas Kerick sabía que se acalorarían y entonces las pieles caerían a pedazos cuando las desollaran. De modo que avanzaron con lentitud hasta más allá de Sea Lion's Neck, más allá de Webster House, hasta que llegaron a Salt House, lugar apartado de la vista de las focas de la playa. Jadeando, Kotick los siguió con curiosidad. Creyó que se encontraba en el fin del mundo, pero detrás de él, el clamor de los criaderos de focas sonaba tan fuerte como el rugido de un tren en un túnel. Finalmente, Kerick se sentó sobre el musgo, sacó un pesado reloj de bolsillo y dejó que la manada se refrescara durante media hora. Kotick oyó el goteo de la niebla condensada en el ala de su gorra. Entonces aparecieron diez o doce hombres, cada uno con un garrote de hierro de más de un metro de longitud. Kerick señaló una o dos focas de entre la manada que habían sido mordidas por sus compañeras o bien estaban demasiado acaloradas, y los hombres las apartaron a un lado de una patada con sus pesadas botas hechas con la piel de la garganta de una morsa. Luego Kerick dijo «¡Vamos!» y los hombres empezaron a golpear a las focas en la cabeza tan rápidamente como fueron capaces.

Diez minutos más tarde Kotick ya no fue capaz de reconocer a sus amigos. Les habían arrancado las pieles desde el hocico hasta las aletas posteriores y las habían sacudido y arrojado al suelo en una pila.

Eso fue suficiente para Kotick. Se dio la vuelta y galopó (una foca es capaz de galopar velozmente durante un breve período de tiempo) de vuelta al mar, con sus nuevos bigotes erizados por el horror. En Sea Lion's Neck, donde los grandes lobos marinos se sientan a disfrutar del oleaje, Kotick se lanzó de cabeza en el agua fría y se dejó mecer, sin resuello.

—¿Quién va? —dijo con brusquedad un lobo marino porque, por norma, los lobos de mar son reservados.

—*¡Scoochnie! ¡Ochen scoochnie!* (Estoy solo, muy solo) —dijo Kotick—. Están matando a *todos* los *holluschickie* en *todas* las playas.

El lobo marino volvió la cabeza hacia la orilla.

—¡Tonterías! —dijo—, tus amigos están montando el mismo jaleo de siempre. Debes de haber visto al viejo Kerick liquidando a un grupo. Lleva haciéndolo desde hace treinta años.

—Es horrible —dijo Kotick, y fue volteado al pasarle una ola por encima. Logró estabilizarse con un giro de sus aletas que le levantó y le dejó en pie a apenas tres pulgadas del filo serrado de una roca.

—¡Bien hecho a pesar de lo renacuajo que eres! —dijo el lobo marino, que sabía apreciar al buen nadador—. Supongo que, desde tu punto de vista, es algo horrible. Pero si venís aquí año tras año es natural que los hombres se enteren y, a menos que encuentres una isla adonde los hombres no vayan nunca, siempre acabarán llevándoos al matadero.

—¿Existe una isla semejante? —preguntó Kotick.

—He seguido a los *poltoos* (fletanes) durante veinte años y he de confesar que no la he encontrado aún. Pero parece que te gusta hablar con tus mayores. Quizás puedas ir a Walrus Islet a hablar con Sivitch.[15] Puede que sepa algo. No vayas tan rápido, amiguito, que tienes que nadar una distancia de seis millas y, si yo fuera tú, iría primero a tierra firme a echarme una siesta.

---

15   En ruso, morsa.

Kotick pensó que ese era un buen consejo, de modo que nadó hacia su propia playa, salió del agua y durmió durante media hora, temblando como suelen hacer las focas. Después se puso en marcha hacia Walrus Islet, una islita llana, rocosa, justo al noreste de Novastoshnah, llena de salientes de roca y nidos de gaviota, donde solo las morsas acuden en manada.

Salió del agua cerca del viejo Sivitch, una morsa del Pacífico Norte grande, fea, hinchada, con granos, el cuello gordo y colmillos enormes, falto de modales excepto cuando dormía, como era ahora el caso, con las aletas posteriores medio en el agua y medio en tierra.

—¡Despierta! —gritó Kotick, porque las gaviotas estaban haciendo mucho ruido.

—¿Eh? ¿Qué? ¿Qué pasa? —dijo Sivitch, y le dio a la morsa de al lado con sus colmillos y la despertó, y la siguiente despertó a la otra y así sucesivamente hasta que todas las morsas estuvieron despiertas, mirando en todas direcciones excepto la correcta.

—¡Hola! ¡Soy yo! —dijo Kotick meciéndose donde rompían las olas, de modo que parecía una pequeña babosa blanca.

—¡Pero bueno! ¡Que me... despellejen! —dijo Sivitch, y todos miraron a Kotick como imaginarías un club lleno de viejos caballeros somnolientos mirando a un muchachito. A Kotick no le interesaba precisamente oír hablar de desollamientos. Ya había visto suficiente, así que dijo:

—¿Hay algún sitio adonde puedan ir las focas y los hombres no vayan nunca?

—Ve y descúbrelo —dijo Sivitch cerrando los ojos—. Vete. Aquí estamos ocupados.

Kotick dio un salto de delfín en el aire y gritó, tan fuerte como fue capaz:

—¡Comealmejas! ¡Comealmejas!

Sabía que, a pesar de fingir que era mala persona, Sivitch no había atrapado un pez en su vida, sino que se alimentaba de almejas y algas. Naturalmente, las gaviotas grandes y los *gooverooskies* y los frailecillos corniculados, los gaviones y gaviotas *rissa* y los otros frailecillos, que siempre buscan una oportunidad para ser groseros, se unieron a los gritos y —así me lo explicó Limmershin— durante casi cinco minutos no hubiera sido posible oír un cañonazo en Walrus Islet. Toda la población aviar estaba gritando y chillando «¡Comealmejas!», «*istarik!*» (viejo), mientras Sivitch se movía de lado a lado, gruñendo y tosiendo.

—¿Me lo dices ahora? —dijo Kotick, sin aliento.

—Ve a preguntárselo a Manatí —dijo Sivitch—. Si sigue con vida, podrá decírtelo.

—¿Cómo reconoceré a Manatí cuando lo vea? —dijo Kotick cambiando de curso.

—Es lo único más feo que Sivitch en todo el mar —gritó un gavión volando bajo las narices de Sivitch—. Más feo y peor educado. *¡Starik!*

Kotick nadó de vuelta a Novastoshnah, dejando a las gaviotas con sus gritos. Allí se encontró con que nadie simpatizaba con sus intentos por descubrir un lugar tranquilo para las focas. Le dijeron que los hombres siempre se habían llevado los *holluschickie* —era algo que formaba parte de su vida— y si él no quería ver cosas feas no debería haber ido al matadero. Pero ninguna de las otras focas había sido testigo de la matanza y eso marcaba la diferencia entre él y sus amigos. Además, Kotick era una foca blanca.

—Lo que tienes que hacer —dijo Sikatchi después de oír el relato de las aventuras de su hijo—, es crecer y convertirte en una foca grande como tu padre, y tener tu criadero en la playa, y entonces te dejarán en paz. En unos cinco años deberías poder defenderte tú solo.

Incluso la dulce Matkah, su madre, le dijo:

—Nunca serás capaz de acabar con la matanza. Ve a jugar al mar, Kotick.

Y Kotick fue y bailó la danza del Fuego con su pequeño corazón lleno de pesar.

Ese otoño, Kotick abandonó la playa en cuanto pudo y se aventuró solo porque una idea ocupaba su obstinada cabecita. Iba a encontrar a Manatí, si es que existía alguien así en el mar, e iba a encontrar una isla tranquila con playas firmes donde pudieran vivir focas y donde los hombres no pudieran llegar. De modo que exploró y exploró a solas, desde el Pacífico Norte al Sur, nadando hasta trescientas millas en una noche y un día. Tuvo más aventuras de las que hay tiempo de contar, y escapó por los pelos de las fauces de un Tiburón Peregrino, y de un Tollo Pintado, y de un Pez Martillo, y conoció a todos los rufianes de los que no te puedes fiar y que haraganean de arriba abajo por todos los océanos, y a los grandes peces educados, y las vieiras escarlatas que permanecen en un sitio durante cientos de años y se enorgullecen de ello. Pero nunca llegó a encontrar a Manatí ni una isla que le gustara.

Cuando veía que una playa estaba bien y era de arena dura, con una pendiente detrás donde las focas pudieran jugar, siempre asomaba en el horizonte el humo de un ballenero en el que se hervía grasa de ballena, y Kotick sabía muy bien lo que eso significaba. Reconocía que las focas habían visitado la isla y habían sido exterminadas, y Kotick sabía que adonde habían ido los hombres una vez volverían.

Conoció a un viejo albatros de cola corta que le dijo que la isla de Kerguelen era el sitio adecuado para disfrutar de paz y tranquilidad, pero cuando Kotick fue a verla por poco acaba hecho pedazos en unos endemoniados peñascos negros en mitad de una intensa tormenta de granizo, relámpagos y truenos. Y, sin embargo, al salir del temporal se dio cuenta de que incluso allí había habido una vez un criadero de focas. Y lo mismo sucedió en todas las otras islas que visitó.

Limmershin le ofreció una larga lista porque Kotick se pasó cinco temporadas explorando y descansando durante cuatro meses en Novastoshnah, donde los *holluschickie* se burlaban de él y de sus islas imaginarias. Viajó a las Galápagos, un horrible lugar seco en el Ecuador, donde casi muere de calor; fue a las islas Georgias, las Orcadas, isla Esmeralda, las Nightingale, la isla de Gough, isla Bouvet, las islas Crozet e incluso una isla pequeña como una mota de polvo al sur del Cabo de Buena Esperanza. Pero en todas partes los Habitantes del Mar le decían lo mismo. Las focas habían poblado esas islas en un momento dado, pero los hombres las habían exterminado. Incluso cuando nadó miles de millas más allá del Pacífico y llegó a un sitio llamado Cabo Corrientes (eso fue al regresar de la isla de Gough), se encontró a un centenar de focas escuálidas en una roca, y estas le dijeron que los hombres habían llegado allí también.

Eso casi le partió el corazón, y rodeó el Cabo de Hornos de vuelta a sus propias playas, y en el camino hacia el norte se trasladó a una isla llena de árboles verdes donde se encontró a una anciana foca que agonizaba y Kotick pescó para ella y le contó todas sus penas.

—Me voy de vuelta a Novastoshnah —dijo Kotick—, y no me importa si me llevan al matadero con los *holluschickie.*

La vieja foca le dijo:

—Inténtalo una vez más. Soy la última foca de la Colonia Perdida de Masafuera, y en los días en que los hombres nos mataban a cientos de miles corría una historia por las playas según la cual un día una foca blanca vendría del norte y conduciría a todas las focas a un lugar tranquilo. Soy vieja y no viviré para ver ese día, pero otros lo harán. Inténtalo una vez más.

Y Kotick enroscó su bigote (que era una belleza), y dijo:

—Yo soy la única foca blanca nacida en las playas, y soy la única foca, negra o blanca, que tan siquiera ha pensado en ir en busca de nuevas islas.

Eso lo alegró enormemente, y cuando regresó a Novastoshnah ese verano, Matkah, su madre, le rogó que se casara y se asentara, porque ya no era un *holluschick* sino un *sikatchi* adulto con una melena blanca rizada en los hombros, y tan corpulento, grande y feroz como su padre.

—Dame una temporada más —dijo Kotick—. Recuerda, madre, que es siempre la séptima ola la que se adentra más en la playa.

Curiosamente, había otra foca que había pensado retrasar un año el matrimonio y Kotick bailó con ella la danza del Fuego en la playa de Lukannon la noche antes de embarcarse en su última exploración.

Esta vez fue hacia el oeste, porque se había introducido en la estela de un gran banco de fletanes y necesitaba al menos cien libras de pescado al día para mantenerse en buenas condiciones. Los persiguió hasta que se cansó, luego se acurrucó y se puso a dormir en los valles de la corriente marina que conduce hasta la isla de Medni. Conocía esa costa a la perfección, de modo que, hacia medianoche, cuando notó que topetaba con suavidad contra un lecho de algas, dijo:

—Um. La corriente va fuerte esta noche.

Y sumergiéndose bajo el agua abrió los ojos con lentitud y se desperezó. Rápidamente dio un salto cual gato, pues había visto unas cosas enormes curioseando en las aguas y echando un vistazo entre los pesados flecos de las algas.

—¡Por las Grandes Olas del Estrecho de Magallanes! —dijo entre dientes—. ¿Quién diablos es esta gente?

No eran morsas, ni lobos marinos, ni focas, ni osos, ni ballenas, tiburones, peces, calamares o vieiras que Kotick hubiera visto antes. Medían entre seis y nueve metros de longitud y no tenían aletas posteriores, sino una cola como una pala que parecía tallada en cuero mojado. Las cabezas tenían el aspecto más ridículo que jamás hubiera visto y, cuando no estaban picoteando, se tenían en pie sobre la punta de sus colas en el agua profunda y se hacían reverencias solemnes los unos a los otros, y agitaban las aletas frontales como agita los brazos un hombre gordo.

—¡Ejem! —dijo Kotick—. ¿Todo bien, caballeros?

Las cosas enormes respondieron inclinándose y agitando sus aletas como el Lacayo Sapo.[16] Cuando empezaron a comer de nuevo, Kotick vio que su labio superior estaba partido en dos partes separadas y que las podían separar algo más de un palmo y volverlas a juntar con un puñado entera de algas entre las fisuras. Se metían las algas en la boca y masticaban con solemnidad.

—¡Qué forma de comer tan desagradable! —dijo Kotick. Se inclinaron de nuevo y Kotick empezó a perder los estribos.

—Muy bien —dijo—. Si resulta que tenéis una articulación adicional en vuestras aletas frontales tampoco hace falta alardear. Ya veo que os inclináis con elegancia, pero lo que me gustaría saber es cómo os llamáis.

Los labios partidos se movieron y contrajeron, y los ojos verdes vidriosos lo miraron fijamente, pero nadie pronunció palabra.

—Pues sois las únicas criaturas que he visto más feas que Sivitch... y con peores modales —dijo Kotick.

De repente recordó lo que el gavión le había gritado cuando apenas tenía un año en Walrus Inlet, lo que hizo que cayera de espaldas en el agua porque supo que por fin había encontrado a los manatís.

---

16 Personaje en *Alicia en el País de las Maravillas,* de Lewis Carroll.

Estos siguieron borboteando, pastando y masticando las algas, y Kotick les preguntó cosas en todos los idiomas que había ido aprendiendo a lo largo de sus viajes (los Habitantes del Mar hablan casi tantos idiomas como los seres humanos). Pero los manatís no respondieron, porque los manatís no pueden hablar. Solo tienen seis huesos en el cuello donde deberían tener siete, y dicen que bajo el agua eso les impide hablar incluso a sus compañeros, pero, como sabéis, tienen una articulación adicional en su aleta delantera que agitan arriba y abajo y en todas direcciones, lo que les permite comunicarse mediante una suerte de tosco código telegráfico.

Al amanecer, Kotick ya tenía la melena erizada y se le había acabado la paciencia. Entonces, los manatís empezaron a viajar con lentitud hacia el norte, deteniéndose de vez en cuando a celebrar absurdas asambleas de reverencias. Kotick los siguió y se dijo:

—A gente idiota como esta los habrían matado hace tiempo si no hubieran encontrado una isla segura; y lo que es suficientemente bueno para los manatís es suficientemente bueno para los *sikatchi*. Por otro lado... ojalá se dieran más prisa.

Fue un viaje agotador para Kotick. La manada nunca recorría más de cuarenta o cincuenta millas al día. Se detenían a comer por la noche y nunca se alejaban de la costa. Entretanto, Kotick nadaba alrededor de ellos, encima de ellos, debajo de ellos, pero no lograba hacer que recorrieran tan siquiera media milla más. A medida que se adentraron más al norte empezaron a celebrar las asambleas de reverencias a intervalos más cortos, lo que sacaba a Kotick de sus casillas, hasta que se dio cuenta de que seguían una corriente cálida de agua. En ese momento tuvo más respeto por ellos.

Una noche se hundieron en el agua brillante —se hundieron como piedras— y por primera vez desde que los había conocido empezaron a nadar a un ritmo veloz. Kotick los siguió, y ese ritmo le asombró porque no había considerado a los manatís unos grandes nadadores. Se dirigieron hacia un acantilado situado en la costa, un acantilado que bajaba a las profundidades, y se metieron de lleno en un agujero negro a los pies del mismo, a veinte brazas bajo el mar. El trayecto fue muy, muy largo, y Kotick ansió

respirar aire puro hasta que, por fin, salió del oscuro túnel por el que le habían conducido.

—¡Por las crines de mi nuca! —dijo tomando bocanadas de aire y jadeando cuando salió al mar en el otro extremo del túnel—. Hemos buceado un trecho largo, pero ha valido la pena.

Los manatís se habían separado y estaban picoteando a lo largo de las orillas de las playas más bonitas que Kotick había visto jamás. Había enormes extensiones, millas y millas de rocas alisadas perfectamente adecuadas para criaderos de focas, y tras ellas, tierra adentro, las zonas de juego sobre la pendiente de arena dura, olas para que las focas bailaran, hierba alta para revolcarse en ella y dunas de arena para subir y bajar, y, lo mejor de todo, Kotick supo por cómo notaba el agua —algo que siempre sabe un verdadero *sikatchi*— que ningún hombre había pisado jamás estas playas.

Lo primero que hizo fue asegurarse de que la pesca fuera buena, y luego nadó a lo largo de las playas y contó las encantadoras islitas de arena, medio escondidas entre la niebla. En dirección al norte, donde se encontraba el océano, había una hilera de bancos de arena y rocas que no permitirían a ningún barco llegar a menos de seis millas de la playa; y entre las islas y tierra firme había un tramo de aguas profundas que llegaban hasta el acantilado perpendicular, y en algún lugar bajo ese acantilado estaba la boca del túnel.

—Es como Novastoshnah, pero diez veces mejor —dijo Kotick—. Los manatís deben de ser más sabios de lo que pensaba. Aunque hubiera hombres, lo cierto es que no pueden bajar por el acantilado. Y los bancos en el océano harían pedazos a sus barcos. Si hay un lugar en los mares que sea seguro, es este.

Empezó a pensar en la foca que había dejado atrás, pero a pesar de que tenía prisa por volver a Novastoshnah, exploró minuciosamente las nuevas tierras para ser capaz de responder a todas las preguntas.

Después se sumergió y se cercioró del lugar donde estaba la boca del túnel y lo atravesó a toda velocidad en dirección sur. Nadie excepto un manatí o una foca habría soñado con un lugar semejante, y cuando volvió la vista hacia el acantilado incluso a Kotick le costó creer que había pasado por debajo de ellos.

Pese a nadar sin descanso, tardó seis días en llegar a casa. Y cuando salió a la superficie justo por encima de Sea Lion's Neck, la primera persona con la que se encontró fue la foca que había estado esperándolo, y ella vio en sus ojos que por fin había encontrado su isla.

Pero los *holluschickie* y Sikatchi, su padre, y todas las otras focas se rieron de él cuando les contó lo que había descubierto, y una foca joven, de su misma edad, dijo:

—Todo esto está muy bien, Kotick, pero no puedes venir de Dios sabe dónde y ordenar que nos vayamos de esta manera. Recuerda que hemos peleado por nuestros criaderos, y eso es algo que tú nunca has hecho. Tú has preferido ir a merodear por otros mares.

Las otras focas se rieron y la joven empezó a mover la cabeza de lado a lado. Se había casado ese año y presumía de ello.

—No tengo criadero por el que luchar —dijo Kotick—. Tan solo quiero enseñaros un lugar donde estaréis a salvo. ¿De qué sirve discutir?

—Ah, bueno, si lo que quieres es echarte atrás, no tengo más que decir —dijo la joven foca soltando una desagradable risita.

—¿Vendrás conmigo si gano? —dijo Kotick, y en sus ojos apareció un brillo verde, porque estaba muy enfadado por tener que pelear.

—Muy bien —dijo sin pensar la joven foca—. Si tú ganas, iré.

No tuvo tiempo de cambiar de idea porque Kotick atacó sin esperar y sus dientes se hundieron en la grasa del cuello de la joven foca. Luego se levantó sobre sus cuartos traseros y arrastró a su enemigo hasta la playa, donde lo sacudió y derribó. Entonces, Kotick gritó a las otras focas:

—Durante estas últimas cinco temporadas me he esforzado por vosotros. Os he encontrado una isla donde estaréis a salvo, pero a menos que arranque vuestras cabezas de vuestros estúpidos cuellos no me vais a creer. Os voy a dar una lección, así que ¡tened cuidado!

Limmershin me explicó que nunca a lo largo de su vida —y Limmershin ve a decenas de miles de grandes focas luchar todos los años— jamás en su vida había sido testigo de nada como la carga de Kotick contra los criaderos. Se lanzó sobre el *sikatchi* más grande que pudo encontrar, lo agarró por el cuello, lo estranguló y lo atizó y sacudió hasta que aquel imploró clemencia, y entonces lo empujó a un lado y atacó al siguiente. Veréis, Kotick no había ayunado durante cuatro meses, como hacen todos los años las focas, y sus viajes nadando por las profundidades lo habían mantenido en perfecta forma y, por encima de todo, nunca había peleado. Tenía la blanca y ondulada melena erizada por la rabia, los ojos brillantes y relucientes sus grandes colmillos. Verlo era una maravilla.

El viejo Sikatchi, su padre, lo vio pasar como un azote, arrastrando a viejas focas canosas como si fueran fletanes y tumbando a los jóvenes solteros en todas las direcciones. Y Sikatchi bramó y gritó:

—Será un loco, pero es el mejor luchador de todas las playas. No derribes a tu padre, hijo. ¡Estoy contigo!

Kotick lanzó un rugido por respuesta y Sikatchi avanzó con andares de pato, los bigotes erizados y soplando como una locomotora, mientras que Matkah y la foca que iba a casarse con Kotick se acurrucaron y admiraron a sus parejas. La pelea fue hermosa, porque ambos pelearon hasta que no quedó una foca que osara levantar la cabeza, y luego desfilaron solemnemente playa arriba y abajo, el uno junto al otro, bramando.

Por la noche, justo cuando la aurora boreal lanzaba destellos a través de la niebla, un sangrante Kotick trepó a una roca pelada y miró abajo, hacia los criaderos dispersos y las focas heridas.

—Ahora —dijo—, os he dado una lección.

—¡Por las melenas de mi nuca! —dijo Sikatchi, alzándose con rigidez puesto que había sido vapuleado de buena manera—. Ni la Ballena Asesina les habría hecho tantos cortes. Hijo, estoy orgulloso de ti. Es más, iré contigo a tu isla... si es que existe ese lugar.

—Ea, gordos cerdos de mar, ¿quién viene conmigo al túnel de los Manatís? Responded u os daré otra lección —clamó Kotick.

Hubo un murmuro como el de las olas bañando las playas.

—Iremos —dijeron cientos de voces cansadas—. Seguiremos a Kotick, la Foca Blanca.

Entonces, Kotick bajó la cabeza a la altura de los hombros y cerró los ojos con orgullo. Ya no era una foca blanca sino completamente roja. Daba igual. Habría despreciado tan solo mirar o tocar sus heridas.

Una semana más tarde, él y su ejército (casi diez mil *holluschickie* y focas viejas) partieron hacia el túnel de los Manatís, con Kotick a la cabeza, y las focas que se quedaron en Novastoshnah los llamaron idiotas. Pero la primavera siguiente, cuando todos se encontraron en los bancos de pesca del Pacífico, las focas de Kotick relataron tales historias de las nuevas playas al otro lado del túnel de los Manatís que más y más focas abandonaron Novastoshnah.

Evidentemente, esto no sucedió de una vez, puesto que las focas necesitan tiempo para cambiar de opinión, pero año tras año cada vez más focas abandonaron Novastoshnah y Lukannon y los otros criaderos para reubicarse en las playas tranquilas y protegidas donde se puede ver a Kotick todo el verano, haciéndose cada vez más grande, gordo y fuerte, mientras los *holluschickie* juegan alrededor, en ese mar adonde no llega el hombre.

LUKANNON

Esta es la canción de alta mar que todas las focas de St. Paul cantan cuando regresan a las playas en verano. Es considerado un desconsolado Himno Nacional de las focas.

Vi a mis camaradas por la mañana (y, oh, ya soy mayor)
allí en los salientes donde atronadoras rompen las olas de verano;
los oí entonar a coro ahogando el canto del oleaje.
En las playas de Lukannon ¡cantan dos millones de voces!

La canción de los bellos parajes junto a las lagunas saladas,
la canción de escuadrones que soplando se arrastran dunas abajo,
la canción de las danzas de medianoche que agitan el mar en llamas,
en las playas de Lukannon ¡antes de que vinieran los cazadores de focas!

Vi a mis camaradas por la mañana (ya nunca más los veré).
Llegaron y se fueron a miles, tantos que oscurecían la costa entera.
Por el horizonte salpicado de espuma, hasta donde alcanzan nuestras voces,
llamábamos a los que llegaban y les cantábamos hasta arribar a la playa.

Las playas de Lukannon, el trigo de invierno tan alto.
Los líquenes ondulados llenos de rocío, y la niebla marina empapando
[todo.
Las rocas de nuestra zona de juegos, brillantes, lisas, desgastadas.
Las playas de Lukannon ¡el hogar donde nacimos!

Vi a mis camaradas por la mañana, un grupo roto, disperso.
Los hombres nos disparan en el agua y nos atizan en tierra.
Los hombres nos conducen a Salt House como corderos estúpidos y mansos,
y aun así cantamos a Lukannon ¡antes de que vinieran los cazadores de focas!

Vuela, vuela, hacia el sur ¡oh, gaviota, ¡vuela!
Y cuenta a los Virreyes de Alta Mar sobre nuestros infortunios;
vacías como el huevo de un tiburón que la tempestad arroja a la orilla,
las playas de Lukannon a sus hijos ya no conocerán.

Rikki-Tikki-Tavi

En el hoyo por el que entró
Ojos Rojos llamó a Piel Rugosa.
Oye lo que el pequeño Ojos Rojos dijo:
Nag, ¡ven y danza con la muerte!

Ojo a ojo y cabeza a cabeza
(No pierdas el compás, Nag.)
Esto acabará cuando uno muera;
(Como te plazca, Nag.)
Vuelta a vuelta y giro a giro
(Corre y escóndete, Nag.)
¡Ajá! ¡La Muerte encapuchada ha errado!
(Ay de ti, Nag.)

Esta es la historia de la gran guerra que Rikki-tikki-tavi libró él solo en los cuartos de baño de la gran casa en el cuartel de Segowlee.[17] Darzee, el sastrecillo, lo ayudó, y Chuchundra, la musaraña, que nunca se aventura al centro de una habitación, sino que siempre ronda por las paredes, le dio consejo. Pero la verdadera pelea la libró Rikki-tikki-tavi.

Era una mangosta, semejante a un gato por su pelaje y su cola, pero más parecida a una comadreja por su cabeza y sus costumbres. Sus ojos y la punta

---

17 Sigauli, ciudad del estado de Bihar, India.

de su inquieta nariz eran de color rosa; se podía rascar donde quisiera, con cualquier patita, delantera o trasera, cualquiera que fuera la que decidiera utilizar; podía ahuecar los pelos de su cola hasta que parecía una escobilla de limpiar botellas, y su grito de guerra cuando se escabullía entre las hierbas altas sonaba así: *«Rikk-tikk-tikki-tikki-tchk»*.

Un día de verano, una inundación lo arrastró fuera de la madriguera donde vivía con su padre y su madre, y se lo llevó, pateando y cloqueando, por la cuneta de una carretera. Allí encontró un manojillo de hierbas flotando y se aferró a él hasta que perdió el sentido. Cuando volvió en sí, yacía a pleno sol en medio del sendero de un jardín sin duda muy sucio, y un niño pequeño decía:

—Es una mangosta muerta. Celebremos un funeral.

—No —dijo su madre—, llevémosla adentro y la secaremos. Quizás no esté realmente muerta.

La metieron en la casa y un hombre robusto la cogió entre sus dedos índice y pulgar y dijo que no estaba muerta, sino medio ahogada. Así que la envolvieron en algodón y la calentaron, y la mangosta abrió los ojos y estornudó.

—Ahora —dijo el hombre (era un inglés que acababa de mudarse a la casa)—, no la asustes y veremos qué hace.

Lo más difícil en este mundo es asustar a una mangosta, porque es un animal curioso como ningún otro. El lema de toda la familia de mangostas es «Corre y descubre». Rikki-tikki era una verdadera mangosta. Estudió el algodón y decidió que no era bueno para comer, corrió alrededor de la mesa, se levantó sobre las patas traseras y limpió su pelaje, se rascó y saltó sobre el hombro del niño.

—No te asustes, Teddy —dijo su padre—. Es su manera de hacer amigos.

—¡Au! Me hace cosquillas en la barbilla —dijo Teddy.

Rikki-tikki se asomó por el cuello de la camisa del niño, olisqueó su oreja y bajó al suelo, donde se sentó a frotarse la nariz.

—¡Santo Dios! —dijo la madre de Teddy—, qué criatura tan poco salvaje. Supongo que es tan mansa porque hemos sido amables con él.

—Todas las mangostas son así —dijo su esposo—. Si Teddy no la agarra por la cola ni intenta encerrarla en una jaula, entrará y saldrá de casa a todas horas. Vamos a darle de comer.

Le dieron un pedacito de carne cruda. A Rikki-tikki le gustó muchísimo, y cuando terminó de comérselo salió al porche y se sentó al sol y ahuecó su pelaje para que se secara desde las raíces. Después se sintió mejor.

—Hay más cosas por descubrir en esta casa —se dijo— que todo lo que pudiera descubrir mi familia a lo largo de todas sus vidas. Sin duda, me quedaré para explorarlo todo.

Se pasó el día husmeando por la casa. Casi se ahoga en las bañeras, metió la nariz en el tintero de un escritorio y se la quemó con la punta del cigarro del hombre grande al trepar a su regazo para ver cómo se escribía. Al anochecer corrió al dormitorio de Teddy para ver cómo encendían las lámparas de keroseno, y cuando Teddy se metió en la cama Rikki-tikki también se acostó con él, pero era un compañero inquieto, porque prestaba atención a cada ruido que oía y se levantaba para descubrir su origen. La madre y el padre de Teddy entraron antes de retirarse para ver a su hijo y vieron a Rikki-tikki despierto sobre la almohada.

—No me gusta —dijo la madre de Teddy—. Podría morder al niño.

—No hará nada de eso —dijo el padre—. Teddy estará más a salvo con esa pequeña criatura que si lo vigilara un sabueso. Si entrara ahora una serpiente en el dormitorio...

Pero la madre de Teddy no quiso ni pensar en algo tan espantoso.

Temprano por la mañana, montado en el hombro de Teddy, Rikki-tikki se dirigió al desayuno servido en el porche y le dieron un plátano y un poco de huevo hervido. Se sentó en los regazos de todos, uno tras otro, porque toda mangosta bien educada siempre espera convertirse en mangosta doméstica un día y disponer de habitaciones por las que correr, y la madre de Rikki-tikki (que había vivido en la casa del General en Segowlee) le había explicado a Rikki cómo comportarse cuando se encontrara ante el hombre blanco.

Después, Rikki-tikki salió al jardín para ver lo que había que ver. Era un jardín grande, plantado a medias, con rosales Mariscal Niel grandes como casas, limeros y naranjos, bosques de bambú y rincones donde la hierba crece alta. Rikki-tikki se relamió.

—Este es un terreno de caza estupendo —dijo, y su cola se ahuecó como una escobilla solo de pensarlo. Se escabulló y corrió por el jardín, olisqueó aquí y allá hasta que oyó unas voces lastimeras que venían de unas zarzas.

Eran Darzee, un sastrecillo y su esposa. Habían hecho un nido precioso juntando dos grandes hojas y cosiéndolas por los bordes con fibras, y habían llenado el fondo con algodón y pelusas mullidas. El nido se mecía de un lado a otro, con ambos sentados en el borde, llorando.

—¿Qué ocurre? —preguntó Rikki-tikki.

—Estamos muy tristes —dijo Darzee—. Uno de nuestros pollitos cayó ayer del nido y Nag se lo comió.

—Um —dijo Rikki-tikki—. Eso es muy triste... Pero no soy de por aquí. ¿Quién es Nag?

Darzee y su esposa se limitaron a acurrucarse en el nido sin ofrecer una respuesta, porque de la gruesa hierba al pie del arbusto llegó un siseo profundo, un horrible sonido frío que hizo que Rikki-tikki saltara atrás medio metro. Entonces, centímetro a centímetro fue apareciendo entre la hierba la cabeza (con su capucha bien abierta) de Nag,[18] la gran cobra negra, que medía metro y medio de longitud, desde la lengua a la punta de la cola. Cuando hubo levantado un tercio de su cuerpo, permaneció meneándose de un lado a otro exactamente como se mece el copete de un diente de león con el aire, y miró a Rikki-tikki con los malvados ojos de serpiente que jamás cambian de expresión, sin importar lo que pudiera estar pensando.

—¿Que quién es Nag? —dijo—. Yo soy Nag. El gran dios Brahma marcó a toda mi gente cuando la primera cobra abrió su capucha para taparle el sol al dios cuando dormía. Mírame y tiembla.

Nag abrió la capucha aún más y Rikki-tikki vio la marca de los anteojos en su dorso, que parece exactamente la parte de un corchete correspondiente a la presilla. Por un instante tuvo miedo, pero a una mangosta le resulta imposible permanecer atemorizada durante un tiempo prolongado, y,

---

18 Del sánscrito nāgá, que significa 'cobra'.

a pesar de que Rikki-tikki nunca había visto a una cobra viva, su madre le había dado de comer muchas cobras muertas y sabía que todas las mangostas adultas cazan serpientes para comérselas. Nag también lo sabía y en el fondo de su frío corazón tenía miedo.

—Bueno —dijo Rikki-tikki, y empezó de nuevo a ahuecar el pelaje de su cola—, con marcas o sin ellas, ¿crees que está bien esto de comerse polluelos que caen de los nidos?

Nag meditaba sin dejar de observar el más leve movimiento de la hierba detrás de Rikki-tikki. Sabía que la presencia de mangostas en un jardín significaba la muerte, tarde o temprano, para él y su familia, pero quería conseguir que Rikki-tikki bajara la guardia. De modo que bajó un poco la cabeza y la apartó a un lado.

—Hablemos —dijo—. Tú comes huevos. ¿Por qué no puedo yo comer pájaros?

—¡Detrás de ti! ¡Mira detrás! —cantó Darzee.

Rikki-tikki sabía que no debía perder tiempo y mirar atrás. Dio un salto en el aire, lo más alto que pudo, y justo por debajo pasó zumbando la cabeza de Nagaina, la malvada esposa de Nag. Con el objetivo de acabar con él, se había arrastrado por detrás de Rikki-tikki mientras este hablaba. Rikki-tikki oyó el siseo salvaje cuando la cobra falló el golpe. Aterrizó casi sobre su espalda y, de haber sido una mangosta vieja, habría sabido que justo entonces era el momento de partirle la espalda de un mordisco. Pero tenía miedo del terrible golpe de vuelta de la serpiente. Mordió, por supuesto, pero no durante el tiempo suficiente, y se apartó de un salto de las sacudidas de la cola, dejando herida a la furiosa Nagaina.

—¡Maldito, maldito Darzee! —dijo Nag azotando cuanto pudo las zarzas sobre las que estaba el nido, pero Darzee lo había construido fuera del alcance de las serpientes y tan solo se meció de un lado a otro.

Rikki-tikki sintió que sus ojos enrojecían y le empezaban a arder (cuando a una mangosta se le ponen los ojos rojos es que está enfadada), se sentó sobre la cola y patas traseras como un pequeño canguro y miró alrededor, rechinando los dientes con furia. Pero Nag y Nagaina habían desaparecido entre las hierbas. Cuando una serpiente falla un golpe, nunca dice nada ni da señal de lo que hará a continuación. Rikki-tikki no quiso seguirlas porque no estaba seguro de poder enfrentarse a dos serpientes a la vez. De modo que se alejó trotando hacia el sendero de grava cercano a la casa y se sentó a pensar. Se trataba de un asunto serio.

Si leéis libros antiguos de historia natural, veréis que dicen que cuando una mangosta se enfrenta a una serpiente y acaba siendo mordida, esta escapa corriendo a comer una hierba que la cura. Eso no es cierto. La victoria depende tan solo de tener un ojo veloz y rapidez en las patas, del golpe de la serpiente contra el salto de la mangosta y, como ningún ojo es capaz de seguir el movimiento de la cabeza de una serpiente cuando golpea, eso hace las cosas mucho más espectaculares que cualquier hierba mágica. Rikki-tikki sabía que era una mangosta joven, y pensar que había logrado escapar de un ataque por la retaguardia le satisfizo enormemente. Le dio confianza en sí mismo, y cuando Teddy llegó corriendo por el sendero Rikki-tikki creyó merecer unas caricias.

Pero justo en el momento en que Teddy se estaba inclinando algo se estremeció en el polvo y una vocecita minúscula dijo:

—¡Cuidado! ¡Soy la muerte!

Era Karait, una diminuta serpiente a la que le gusta descansar en el suelo polvoriento y su mordedura es tan peligrosa como la de la cobra. Pero es tan pequeña que nadie piensa en ella, de modo que es mucho más dañina para las personas.

Los ojos de Rikki-tikki volvieron a enrojecer y se puso a danzar delante de Karait con su peculiar balanceo, un movimiento de vaivén que había heredado de su familia. Parece ridículo, pero es un andar perfectamente equilibrado que permite salir volando desde cualquier ángulo; y al tratar con serpientes, resulta ventajoso. Rikki-tikki no lo sabía, pero estaba haciendo algo mucho más peligroso que luchar contra Nag, porque Karait es tan pequeña y puede contraatacar tan rápidamente, que, a menos que Rikki lo mordiera cerca de la nuca, el golpe de vuelta le daría en el ojo o la boca. Pero Rikki no lo sabía, tenía los ojos rojos y se mecía de un lado a otro en busca de un buen sitio donde asirse. Karait atacó. Rikki saltó a un lado e intentó hostigarlo, pero la maldita cabeza gris y polvorienta golpeó a unos milímetros de su hombro y tuvo que saltar por encima de la serpiente, con la cabeza pisándole los talones.

Teddy gritó en dirección a la casa:

—¡Mirad! ¡Nuestra mangosta está matando a una serpiente!

Rikki-tikki oyó el grito de la madre de Teddy. El padre salió con un bastón, pero cuando llegó Karait había fallado el ataque y Rikki-tikki ya había saltado sobre el dorso de la serpiente con la cabeza entre las patas delanteras, había mordido la parte más cercana a la cabeza que fue capaz de agarrar y se había alejado. La mordedura había paralizado a Karait y Rikki-tikki iba a comérsela empezando por la cola, como es costumbre en las comidas de familia. Sin embargo, recordó que un banquete así provoca que las mangostas se vuelvan lentas y, si quería mantener su fuerza y agilidad, debía mantenerse delgada.

Fue a revolcarse en el polvo bajo las matas de ricino mientras el padre de Teddy le daba golpes a la serpiente muerta.

—¿De qué sirve eso? —pensó Rikki-tikki—. Yo ya lo había resuelto.

La madre de Teddy recogió a la mangosta del polvo y la abrazó llorando porque había salvado a Teddy de una muerte segura; el padre dijo que su llegada había sido providencial y Teddy, asustado, miraba todo con ojos como platos. A Rikki-tikki le hicieron gracia todos estos aspavientos que, por cierto, no comprendía. Desde el punto de vista de Rikki, tanto habría dado que la madre hubiera felicitado a Teddy por jugar en el suelo polvoriento. La mangosta estaba disfrutando de lo lindo.

Esa noche, durante la cena, yendo de un lado al otro de la mesa sorteando las copas, podría haberse atiborrado de cosas buenas, pero se acordaba de Nag y Nagaina, y aunque era muy agradable recibir las caricias y mimos de la madre de Teddy y sentarse en el hombro de Teddy, sus ojos se ponían rojos de vez en cuando y entonces estallaba en su largo grito de guerra:

—¡Rikk-tikk-tikki-tikki-tchk!

Teddy se lo llevó a la cama e insistió en que Rikki-tikki durmiera bajo su mentón. Rikki-tikki era una mangosta muy bien educada y no mordía ni rascaba, pero en cuanto Teddy se durmió salió a dar su paseo nocturno por la casa, y en la oscuridad se encontró con Chuchundra, la musaraña, que estaba paseando junto a la pared. Chuchundra es un animalillo con el corazón roto. Lloriquea y pía toda la noche intentando decidir si correr al centro de la habitación, pero jamás lo logra.

—No me mates —dijo Chuchundra casi llorando—. Rikki-tikki, no me mates.

—¿Crees que un asesino de serpientes mata musarañas? —dijo Rikki-tikki con desprecio.

—A los que matan serpientes los matan las serpientes —dijo Chuchundra más triste que nunca—. ¿Y cómo puedo estar segura de que Nag no me confundirá contigo en una noche oscura?

—No hay peligro —dijo Rikki-tikki—. De todos modos, Nag está en el jardín y sé que tú no sales.

—Mi prima Chua, la rata, me ha dicho... —dijo Chuchundra, y se interrumpió.

—¿Qué te ha dicho?

—¡Chitón! Nag está por todas partes, Rikki-tikki. Deberías haber hablado con Chua en el jardín.

—No lo he hecho. Así que dímelo tú. ¡Rápido, Chuchundra, o te muerdo!

Chuchundra se sentó y lloró hasta que las lágrimas rodaron por sus bigotes.

—Soy muy patética —sollozó—. Nunca he tenido la valentía suficiente para correr al centro de la habitación. ¡Chitón! No debería decirte nada. ¿No *oyes*, Rikki-tikki?

Rikki-tikki prestó atención. La casa estaba en completo silencio, pero creyó oír los arañazos más leves del mundo —un sonido tan vago como el de una avispa caminando por el cristal de una ventana—, el ruido seco de las escamas de una serpiente arañando el enladrillado.

—Es Nag, o Nagaina —se dijo—, y está reptando por el conducto del cuarto de baño. Tienes razón, Chuchundra. Debería haber hablado con Chua.

Se escabulló al cuarto de baño de Teddy, pero no encontró nada y prosiguió al cuarto de baño de la madre de Teddy. En la parte inferior de la pared de yeso había un saliente de ladrillo que hacía las veces de conducto para el agua de la bañera. Cuando Rikki-tikki pasó junto al bordillo sobre el que se sienta la bañera, oyó a Nag y Nagaina susurrando afuera, a la luz de la luna.

—Cuando ya no quede nadie en la casa —le dijo Nagaina a su esposo—, se verá obligada a desaparecer, y entonces el jardín volverá a ser nuestro. Entra silenciosamente y recuerda que el hombre que mató a Karait es el primero a quien has de morder. Entonces, sal y cuéntamelo todo, y cazaremos a Rikki-tikki juntos.

—Pero ¿estás segura de que matar a las personas nos beneficiará en algo? —dijo Nag.

—En todo. Cuando la casa estaba deshabitada, ¿acaso había mangostas en el jardín? Mientras la casa esté vacía, seremos el rey y la reina del jardín. Y recuerda que en cuanto las crías rompan la cáscara de los huevos en el melonar (cosa que bien podría ser mañana), nuestros niños necesitarán espacio y tranquilidad.

—No había pensado en ello —dijo Nag—. Iré, pero no habrá necesidad de cazar a Rikki-tikki después. Mataré al hombre, a su esposa y al niño, si puedo, y saldré discretamente. Entonces, la casa quedará vacía y Rikki-tikki se irá.

Rikki-tikki tembló de rabia y odio al oír esas palabras. Entonces, la cabeza de Nag apareció por el conducto, tras la que siguió el metro y medio de cuerpo frío. A pesar de lo enfadado que estaba, Rikki-tikki se asustó al ver el tamaño de la gran cobra. Nag se enroscó, levantó la cabeza y miró por todo el cuarto de baño. En la oscuridad, Rikki vio el brillo de sus ojos.

—Veamos. Si mato a Nag aquí, Nagaina se enterará. Y si peleo con la cobra en el suelo, fuera de la bañera, las probabilidades estarán a su favor. ¿Qué hago? —se preguntó Rikki-tikki-tavi.

Nag serpenteó de un lado a otro y, entonces, Rikki-tikki la oyó beber del gran jarrón de agua que utilizaban para llenar la bañera.

—Qué buena —dijo la serpiente—. Veamos. Cuando el hombre mató a Karait tenía en la mano un bastón. Puede que lo siga teniendo, pero cuando entre en el cuarto de baño por la mañana no lo llevará con él. Esperaré aquí hasta que venga. Nagaina, ¿me oyes? Esperaré aquí, al fresco, hasta que amanezca.

No hubo respuesta del exterior, de modo que Rikki-tikki supo que Nagaina se había ido. Nag se hizo un ovillo, bucle a bucle, alrededor de la protuberancia de la parte inferior del jarrón y Rikki-tikki se quedó quieta como un muerto. Al cabo de una hora empezó a moverse, músculo tras músculo, en dirección al jarrón. Nag estaba dormida y Rikki-tikki observó su enorme lomo, preguntándose cuál sería el mejor lugar por donde agarrarlo.

—Si no le rompo la columna en la primera arremetida —dijo Rikki— será capaz de pelear y si pelea... ¡Oh, Rikki!

Miró el grosor del cuello justo por debajo de la capucha, pero era demasiado rollizo para él. Y morderle cerca de la cola solo haría que Nag se pusiera como una furia.

—Tiene que ser la cabeza —dijo finalmente—. La cabeza, justo por encima de la capucha, y una vez la tenga agarrada, no debo soltarla.

Entonces saltó. La cabeza estaba un poco apartada del jarrón, debajo de donde este se curvaba, y cuando los dientes de Rikki la hubieron atrapado la mangosta apoyó su dorso contra la protuberancia de la cerámica para poder mantener la presión sobre la cabeza. Esto le dio un segundo para agarrarse y lo aprovechó bien. Entonces se vio sacudida de un lado a otro como un perro agita una rata, de un lado a otro, por el suelo, de arriba abajo, describiendo círculos. Pero sus ojos estaban enrojecidos y Rikki siguió agarrado cuando el cuerpo de Nag se batía por el suelo, volcando un cazo de estaño y el platito del jabón y el cepillo para el cuerpo, y golpeando el lateral de estaño de la bañera. Aguantando sin soltar a la serpiente, Rikki cerró sus mandíbulas con mayor fuerza, convencida de que los golpes la matarían y, por el honor de su familia, prefería que la encontraran con los dientes trabados. Estaba aturdida, dolorida y hecha pedazos cuando algo sonó como un trueno detrás de ella. Un aire caliente la golpeó con fuerza y un fuego rojo le chamuscó el pelaje. El hombre se había despertado con todo el jaleo y había disparado el contenido de los dos cañones de su escopeta contra Nag, justo por detrás de la capucha.

Rikki-tikki continuó aferrándose, con los ojos cerrados, porque ahora estaba convencida de que había muerto. Pero la cabeza ya no se movía y el hombre la cogió y dijo:

—Es la mangosta otra vez, Alice. Esta pequeña nos acaba de salvar la vida.

Entonces, blanca como la nieve, la madre de Teddy entró y vio lo que quedaba de Nag. Rikki-tikki se arrastró al dormitorio de Teddy y pasó el resto de la noche sacudiéndose con ternura para ver si realmente estaba hecho pedazos, como creía.

Cuando amaneció estaba muy agarrotada, pero muy contenta con lo logrado.

—Ahora tengo que acabar con Nagaina, y ella será peor que cinco Nags, y quién sabe cuándo saldrán las crías de los huevos de que hablaba. ¡Dios santo! Debo ir a ver a Darzee —dijo.

Sin esperar al desayuno, Rikki-tikki corrió a las zarzas donde Darzee estaba cantando a voz en cuello sobre el triunfo de la mangosta. La noticia de la muerte de Nag corría por todo el jardín porque el barrendero había arrojado el cuerpo de la serpiente en el montón de broza.

—¡Estúpida bola de plumas! —dijo Rikki-tikki enfadado—. ¿Son estas horas de cantar?

—¡Nag está muerto! ¡Está muerto! ¡Está muerto! —cantaba Darzee—. La valiente Rikki-tikki la agarró por la cabeza y no la soltó. El hombre trajo su palo de fuego y Nag cayó partida en dos. No volverá a comerse a mis pollitos.

—Todo eso es verdad, pero ¿dónde está Nagaina? —dijo Rikki-tikki mirando alrededor con preocupación.

—Nagaina se ha acercado al conducto del cuarto de baño y ha llamado a Nag —prosiguió Darzee—. Y han sacado a Nag colgando de la punta de un palo. El barrendero la ha recogido con la punta de un palo y la ha arrojado sobre un montón de broza. ¡Cantemos a la gran Rikki-tikki de ojos rojos! —y Darzee llenó de aire su garganta y cantó.

—Si pudiera trepar a tu nido sacaría a tus polluelos de él —dijo Rikki-tikki—. ¿No entiendes que hay que hacer las cosas en el momento apropiado? Tú estás seguro ahí arriba, en tu nido, pero aquí abajo es una zona de guerra. Deja de cantar por un instante, Darzee.

—¡Callaré por la grande y bella Rikki-tikki! —dijo Darzee—. ¿Qué pasa, oh, asesina de la horrible Nag?

—Por tercera vez, ¿dónde está Nagaina?

—En el montón de broza, junto a los establos, llorando a Nag. Grande es Rikki-tikki, la de los dientes blancos.

—Deja mis dientes blancos en paz. ¿Sabes dónde guarda sus huevos?

—En un melonar, en el extremo más cercano a la pared, donde da el sol casi todo el día. Los escondió allí hace tres semanas.

—¿Y no se te había ocurrido que valdría la pena decírmelo? ¿El extremo más cercano a la pared, dices?

—Rikki-tikki, ¿no te irás a comer los huevos?

—No me los voy a comer exactamente, Darzee. Si tuvieras algo de sentido común, volarías a los establos y podrías fingir que se te ha roto un ala y dejar que Nagaina te dé caza hasta las zarzas. He de ir al melonar y, si voy ahora, ella me vería.

Darzee era un pajarillo un poco atontado, incapaz de retener en la cabeza más de una idea a un tiempo, y como sabía que las crías de Nagaina nacían de huevos como los suyos, en un primer instante no creyó que fuera justo matarlas. Pero su esposa era un ave sensata y sabía que los huevos de cobra se convertían en crías de cobra, de modo que salió volando del árbol y dejó a Darzee al cuidado de los polluelos, continuando con su canción sobre la muerte de Nag. En algunos aspectos, Darzee era como un hombre.

Aleteó delante de Nagaina, junto al montón de broza, y gritó:

—¡Mi ala! ¡Está rota! El niño de la casa me ha tirado una piedra y me la ha roto.

Y aleteó con mayor desespero.

Nagaina levantó la cabeza y siseó:

—Avisaste a Rikki-tikki de que la mataría. Sin duda, has elegido un mal lugar donde ir a reposar tus heridas.

Avanzó hacia la esposa de Darzee deslizándose por encima del polvo.

—¡El niño me rompió el ala con una piedra! —gritó la esposa de Darzee.

—Bueno. Si te sirve de consuelo, te diré que ajustaré cuentas con el niño después de que hayas muerto. Esta mañana mi esposo descansa en la pila de basura, pero antes de que anochezca, el niño de la casa yacerá muy quieto. ¿De qué sirve huir? Ten por seguro que te atraparé. ¡Tonta, mírame!

La esposa de Darzee sabía perfectamente que no debía hacerlo, porque el pájaro que mira a los ojos de una serpiente se asusta tanto que queda paralizado. La esposa de Darzee seguía aleteando, piando con pena, y no levantaba el vuelo. Nagaina aceleró el paso.

Rikki-tikki las oyó subir el sendero desde los establos y corrió hacia el extremo del melonar cercano a la pared. Allí, junto a los melones, escondidos con mucha astucia en la tierra caliente, encontró veinticinco huevos del tamaño de los huevos de las gallinas Bantam, pero con piel blanca en lugar de cáscara.

—He llegado a tiempo —dijo.

Vio a los bebés cobra enroscados dentro de la piel y supo que en cuanto salieran del cascarón serían capaces de matar a un hombre o a una mangosta. Mordió la parte superior de los huevos tan rápidamente como pudo, esmerándose en aplastar a las jóvenes cobras, y revolvió de vez en cuando la tierra para ver si había olvidado algún huevo. Al final ya solo quedaron tres y Rikki-tikki empezaba justo a reírse entre dientes cuando oyó a la esposa de Darzee gritar:

—¡Rikki-tikki! He conducido a Nagaina hacia la casa y ha entrado en el porche. ¡Ven corriendo! ¡Está dispuesta a matar!

Rikki-tikki aplastó dos huevos con rapidez, pero cayó de espaldas en el melonar con el tercer huevo en la boca. Sin embargo, en cuanto puso las patas en el suelo, corrió hacia el porche. Teddy, su madre y su padre estaban allí tomando el desayuno, pero Rikki-tikki vio que no estaban comiendo. Estaban paralizados, y sus caras, blancas como la nieve. Nagaina se había enrollado en la estera de la silla de Teddy, a corta distancia de la pierna desnuda del niño, contoneándose de un lado a otro, cantando una canción triunfal.

—Hijo del hombre que ha matado a Nag —siseó—. Quédate quieto. No estoy preparada aún. Espera un poco. Quedaos bien quietos los tres. Si os movéis, ataco. Y si no os movéis, ataco. Oh, gente estúpida que habéis matado a mi Nag.

Los ojos de Teddy estaban fijos en los de su padre y lo único que podía hacer este era susurrar:

—Quédate sentado, Teddy. No te muevas. Teddy, quédate bien quieto.

Entonces llegó Rikki-tikki y gritó:

—Vuélvete, Nagaina. ¡Vuélvete y pelea!

—A su debido tiempo —dijo ella sin apartar la vista—. Ajustaré cuentas contigo enseguida, Rikki-tikki. Están muy quietos y pálidos, tienen miedo. No se atreven a moverse y, si te acercas más, atacaré.

—Mira tus huevos —dijo Rikki-tikki—. Mira el melonar cercano a la pared. Ve y mira, Nagaina.

La gran serpiente se volvió a medias y vio el huevo en el porche.

—¡Ahh! Dámelo —dijo.

Rikki-tikki colocó sus patitas a ambos lados del huevo. Tenía los ojos inyectados en sangre.

—¿Qué precio le pones a un huevo de serpiente? ¿A una joven cobra? ¿A una joven cobra real? ¿A la última de la nidada? Las hormigas están comiéndose las otras en el melonar.

Nagaina se dio la vuelta completamente, olvidando todo por el bien de un único huevo; y Rikki-tikki vio que el padre de Teddy alargaba de repente su gran mano, agarraba a Teddy por el hombro y le arrastraba a lo largo de la mesita, volcando las tazas de té, a un lugar seguro y fuera del alcance de Nagaina.

—¡Te he engañado! ¡Te he engañado! *¡Rikk-tck-tck!* —rio entre dientes Rikki-tikki—. El niño está a salvo y fui yo, yo, yo quien atrapó anoche a Nag por la capucha en el cuarto de baño.

Entonces empezó a saltar arriba y abajo, sobre las cuatro patas, y la cabeza pegada al suelo.

—Me lanzó de un lado a otro, pero no pudo deshacerse de mí. Ya estaba muerta cuando el hombre la partió en dos. Lo hice yo. *¡Rikki-tikki-tck-tck!* Vamos, Nagaina. Ven y pelea conmigo. No serás viuda por mucho tiempo.

Nagaina se dio cuenta de que había perdido la oportunidad de matar a Teddy y el huevo permanecía entre las patas de Rikki-tikki.

—Dame el huevo, Rikki-tikki. Dame el último huevo y me iré y nunca más regresaré —dijo bajando la capucha.

—Sí, te irás y nunca volverás, porque acabarás en el montón de broza junto a Nag. ¡Pelea, viuda! El hombre ha ido a por su escopeta. ¡Pelea!

Rikki-tikki no dejaba de brincar alrededor de Nagaina, justo fuera del alcance de la serpiente, y tenía los ojos encendidos como ascuas. Nagaina tomó impulso y saltó sobre la mangosta. Rikki-tikki saltó arriba y hacia atrás. Una y otra vez, la cobra atacaba y cada vez su cabeza recibía el golpe de las esteras del porche, y cada vez se recogía como si fuera el muelle de un reloj. Entonces, Rikki-tikki bailó en círculo para colocarse detrás de ella, y Nagaina se dio la vuelta para mantener su cabeza a la altura de la cabeza de la mangosta, de modo que el crujido de su cola sobre la estera sonó como hojas secas que levanta el viento.

Rikki-tikki había olvidado el huevo, que seguía en el porche. Nagaina se acercó a él hasta que, mientras Rikki-tikki recuperaba el aliento, ella lo agarró con su boca, se volvió hacia los escalones y descendió a toda velocidad por el sendero, con Rikki detrás. Cuando una cobra corre por su vida es como el látigo que restalla en el cuello de un caballo.

Rikki-tikki sabía que tenía que atraparla o los problemas continuarían. La cobra fue directa hacia las hierbas altas que crecían junto a las zarzas. Mientras corría, Rikki-tikki oyó a Darzee cantando aún su estúpida cancioncilla triunfal. Pero la esposa de Darzee era más inteligente. Salió volando del nido cuando Nagaina pasó por allí y agitó sus alas sobre la cabeza de la serpiente. Si Darzee la hubiera ayudado habrían logrado que la serpiente se diera la vuelta. Pero Nagaina solo bajó su capucha y prosiguió. Aun así, este instante de demora logró que Rikki-tikki la alcanzara y justo cuando ella se lanzó al interior del nido de ratas donde ella y Nag solían vivir, la mangosta hincó sus dientecillos blancos en la cola y descendió con la serpiente por el hoyo. Y pocas mangostas, no importa lo inteligentes o viejas que sean, persiguen a una cobra hasta su madriguera. En el interior todo era oscuridad y Rikki-tikki no supo cuándo se ensancharía y daría espacio de maniobra a Nagaina para volverse y atacarla. Se agarró a la cola con fiereza y alargó las patas para que hicieran de frenos en la pendiente oscura de tierra caliente y húmeda.

Entonces, la hierba junto a la boca de la madriguera dejó de moverse y Darzee dijo:

—¡Rikki-tikki está acabada! Hemos de cantar la canción de su muerte. ¡La valiente Rikki-tikki ha muerto! Porque seguro que Nagaina la matará bajo tierra.

Y cantó una canción muy triste que inventó en aquel mismo instante y justo cuando estaba llegando a la parte más conmovedora la hierba volvió a agitarse y Rikki-tikki, cubierta de tierra, salió del hoyo arrastrándose, patita a patita, lamiéndose los bigotes. Darzee se detuvo y soltó un gritito. Rikki-tikki se sacudió el polvo del pelaje y estornudó.

—Ya ha pasado todo —dijo—. La viuda no volverá a salir más.

Y las hormigas que vivían entre los tallos de las hierbas la oyeron y empezaron a bajar en tropel, una tras otra, para ver si había dicho la verdad.

Rikki-tikki se enroscó en la hierba y se durmió allí mismo. Durmió y durmió hasta pasada la tarde porque había tenido una dura jornada.

—Ahora —dijo al despertar— volveré a la casa. Darzee, explícaselo todo al barbudo calderero y él comunicará a todo el jardín que Nagaina ha muerto.

El barbudo calderero es un pájaro que hace un ruido que suena exactamente como un pequeño martillo golpeando un cazo de cobre; y siempre hace esto porque es el pregonero de todos los jardines de la India y da las noticias a todo el que quiera escucharlo. Cuando Rikki-tikki subió por el sendero oyó sus notas, que significaban «atención» y que sonaban como un minúsculo gong, y luego oyó un «ding-dong-tock». La llamada hizo que rodos los pájaros del jardín rompieran a cantar y las ranas a croar, puesto que Nag y Nagaina solían comer tanto ranas como pajaritos.

Cuando Rikki-tikki entró en la casa, Teddy, su madre (todavía muy pálida porque había estado desmayándose) y su padre salieron y casi lloraron por la mangosta. Y esa noche comió todo lo que le dieron hasta que ya no pudo más y durmió en el hombro de Teddy, donde la madre la vio cuando, más entrada la noche, fue a echar un vistazo.

—Nos ha salvado la vida a nosotros y a Teddy —le dijo a su esposo—. Piénsalo bien. Nos ha salvado a todos.

Rikki-tikki se despertó con un sobresalto, porque todas las mangostas tienen un sueño ligero.

—Ah. Sois vosotros —dijo—. ¿Por qué os preocupáis? Todas las cobras están muertas. Y si no lo estuvieran, ya estoy yo aquí.

Rikki-tikki merecía sentirse orgullosa, pero no fue arrogante y mantuvo el jardín como toda mangosta debe, con dientes y saltos y botes y mordiscos, hasta que ninguna cobra osó enseñar la cara dentro de los límites de la casa.

CANTO DE DARZEE

(Cantado en honor de Rikki-tikki-tavi)

Cantor y sastrecillo soy.
Dobles son mis alegrías.
Orgulloso de mi canto a través del cielo.
Orgulloso de la casa que he hilvanado.
Arriba, abajo, así tejo yo mi música, igual tejo yo
la casa que he hilvanado.

Canta de nuevo a tus polluelos,
madre, ¡levanta la cabeza!
El mal que nos acosaba ha sido destruido.
La muerte en el jardín yace muerta.
El terror oculto en los rosales yace impotente, arrojado al
montón de broza; muerto.

¿Quién nos ha librado? ¿Quién?
Dime su nido y su nombre.
Rikki la valiente, la verdadera.
Tikki con los ojos en llamas,
Rikki-tikki-tavi, la de los dientes de marfil, la cazadora con
los ojos en llamas.

Dad las gracias de parte de las aves
que se inclinan con las plumas abiertas.
¡Elogiadla con las palabras del ruiseñor!
No. Yo la elogiaré en su lugar.
¡Escuchad! Os cantaré las alabanzas de Rikki de la cola de cepillo,
Rikki de los ojos en llamas.

(Y aquí Rikki-tikki lo interrumpió y el resto de la canción se ha perdido.)

Toomai de los elefantes

Recordaré lo que fui. Estoy harto de cuerdas y cadenas.
Recordaré mi antigua fuerza y todos mis asuntos en la selva.
No venderé mi lomo al hombre por un manojo de cañas de azúcar.
Volveré junto a los míos, y los habitantes de la selva en sus guaridas.

Saldré hasta el alba, hasta el amanecer.
Saldré al beso inmaculado del viento, la caricia limpia del agua.
Olvidaré la anilla de mi pata y arrancaré la estaca.
¡Volveré junto a mis amores perdidos, junto a mis amigos sin amo!

Kala Nag, que significa 'Serpiente Negra',[19] había servido al gobierno indio ejecutando todas las funciones que un elefante era capaz de llevar a cabo durante cuarenta y siete años, y como ya había cumplido veinte cuando lo capturaron, eso lo convertía casi en un septuagenario, una edad madura para un elefante. Recordaba empujar con una gran almohadilla de cuero en la frente un cañón atascado en el fango, y eso fue antes de la primera guerra angloafgana de 1842, y entonces aún no había alcanzado toda la fuerza que desarrollaría más adelante.

Su madre, Radha Pyari, Radha la adorada, que había sido capturada en la misma campaña junto con Kala Nag, le dijo, antes de que le hubieran salido los pequeños colmillos de leche, que los elefantes que tenían miedo

---

19   Hace referencia a la trompa del elefante.

122

siempre acababan heridos. Y Kala Nag supo que ese era un buen consejo porque la primera vez que vio cómo estallaba un proyectil retrocedió, gritando, hacia un puesto de fusiles apilados cuyas bayonetas le pincharon en las partes más blandas de su cuerpo. Así, antes de cumplir los veinticinco dejó de tener miedo y se convirtió en el elefante más querido y mejor cuidado de los que estaban al servicio del gobierno de la India.

Cargó con tiendas que pesaban mil doscientas libras durante la marcha por las regiones superiores de la India. Lo izaron a bordo de un barco mediante una grúa de vapor y viajó durante días por mar, y le hicieron cargar mortero a la espalda en un país extraño y rocoso, muy lejos de la India, y vio el cuerpo sin vida de Teodoro II en Magdala, y regresó en un barco de vapor y, según los soldados, con derecho a la medalla de la Guerra de Abisinia. Diez años más tarde, vio a otros elefantes morir de frío y de epilepsia y de hambre y de insolación en un lugar llamado Ali Musjid.[20] Y después le enviaron miles de millas al sur a cargar y apilar grandes cantidades de madera de teca en las madererías de Moulmein.[21] Allí casi mató a un joven elefante insubordinado que eludía gran parte de sus obligaciones.

Después le apartaron del trabajo de cargar troncos y le emplearon —junto a una veintena o más de elefantes entrenados en la labor— para que ayudara a aprehender elefantes salvajes en las colinas Garo. El gobierno indio mantiene un control estricto sobre los elefantes. Hay un departamento que no se dedica a nada más que a seguir su rastro, capturarlos, adiestrarlos y enviarlos por todo el país, allá donde se les necesite para trabajar.

Kala Nag medía unos tres metros de altura de los hombros al suelo, le habían cortado los colmillos y le habían atado las puntas con tiras de cobre para que no se abrieran. Pero era capaz de hacer más con esos muñones que cualquier elefante sin entrenamiento y con colmillos verdaderamente afilados.

Tras semanas y semanas de guiar con prudencia elefantes dispersos a través de las montañas, los cuarenta o cincuenta monstruos salvajes eran

---

20 En el paso de Jáiber, Afganistán.
21 Actualmente, Mawlamyaing, Birmania.

conducidos al interior de la última empalizada y la gran cancela de troncos amarrados descendía tras ellos, y Kala Nag, al oír la voz de mando, entraba (generalmente por la noche, cuando el titileo de las antorchas dificultaba juzgar las distancias) en esa confusión de elefantes enardecidos que barritaban, elegía al paquidermo de mayor tamaño y más salvaje de entre todos, y le golpeaba y empujaba hasta que se callaba, mientras los hombres montados en otros elefantes arrojaban sogas a los más pequeños para dejarlos atados.

En lo que a combate se refiere, no había nada que Kala Nag, el viejo y sabio Serpiente Negra, no supiera, porque se había enfrentado más de una vez a la carga de un tigre herido y, recogiendo su suave trompa para no dañarla, había derribado a la bestia en pleno salto con un rápido golpe lateral de cabeza que él mismo había inventado. Así lo había derribado y se había arrodillado encima del felino con sus enormes rodillas hasta que la vida le había abandonado con un susurro y un aullido, y ya solo quedaba en el suelo una cosa peluda, a rayas, que Kala Nag arrastraba finalmente por la cola.

—Sí —dijo Gran Toomai, su conductor, hijo de Toomai Negro, que le había llevado a Abisinia, y nieto de Toomai de los Elefantes, que había sido testigo de su captura—, no hay nada que Serpiente Negra tema excepto a mí. Tres generaciones le han alimentado y cuidado, y vivirá para conocer una cuarta.

—También me tiene miedo a mí —dijo Toomai Chico, que apenas medía un metro de altura y se cubría tan solo con un pedazo de tela. Tenía diez años, era el hijo mayor de Gran Toomai y, según la costumbre, reemplazaría a su padre en la nuca de Kala Nag cuando fuera mayor y empuñaría el pesado *ankus* de hierro (el gancho que su padre había dejado bien liso de tanto uso, y antes que él su abuelo, y antes su bisabuelo). Sabía bien de qué hablaba, porque había nacido a la sombra de Kala Nag, había jugado con la punta de su trompa antes de aprender a caminar y le había llevado a beber agua en cuanto supo andar, y a Kala Nag no se le ocurriría jamás desobedecer sus órdenes, dadas con voz aguda, como tampoco se le hubiera ocurrido matarlo el día en que Gran Toomai colocó al pequeño bebé moreno bajo los colmillos del elefante y le dijo que saludara al que sería su futuro amo.

—Sí —dijo Toomai Chico—, tiene miedo de mí.

Y dando grandes zancadas hacia Kala Nag, le llamó viejo cerdo gordo y le ordenó que levantara una pata y luego la otra.

—¡Guau! —dijo Toomai Chico—. Eres un elefante muy grande.

Imitando a su padre, sacudió su melenuda cabeza y siguió:

—Puede que el gobierno sea quien costee los elefantes, pero ellos nos pertenecen a nosotros, los *mahout*.[22] Cuando seas viejo, Kala Nag, un rico rajá vendrá y te comprará al gobierno gracias a tu tamaño y buena educación, y entonces no tendrás nada más que hacer que llevar pendientes de oro en las orejas y un *howdah*[23] de oro en tu lomo, una manta roja cubierta de oro en los costados, e irás a la cabeza de las procesiones del rey. Entonces me sentaré en tu nuca, Kala Nag, con un *ankus* de plata en la mano, y los hombres correrán delante de nosotros con varas de oro gritando «¡Haced sitio al elefante del rey!». Y eso será bueno, Kala Nag, pero no tan bueno como cazar en la selva.

—Um —dijo Gran Toomai—. No eres más que un niño salvaje como una cría de búfalo. Ir de arriba abajo por las montañas no es la mejor manera de servir al gobierno. Me estoy haciendo viejo y no es que me encanten los elefantes salvajes. Prefiero una colección de elefantes fiables, cada uno en su establo, y buenos tocones a los que atarlos seguros, y caminos anchos y llanos donde ejercitarlos, en lugar de este constante ir y venir de acampada. ¡Ah! Los cuarteles de Cawnpore eran fantásticos. Había un bazar cerca y solo se trabajaba tres horas al día.

Toomai Chico recordó los establos de los elefantes en Cawnpore y no dijo nada. Prefería la vida en los campamentos y odiaba los caminos anchos y llanos, la búsqueda diaria de forraje en las zonas reservadas, y los largos periodos en los que no había nada que hacer, excepto ver cómo Kala Nag se movía con nerviosismo atado a su estaca.

Lo que le gustaba hacer a Toomai Chico era remontar los caminos de herradura que solo un elefante era capaz de subir; el descenso empinado

---

22 Cuidadores de elefantes.

23 Un asiento colocado sobre el lomo del elefante.

hacia el valle; los avistamientos de elefantes salvajes pastando a millas de distancia; el ajetreo del cerdo o el pavo real asustado pasando junto a las patas de Kala Nag; las lluvias cálidas y cegadoras, cuando valles y montañas humean; las bellísimas mañanas neblinosas cuando nadie sabía dónde acamparían por la noche; la conducción prudente de los elefantes salvajes y la agitación, despliegue y jaleo de la última noche, cuando los elefantes se precipitaban en la empalizada como rocas rodando en un deslizamiento de tierras, y descubrían que no podían salir y se lanzaban contra los grandes postes para ser arredrados por los gritos y antorchas llameantes y descargas de cartuchos de fogueo.

Incluso un niño pequeño era útil en lugares como aquel, y Toomai contaba como tres niños. Agarraba su antorcha y la meneaba y gritaba con todas sus fuerzas. Pero el mejor momento era cuando llegaba la hora de sacar afuera a los elefantes y la *Keddah,* es decir, la empalizada, tenía un aspecto como de día del fin del mundo, y los hombres tenían que hacerse señas porque no oían ni sus propias voces. Entonces, Toomai Chico trepaba a lo alto de uno de los temblorosos postes de la empalizada, con su melena castaña oxigenada por el sol sobre sus hombros. A la luz de las antorchas, parecía un duendecillo. En cuanto había un momento de calma podías oír sus agudos gritos de ánimo dirigidos a Kala Nag por encima del barritar y las colisiones y el chasquido de las cuerdas y las protestas de los elefantes atados.

—¡Maîl, maîl, Kala Nag! (¡Adelante, adelante, Serpiente Negra!) *¡Somalo! ¡Somalo!* (¡Cuidado! ¡Cuidado!) *¡Maro! ¡Maro!* (¡Dale! ¡Dale!) ¡Vigila el poste! *¡Arre, arre! ¡Hai, yai! ¡Kyaaa!* —gritaba. Kala Nag y el elefante salvaje conducían su lucha personal por toda la *Keddah,* y los hombres de más edad se secaban el sudor de los ojos y sacaban tiempo para hacerle un gesto con la cabeza a Toomai Chico, que danzaba de alegría en lo alto de los postes.

Pero hacía más que danzar. Una noche se deslizó poste abajo y se escurrió entre los elefantes y arrojó el extremo de una soga abandonada en el suelo a uno de los guías que estaba intentando sujetar las patas de un elefante joven que no dejaba de dar patadas (las crías siempre dan más problemas que los adultos). Kala Nag lo vio, lo agarró con su trompa, se lo llevó a Gran Toomai, que le dio allí mismo una bofetada, y lo devolvió al poste.

Al día siguiente, Gran Toomai lo regañó y dijo:

—¿No tienes bastante con los establos? ¿No tienes bastante con cargar las tiendas, que has de ir a capturar elefantes por tu cuenta, pequeño inútil? Pues ahora esos cazadores estúpidos, cuya paga es menor a la mía, han ido a hablar con Petersen *sahib* sobre el asunto.

Toomai Chico se asustó. No sabía demasiado sobre el hombre blanco, pero consideraba a Petersen *sahib* el hombre blanco más importante del mundo. Era quien dirigía todas las operaciones de la *Keddah,* el hombre que capturaba todos los elefantes para el gobierno de la India y el que más sabía sobre elefantes que ningún otro hombre en todo el mundo.

—¿Qué... qué pasará? —dijo Toomai Chico.

—¿Pasar? Pues lo peor. Petersen *sahib* está loco. Si no, ¿por qué saldría a cazar estos demonios salvajes? Puede que exija que te dediques a la captura de elefantes, que duermas en cualquier parte de estas selvas infestadas de fiebres y, finalmente, que mueras pisoteado en la *Keddah*. Menos mal que esta locura acabará sin accidentes. La semana que viene terminan las campañas de captura y los que venimos de la llanura volveremos a nuestros cuarteles. Entonces andaremos por caminos llanos y olvidaremos estas cacerías. Pero, hijo, me enoja que te inmiscuyas en los asuntos de estas sucias gentes de las selvas de Assam. Kala Nag solo me obedece a mí, de modo que he de entrar con él en la *Keddah,* pero es solo un elefante de pelea y no ayuda a atar a los demás. De modo que me siento cómodamente, como corresponde a un *mahout,* y no a un mero cazador, un *mahout,* digo, y un hombre que al final recibirá una pensión por sus servicios. ¿Acaso merece la familia de Toomai de los Elefantes que la pisoteen en el lodo de la *Keddah*? ¡Malo! ¡Endemoniado! ¡Hijo inútil! Ve y lava a Kala Nag y límpiale las orejas y asegúrate de que no tenga una espina clavada en las patas, o Petersen *sahib* seguro que te coge y te convierte en cazador salvaje, en rastreador de elefantes, un oso de la selva. ¡Bah! ¡Vergüenza debería darte! ¡Vete!

Toomai Chico se alejó sin decir palabra, pero le contó a Kala Nag todas sus penas mientras le examinaba las patas.

—No importa —dijo Toomai Chico levantando la enorme oreja derecha de Kala Nag—. Le han dicho mi nombre a Petersen *sahib* y, quizás... y quizás... ¿quién sabe? ¡Ay! Menuda espina te he arrancado.

En los días que siguieron se preparó a los elefantes salvajes paseándolos de arriba abajo entre una pareja de ejemplares domesticados para así evitar que dieran demasiados problemas durante la marcha hacia la llanura. También se tomó nota de las mantas y cuerdas y demás elementos que se habían agotado o perdido en la selva.

Petersen *sahib* llegó sobre su inteligente elefanta Pudmini. Había estado pagando al personal de otros campamentos de las montañas porque la temporada llegaba a su fin. Un empleado nativo estaba sentado a una mesa bajo un árbol pagando los jornales a los conductores. Cada hombre que recibía su paga regresaba a su elefante y se unía a la fila lista para partir. Los captores y cazadores, los bateadores y los hombres de la *Keddah* que permanecían en la selva todo el año estaban sentados a lomos de los elefantes que pertenecían al cuerpo permanente de Petersen *sahib,* o bien se apoyaban contra los árboles con sus rifles cruzados, y se burlaban de los conductores que iban a partir, y se reían cada vez que los elefantes recién capturados se salían de la fila y se ponían a corretear.

Gran Toomai fue a ver al empleado con Toomai Chico detrás, y Machua Appa, el jefe de rastreadores, le dijo en tono muy bajo a un amigo suyo:

—Ahí va un chaval que promete convertirse en un buen cazador. Es una pena que manden a ese jovencito a perder el tiempo en la llanura.

Petersen *sahib* era todo oídos, como debe ser el hombre que dedica su vida al ser más silencioso de todos: el elefante salvaje. Estaba echado sobre el lomo de Pudmini y volvió la cabeza para decir:

—¿De qué habláis? Jamás he oído decir de ningún conductor de la llanura que tuviera ingenio suficiente para atar siquiera a un elefante muerto.

—Se trata de un chiquillo. Entró en la *Keddah* durante la última captura y le arrojó la cuerda a Barmao cuando estábamos intentando apartar de su madre a esa cría de elefante con la mancha en el hombro.

Machua Appa señaló a Toomai Chico y Petersen *sahib* le miró. Toomai Chico hizo una reverencia hasta tocar el suelo.

—¿Que arrojó una soga? Si es más pequeño que una estaca. Pequeño, ¿cómo te llamas? —dijo Petersen *sahib.*

Toomai Chico tenía demasiado miedo para hablar, pero Toomai Grande hizo una señal con la mano a Kala Nag, que estaba detrás del niño, y el elefante lo cogió con su trompa y lo sostuvo a la altura de la frente de Pudmini, delante del gran Petersen *sahib.* Toomai Chico se tapó la cara con las manos, pues era tan solo una criatura y excepto en lo que concernía a los elefantes era vergonzoso como lo es cualquier niño.

—Ajá —dijo Petersen *sahib,* sonriendo por debajo del bigote—. ¿Y por qué le has enseñado a tu elefante ese truco? ¿Para robar maíz verde de los tejados de las casas, donde se ponen a secar las mazorcas?

—Maíz verde no, Protector de los Pobres... melones —dijo Toomai Chico, y todos los hombres reunidos se rieron a carcajadas. La mayoría había enseñado a sus elefantes ese truco cuando niños. Toomai Chico estaba suspendido a dos metros de altura y lo que deseaba era estar a dos metros bajo tierra.

—Es Toomai, mi hijo, *sahib* —dijo Gran Toomai con el entrecejo fruncido—. Es un niño muy malo y acabará en la cárcel, *sahib.*

—Tengo mis dudas al respecto —dijo Petersen *sahib*—. Un crío capaz de meterse en una *Keddah* llena de elefantes a su edad no acaba en cárceles. Verás, pequeño, aquí tienes cuatro *annas* para que los gastes en golosinas porque, bajo esa gran mata de pelo, se nota que tienes algo de cabeza. Con el tiempo puede que también te conviertas en cazador.

Gran Toomai frunció el ceño aún más.

—Recuerda, sin embargo, que las *Keddahs* no son el patio de juegos de los niños —prosiguió Petersen *sahib.*

—¿No debo entrar nunca en ellas, *sahib?* —preguntó Toomai Chico con la voz entrecortada.

—Sí —sonrió de nuevo Petersen *sahib*—. Cuando hayas visto bailar a los elefantes. Ese será el momento adecuado. Ven a verme cuando hayas visto bailar a los elefantes y entonces te permitiré entrar en todas las *Keddahs.*

Hubo nuevas carcajadas estrepitosas porque ese es un viejo chiste entre cazadores de elefantes para cuando quieren decir nunca. Existen grandes extensiones de terreno llano sin árboles, ocultas en la selva, que reciben el nombre de salones de baile de los elefantes.[24] Se descubren solo accidentalmente y jamás un hombre ha visto a los elefantes bailar. Cuando un conductor presume de su pericia y valentía, sus compañeros le preguntan: «¿Y cuándo has visto tú bailar a los elefantes?».

Kala Nag depositó a Toomai Chico en el suelo y el niño volvió a hacer una gran reverencia. Luego se fue con su padre y le dio la moneda de cuatro *annas* a su madre, que estaba amamantando a su hermano recién nacido. A continuación, todos montaron en el lomo de Kala Nag. La fila de elefantes que resoplaban y gruñían descendió por el sendero hacia la llanura. Fue una marcha muy movida debido a los nuevos elefantes, que dieron problemas cada vez que había que cruzar un río y necesitaron a menudo persuasión y, en ocasiones, el látigo.

Gran Toomai azuzó a Kala Nag con mal humor porque estaba muy enfadado, pero Toomai Chico estaba demasiado contento para hablar. Petersen *sahib* había reparado en él y le había dado dinero, de modo que se sentía como un soldado raso al que hubieran llamado a dar un paso al frente y hubiera sido elogiado por el comandante delante del regimiento.

—¿A qué se refería Petersen *sahib* con el baile de los elefantes? —le preguntó, finalmente, en voz baja a su madre.

Gran Toomai le oyó y refunfuñó.

—Que nunca serás uno de esos rastreadores de las montañas. A eso se refería. ¡Eh! Los de delante. ¿Qué está bloqueando el camino?

Un conductor de Assam, dos o tres elefantes por delante, se volvió irritado y gritó:

—Trae a Kala Nag y que fuerce a este elefante mío a portarse bien. ¿Por qué me habrá elegido Petersen *sahib* para bajar con vosotros, borricos de los arrozales? Coloca a tu bestia al lado, Toomai, y haz que lo pinche con sus colmillos. ¡Por todos los Dioses de las Montañas! Estos nuevos elefantes están poseídos, o bien es que son capaces de olfatear a sus compañeros en la selva.

---

24 Actualmente se sabe que son una suerte de maternidades.

Kala Nag golpeó a los nuevos elefantes en las costillas y los dejó sin aliento, mientras Gran Toomai respondía:

—Hemos dejado las montañas sin un elefante salvaje. Es solo que eres muy descuidado y no sabes conducirlos. ¿Acaso he de mantener yo el orden en toda la fila?

—¡Oídle! —dijo el otro conductor—. Nosotros hemos dejado vacías las montañas. Ja, ja. Qué listos sois vosotros, los de la llanura. Cualquiera excepto un mentecato que jamás ha visto la selva se atrevería a decir que la temporada ha terminado. Esta noche todos los elefantes salvajes... Pero ¿por qué me molesto en explicárselo a una tortuga de río?

—¿Qué harán? —gritó Toomai Chico.

—Eo, pequeño. ¿Estás ahí? Bueno. Te lo diré porque tienes la cabeza en su sitio. Esta noche se pondrán a bailar y a tu padre, que ha dejado las montañas sin elefantes, le conviene colocar dobles cadenas a las bestias.

—¿Qué habladurías son esas? —dijo Gran Toomai—. A lo largo de cuarenta años, padre e hijo hemos cuidado de los elefantes y jamás hemos oído estas tonterías sobre elefantes que bailan.

—Sí, pero un hombre de la llanura que vive en una choza solo conoce sus cuatro paredes. Muy bien, no les pongas los grilletes a los elefantes esta noche y veremos qué pasa. En cuanto al baile, yo he visto el lugar donde... *Bapree-Bap.*[25] ¿Cuántos meandros tiene el río Dihang?[26] Hemos de volver a vadearlo y hacer nadar a las crías. ¡Quietos, los de detrás!

De esta manera, hablando y discutiendo y chapoteando a través de los ríos, recorrieron la primera etapa de la marcha a una suerte de campamento para los nuevos elefantes. Sin embargo, mucho antes de llegar allí todos habían perdido ya los estribos.

Entonces ataron las patas traseras a grandes estacas y amarraron con más cuerdas a los ejemplares recién capturados. Y apilaron forraje delante de ellos y a la luz del atardecer los conductores de las montañas regresaron a donde se encontraba Petersen *sahib,* y dijeron a los conductores de

---

25 En indostaní y otras lenguas vernáculas, expresión de sorpresa, asombro, a veces dolor, según Jonathan Katz, erudito especialista en el estudio de la música de la India.

la llanura que esa noche prestaran mucha atención, y se rieron cuando los conductores de la llanura les preguntaron por qué.

Toomai Chico se cuidó de la cena de Kala Nag y al caer la noche, maravillosamente feliz, deambuló por el campamento en busca de un tamtam. Cuando un niño indio tiene el corazón henchido, no corretea por todas partes ni arma ruido, sino que se sienta solo a celebrar con deleite. ¡Y Peterson *sahib* le había hablado a Toomai Chico! De no haber encontrado lo que buscaba, creo que habría estallado. Pero el vendedor de golosinas del campamento le prestó un tamtam pequeño, un tambor que se tocaba con las palmas de las manos, y se sentó con las piernas cruzadas delante de Kala Nag justo cuando empezaban a titilar las estrellas. Y con el tamtam en el regazo, tocó y tocó y tocó y cuanto más pensaba en el honor que había recibido con más ímpetu tocaba, solo en medio del forraje de los elefantes. A pesar de que su canción carecía de melodía y letra, tocar le bastó para ser feliz.

De vez en cuando, los elefantes nuevos tiraban de las cuerdas y gruñían y barritaban. Y pudo oír a su madre en la choza del campamento acostando a su hermanito con una vieja canción sobre el gran dios Shiva, que una vez les explicó a todos los animales lo que debían comer. Es una nana muy tranquilizadora, y el primer verso dice así:

> *Shiva, que hizo la cosecha abundante y que los vientos soplaran,*
> *sentado en el umbral de un día muy lejano,*
> *dio a cada cual su porción, comida, trabajo y destino,*
> *tanto al Rey en el* guddee[27] *como al mendigo en la puerta.*
> *Él lo creó todo, Shiva el Protector.*
> *¡Mahadeo! ¡Mahadeo! Él lo creó todo:*
> *Espino para el camello, forraje para las vacas,*
> *y el corazón de una madre para mi bebé dormido. ¡Oh, mi bebé!*

Toomai Chico respondía con un alegre *tunk-a-tunk* al final de cada verso hasta que le entró sueño y se echó sobre el forraje junto a Kala Nag.

---

27 Trono.

132

Finalmente, los elefantes empezaron a echarse, uno tras otro, como es costumbre, hasta que solo Kala Nag, en el extremo derecho de la fila, quedó en pie. Se mecía lentamente de lado a lado, con las orejas levantadas para escuchar el viento de la noche que soplaba muy suavemente a través de las montañas. El aire estaba lleno de todos los ruidos nocturnos que, en conjunto, forman un gran silencio: el clic de una caña de bambú chocando contra la otra, el susurro de algo vivo en la maleza, el graznido de un pájaro medio despierto (los pájaros pasan la noche desvelados mucho más a menudo de lo que imaginamos), y el rumor de un lejano salto del agua. Toomai Chico durmió un poco y cuando se despertó la luna brillaba y Kala Nag seguía en pie con las orejas levantadas. Toomai Chico se volvió, haciendo crujir el forraje, y estudió la curva del gran lomo que se recortaba en el fondo del cielo estrellado; y mientras miraba oyó —tan a lo lejos que apenas destacó en medio del silencio— el barritar de un elefante salvaje.

Como si les hubieran disparado, todos los elefantes de la fila se pusieron en pie, y sus resoplidos acabaron despertando a los dormidos *mahouts*. Estos salieron y golpearon las estacas con grandes mazos y apretaron esa cuerda y anudaron aquella otra hasta que todo estuvo tranquilo de nuevo. Un elefante nuevo casi había arrancado su estaca y Gran Toomai le sacó la cadena a Kala Nag y engrilletó las patas delanteras de ese elefante con las traseras. Luego pasó una soga de fibras alrededor de la pata de Kala Nag y le dijo que recordara que estaba fuertemente atado. Sabía que él y su padre y su abuelo habían hecho cientos de veces eso mismo. Kala Nag no respondió a la orden con un borboteo, como era habitual. Se quedó quieto, mirando la luz de la luna, con la cabeza un poco levantada, las orejas abiertas como abanicos, mirando hacia los grandes pliegues de las colinas Garo.

—Vigila si se pone nervioso durante la noche —le dijo Gran Toomai a Toomai Chico, y entró en la choza y se durmió. Toomai Chico iba a dormir también cuando oyó que la soga de fibra de coco saltaba emitiendo un «tang» y Kala Nag se alejaba de sus estacas tan lenta y silenciosa como se levantan las nubes de la embocadura de un valle. Descalzo, Toomai Chico corrió tras él por el camino llamándolo en voz baja:

—¡Kala Nag! ¡Kala Nag! ¡Llévame contigo, Kala Nag!

El elefante se volvió sin hacer ruido, dio tres pasos atrás hacia el niño que esperaba bajo la luz de la luna, alargó la trompa, lo levantó y lo llevó hasta su nuca, y casi antes de que Toomai Chico hubiera colocado bien las rodillas se adentró en la espesura.

Hubo un último barritar furioso desde la fila. Luego, el silencio lo envolvió todo y Kala Nag prosiguió su camino. A veces, una mata de hierba alta fregaba los costados del animal como una ola friega los costados de una embarcación. Otras veces, las plantas trepadoras le rasguñaban el lomo, o un bambú se rompía allí donde su hombro lo apartaba. Pero entre esos breves momentos se movía en silencio, avanzando a través de la espesura de Garo como si esta fuera humo. El elefante subía montaña arriba, pero a pesar de que Toomai Chico observaba las estrellas a través de las aberturas entre los árboles el pequeño no fue capaz de decir en qué dirección.

Kala Nag alcanzó la cima y se detuvo un instante. Toomai Chico vio las copas de los árboles, moteadas y tupidas bajo la luz de la luna, extendiéndose a lo largo de millas y más millas, así como la neblina blanca y azulada flotando sobre el río que bajaba por la hondonada. Toomai se inclinó hacia delante para mirar y sintió que la selva estaba despierta a sus pies, despierta y llena de vida. Un gran murciélago pardo, de los que comen fruta, pasó rozándole la oreja; las púas de un puercoespín se agitaron en los matorrales; y en la oscuridad, entre los troncos de los árboles, oyó a un jabalí escarbar con ímpetu la tierra húmeda y caliente, olfateando mientras horadaba.

De repente, las ramas lo taparon todo de nuevo por encima de su cabeza, señal de que Kala Nag empezaba a bajar hacia el valle, no en silencio esta vez, sino como un cañón que se despeña por una ladera en una sola carrera. Sus enormes extremidades se movían incesantemente como pistones, cubriendo más de dos metros a cada paso. La piel arrugada de los extremos de los codos crepitaba. La maleza que crecía a los lados se rompía con un sonido como el de una lona que se rasga y los retoños que el elefante apartaba a derecha e izquierda con los hombros volvían a su sitio con un salto y le golpeaban los flancos. Los restos de plantas trepadoras, formando una maraña, quedaban atrapados en los colmillos cada vez que movía la cabeza de lado a lado, barriéndolo todo a lo largo de su camino. Toomai Chico se apretó lo más fuerte que pudo contra su gran nuca para que las ramas no lo lanzaran de un golpe al suelo, y deseó encontrarse de nuevo en el campamento.

La hierba empezó a notarse blanda y las patas de Kala Nag pisaron sobre mullido. La neblina de la noche que cubría el fondo del valle hizo que Toomai Chico sintiera frío. Oyó un chapoteo y el susurro de una corriente de agua. Kala Nag avanzaba ahora a través del lecho de un río, tanteando a cada paso. Por encima del rumor del agua que se arremolinaba alrededor de las patas del elefante, Toomai Chico oyó más chapoteos y barritos, tanto corriente arriba como abajo, y grandes resoplidos y bufidos furiosos, y la neblina que lo rodeaba parecía estar llena de sombras ondulantes.

—¡Ay! —dijo medio en voz alta, castañeteando los dientes—. Los elefantes han salido esta noche. Entonces sí que va a haber un baile.

Kala Nag salió del agua con un chapoteo, se sonó la trompa y empezó a subir de nuevo, pero esta vez no iba solo ni había abierto él el camino. Este medía dos metros de ancho y se abría delante de él por donde la hierba aplastada intentaba recuperarse y levantarse del suelo. Muchos elefantes debían de haber pasado por allí unos minutos antes. Toomai Chico miró atrás y vio un gran paquidermo salvaje, con sus pequeños ojos de cerdo brillando como brasas ardientes, salir del río cubierto de neblina. Entonces, las copas de los árboles ocultaron el cielo de nuevo y todos continuaron la subida rodeados por los barritos de los elefantes y los azotes de las ramas que, al romperse a ambos lados, sonaban como chasquidos.

Finalmente, Kala Nag se detuvo entre dos troncos de árbol en lo alto de la colina. Formaban parte de un círculo de árboles que rodeaban un espacio irregular de unas dos hectáreas. Todo ese espacio, por lo que vio Toomai Chico, había sido pisoteado hasta dejar el suelo duro como un pavimento de ladrillos. En el centro del claro crecían algunos árboles, pero sus cortezas habían sido desgastadas por completo y la madera blanca de debajo lucía brillante y pulida a la luz de la luna. De las ramas superiores colgaban plantas trepadoras, y las campanas de las flores, grandes y cerosas y blancas como correhuelas, pendían dormidas. Sin embargo, dentro de los límites del claro no había ni una sola brizna verde; nada excepto tierra pisoteada.

La luz de la luna revelaba este paisaje en un tono gris metálico, salvo allí donde se encontraban los elefantes y sus sombras negras como tinta china. Toomai Chico miró conteniendo la respiración, los ojos prácticamente salidos de sus órbitas, y mientras observaba más y más y más elefantes entraron en el claro pasando entre los troncos de los árboles. Toomai Chico solo sabía contar hasta diez y contó una y otra vez con los dedos hasta que perdió la cuenta de cuántos dieces llevaba, y la cabeza empezó a darle vueltas. Fuera del claro los oía pisotear el sotobosque en el camino de subida a la cima, pero en cuanto llegaban al círculo de árboles los elefantes se movían como fantasmas.

Había machos con colmillos blancos, con hojas y nueces y ramitas atrapadas en las arrugas de sus cuellos y los pliegues de las orejas; había elefantas gordas, lentas, con impacientes crías pequeñas de color rosa y negro, de apenas un metro de altura, corriendo bajo sus estómagos; había elefantes jóvenes, orgullosos de unos colmillos que apenas asomaban; había elefantas viejas, larguiruchas, flacuchas, con las caras delgadas y expresión ansiosa, y trompas que se asemejaban a cortezas ásperas; había machos viejos, con cicatrices que comenzaban en el hombro y seguían por el flanco, con ronchas y cortes grandes producto de antiguas peleas, y el lodo reseco de sus solitarios baños cayéndoles de los hombros; y había uno al que le faltaba medio colmillo y lucía las marcas de una pelea a muerte reflejada en el magnético zarpazo de un tigre en su costado.

Se situaban uno al lado del otro, o bien paseaban en parejas de un extremo al otro del claro, o bien se mecían o balanceaban en solitario... veintenas y veintenas de elefantes.

Toomai sabía que mientras no se moviera de la nuca de Kala Nag nada le ocurriría, porque incluso en medio del jaleo y tumulto de una travesía hacia la *Keddah,* un elefante salvaje nunca alarga la trompa y arranca a un hombre de la nuca de un elefante manso. Además, esa noche esos elefantes no pensaban en los hombres. Hubo un momento en que se pararon en seco y abrieron las orejas al oír el ruido metálico de los grilletes en la selva, pero se

trataba de Pudmini, el elefante de Petersen *sahib,* que había arrancado su cadena y subía la colina gruñendo y resoplando. Debía de haber arrancado las estacas y llegado directamente desde el campamento de Petersen *sahib.* Y Toomai Chico vio a otro elefante, uno que no conocía, con mataduras profundas que habían dejado las cuerdas en su dorso y su pecho. Él también había debido de escapar de algún campamento de las montañas.

Al final dejaron de oírse elefantes en la selva y Kala Nag abandonó su lugar entre los árboles y se colocó en medio de la multitud, chasqueando y borboteando. A continuación, todos los elefantes empezaron a hablar en su lengua y a moverse.

Toomai Chico, echado en la nuca de Kala Nag, bajó la vista hacia las veintenas y veintenas de lomos anchos, de orejas meneándose, de trompas oscilando y de ojitos en blanco. Oyó el clic de los colmillos cada vez que chocaban accidentalmente con otros, y el seco roce de las trompas enroscadas unas con otras, y la fricción de enormes costados y hombros entre sí, y el incesante vaivén de las colas y su silbido. Entonces, una nube tapó la luna y el niño se incorporó en medio de la oscuridad. El ajetreo y los empujones y los borboteos silenciosos y constantes continuaron. Sabía que Kala Nag estaba rodeado de elefantes y que de ningún modo iba a abandonar la reunión, de modo que apretó los dientes y se estremeció. En una *Keddah,* al menos, había la luz de las antorchas y los gritos, pero aquí estaba tan solo envuelto en tinieblas. Solo una vez notó una trompa que se acercó a tocarle la rodilla.

Entonces, un elefante barritó, y los demás le acompañaron durante cinco o diez atronadores segundos. El rocío de las copas de los árboles cayó sobre ellos como la lluvia, salpicando los lomos, y empezó a oírse, no muy fuerte al principio, un sonido retumbante. Toomai Chico no supo qué era, pero el sonido fue aumentando. Kala Nag levantó una pata delantera, luego la otra y así sucesivamente, marcando el compás, uno, dos, uno, dos, sin cesar, como martillos mecánicos. Los elefantes pisaban ahora al unísono y parecían tocar tambores de guerra en la entrada de una cueva. El rocío fue cayendo hasta que ya no quedó más; el estruendo continuó aumentando y el suelo se movía y temblaba. Toomai Chico se tapó los oídos con las manos para no oírlo. Pero este pisoteo de cientos de patas pesadas sobre la tierra desnuda era como una sacudida gigantesca que recorría todo su cuerpo. Una o dos veces notó que Kala Nag y todos los demás avanzaban unos pasos y el ruido sordo pasaba a ser el crujido de la vegetación, verde y jugosa, pero al cabo de un minuto o dos el estruendo de las patas golpeando el suelo duro volvía a empezar. En algún lugar cercano, un árbol chirrió y protestó. Toomai Chico alargó el brazo y notó la corteza, pero Kala Nag, sin dejar de pisar con fuerza, avanzó y el niño ya no supo en qué parte del claro se encontraba. Los elefantes no hablaron en ningún momento, excepto una vez en que dos o tres crías chillaron al unísono. Entonces oyó un golpe y un ruido de trasiego y el estruendo siguió. Todo debió de durar unas dos horas. A Toomai Chico le dolía todo el cuerpo, pero supo por el olor del aire de la noche que estaba a punto de amanecer.

La mañana llegó en forma de una sola capa de color amarillo pálido tras las colinas verdes y, con los primeros rayos, el estruendo cesó, como si la luz hubiera dado la orden. Antes de que hubiera desaparecido el zumbido en sus oídos, antes incluso de que Toomai Chico hubiera cambiado de postura, todos los elefantes se habían esfumado, salvo Kala Nag, Pudmini y el elefante con las mataduras. Tampoco se oía señal, ni sonido de roce, ni susurro alguno en las laderas que indicara por dónde habían ido los demás.

Toomai Chico estudió el espacio detenidamente, sin apartar la vista. El claro que él recordaba había aumentado de tamaño durante la noche. Había más árboles en el centro, pero la maleza y las hierbas en los márgenes habían sido arrollados. Toomai Chico volvió a mirar. Ahora entendía el porqué del pisoteo. Los elefantes habían hecho sitio, habían pisoteado la hierba gruesa y la jugosa caña hasta hacerlas pedazos, y los pedazos los habían pisado hasta hacerlos astillas, y las astillas hasta convertirlas en minúsculas fibras, y las fibras en tierra dura.

—Increíble —dijo Toomai Chico, y sintió los ojos cansados—. Kala Nag, mi señor, vayamos con Pudmini al campamento de Petersen *sahib* o caeré de tu cuello.

El tercer elefante vio a los otros dos alejarse, resopló, dio media vuelta y siguió por su propia cuenta. Puede que hubiera pertenecido a los establos de algún rey nativo, quizás ubicado a cincuenta o sesenta o cien millas de distancia.

Dos horas más tarde, cuando Petersen *sahib* estaba desayunando, los elefantes que aquella noche habían sido atados con dobles cadenas empezaron a barritar y Pudmini, enlodada hasta los hombros, con Kala Nag, que tenía las patas doloridas, entraron arrastrándose en el campamento.

La cara de Toomai Chico estaba gris y chupada, y el pelo lleno de hojas y empapado de rocío. Aun así, intentó saludar a Petersen *sahib* y dijo débilmente:

—¡El baile! El baile de los elefantes. Lo he visto y yo... me muero...

Pronunció estas palabras mientras Kala Nag se sentaba y el niño se deslizaba por su cuello y se desmayaba.

Pero como los niños nativos apenas sufren de los nervios, en dos horas Toomai Chico ya se encontraba tumbado en la hamaca de Petersen *sahib,* muy satisfecho, con la chaqueta de caza de Petersen puesta, y en su estómago un vaso de leche caliente con un poco de brandy y una pizca de quinina. Y mientras los viejos cazadores de la selva, peludos y llenos de cicatrices, sentados formando tres hileras delante de él, le miraban como si fuera un espíritu, él les contó su relato en pocas palabras, como hace un niño, y terminó diciendo:

—Si he dicho una sola mentira, enviad hombres allí y ellos verán que los elefantes han pisoteado más espacio para su salón de baile, y encontrarán diez y diez y muchas veces diez rastros que conducen al salón de baile. Han hecho sitio con sus patas. Yo lo he visto. Kala Nag me llevó con él y yo lo he visto. Además, Kala Nag tiene las patas muy cansadas.

Toomai Chico se echó atrás y durmió toda la tarde hasta el crepúsculo, y mientras dormía Petersen *sahib* y Machua Appa siguieron el rastro de los dos elefantes durante quince millas por las colinas. Petersen *sahib* llevaba dieciocho años cazando elefantes y solo una vez había visto un salón de baile como este. Machua Appa no tuvo que fijarse demasiado ni levantar con los dedos de los pies la tierra compactada y pisoteada para ver lo que había ocurrido.

—El niño dice la verdad —dijo—. Todo esto lo hicieron anoche y he contado setenta rastros que cruzaban el río. Mire, *sahib,* dónde ha levantado la corteza de ese árbol el grillete de Pudmini. Sí. Ella también ha estado aquí.

Se miraron y luego miraron arriba y abajo, y se quedaron maravillados, porque las costumbres de los elefantes superan la capacidad de comprensión de cualquier hombre, negro o blanco.

—Durante cuarenta y cinco años —dijo Machua Appa—, he seguido a mi señor, el elefante, pero jamás he oído decir que ningún niño haya visto lo que este niño ha visto. ¡Por todos los dioses de las montañas! Es... ¿qué se puede decir?

Machua Appa sacudió la cabeza, atónito.

Cuando volvieron al campamento ya era la hora de cenar. Petersen *sahib* comió solo en su tienda, pero dio órdenes para que se mataran dos ovejas y unas cuantas aves y se repartiera una ración doble de harina y arroz y sal, porque sabía que el campamento celebraría un banquete.

Gran Toomai había llegado corriendo desde el campamento de la llanura en busca de su hijo y su elefante, y ahora que los había encontrado los miró como con miedo. Se celebraba un banquete junto a las hogueras, delante de las filas de elefantes engrilletados, y Toomai Chico era el héroe. Y los grandes cazadores de elefantes, los rastreadores y los conductores, los laceros y los hombres que conocían todos los secretos de la doma de elefantes salvajes, pasaron delante de él, uno tras otro, y le marcaron la frente con la sangre de un gallo silvestre recién sacrificado para declararlo montaraz iniciado y libre en todas las selvas.

Y, por fin, cuando las llamas se extinguieron y el resplandor de las ascuas hizo que los elefantes parecieran también bañados en sangre, Machua Appa, el jefe de los conductores de todas las *Keddahs* (Machua Appa, el otro yo de Petersen *sahib,* que en cuarenta años no había visto un camino hecho por los hombres; Machua Appa que era tan grande que no tenía otro nombre que Machua Appa), se levantó de un salto, sostuvo a Toomai Chico por encima de su cabeza y gritó:

—Escuchad, hermanos. Escuchad vosotros también, mis señores en las filas, porque yo, Machua Appa, voy a hablar. Este pequeño ya no va a llamarse Toomai Chico, sino Toomai de los Elefantes, igual que su abuelo antes que él. Lo que ningún hombre ha visto, él lo ha visto durante la larga noche, y tiene el favor de los elefantes y de los Dioses de las Selvas. Se convertirá en un gran rastreador, será más grande que yo, incluso yo, ¡Machua Appa! Seguirá con la vista clara el sendero nuevo, y el sendero viejo, y el sendero que es las dos cosas. No se hará daño alguno en la *Keddah* cuando corra bajo los vientres de los elefantes para amarrar a los machos con colmillos, y si tropezara delante de las patas de un elefante que embistiera, ese macho sabrá quién es y no lo aplastará. *¡Aihai!* Mis señores en cadenas —se volvió hacia la fila de estacas—, aquí está el pequeño que ha sido testigo de vuestros bailes en vuestros lugares ocultos que el hombre nunca ha visto. Honradle, mis señores. *¡Salaam karo!*, hijos míos. ¡Saludad a Toomai de los Elefantes! *¡Gunga Peshad, ahaa! ¡Hira Guj! ¡Birchi Guj! ¡Kuttar Guj, ajá!* Pudmini, tú lo viste en el baile. Y tú también, Kala Nag, la perla entre todos los elefantes. *¡Ahaa!* ¡Todos juntos! ¡A Toomai de los Elefantes! *¡Barrao!*

Y con ese último grito, la fila entera de elefantes levantó las trompas hasta que se tocaron las frentes y saludaron como se debe, con el barrito total que únicamente oye el virrey de la India: el *Salaamut* de la *Keddah*.

Pero en este caso, el saludo estaba dedicado a Toomai Chico, que había visto lo que ningún hombre había visto jamás, el baile de los elefantes, a solas en mitad de la noche, en el corazón de las colinas Garo.

SHIVA Y EL SALTAMONTES

(La canción que la madre de Toomai le cantó al bebé)

Shiva, que hizo la cosecha abundante y que los vientos soplaran,
sentado en el umbral de un día muy lejano,
dio a cada cual su porción, comida, trabajo y destino,
tanto al Rey en el guddee[28] *como al mendigo en la puerta.*
Él lo creó todo, Shiva el Protector.
¡Mahadeo! ¡Mahadeo! *Él lo creó todo:*
Espino para el camello, forraje para las vacas,
y el corazón de una madre para mi bebé dormido. ¡Oh, mi bebé!

Dio trigo a los ricos, mijo a los pobres,
sobras a los santones que piden de puerta en puerta,
ganado al tigre, carroña al milano,
y pellejos y huesos a lobos malvados al otro lado del muro por la noche.
A ninguno creía demasiado noble, a ninguno veía demasiado rastrero,
Parbati a su lado los miraba ir y venir.
Pensó en engañar a su esposo, hacer burla a Shiva,
Tomó al pequeño saltamontes y lo escondió en su pecho.
Así lo engañó, a Shiva el Protector.
¡Mahadeo! ¡Mahadeo! *Volveos y mirad.*
Los camellos son altos, las vacas son pesadas,
pero esta es la criatura más diminuta. ¡Oh, mi bebé!

Cuando el reparto hubo terminado, riendo ella dijo:
Señor, de un millón de bocas, ¿no hay una que no has alimentado?
Riendo, Shiva respondió: Todos han tenido su parte,
Incluso él, el diminuto, escondido cerca de tu corazón.
De su pecho ella lo arrancó, Parbati la ladrona,

---

28 Trono.

143

Vio la última de las cosas pequeñas mordisqueando una hoja fresca.
Ella vio y temió y se maravilló, rezando a Shiva,
Que bien seguro había dado alimento a todo lo que vive.
Él lo creó todo, Shiva el Protector.
¡Mahadeo! ¡Mahadeo! *Él lo creó todo:*
Espino para el camello, forraje para las vacas,
y el corazón de una madre para mi bebé dormido. ¡Oh, mi bebé!

Los sirvientes de Su Majestad

Puedes calcularlo mediante fracciones o con una simple regla de tres,
pero la manera de Tweedle-dum no es la manera de Tweedle-dee.[29]
Puedes darle la vuelta, puedes darle un giro, puedes trenzarlo hasta cansarte,
pero la manera de Pilly-Winky no es la manera de Winkie-Pop.[30]

Había estado lloviendo intensamente durante un mes entero; lloviendo en un campamento de treinta mil hombres, miles de camellos, elefantes, caballos, bueyes y mulos, todos concentrados en un lugar llamado Rawal Pindi,[31] a la espera de que el virrey de la India les pasara revista. Este había recibido la visita del Emir de Afganistán, un rey salvaje de un país muy salvaje. El Emir había traído con él una guardia personal formada por ochocientos hombres y caballos, que en sus vidas habían visto un campamento o una locomotora; hombres salvajes y caballos salvajes procedentes de un rincón remoto de Asia Central. Todas las noches, un gran número de caballos se soltaban de sus ataduras y salían en estampida en medio de la oscuridad y a través del lodo. O bien eran los camellos los que se soltaban y corrían por todas partes y tropezaban con las cuerdas de las tiendas, y ya podéis imaginar lo agradable que resultaba para

---

29 Originalmente en un poema de John Byrom (1692-1763), los personajes de Tweedle-dum y Tweedle-dee son sobre todo conocidos por aparecer en *Alicia a través del espejo,* de Lewis Carroll.

30 Pilly-Winky y Winkie-Pop, personajes del poema de Kipling, *The Song of the Banjo.*

31 Rawalpindi, en la provincia de Punjab, Pakistán. Uno de los grandes cuarteles militares británicos.

los hombres que intentaban dormir. Mi tienda se encontraba lejos de los camellos, y creía estar a salvo, pero una noche un hombre asomó la cabeza dentro y gritó:

—¡Sal! ¡Rápido! ¡Están viniendo! ¡Han derribado mi tienda!

Sabía a quién se refería. Así que me calcé las botas, me puse el chubasquero y salí al lodazal. Little Vixen, mi *fox terrier,* huyó por el otro lado. Oí entonces un estruendo de resoplidos y borboteos y vi cómo mi tienda se hundía y el poste que la sujetaba saltaba y empezaba a bailar como un fantasma enloquecido. Un camello se había enredado en la tienda y, a pesar de lo mojado y enfadado que estaba, no pude evitar reírme a carcajadas. Acto seguido me puse a correr porque no sabía cuántos camellos se habrían soltado y, al poco rato, abriéndome camino en el lodo, me había alejado del campamento.

Finalmente tropecé con la cureña de un cañón y así supe que me encontraba en algún lugar cercano a las líneas de artillería, donde por la noche se guardaban los cañones. No quise seguir chapoteando bajo la llovizna, en plena oscuridad, de modo que improvisé una suerte de tienda colocando mi chubasquero sobre un cañón y sujetando los extremos de la pieza de abrigo con dos o tres boquetas que encontré. Seguidamente, me eché a lo largo de la cureña de otro cañón, preguntándome adónde habría ido Vixen y dónde diablos me encontraba.

Justo cuando estaba a punto de dormirme oí el tintineo de un arnés y un resoplido. Un mulo pasó a mi lado sacudiendo sus orejas mojadas. Pertenecía a una batería de cañones de montaña porque pude oír el repiquetear de las correas y anillas y cadenas y demás cosas contra la silla. Los cañones de montaña son cañones de menor tamaño, desmontados en dos piezas que se enroscan cuando llega el momento de utilizarlos. Se transportan por las montañas, dondequiera que los mulos sepan encontrar un camino, y son muy útiles para la lucha en regiones de relieve accidentado.

Detrás del mulo venía un camello. Sus grandes patas blandas chapoteaban y resbalaban en el lodo, y su cuello oscilaba de un lado a otro como el de una gallina perdida. Por suerte, había aprendido de los nativos lo suficiente de la lengua de los animales (no la de los animales salvajes, sino la de los animales de los campamentos) para entender lo que este decía.

Debía de ser el que se había desplomado en mi tienda, porque le dijo al mulo:

—¿Qué hago? ¿Adónde voy? He peleado con una cosa blanca que se movía y que cogió un palo y me golpeó en el cuello. —(Hablaba del palo roto de mi tienda y me alegré de enterarme.)— ¿Seguimos corriendo?

—¿Así que has sido tú? —dijo el mulo—. ¿Tú y tus amigos habéis interrumpido la paz del campamento? Está bien. Por la mañana te darán una paliza, pero ¿por qué no darte algo a cuenta ahora?

Oí el arnés tintinear cuando el mulo retrocedió y le dio al camello dos patadas en las costillas, que sonaron como un tambor.

—Otra vez —dijo— te lo pensarás dos veces antes de correr en medio de una tropa de mulos en plena noche gritando «¡ladrones!» y «¡fuego!». Siéntate y deja quieto ese cuello tuyo tan estúpido.

El camello se dobló al estilo de los camellos, como si fuera una regla de medir, y se sentó gimoteando. En la oscuridad se oyó el golpeteo uniforme de unos cascos y apareció un gran caballo a medio galope, con paso seguro, como si estuviera en un desfile. Saltó por encima de la cureña de un cañón y aterrizó grácilmente junto al mulo.

—Esto es una desgracia —dijo resoplando por las narinas—. Esos camellos han vuelto a armar jaleo en nuestras líneas. ¡Por tercera vez esta semana! ¿Cómo va un caballo a mantenerse en forma si no puede dormir tranquilamente? ¿Quién hay ahí?

—Soy el mulo que carga la culata del cañón número dos de la Primera Batería de Montaña —dijo el mulo—, y el otro es uno de tus amigos. También me ha despertado. ¿Quién eres tú?

—Número quince, Compañía E, Novena de Lanceros. El caballo de Dick Cunliffe. Apártate un poco. Ahí…

—Ah. Perdón —dijo el mulo—. Está demasiado oscuro. Estos camellos no sirven para nada, ¿no crees? Me he apartado de mis líneas para disfrutar de un poco de paz y tranquilidad.

—Señores míos —dijo humildemente el camello—, por la noche tuvimos pesadillas y nos asustamos muchísimo. Tan solo soy un camello de carga del 39 de Infantería de Nativos y no soy tan valiente como vosotros, señores míos.

—Entonces, ¿por qué diantres no te has quedado a cargar equipos para el 39 de Infantería de Nativos, en lugar de correr por todo el campamento? —dijo el mulo.

—Es que eran pesadillas horribles —dijo el camello—. Lo siento. ¡Escuchad! ¿Qué es eso? ¿Hemos de correr otra vez?

—Siéntate —dijo el mulo—, o te partirás las patas entre los cañones.

Levantó una oreja y presto atención.

—Vienen bueyes de artillería. Válgame dios, tú y tus amigos habéis trabajado a conciencia despertando a todo el campamento. ¡Con lo que hay que insistir para hacer que un buey de artillería se ponga en pie!

Oí el arrastrar de cadenas por el suelo y una yunta de grandes bueyes blancos malhumorados, de los que arrastran los pesados cañones cuando los elefantes no quieren acercarse a la línea de fuego, llegó junta, dándose empujones. Casi pisando las cadenas seguía otro mulo de batería que llamaba frenéticamente a Billy.

—Es uno de nuestros reclutas —dijo el viejo mulo al caballo—. Me llama a mí. Ven aquí, jovenzuelo, y deja de chillar. La oscuridad nunca le ha hecho daño a nadie.

Los bueyes se echaron juntos y empezaron a rumiar, pero el mulo joven se pegó a Billy.

—Cosas —dijo—, terribles y atroces, Billy. Entraron en nuestras líneas cuando estábamos durmiendo. ¿Crees que nos matarán?

—Estoy pensando muy seriamente en darte una buena coz —dijo Billy—. La mera idea de que un mulo de tu estatura y formación haya deshonrado la escuadra delante de este caballero...

—Calma, calma —dijo el caballo de la tropa—. Recuerda que al principio siempre son así. La primera vez que vi un hombre (fue en Australia y yo tenía tres años), no dejé de correr durante medio día, y si hubiera visto un camello seguiría corriendo ahora.

Casi todos los caballos de la caballería británica son transportados a la India desde Australia y los mismos soldados de caballería son quienes los doman.

—Es verdad —dijo Billy—. Deja de temblar, chiquillo. La primera vez que me pusieron en el lomo el arnés completo con todas las cadenas me lo quité todo a coces. No había aprendido la verdadera ciencia de dar coces todavía, pero en la escuadra dijeron que nunca habían visto nada igual.

—Pero esto no era un arnés ni nada que tintineara —dijo el joven mulo—. Ya sabes que eso ya no me importa, Billy. Esto eran esas cosas altas como árboles, y tropezaban en las líneas y espumajeaban, y mi ronzal se rompió y no encontré a mi conductor y no te podía encontrar a ti, Billy. Así que salí corriendo... con estos caballeros.

—Um —dijo Billy—. En cuanto oí que los camellos se habían soltado me vine solo, tranquilamente. Cuando una escuadra... cuando un mulo llama a los bueyes de artillería caballeros, es señal de que debe de estar muy alterado. Vosotros, los del suelo ¿quiénes sois?

Los bueyes dejaron de rumiar y respondieron a la vez:

—Somos la séptima yunta del primer cañón de Artillería Pesada. Estábamos dormidos cuando llegaron los camellos, pero cuando nos pisotearon nos pusimos en pie y nos alejamos. Es mejor echarse tranquilamente en el lodo que ser molestado en un buen lecho. Le dijimos a tu amigo que no había nada que temer, pero el muy sabelotodo opinó lo contrario. ¡Bah!

Siguieron rumiando.

—Es lo que pasa cuando se tiene miedo —dijo Billy—. Que los bueyes de artillería se ríen de ti. ¿Estás contento, jovenzuelo?

El mulo joven apretó los dientes y le oí decir algo sobre no temer a ningún buey gordo ni viejo, pero los bueyes se limitaron a entrechocar los cuernos y seguir mascando.

—Vamos, vamos. No te enfades, después del miedo que has pasado... Esa es la peor clase de cobardía —dijo el caballo—. Es comprensible asustarse de la noche, cuando se ven cosas que uno no entiende. En Australia, cuatrocientos cincuenta de los míos, incluido yo, hemos llegado a arrancar repetidas veces nuestras estacas solo porque un nuevo recluta había ido contando historias sobre serpientes, provocando que nos aterrorizaran incluso los extremos de nuestros ronzales.

—Todo esto está muy bien en un campamento —dijo Billy—, y admito que no estoy en contra de salir en desbandada por diversión si no he podido salir un día o dos. Pero ¿qué hacéis cuando estáis en activo?

—Uy. Eso es una cosa enteramente distinta —dijo el caballo—. Dick Cunliffe se sienta sobre mi lomo y me clava las rodillas y todo lo que debo hacer es vigilar dónde meto las patas, mantener firmes los cuartos traseros y responder a la brida.

—¿Qué significa responder a la brida? —dijo el joven mulo.

—¡Por todos los diablos! —resopló el caballo—. ¿Quieres decirme que en vuestro sector no os enseñan a responder a un simple toque de la brida? ¿Cómo sois capaces de hacer nada si no dais media vuelta con un toquecillo en el cuello? Ahí te juegas la vida o la muerte de tu jinete y, por supuesto, la tuya. En cuanto notas la brida en el cuello, te das la vuelta sobre los cuartos traseros. Si no tienes sitio para dar la vuelta, retrocedes un poco y entonces das la vuelta sobre los cuartos traseros. Eso es lo que significa responder a la brida.

—A nosotros no nos enseñan así —dijo Billy con frialdad—. A nosotros nos enseñan a obedecer al hombre que va delante: paramos cuando nos lo ordena y nos ponemos en marcha cuando nos lo ordena. Supongo que viene a ser lo mismo. ¿Y qué hacéis con todo esto tan complicado y lo de pararse a dos patas, que debe ser malísimo para vuestros corvejones?

—Eso depende —dijo el caballo—. Por lo general he de meterme en sitios donde se grita mucho y hay hombres peludos con cuchillos largos y brillantes, peores que los del herrador, y he de vigilar que la bota de Dick roce la del hombre de al lado sin llegar a aplastarla. Con mi ojo derecho puedo ver la lanza de Dick y de este modo sé que estoy a salvo. No me gustaría ser el hombre o caballo que se enfrente a Dick y a mí cuando tenemos prisa.

—Pero ¿no duelen los cuchillos? —dijo el mulo joven.

—Bueno... Una vez me hicieron un corte en el pecho, pero no fue culpa de Dick...

—Qué me importa quién tenga la culpa, si duele —dijo el joven mulo.

—Pues debe importarte —dijo el caballo—. Si no confías en el jinete, más te vale escapar rápidamente. Eso es lo que hacen algunos caballos, y no les culpo. Como os decía, no fue culpa de Dick. Aquel tipo yacía en el suelo, y por no pisarle me estiré y él me acuchilló. La próxima vez que tenga que pasar por encima de un hombre abatido en el suelo le pisaré... y con fuerza.

—Um — dijo Billy—. Qué estupidez. Los cuchillos siempre son un mal asunto. Lo bueno es subir montañas con el peso de la silla bien equilibrado, poner atención a las cuatro patas e incluso a las orejas; arrastrarse y escurrirse y serpentear hasta llegar a cientos de metros por encima de todos, a una cornisa en la que haya justo espacio suficiente para tus cascos. Entonces permaneces quieto y callado, y nunca le pidas a un hombre que sujete tu cabeza, jovencito. Así que permaneces en silencio mientras montan los cañones y luego ves cómo los proyectiles caen sobre las copas de los árboles del fondo del precipicio.

—¿Nunca tropiezas? —dijo el caballo.

—Dicen que un mulo solo tropezará cuando se le puedan cortar las orejas a una gallina[32] —dijo Billy—. De vez en cuando, quizás, una silla mal cargada puede causar molestias a un mulo, pero raramente. Me encantaría enseñarte nuestro trabajo. Es una maravilla. Me costó tres años entender adónde querían llegar los hombres. La ciencia tras esta disciplina consiste en nunca dejarse ver en la línea del horizonte porque, si lo haces, te pueden disparar. Recuérdalo, jovencito. Escóndete siempre que sea posible, aunque tengas que desviarte una milla. Yo soy quien encabeza la fila cuando hacemos estas escaladas.

—Que te disparen sin tener oportunidad de cargar contra quien te está disparando... —dijo el caballo reflexionando—. No podría soportarlo. Yo querría cargar contra ellos, pero con Dick.

—Oh, no. No querrías. Sabrías que en cuanto los cañones están en posición son ellos los que cargan. Es científico y limpio. Pero los cuchillos... ¡bah!

---

32 Es decir, nunca, puesto que una gallina carece de pabellón auricular.

El camello había estado moviendo la cabeza de un lado a otro durante un rato largo, ansioso por meter baza. Entonces le oí decir nervioso, después de aclararse la voz:

—Yo... yo... yo... he luchado un poco, pero ni escalando ni cargando.

—Ahora que lo mencionas —dijo Billy—, no tienes el aspecto de estar hecho para la escalada ni para correr... Y bien, ¿cómo te fue, viejo «balas de heno»?

—Pues bien —dijo el camello—. Todos nos sentamos...

—¡Oh, por Dios bendito! —dijo entre dientes el caballo—. ¿Os sentasteis?

—Nos sentamos... Éramos cien —prosiguió el camello— en una gran plaza, y los hombres apilaron nuestros fardos y sillas fuera de la plaza y dispararon por encima de nuestros lomos. Así lo hicieron desde todos los rincones de la plaza.

—Pero, ¿qué clase de hombres? ¿Cualquier hombre que pasara por allí? —dijo el caballo—. En la escuela de equitación nos enseñan a echarnos para que nuestros jinetes disparen escondidos detrás de nosotros, pero solo me fío de Dick Cunliffe en esta situación. Me entran cosquillas en la panza, y, encima, no puedo ver con la cabeza en el suelo.

—¿Y qué más da quién dispara detrás de ti? —dijo el camello—. Hay muchos hombres y camellos cerca, y todo está lleno de humo. Nunca tengo miedo. Me quedo quieto y espero.

—Y, sin embargo, por la noche —dijo Billy—, tienes pesadillas y molestas a todo el mundo en el campamento. Pues vaya. Antes que echarme en el suelo, y mucho menos sentarme y permitir que un hombre dispare desde detrás de mí, mis cascos y mi cabeza tendrían mucho que decirse. En mi vida he oído hablar de nada tan horrible.

Se hizo un silencio prolongado hasta que uno de los bueyes levantó su gran cabeza y dijo:

—Sin duda, es una verdadera estupidez. Solo hay una manera de luchar.

—Oh, adelante —dijo Billy—. Habla. Que por mí no sea. Supongo que vosotros lucháis sentados, holgazaneando.

—Solo hay una manera —dijeron los dos bueyes al unísono. (Debían de ser gemelos)—. Y es así: colocando las veinte yuntas tras el gran cañón en cuanto se oye barritar a Dos Colas. (Dos Colas es el mote que se le da al elefante en el campamento.)

—¿Por qué barrita? —preguntó el mulo joven.

—Para indicar que no se acercará más al humo que hay al otro lado. Dos Colas es un gran cobarde. Entonces empujamos el gran cañón juntos. *Jiiiya. Juuula. Jiiiiya. Juuula.* No trepamos como gatos ni corremos como becerros. Cruzamos la llanura, cuarenta bueyes, hasta que nos desenganchan, y pastamos mientras los cañones hablan a través del llano con cualquier población con muros de adobe, y los pedazos de muro caen y se levanta una polvareda como cuando el ganado regresa a casa.

—¿Así que elegís justo ese momento para pastar? —dijo el mulo joven.

—Ese momento o cualquier otro. Comer siempre es bueno. Comemos hasta que nos vuelven a enganchar y tiramos del gran cañón de nuevo adonde Dos Colas está esperándolo. A veces, en la población hay grandes cañones que contestan, y algunos de los nuestros mueren, de modo que queda más pasto para el resto. Es el Destino, nada más que el Destino. Pero, insisto, Dos Colas es un gran cobarde. Esta es la única manera de luchar. Nosotros somos hermanos y venimos de Hapur.[33] Nuestro padre era un buey sagrado de Shiva. Hemos dicho.

—Bueno, sin duda, esta noche he aprendido algo nuevo —dijo el caballo—. Caballeros de la batería de cañones de montaña, ¿a vosotros os apetece comer cuando os disparan con grandes cañones mientras Dos Colas se queda en la retaguardia?

—Tanto como sentarnos y dejar que los hombres se nos echen encima, o como cargar contra gente armada con cuchillos. Una buena cornisa, una carga bien distribuida, un conductor en quien confíes en que te permitirá elegir el camino... todo esto me das y soy todo tuyo. Pero lo otro... ¡no! —dijo Billy, y dio una patada en el suelo.

—Está claro —dijo el caballo—. No somos todos iguales, y ya veo que tu familia, por lado de padre, no es capaz de entender muchas cosas.

---

33 Ciudad, en el distrito de Hapur, a 60 kilómetros de Nueva Delhi.

—No te metas con mi familia por lado de padre —dijo Billy enfadado, pues todo mulo detesta que le recuerden que su padre era un burro—. Mi padre era un caballero del sur y era capaz de tumbar, morder y patear a cualquier caballo con el que se cruzase. Recuérdalo, pedazo de Brumby.

Brumby es el nombre que se le da al caballo salvaje sin raza. Imaginad lo mal que le sentaría a Sunol[34] que un caballo de tiro lo llamara penco. Así se entiende lo mal que le sentó al caballo australiano la salida de Billy. Vi la esclerótica de sus ojos brillar en la oscuridad.

—Vamos a ver, hijo de asno importado de Málaga —dijo el caballo entre dientes—. Te informo de que soy pariente, por lado de madre, de Carbine, ganador de la Copa Melbourne. Y, de donde yo vengo, no estamos acostumbrados a que un mulo terco y con sobremordida de una batería de cañones de juguete nos trate a patadas. ¿Estás preparado?

—¡En pie! —gruñó Billy.

Los dos se levantaron sobre sus cuartos traseros, encarándose, y ya me disponía a presenciar una pelea furiosa cuando, del lado derecho, sonó una voz entrecortada y atronadora:

—Chicos, ¿por qué peleáis? Callad.

Los dos animales bajaron las patas soltando un resoplido de indignación, porque ni un caballo ni un mulo soportan la voz de un elefante.

—¡Es Dos Colas! —dijo el caballo—. No le soporto. Tiene una cola en cada extremo. No es justo.

—Opino exactamente igual —dijo Billy colocándose cerca del caballo para estar en compañía—. En algunos aspectos nos parecemos mucho.

—Supongo que son los que hemos heredado de nuestras madres —dijo el caballo—. No vale la pena pelear. ¡Hola! Dos Colas, ¿estás atado?

—Sí —dijo Dos Colas, soltando una risotada por la trompa—. Por la noche me atan a las estacas. He oído lo que habéis estado diciendo. Pero no temáis. No voy me voy a acercar.

Los bueyes y el camello dijeron a media voz:

—¿Miedo de Dos Colas?... ¡Tonterías!

---

34 Caballo ganador de carreras de caballos clásicas en Australia.

Y los bueyes prosiguieron:

—Sentimos que lo hayas oído, pero es verdad. Dos Colas, ¿por qué tienes miedo de los disparos de los cañones?

—Bueno —dijo Dos Colas mientras se frotaba una pata trasera con la otra, exactamente igual que hace un niño pequeño cuando recita un poema—. No creo que lo podáis entender.

—No es probable. Pero nosotros hemos de tirar de los cañones —dijeron los bueyes.

—Lo sé. Y sé que sois mucho más valientes de lo que decís que sois. Pero para mí es distinto. El otro día, el capitán de mi escuadra me llamó Anacronismo Paquidermatoso.

—Imagino que se refería a otra manera de luchar —dijo Billy, que estaba recuperando el buen humor.

—Vosotros no sabéis lo que quiere decir, claro, pero yo sí. Significa no ser ni una cosa ni otra; y así soy yo. Soy capaz de ver en mi cabeza lo que ocurrirá cuando estalla un proyectil, pero vosotros, bueyes, no podéis.

—Yo sí —dijo el caballo—. Al menos un poco. Pero intento no pensar en ello.

—Yo puedo imaginar más que vosotros y, encima, no dejo de pensar en ello. Sé perfectamente que cuidar de mí requiere mucho esfuerzo, y sé también que nadie sabe cómo curarme cuando estoy enfermo. Lo único que son capaces de hacer es dejar de pagar al conductor hasta que me recupero y lo cierto es que no puedo fiarme de mi conductor.

—Ah —dijo el caballo—. Esto lo explica todo. Yo sí me puedo fiar de Dick.

—Podrías colocarme sobre el lomo un regimiento entero de Dicks y no lograrías que me sintiera mejor. Sé lo suficiente para sentirme incómodo, pero no lo suficiente para seguir adelante a pesar de saberlo.

—No te entendemos —dijeron los bueyes.

—Sé que no me entendéis. No os hablo a vosotros. No sabéis lo que es la sangre.

—Sí que lo sabemos —dijeron los bueyes—. Es la cosa roja que empapa el suelo y huele.

El caballo dio una coz y un brinco y resopló.

—No habléis de sangre —dijo—. La puedo oler ahora, solo de pensarlo. No tener a Dick en el lomo hace que quiera salir corriendo.

—Pero si no hay sangre —dijeron el camello y los bueyes—. ¿Por qué eres tan estúpido?

—La sangre es nauseabunda —dijo Billy—. No hace que quiera salir corriendo, pero tampoco me gusta hablar de ella.

—¿Veis? —dijo Dos Colas moviendo la cola para explicarse.

—Pues claro que vemos. Hemos estado aquí toda la noche —dijeron los bueyes.

Dos Colas dio patadas hasta que la argolla de hierro que amarraba su pata tintineó.

—No hablo con vosotros. Ni siquiera sois capaces de ver cosas en vuestras cabezas.

—No. Vemos con nuestros dos pares de ojos —dijeron los bueyes—. Vemos justo lo que tenemos delante de nosotros.

—Si yo fuera capaz de ver eso y nada más no sería necesario que tirarais de los grandes cañones. Si yo fuera como mi capitán, que puede ver las cosas dentro de su cabeza antes de que empiecen los disparos, y tiembla de pies a cabeza, pero es demasiado inteligente para salir corriendo... si yo fuera como él podría tirar de los cañones. Pero si realmente fuera tan inteligente, entonces nunca me encontrarían aquí. Sería rey en una selva, como solía ser, y dormiría la mitad del día y me bañaría cuando quisiera. No he tomado un buen baño desde hace un mes.

—Todo eso está muy bien —dijo Billy—, pero solo por darle a algo un nombre muy largo no lo convierte en mejor.

—Chitón —dijo el caballo—. Creo que entiendo a lo que se refiere Dos Colas.

—Y lo entenderás mejor en un minuto —dijo Dos Colas enfadado—. Ahora, explícame por qué no te gusta *esto*.

Y empezó a barritar furiosamente con su trompa.

—¡Para! —rogaron Billy y el caballo a la vez. Los oír patear y temblar. El barrito de un elefante siempre resulta desagradable, sobre todo en una noche oscura.

—No pienso parar —dijo Dos Colas—. ¿Vais a explicármelo? *¡Hhrrmph!* *¡Rrrt! ¡Rrrmph! ¡Rrrhha!*

Y de repente se calló, oí un débil lloriqueo en la oscuridad y supe que Vixen me había encontrado por fin. Sabía, igual que yo, que si hay algo en el mundo que los elefantes temen sobre todas las cosas es una perrita ladradora, de modo que Vixen fue a acosar a Dos Colas ladrando alrededor de sus grandes patas encadenadas a las estacas. Dos Colas se apartó y chilló.

—¡Lárgate, perrita! —dijo—. No me olisquees los tobillos o te doy una patada. Buena perrita, simpática perrita... Vete a casa, pequeña bestia ladradora. Oh... ¿por qué no viene nadie a llevársela? Seguro que me va a morder.

—Me parece a mí —le dijo Billy al caballo— que nuestro amigo Dos Colas le tiene miedo a casi todo. Ahora bien, si me dieran una comida por cada vez que le he dado una coz a un perro estaría gordo como Dos Colas.

Silbé y Vixen corrió a mí, cubierta toda ella de lodo, y me lamió la nariz y me relató cómo me había estado buscando por todo el campamento. Nunca le dije que entiendo el lenguaje de los animales; de otro modo, se habría tomado toda clase de libertades. De modo que me la metí dentro del chubasquero y Dos Colas siguió moviéndose con pesadez, pateando y gruñendo.

—¡Extraordinario! ¡Sencillamente extraordinario! —dijo—. Es cosa de familia. ¿Adónde ha ido esa desagradable bestezuela?

Lo oí tantear con su trompa.

—Parece que a todos nos afectan cosas distintas —prosiguió, sonándose—. Caballeros, ahora entiendo que os hayáis alarmado cuando he barritado.

—Alarmado, no exactamente —dijo el caballo—. Pero me ha hecho sentir como si tuviera avispones allí donde debería tener colocada la silla. No vuelvas a empezar.

—Yo tengo miedo de un perrito, y al camello le asustan las pesadillas que tiene por la noche.

—Menos mal que no tenemos que luchar todos de la misma manera —dijo el caballo.

—Lo que quiero saber —dijo el mulo joven, que llevaba callado mucho tiempo—, lo que quiero saber es por qué tenemos que luchar, punto.

—Porque nos lo ordenan —dijo el caballo con un relincho de desdén.

—Órdenes —dijo Billy apretando los dientes.

—*¡Hukm hai!* (es una orden) —dijo el camello con un borboteo, y Dos Colas y los bueyes repitieron—: *¡Hukm hai!*

—Sí, pero ¿quién da las órdenes? —dijo el mulo recluta.

—El hombre que camina delante de ti... o el que se sienta en tu lomo... o el que sujeta las riendas... o el que te retuerce la cola —dijeron uno tras otro Billy, el caballo, el camello y los bueyes.

—Pero ¿quién les da a ellos las órdenes?

—Quieres saber demasiado, jovencito —dijo Billy—, y esa es una manera de lograr que te azoten. Lo único que has de hacer es obedecer al hombre que va delante de ti y no hacer preguntas.

—Tiene razón —dijo Dos Colas—. No siempre puedo obedecer, porque no soy ni una cosa ni la otra. Pero Billy tiene razón. Obedece al hombre que tengas al lado y que da la orden, o sino frenarás a toda la batería, además de recibir unos azotes.

Los bueyes se levantaron para marchar.

—Ya amanece —dijeron—. Vamos a volver a nuestras líneas. Es verdad que solo vemos con los ojos y que no somos muy inteligentes. Aun así, somos los únicos que no hemos tenido miedo esta noche. Buenas noches, valientes.

Nadie respondió y el caballo dijo para cambiar de tema:

—¿Dónde está ese perrito? Un perro significa que hay un hombre cerca.

—Estoy aquí —ladró Vixen—, debajo de la cureña, con mi amo. Gran pedazo de camello torpe, has destrozado nuestra tienda. Mi amo está muy enfadado.

—Bah —dijeron los bueyes—. Debe de ser blanco.

—Pues claro —dijo Vixen—. ¿Te crees tú que me cuidaría un conductor de bueyes negro?

—*¡Huah! ¡Ouach! ¡Ugh!* —dijeron los bueyes—. Vayámonos de aquí rápidamente.

Echaron a andar en el lodo y de algún modo lograron enganchar el yugo en la pértiga de una carreta de municiones.

—Mirad lo que habéis hecho —dijo con calma Billy—. No forcejéis. Estaréis atrapados hasta que salga el sol. ¿Qué diantres os pasa?

Los bueyes soltaron una especie de rebuznos largos y sibilantes, típicos del ganado indio, y no dejaron de empujar y apretarse y derrapar y pisotear y resbalar hasta que casi cayeron en el lodo gruñendo salvajemente.

—Os vais a partir el cuello en menos que canta el gallo —dijo el caballo—. ¿Qué tienen de malo los hombres blancos? Yo vivo con ellos.

—¡Pues que nos comen! ¡Tira! —dijo el buey más cercano. El yugo se partió con un chasquido y los dos bueyes se alejaron juntos atropelladamente.

Hasta entonces no había entendido por qué el ganado de la India tenía tanto miedo de los ingleses. Era porque comemos carne de res, cosa que no hace ninguno de los conductores y, obviamente, eso al ganado no le gustaba.

—¡Que me azoten con mis propias cadenas! ¿Quién hubiera imaginado que dos grandes idiotas como esos perderían la calma? —dijo Billy.

—Qué importa. Voy a ver a este hombre. La mayoría de hombres blancos, esto lo sé muy bien, llevan cosas en los bolsillos —dijo el caballo.

—Pues yo te dejo. No puedo decir que les tenga mucho cariño. Además, es muy probable que los hombres blancos que no tienen donde dormir sean ladrones, y llevo un montón de equipo propiedad del gobierno. Vamos, jovencito, vamos a regresar a nuestras líneas. Buenas noches, Australia. Supongo que te veré mañana en el desfile. Buenas noches, Bala de Heno. Intentarás controlar tus sentimientos, ¿no? Buenas noches, Dos Colas. Si mañana nos cruzamos en el desfile, no barrites. Estropea la formación.

Billy el mulo se alejó con los andares fanfarrones de un veterano de las campañas justo cuando la cabeza del caballo me acarició el pecho y le di unas galletas. Mientras, Vixen, que es el perrito más engreído, le contaba mentirijillas sobre las veintenas de caballos que habíamos tenido.

—Mañana iré al desfile en mi carrito —dijo—. ¿Dónde estarás?

—En el lado izquierdo del segundo escuadrón. Yo marco el compás para toda mi compañía, señorita —dijo educadamente—. Ahora he de volver con Dick. Tengo la cola llena de lodo y tendrá dos horas de trabajo duro antes de poder engalanarme para el desfile.

La revista de los treinta mil soldados se celebró esa tarde, y Vixen y yo disfrutamos de un buen asiento cerca del virrey y el emir de Afganistán, que lucía su gran sombrero alto de astracán y la gran estrella de diamantes en el centro. Durante la primera parte de la revista el sol lució espléndido, y los regimientos desfilaron en forma de oleada tras oleada de piernas moviéndose al unísono, con la artillería formando una línea que se prolongaba hasta hacerse borrosa. Entonces le tocó el turno a la caballería, que marchaba a medio galope al son de Bonnie Dundee.[35] Sentada en su carrito, Vixen ladeó la cabeza. El segundo escuadrón de lanceros pasó veloz y allí estaba el caballo de la tropa, con la cola como seda hilada, la cabeza contra su pecho, una oreja adelante y otra atrás, marcando el compás para todo el escuadrón, y sus patas ligeras como si bailara un vals. Entonces pasaron los cañones pesados y vi a Dos Colas y dos elefantes más colocados en fila y asegurados a un gran cañón de cuarenta libras, mientras que veinte yuntas de bueyes desfilaban detrás. El séptimo par tenía un yugo nuevo y los bueyes parecían más bien agarrotados y cansados. Por último, llegaron los cañones de montaña, y el mulo Billy se comportaba como si mandara sobre todas las tropas. Llevaba el arnés bien engrasado y lo habían pulido hasta lograr que brillara. Fui el único que vitoreó al mulo, pero Billy no miró ni a derecha ni a izquierda.

La lluvia empezó a caer de nuevo y durante un rato la neblina fue demasiado densa para ver lo que hacían los batallones. Estos habían formado un semicírculo en la explanada y se estaban desplegando para formar una línea recta. La línea creció y creció y creció hasta alcanzar tres cuartos de milla de extremo a extremo, una sólida pared de hombres, caballos y cañones. Entonces, la línea avanzó directamente hacia el virrey y el emir, y cuanto más se acercaron tanto más se estremeció el suelo como la cubierta de un barco de vapor cuando los motores van a toda máquina.

Para quien nunca lo ha presenciado, no es posible imaginar el efecto aterrador que este avance de los batallones tiene sobre los espectadores, incluso sabiendo que no es más que una revista. Miré al emir. Hasta aquel momento no había mostrado una sola señal de asombro ante nada, pero

---

35 Canción de los regimientos de caballería británicos, con letra de sir Walter Scott.

ahora tenía los ojos como platos y agarró las riendas del cuello de su caballo y miró hacia atrás. Por un instante pareció que iba a desenvainar la espada y a abrirse paso a sablazos entre los hombres y mujeres ingleses sentados en los carruajes. Entonces, el avance cesó, el suelo dejó de temblar, la línea saludó y treinta bandas de música empezaron a tocar a la vez. Así concluyó la revista. Los regimientos regresaron a sus campamentos bajo la lluvia y una banda de infantería empezó a tocar:

> *Los animales avanzaron de dos en dos,*
> *¡Hurra!*
> *Los animales avanzaron de dos en dos,*
> *el elefante y el mulo del escuadrón,*
> *y todos entraron en el arca,*
> *¡para escapar de la lluvia!*

Entonces oí a un jefe afgano viejo, canoso y melenudo que había venido con el Emir a hacerle preguntas a un oficial nativo.

—Dime —dijo—. ¿Cómo habéis logrado algo tan maravilloso?

Y el oficial respondió:

—Se les dio una orden y todos obedecieron.

—Pero ¿son las bestias tan sabias como los hombres? —dijo el jefe.

—Obedecen igual que obedecen los hombres. Mulo, caballo, elefante o buey obedecen a su conductor, y el conductor a su sargento, y el sargento a su teniente, y el teniente a su capitán, y el capitán a su mayor, y su mayor a su coronel, y su coronel a su general de brigada al mando de tres regimientos, y el general de brigada a su general, que obedece al Virrey, que sirve a la emperatriz. Así es como se hace.

—¡Ojalá fuera así en Afganistán! —dijo el jefe—. Allí solo obedecemos a nuestros propios deseos.

—Por esta razón —dijo el oficial nativo retorciéndose el mostacho—, vuestro emir, a quien no obedecéis, debe venir aquí y recibir las órdenes de nuestro virrey.

CANCIÓN DEL DESFILE DE LOS ANIMALES DEL CAMPAMENTO

ELEFANTES DE LOS CAÑONES

A Alejandro le dimos la fuerza de Hércules,
la sabiduría de nuestras frentes, el ingenio de nuestras rodillas.
Nos pusimos a su servicio; nunca más abandonamos.
Abrid paso, abrid paso a los tiros de diez patas
del cortejo de la artillería pesada.

BUEYES DE LOS CAÑONES

Esos héroes en sus arneses evitan la bola de cañón,
y lo que saben sobre la pólvora los angustia a todos y cada uno;
entonces nosotros entramos en acción y tiramos de los cañones.
Abrid paso, abrid paso a las veinte yuntas
del cortejo de la artillería pesada.

LA CABALLERÍA

Por la marca en mi cruz, la canción más bella
la tocan los lanceros, húsares y dragones.
Y es más dulce que «establos» y «agua» para mí,
el galope de la caballería al son de Bonnie Dundee.

Entonces dadnos de comer y domadnos y llevadnos y acicaladnos
y dadnos buenos jinetes y mucho espacio
y mandadnos formar en columnas de escuadrones y mirad
el estilo del caballo de guerra al son de Bonnie Dundee.

LOS MULOS DE LOS CAÑONES DE MONTAÑA

Cuando yo y mis compañeros trepábamos una colina,
el sendero se perdió entre las rocas rodantes, pero seguimos adelante,
[a pesar de todo,
porque podemos serpentear y trepar, muchachos, y aparecer en cualquier
[sitio.
Y nos deleita subir a lo alto de una montaña, ¡con una pata o dos de sobra!

Buena suerte, pues, al sargento que nos deja elegir nuestro camino.
Mala suerte a todos los conductores que no saben colocar una carga,
porque podemos serpentear y trepar, muchachos, y aparecer en cualquier
[sitio.
Y nos deleita subir a lo alto de una montaña, ¡con una pata o dos de sobra!

CAMELLOS DEL COMISARIADO

No tenemos una canción propia
que nos ayude a marchar,
pero cada cuello es un trombón peludo,
*(*ratatá, *es un trombón peludo.)*
Y esta es nuestra canción de marcha:
¡No puedo! ¡No! ¡No debo! ¡No quiero!
¡Pásalo al siguiente!
La carga de alguien se ha soltado.
Ojalá fuera la mía.
La carga de alguien se ha volcado.
Jalead por una parada y una reprimenda.
¡Urr! ¡Yarrr! ¡Grr! ¡Arr!
A alguien le está tocando recibir.

TODOS LOS ANIMALES JUNTOS

Somos los hijos del campamento,
servimos cada uno según nuestra capacidad:
Hijos del yugo y la aguijada,
el bulto y el arnés, el peto y la carga.
Mira nuestra formación en la llanura,
como una amarra de nuevo doblada
estirándose, retorciéndose, ondulándose,
arrollando con destino a la guerra.
Mientras los hombres que caminan al lado,
polvorientos, en silencio, cansados,
no sé por qué nosotros o ellos
marchamos y sufrimos a diario.
Somos los hijos del campamento,
servimos cada uno según nuestra capacidad:
hijos del yugo y la aguijada,
el bulto y el arnés, el peto y la carga.

De cómo llegó el miedo

El arroyo ha menguado, la charca está seca,
y tú y yo seremos camaradas.
Con mandíbula febril y flanco polvoriento
nos damos empujones a lo largo de la orilla.
El miedo a la sequía nos paraliza,
así renunciamos a la idea de conquista o caza.
Ahora, bajo su madre, el cervatillo puede ver
al delgado lobo, tan atemorizado como él.
Y el sublime y audaz gamo contempla
los colmillos que desgarraron la garganta de su padre.
Las charcas han menguado, los arroyos están secos,
y tú y yo seremos compañeros de juego,
hasta que la nube a lo lejos
—¡buena caza!—
desate la lluvia que rompa nuestra Tregua del Agua.

La Ley de la Selva —que es, con diferencia, la ley más antigua del mundo—
siempre ha regulado casi todos los percances que puedan sobrevenir a los
Habitantes de la Selva. Así, el tiempo y las costumbres han logrado un código perfecto. Si ya habéis leído sobre Mowgli, recordaréis que pasó gran
parte de su vida entre los lobos de la manada de Seeonee, donde aprendió
la Ley con Baloo, el Oso Pardo. Y que fue Baloo quien le dijo, cuando el niño
se impacientaba al recibir órdenes constantemente, que la Ley era como la

Enredadera Gigante, pues caía sobre los hombros de todos y nadie podía escapar de ella.

—Cuando hayas vivido tanto como yo, Hermanito, verás que toda la Selva acata al menos una de las leyes. Y ese no es un espectáculo agradable —dijo Baloo.

La conversación le entró por una oreja y le salió por la otra, pues a un niño que se pasa la vida comiendo y durmiendo no le preocupa nada hasta que llega el momento de enfrentarse a la realidad cara a cara. Sin embargo, un año, las palabras de Baloo se hicieron realidad, y Mowgli fue testigo de cómo toda la Selva se sometía a la Ley.

Todo empezó cuando durante el invierno apenas llovió e Ikki, el Puercoespín, en un encuentro con Mowgli en el bosque de bambú, le contó que los ñames silvestres se estaban secando. Todo el mundo sabe que Ikki es extremadamente escrupuloso en lo que a la selección de su sustento se refiere, y solo come lo mejor y más maduro. De modo que Mowgli rio y dijo:

—¿Y por qué me habría de interesar?

—Ahora no mucho —dijo Ikki haciendo vibrar sus espinas con aire severo e incómodo—, pero ya veremos más adelante. ¿Acaso se puede ahora saltar al estanque profundo que hay junto a las Rocas de las Abejas, Hermanito?

—No. Esa estúpida agua está desapareciendo y no quiero romperme la cabeza —dijo Mowgli, que en aquellos días estaba seguro de poseer tanta sabiduría como cinco Habitantes de la Selva juntos.

—Peor para ti. Una pequeña grieta podría hacer que entrara algo de conocimiento en esa mollera.

Ikki se encogió rápidamente por si tenía que evitar que el niño le tirara de las cerdas de la nariz, mientras que Mowgli fue a contarle a Baloo lo que le había dicho el puercoespín. Baloo se puso muy serio y murmuró entre dientes:

—Si estuviera solo, iría a cazar a otras regiones antes de que los demás siquiera empezaran a pensar en hacer lo mismo. Sin embargo, cazar entre desconocidos acaba en pelea, y podrían herir al cachorro de hombre. Hemos de esperar a ver si florece el *mohwa*.[36]

---

36 *Madhuca longifolia,* árbol de las llanuras y las selvas de la India.

Esa primavera, el *mohwa,* el árbol tan querido de Baloo, no floreció. Las flores verdosas, color crema, cerosas, murieron de calor incluso antes de brotar y tan solo unos cuantos pétalos pestilentes cayeron donde se encontraba el oso que, en pie sobre sus patas traseras, agitaba el árbol. Entonces, pulgada a pulgada, el calor sin templar se deslizó en el corazón de la Selva, y tornó el árbol primero amarillo, luego marrón y finalmente negro. Los matorrales verdes en los márgenes de los barrancos se quemaron hasta parecer alambres rotos con láminas rizadas colgando de ellos; los estanques ocultos se hundieron y embarraron, preservando la más mínima huella pisada en sus orillas como si hubiera sido fundida en hierro; las enredaderas de tallos jugosos cayeron y murieron a los pies de los árboles en los que habían estado suspendidas; los bambús se marchitaron y, cuando el viento caliente soplaba, producían un ruido metálico; y en la parte más frondosa de la Selva el musgo se desprendió de las rocas hasta que estas quedaron peladas y calientes como los peñascos azules y vibrantes del lecho del río.

Los pájaros y los monos migraron al norte a principios de año, pues sabían lo que venía; y los ciervos y jabalís se dirigieron a los campos agostados de los villorrios y morían a veces delante mismo de los hombres, ellos mismos demasiado debilitados para darles caza. Chil, el Milano, se quedó y engordó gracias a las grandes cantidades de carroña, y noche tras noche llevaba a los animales —demasiado débiles para ir a nuevos terrenos de caza— noticias de que el sol estaba matando la Selva hasta distancias de tres días de vuelo en todas direcciones.

Mowgli, que nunca había sabido lo que era de verdad el hambre, recurrió como último recurso a la miel rancia, de más de tres años, raspada de colmenas abandonadas en las rocas, una miel negra como las endrinas y convertida en polvo como el azúcar seco. También buscaba larvas que horadaban profundamente bajo las cortezas de los árboles; y les robaba a las avispas sus crías. Las presas que quedaron en la Selva no eran más que piel y huesos, y Bagheera podía cazar hasta tres veces en una noche y difícilmente disfrutar de una verdadera cena. Pero la falta de agua era lo peor, pues si bien los Habitantes de la Selva beben muy de vez en cuando, cuando lo hacen lo hacen a conciencia.

Y el calor continuó y continuó, y absorbió toda la humedad hasta que, al final, el canal principal del Waingunga fue el único río que transportaba un hilo de agua entre sus orillas estériles; y cuando Hathi, el elefante salvaje, que vive cien años o más, vio la cresta larga, fina y azul de una roca aparecer seca en el centro de la corriente, supo que estaba ante la Roca de la Paz, y allí mismo, en aquel momento, levantó su trompa y proclamó la Tregua del Agua, como había hecho su padre cincuenta años atrás. Los ciervos, los jabalís y los búfalos empezaron a gritar con voz ronca; y Chil, el Milano, voló lejos en círculos amplios, silbando y chillando la advertencia.

Según la Ley de la Selva, una vez se ha declarado la Tregua del Agua se condena a muerte a quien cace en los sitios de beber. La razón es que beber es más importante que comer. Todos en la Selva pueden encontrar algo de comer cuando escasea la caza; pero el agua es el agua, y cuando solo hay una fuente para todos la caza se interrumpe siempre que los Habitantes de la Selva se dirigen allí para satisfacer sus necesidades. En los buenos tiempos, cuando el agua abundaba, los que bajaban a beber al Waingunga —o, para el caso, a cualquier sitio— lo hacían arriesgando sus vidas, y ese riesgo formaba parte de la seducción de los ires y venires de la noche. Bajar al río con tanta astucia que jamás se movía una hoja; vadear con el agua hasta las rodillas en los rugientes bajíos que ahogan cualquier ruido que venga por detrás; beber sin dejar de mirar por encima del hombro, cada músculo preparado para dar el primer brinco desesperado fruto de un terror agudo; revolcarse en la orilla arenosa y volver, con el morro húmedo y el pelaje esponjado, al admirado rebaño, era algo que todos los jóvenes ciervos de altos cuernos disfrutaban, precisamente porque sabían que en cualquier momento Bagheera o Shere Khan podían saltar encima de ellos y aplastarlos. Pero ahora toda esa diversión a vida o muerte había terminado, y los Habitantes de la Selva llegaban al río seco, muertos de hambre y agotados, —tigre, oso, ciervo, búfalo y jabalí, todos juntos— y bebían las aguas sucias y se quedaban en los márgenes, demasiado exhaustos para alejarse.

Los ciervos y los jabalís habían vagabundeado todo el día en busca de algo mejor que cortezas secas y hojas marchitas. Los búfalos no habían encontrado depresiones donde refrescarse ni cultivos verdes que robar. Las serpientes habían abandonado la Selva y descendido al río con la esperanza de encontrar alguna rana extraviada. Se enroscaban alrededor de las rocas mojadas y no atacaban si eran desalojadas por la nariz de un jabalí en busca de raíces. Las tortugas de río hacía tiempo que habían sido víctimas de Bagheera, el cazador más inteligente, y los peces se habían enterrado en lo más profundo del lodo seco. Solo la Roca de la Paz se desplegaba en el bajío como una larga serpiente, y las consumidas ondas del agua siseaban al secarse en sus costados abrasadores.

Era aquí donde Mowgli venía todas las noches en busca del fresco y compañía. Ni al más hambriento de sus enemigos le habría importado el niño en aquel momento. Su piel desnuda lo hacía parecer más delgado y miserable que cualquiera de sus compañeros. El sol había desteñido su pelo, que había adquirido el color de la estopa; sus costillas sobresalían como el costillar de una cesta, y las duricias en codos y rodillas —de cuando solía gatear— daban a sus reducidas extremidades el aspecto de tallos de hierba nudosos. Pero sus ojos, por debajo de su flequillo mate, eran fríos y sosegados, porque Bagheera era su asesor en estos tiempos difíciles, y le había dicho que anduviera en silencio, cazara lentamente y nunca, en ningún caso, perdiera los estribos.

—Estos son malos tiempos —dijo la Pantera Negra una noche tórrida como el interior de una fragua—, pero pasará si somos capaces de sobrevivir hasta el final. ¿Tienes el estómago lleno, cachorro de hombre?

—Hay algo en mi estómago, pero de poco me sirve. Bagheera, ¿crees que las Lluvias nos han olvidado y nunca más volverán?

—¡No! Volveremos a ver las flores en el *mohwa* y a los cervatillos gorditos de comer hierba fresca. Bajemos a la Roca de la Paz y sabremos qué noticias hay. Súbete a mi lomo, Hermanito.

—No es momento para cargar peso. Aún me tengo en pie. Aunque es verdad que ni tú ni yo tenemos aspecto de bueyes cebados.

Bagheera miró atrás hacia su flanco marcado y polvoriento y susurró:

—Anoche maté a un buey atado a su yugo. Me encontraba tan débil que creo que no me habría atrevido a atacarle si hubiera andado suelto. ¡Uf!

Mowgli rio.

—Sin duda, estamos hechos unos grandes cazadores —dijo—. Ahora hasta me atrevo a comer larvas.

Atravesando el crepitante sotobosque, los dos descendieron hasta la orilla del río donde podía verse un fino encaje formado por bancos de peces que salían corriendo en todas direcciones.

—El agua ya no puede vivir más —dijo Baloo uniéndose a ellos—. Mira al otro lado. Allí hay senderos semejantes a los caminos de los hombres.

En el suelo llano de la orilla más alejada la hierba tiesa había muerto en pie y, al morir, se había momificado. Las huellas de los ciervos y los jabalís que se dirigían al río habían pintado polvorientos surcos sobre la planicie incolora, atravesando la hierba de tres metros. Al ser muy temprano, cada una de las avenidas estaba invadida por los primeros que se precipitaban por llegar al agua. Se podía oír a las corzas y los cervatillos tosiendo en el polvo que, al levantarse, picaba como el rapé.

Corriente arriba, en la curva del río donde el agua apenas se movía alrededor de la Roca de la Paz, Guardiana de la Tregua del Agua, estaba Hathi, el elefante salvaje, acompañado por sus hijos. Demacrado y gris a la luz de la luna, Hathi se mecía de un lado a otro... siempre meciéndose. Un poco más abajo estaba la avanzadilla de los ciervos; debajo de ellos, de nuevo, los jabalís y los búfalos salvajes; en la orilla opuesta, donde los árboles altos llegan hasta el borde del agua, estaba el lugar separado para los Comedores de Carne: el tigre, los lobos, la pantera, el oso y los demás.

—Todos obedecemos una sola Ley, de eso no cabe duda —dijo Bagheera caminando lentamente en el agua y mirando las hileras de cuernos entrechocando y ojos estremecidos donde ciervos y jabalís se empujaban unos a otros—. Buena caza a todos los de mi propia sangre —añadió echándose cuan largo era, con un flanco sobresaliendo en el bajío. Entonces, entre dientes, dijo—: Si no fuera por la Ley, este sí sería un buen momento para cazar.

Las orejas bien abiertas de los ciervos captaron las últimas palabras y un murmullo recorrió las filas.

—¡La tregua! ¡Acuérdate de la tregua!

—¡Paz! ¡Haya paz! —borboteó Hathi, el elefante salvaje—. Bagheera. La tregua sigue vigente. No es momento para hablar de caza.

—¿Quién sino yo lo sabe sobradamente? —respondió Bagheera desviando los ojos río arriba—. No soy más que un comedor de tortugas... un pescador de ranas... ¡Puaj! Si de algo me sirviera masticar ramitas...

—Eso mismo deseamos *nosotros* —baló un cervatillo que había nacido esa primavera y no le gustaba nada haberlo hecho. A pesar de la miseria que sufrían los Habitantes de la Selva, incluso Hathi no pudo evitar soltar una risita, mientras que Mowgli, echado en el agua caliente apoyado sobre los codos, carcajeó bien alto e hizo espuma pateando con los pies.

—Bien dicho, pequeñuelo de cuernos nacientes —ronroneó Bagheera—. Cuando termine la Tregua esto lo recordaré a tu favor —y miró intensamente a través de la oscuridad para asegurarse de reconocer en el futuro al cervatillo.

Poco a poco, las conversaciones se extendieron arriba y abajo de los abrevaderos. Se podían oír las riñas y resoplidos de los jabalís pidiendo más sitio; a los búfalos gruñéndose entre sí al salir de los bancos de arena y a los ciervos relatando historias lastimeras de su deambular con las pezuñas doloridas en busca de comida. De vez en cuando hacían alguna pregunta a los Comedores de Carne que estaban al otro lado del río, pero todo eran malas noticias, y el viento tórrido de la Selva iba y venía rugiendo entre las rocas, agitando las ramas y esparciendo ramitas y polvo sobre el agua.

—Los hombres también mueren junto a sus arados —dijo un joven sambhur—. Desde el amanecer hasta esta noche, he pasado junto a tres. Yacen quietos y sus bueyes con ellos. Pronto también nosotros yaceremos quietos.

—El río ha bajado de nivel desde anoche —dijo Baloo—. Oh, Hathi, ¿has visto una sequía como esta?

—Pasará, pasará —dijo Hathi rociándose agua por el lomo y los flancos.

—Aquí tenemos a uno que no durará mucho —dijo Baloo, y miró al niño que amaba.

—¿Yo? —dijo indignado Mowgli, que se incorporó para quedarse sentado en el agua—. No tengo pelaje que cubra mis huesos, pero... pero si te quitaran a ti la piel, Baloo...

Hathi se estremeció solo de pensarlo y Baloo dijo muy serio:

—Cachorro de Hombre, no es muy decoroso hablarle así al Maestro de la Ley. *Nunca* se me ha visto sin mi pelaje.

—No, no. No quería ofenderte, Baloo. Solo quería decir que eres, por así decir, como el coco en la cáscara, y yo soy el mismo coco, todo desnudo. Esa cáscara marrón tuya... —Mowgli estaba sentado con las piernas cruzadas, contando cosas apuntando con el índice, como era su costumbre, cuando Bagheera levantó la pata (con las garras retraídas) y empujó al niño de espaldas dentro del agua.

—De mal en peor —dijo la Pantera Negra cuando el niño se puso en pie escupiendo agua—. Primero, que si Baloo tiene que ser despellejado, luego, que si es un coco. Ten cuidado de que no haga lo que suelen hacer los cocos maduros.

—¿Y qué es eso? —dijo Mowgli desprevenido por un instante, a pesar de que aquella era una de las bromas más antiguas de la selva.

—Romperte la cabeza —dijo Bagheera en voz baja mientras volvía a hundirle en el agua.

—No está bien reírse de tu profesor —dijo el oso cuando Mowgli fue sumergido por tercera vez.

—¿Que no está bien? ¿Qué quieres? Esa cosa desnuda corriendo de arriba abajo nos convierte en un chiste a los que antes éramos buenos cazadores, y encima nos tira de los bigotes por diversión. —El que hablaba era Shere Khan, el Tigre Cojo, que bajaba renqueando al agua. Se tomó un instante para disfrutar del pavor que provocó entre los ciervos que había en la orilla opuesta, y entonces bajó su cabeza cuadrada, erizada, y empezó a dar lametazos, gruñendo—: La Selva se ha convertido en el parvulario de cachorros desnudos. Mírame, cachorro de hombre.

Mowgli miró —más bien clavó la vista— tan insolentemente como pudo, y al poco tiempo Shere Khan apartó la mirada, incómodo.

—Que si cachorro de hombre por aquí, que si cachorro de hombre por allá —murmuró, y siguió bebiendo—. El cachorro no es ni hombre ni cachorro, o si no se habría asustado. La próxima temporada tendré que pedirle permiso para beber. ¡Grrrr!

—Puede que llegue a suceder —dijo Bagheera mirándole fijamente a los ojos—. Puede que llegue a suceder. ¡Puaj!, Shere Khan. ¿Qué nueva desgracia nos has traído?

El Tigre Cojo había metido el mentón y la mandíbula en el agua y de ambos partieron flotando corriente abajo unas manchas oscuras.

—¡Un hombre! —dijo fríamente Shere Khan—. He matado a uno hace una hora.

Y siguió ronroneando y gruñendo.

Las filas de animales temblaron, espantados, de un extremo a otro, y circuló un murmullo que se convirtió en grito:

—¡Un hombre! ¡Un hombre! ¡Ha matado un hombre!

Y todos miraron a Hathi, el elefante salvaje. Sin embargo, parecía que este no estaba escuchando. Hathi nunca hace nada hasta que llega el momento de hacerlo, y esta es una de las razones por las cuales ha vivido tanto.

—En un momento como este has matado un hombre. ¿No había otra cosa que pudieras cazar? —dijo Bagheera con desprecio, saliendo del agua mancillada, agitando cada una de sus garras al estilo de los gatos.

—He matado porque he querido, no por comer.

Los murmullos de terror comenzaron de nuevo y los atentos ojillos blancos de Hathi se volvieron hacia Shere Khan.

—Porque he querido —repitió arrastrando las palabras—. Ahora he venido a beber y limpiarme. ¿Me lo va a prohibir alguien?

El lomo de Bagheera empezó a curvarse como un bambú cuando sopla un viento fuerte, pero Hathi levantó la trompa y habló con voz grave.

—¿Has matado porque has querido? —preguntó, y cuando Hathi hace una pregunta lo mejor es responder.

—Así es. Era mi derecho y mi Noche. Tú lo sabes, oh, Hathi —Shere Khan habló casi con cortesía.

—Sí, lo sé —respondió Hathi, y después de unos momentos de silencio dijo—: ¿Has bebido suficiente?

—Por esta noche, sí.

—Entonces, vete. El río es para beber, no para desfilar. Nadie que no fuera el Tigre Cojo habría alardeado de su derecho en esta época, cuando todos sufrimos juntos. El Hombre y los Habitantes de la Selva son iguales. Limpio o sucio, vete a tu cubil, Shere Khan.

Las últimas palabras sonaron como trompetas de plata y los tres hijos de Hathi avanzaron un paso, aunque no hubo necesidad. Shere Khan se escabulló sin atreverse a gruñir porque sabía (lo que todo el mundo sabe) que cuando la cosa se pone seria, Hathi es el Amo de la Selva.

—¿Qué es ese derecho del que habla Shere Khan? —susurró Mowgli en el oído de Bagheera—. Matar a un hombre siempre es deshonroso. La Ley lo estipula. Y, sin embargo, Hathi dice...

—Pregúntaselo. No lo sé, Hermanito. Con derecho o sin derecho, si Hathi no hubiera dicho nada yo le habría dado una lección a ese carnicero cojo. Venir a la Roca de la Paz después de matar a un hombre y encima alardear de ello... Eso es típico de chacales. Además, ha ensuciado el agua.

Mowgli esperó un minuto para reunir coraje, porque nadie se dirigía a Hathi directamente, de modo que gritó:

—¿De qué derecho habla Shere Khan, oh, Hathi?

Las dos orillas se hicieron eco de sus palabras, pues todos los Habitantes de la Selva son extremadamente curiosos y acababan de ser testigos de algo que nadie parecía entender, excepto Baloo, que tenía un aire muy pensativo.

—Se trata de una historia muy antigua —dijo Hathi—, más antigua que la Selva misma. Vosotros, los de las orillas, callad y os la contaré.

Hubo un minuto o dos de empujones y cargas entre los jabalís y los búfalos, y entonces los líderes de las manadas gruñeron uno tras otro:

—Estamos esperando.

Hathi avanzó hasta la Roca de la Paz, donde el agua estancada le llegaba por las rodillas. A pesar de lo delgado y arrugado que estaba, y de sus colmillos amarillentos, su aspecto seguía siendo el de amo, algo que toda la Selva reconocía.

—Ya sabéis, hijos míos —empezó—, que lo que más teméis es al Hombre.

Hubo un murmullo de asentimiento.

—Este relato te afecta, Hermanito —le dijo Bagheera a Mowgli.

—¿A mí? Yo soy de la Manada, un cazador del Pueblo Libre —respondió Mowgli—. ¿Qué tengo yo que ver con los Hombres?

—¿Y sabéis por qué tememos al Hombre? —prosiguió Hathi—. Esta es la razón. En los primeros tiempos, y nadie sabe cuándo tuvieron lugar, nosotros, los de la Selva, caminábamos juntos sin temernos los unos a los otros. En esos días no había sequía, y las hojas y las flores y la fruta crecían en un mismo árbol, y no comíamos nada más que hojas y flores y hierba y fruta y corteza.

—Me alegro de no haber nacido en esos días —dijo Bagheera—. La corteza solo sirve para afilarse las uñas.

—Y el Señor de la Selva era Tha, el Primero de los Elefantes. Él sacó la Selva de las aguas profundas con su trompa, y allí donde hizo surcos en el suelo con sus colmillos corrieron los ríos; y allí donde golpeó con su pata surgieron estanques de agua potable; y cuando sopló con la trompa, así, los árboles cayeron. Así creó Tha la Selva; y así me contaron el relato.

—Pues el tiempo no ha hecho que pierda lustre —susurró Bagheera, y Mowgli se tuvo que tapar la boca para ahogar las risas.

—En aquellos días no había maíz, ni melones, ni pimienta, ni azúcar de caña, ni tampoco había pequeñas chozas como las que todos habéis visto. Y los Habitantes de la Selva no conocían al Hombre. Sin embargo, los primeros vivían todos juntos en la Selva, formando así un único pueblo. Pero entonces empezaron a pelearse por la comida, a pesar de haber pasto para todo el mundo. Eran perezosos. Cada uno quería comer allí donde se echaba, como hacemos ahora cuando en primavera las lluvias son propicias. Tha, el Primero de los Elefantes, estaba ocupado creando nuevas selvas y conduciendo los ríos a sus lechos. No podía estar en todas partes, por lo tanto nombró al Primero de los Tigres amo y juez de la Selva, a quien todos los Habitantes de la Selva debían consultar sus disputas. En aquellos días, el Primero de los Tigres comía fruta y hierba con los demás. Era tan grande como yo, y era muy bello, y su color era como el de las flores de las enredaderas amarillas. En aquellos días, cuando la Selva era nueva, su pelaje no tenía rayas. Todos los Habitantes de la Selva se presentaban ante él sin miedo, y su palabra era la Ley de toda la Selva. Entonces éramos, recordadlo, un único pueblo.

»Y, sin embargo, una noche hubo una disputa entre dos ciervos, una pelea como las que ahora se resuelven con cuernos y las patas delanteras, y cuentan que mientras los dos hablaban ante el Primero de los Tigres, que estaba echado entre las flores, uno de los ciervos lo empujó con los cuernos, y el Primero de los Tigres olvidó que él era el amo y el juez de la Selva y, saltando encima del ciervo, le partió el cuello.

»Hasta esa noche, ninguno de nosotros había muerto, y el Primero de los Tigres, viendo lo que había hecho, y perdiendo la cabeza por el olor de la sangre, escapó a las áreas pantanosas del norte, y nosotros, los de la Selva, abandonados sin juez, empezamos a pelear entre nosotros. Y Tha oyó el jaleo y regresó. Entonces, algunos de nosotros dijimos esto y otros, aquello, pero él vio el ciervo muerto entre las flores y preguntó quién lo había matado, y nosotros, los de la Selva, no lo queríamos decir porque el olor de la sangre nos había hecho perder la cabeza. Corrimos de aquí para allá en círculos, brincando y gritando y negando con la cabeza. Entonces Tha ordenó a los árboles de ramas bajas y a las enredaderas de la Selva que marcaran al asesino del ciervo para que él lo reconociera de nuevo, y dijo: «¿Quién será ahora el amo, Habitantes de la Selva?». Entonces saltó el Mono Gris, que vive en las ramas, y dijo: «Yo seré ahora el amo de la Selva». Al oírlo, Tha soltó una carcajada y dijo: «Que así sea». Y se fue muy enfadado.

»Hijos míos, ya conocéis al Mono Gris. Entonces era igual que ahora. Al principio, se presentó como alguien sabio, pero al poco tiempo empezó a rascarse y saltar arriba y abajo, y cuando Tha regresó, vio al Mono Gris con la cabeza colgando de una rama, burlándose de aquellos que había abajo; y ellos, a su vez, se burlaban de él. De modo que no había Ley de la Selva, solo conversaciones estúpidas y palabras sin sentido.

»Entonces, Tha nos reunió a todos y dijo: "El primer amo os trajo la Muerte a la Selva, y el segundo, la Vergüenza. Ahora ha llegado el momento de que haya una Ley, una Ley que debéis cumplir. Ahora conoceréis el Miedo, y cuando lo hayáis descubierto, sabréis que será vuestro amo, y el resto vendrá por sí solo". Entonces, nosotros los de la Selva dijimos: "¿Qué es el miedo?". Y Tha dijo: "Buscadlo y lo encontraréis". De modo que fuimos de un lado a otro de la Selva buscando el Miedo, y entonces, los búfalos...

—Uf—dijo Mysa, líder de los búfalos, desde el banco de arena.

—Sí, Mysa, fueron los búfalos. Regresaron con la noticia de que, en una cueva, en la Selva, estaba el Miedo, y que no tenía pelo, y que andaba sobre sus cuartos traseros. Entonces, nosotros los de la Selva seguimos al rebaño hasta llegar a la cueva, y en la entrada estaba el Miedo, y era como lo habían descrito los búfalos, sin pelo, y caminaba sobre sus patas traseras. Cuando nos vio gritó, y su voz nos llenó del miedo que tenemos ahora cuando oímos esa voz, y salimos corriendo, pisoteándonos y desgarrándonos porque estábamos asustados. Esa noche, así me lo han contado, nosotros los de la Selva no nos echamos a dormir juntos como era nuestra costumbre, sino que cada tribu se retiró por separado, el jabalí con el jabalí, el ciervo con el ciervo, los cuernos con los cuernos, las pezuñas con las pezuñas, todos se juntaron con sus iguales, echados en el suelo, temblando, en la Selva.

»Solo el Primero de los Tigres no estuvo con nosotros, pues seguía escondido en los pantanos del norte, y cuando le llegaron voces de la cosa que habíamos visto en la cueva dijo: «Voy a ver a esa cosa y romperle el cuello». Así, corrió toda la noche hasta que llegó a la cueva, pero los árboles y las enredaderas por el camino, recordando la orden dada por Tha, bajaron sus ramas y lo marcaron mientras corría, dibujando con sus dedos el lomo, los flancos, la frente y la mandíbula. Dondequiera que lo tocaban, dejaban una marca y una raya sobre su pelaje amarillo. ¡Y hasta hoy lucen estas rayas sus hijos! Cuando llegó a la cueva, el Miedo, el Que No Tiene Pelo, sacó su mano y le llamó «El de rayas que sale por la noche», y el Primero de los Tigres tuvo miedo del Que No Tiene Pelo y corrió aullando de vuelta a los pantanos.

Mowgli soltó una risa ahogada, hundiendo el mentón en el agua.

—Tan fuerte fue su aullido que Tha lo oyó y dijo: «¿Por qué tanta pena?». Y el Primero de los Tigres, levantando su hocico hacia el cielo recién creado y que ahora es tan viejo, dijo: «Devuélveme mi poder, oh, Tha. He sido avergonzado delante de toda la Selva y he escapado de uno Que No Tiene Pelo, y me ha dado un nombre infame». «¿Y por qué?», dijo Tha. «Porque he sido untado con el lodo de los pantanos», dijo el Primero de los Tigres. «Entonces, nada, revuélcate en la hierba húmeda, y si es lodo se limpiará», dijo Tha. Y el Primero de los Tigres nadó y se revolcó y restregó en la hierba hasta que la Selva empezó a dar vueltas delante de sus ojos, pero ni una sola raya en todo su pelaje cambió, y Tha, mirándolo, rio. Entonces, el Primero de los Tigres dijo: «¿Qué he hecho para que me pase esto?». Tha dijo: «Has matado

179

a un ciervo y has liberado a la Muerte por la Selva, y con la Muerte llega el Miedo, de modo que los Habitantes de la Selva tienen miedo los unos de los otros, como tú tienes miedo del Que No Tiene Pelo». El Primero de los Tigres dijo: «Nunca me tendrán miedo porque los conozco desde el principio». Tha dijo: «Ve y mira». Y el Primero de los Tigres corrió de un extremo al otro, llamando en voz alta a los ciervos y los jabalís y los sambhur y los puercoespines y a todos los Habitantes de la Selva, y ellos se alejaron de él corriendo, él, que había sido su juez, pues le tenían miedo.

»Entonces, el Primero de los Tigres regresó y dentro de él su orgullo se había partido en mil pedazos, y dándose golpes con la cabeza en el suelo levantó la tierra con sus cuatro patas y dijo: «Recuerda que una vez fui el Amo de la Selva. No me olvides, oh, Tha. Haz que mis hijos recuerden que una vez no tuve ni vergüenza ni miedo». Y Tha dijo: «Eso haré porque tú y yo vimos juntos cómo se formó la Selva. Durante una noche, todos los años, será como antes de que mataras al ciervo, tanto para ti como para tus hijos. En esa noche, si os cruzáis con el Que No Tiene Pelo —su nombre es Hombre— no tendréis miedo de él, y él tendrá miedo de vosotros, como si fuerais jueces de la Selva y amos de todas las cosas. En esa noche de su miedo, tened compasión de él, porque vosotros también habéis conocido el Miedo».

»Entonces, el Primero de los Tigres respondió: "Me siento satisfecho". Pero al ir a beber vio las rayas negras en sus flancos y recordó el nombre que el Que No Tiene Pelo le había dado y se enfadó. Durante un año vivió en los lodazales, esperando que Tha cumpliera su promesa. Y cuando una noche en que el Chacal de la Luna (Venus) fue claramente visible en la Selva, sintió que su Noche estaba al caer, y se dirigió a la cueva para encontrarse con el Que No Tiene Pelo. Entonces ocurrió lo que Tha había prometido, porque el Que No Tiene Pelo cayó delante de él y se echó en el suelo, y el Primero de los Tigres le dio un zarpazo y le rompió la espalda, pues pensó que solo había una cosa así en toda la Selva y que había matado al Miedo. Entonces, fisgoneando por encima de la presa que acababa de matar, oyó venir a Tha de los bosques del norte, y entonces la voz del Primero de los Elefantes, que es la voz que oímos ahora...

Un trueno discurrió por las agostadas montañas, de un extremo a otro, pero no trajo consigo la lluvia, tan solo relámpagos que titilaron sobre las crestas. Hathi prosiguió:

—*Esa* fue la voz que oyó, y esta dijo: «¿Es esa tu clemencia?"». El Primero de los Tigres se relamió y dijo: "¿Qué más da? He matado al Miedo". Y Tha dijo: "¡Qué ciego y estúpido! Has liberado a la Muerte y esta te seguirá el rastro hasta que mueras. ¡Acabas de enseñar al Hombre a matar!".

»El Primero de los Tigres, de pie y erguido junto a su pieza, dijo: "Es igual que aquel ciervo. No existe el Miedo. Ahora volveré a juzgar a los Habitantes de la Selva".

»Y Tha dijo: "Nunca más irán a ti los Habitantes de la Selva. Nunca más se cruzarán en tu camino, ni dormirán cerca de ti, ni te seguirán, ni echarán una ojeada por tu guarida. Solo el Miedo te seguirá, y con un golpe que no podrás ver te exigirá servir a su voluntad. El Miedo hará que el suelo se abra bajo tus pies y que las plantas trepadoras se enreden alrededor de tu cuello, y que los troncos de los árboles crezcan juntos alrededor de ti más altos de lo que seas capaz de saltar y, finalmente, tomará tu piel para envolver a sus crías cuando tengan frío. No le has mostrado clemencia y nadie te la mostrará a ti".

»El Primero de los Tigres se sentía muy audaz, pues su Noche seguía en él, y dijo: "La Promesa de Tha es la Promesa de Tha. ¿No me arrebatarás a mi Noche?". Y Tha dijo: "Esta única Noche es tuya, como he dicho, pero pagarás un precio. Has enseñado al Hombre a matar y él aprende rápido".

»El Primero de los Tigres dijo: "Está aquí, bajo mis garras, y tiene la espalda rota. Haz que la Selva se entere de que he matado al Miedo".

»Entonces, Tha se rio y dijo: "Has matado a uno de muchos, pero tú mismo se lo dirás a toda la Selva, porque tu Noche ha terminado".

»De modo que amaneció, y otro de los Que No Tienen Pelo salió de la boca de la cueva y vio a la presa en el sendero y al Primero de los Tigres encima, y tomó un palo afilado...

—Ahora lanzan una cosa que corta —dijo Ikki chasqueando sus púas junto a la orilla, pues conocía la excelente hachita gondi (los gondi[37]

---

37 Antigua tribu de la India Central, de la etnia drávida.

consideran a Ikki un manjar, a quien llaman *Ho-Igoo*) que da vueltas cruzando un claro como si fuera una libélula.

—Era un palo afilado, como los que ponen al pie de un hoyo-trampa —dijo Hathi—, y lo lanzó y lo clavó profundamente en el flanco del Primero de los Tigres. Y sucedió lo que había dicho Tha, y el Primero de los Tigres corrió aullando de un extremo al otro de la Selva hasta que se arrancó el palo y toda la Selva supo que el Que No Tiene Pelo podía atacar a distancia, y tuvieron más miedo que nunca. Y así fue como el Primero de los Tigres enseñó al Que No Tiene Pelo a cazar (y ya sabéis lo mal que nos ha ido desde entonces a todos nosotros). A cazar con soga, con un hoyo-trampa, con una trampa escondida, con el palo volador y con la mosca aguijoneadora que sale del humo blanco. [Hathi se refería al rifle.] Y también la Flor Roja [el fuego] que nos empuja a campo abierto. Y, sin embargo, una noche al año el Que No Tiene Pelo teme al Tigre, tal como prometió Tha, y el Tigre nunca le ha dado motivos para no temerle. Allí donde lo encuentra lo mata, y recuerda cómo el Primero de los Tigres fue humillado. En cuanto al resto, el Miedo circula por toda la Selva día y noche.

—¡Ahiiii! ¡Aoo! —dijo el ciervo pensando en todo lo que esto significaba para ellos.

—Y solo cuando el Miedo sobrecoge a todos, como ahora, podemos todos los Habitantes de la Selva dejar a un lado nuestros miedos menores y reunirnos en un mismo sitio como hacemos ahora.

—¿Durante solo una noche el Hombre teme al Tigre? —dijo Mowgli.

—Durante solo una noche —dijo Hathi.

—Pero yo... pero nosotros... pero toda la Selva sabe que Shere Khan mata al Hombre dos y tres veces a lo largo de una sola luna.

—Incluso así, cuando lo hace salta por detrás y vuelve la cabeza al atacar, porque tiene mucho miedo. Si el Hombre lo mirara saldría corriendo. Pero en su Noche se dirige directamente a la aldea, deambula entre las casas y empuja las puertas con su cabeza, y los hombres caen de cara. Entonces mata. Solo una presa. En esa Noche.

—Oh —murmuró Mowgli mientras daba vueltas en el agua—. Ahora entiendo por qué Shere Khan me pidió que lo mirara. Pero no le sirvió, porque no fue capaz de sostenerme la mirada y... y está claro que yo no caí a sus pies. Pero, sin duda, yo no soy un hombre, soy del Pueblo Libre.

—Um —dijo Bagheera desde lo más profundo de su peluda garganta—. ¿Sabe el Tigre cuál es su noche?

—Nunca hasta que el Chacal de la Luna aparece entre la neblina crepuscular. A veces la Noche del Tigre ocurre durante el verano seco, y otras cuando llueve. Si no fuera por el Primero de los Tigres esto nunca habría sucedido, y nosotros nunca habríamos conocido el miedo.

El ciervo gruñó afligido y los labios de Bagheera se curvaron formando una sonrisa malvada.

—¿Conocen los hombres este relato? —dijo.

—Nadie lo conoce excepto los tigres y nosotros, los elefantes, los hijos de Tha. Ahora vosotros, todos los que estáis en el estanque, lo habéis oído. He hablado.

Hathi metió la trompa en el agua para indicar que ya no deseaba decir nada más.

—Pero... pero... pero... —dijo Mowgli volviéndose hacia Baloo—, ¿por qué no continuó el Primero de los Tigres comiendo hierba y hojas y árboles? Solo le rompió el cuello a un ciervo. No se lo comió. ¿Qué lo llevó a comer carne fresca?

—Los árboles y las plantas trepadoras lo marcaron, Hermanito, y lo dejaron rayado, tal como lo vemos ahora. Nunca más comió su fruto, pero desde aquel día se vengó en los ciervos y los otros Comedores de Hierba —dijo Baloo.

—Entonces, tú conocías la historia, ¿verdad? ¿Por qué no la había oído nunca?

—Porque la Selva está llena de historias así. Si empezara a contarlas nunca acabaría. Suéltame la oreja, Hermanito.

LA LEY DE LA SELVA

Para daros una idea de la inmensa variedad de Leyes de la Selva, he traducido en verso (Baloo siempre las recita canturreando) unas cuantas leyes aplicables a los lobos. Por supuesto, hay cientos y cientos más, pero estas sirven como muestra de las normas más sencillas.

Esta es la Ley de la Selva, antigua y verdadera como el cielo;
y el Lobo que la acate prosperará,
pero el Lobo que la quebrante deberá morir.

Como la planta trepadora que se ciñe al tronco del árbol,
la Ley avanza y retrocede, pues la fuerza de la Manada es el Lobo,
y la fuerza del Lobo es la Manada.

Lávate a diario desde la punta del hocico a la punta de la cola;
bebe mucho, mas nunca en exceso;
recuerda que la noche es para cazar,
y no olvides que el día es para dormir.

El Chacal puede seguir al Tigre, pero, Cachorro,
cuando los bigotes te hayan crecido,
recuerda que el Lobo es cazador,
y sal en busca de tu propia comida.

Mantén la paz con los Señores de la Selva:
el Tigre, la Pantera, el Oso;
y no molestes a Hathi, el Silencioso,
ni te burles del Jabalí en su guarida.

Cuando dos Manadas se encuentran en la Selva
y ninguna se aparta del sendero,
échate hasta que los líderes hayan hablado,
y las palabras justas prevalecerán.

Cuando pelees con un Lobo de la Manada,
pelea solo con él, y lejos,
no sea que otros participen en la refriega,
y la Manada se vea reducida por el enfrentamiento.

El cubil del Lobo es su refugio
y donde este ha establecido su hogar.
Ni siquiera el jefe de la Manada puede entrar,
ni siquiera el Consejo puede acercarse.

El cubil del Lobo es su refugio,
pero si donde lo ha cavado está demasiado expuesto,
el Consejo le mandará un mensaje
y él lo cambiará de lugar.

Si matas antes de medianoche, no hagas ruido,
y no despiertes a los bosques con tu aullido,
no sea que a los ciervos asustes en los campos de cultivo,
y los hermanos regresen con las manos vacías.

Puedes matar para ti, tu pareja y tus cachorros
cuando ellos lo necesiten... y tú puedas;
pero no mates por el placer de matar,
y siete veces nunca mates al Hombre.

Si le quitas su Presa a alguien más débil,
no lo devores todo por orgullo;
el Derecho de la Manada es el derecho del más cruel;
así que déjale la cabeza y el pellejo.

La Presa de la Manada es la carne de la Manada.
Debes comer donde la matéis;
y nadie puede llevarse esa carne a su cubil
o morirá.

La Presa del Lobo es la carne del Lobo.
Puede hacer con ella lo que quiera.
Mas, hasta que él no dé permiso,
la Manada no podrá comer de ella.

El Derecho del Cachorro es el derecho del Lobezno.
A toda la Manada él puede pedir
atiborrarse cuando el cazador ya ha comido;
y nadie puede rechazarle lo mismo.

El Derecho del Cubil es el derecho de la Madre.
A todos los de su año ella puede pedir
un cuarto trasero de cada pieza para su camada,
y nadie puede rechazarle lo mismo.

El Derecho de la Cueva es el derecho del Padre,
el de cazar solo para los suyos.
Está libre de la llamada de la Manada;
solo el Consejo puede juzgarle.

Por su edad y su astucia,
por su agarre y su garra,
respecto a todo lo que la Ley ha dejado sin decir,
la palabra del Jefe es la Ley.

Estas son las Leyes de la Selva,
y muchas y poderosas son;
Pero la cabeza y la pezuña y el cuarto trasero y la joroba de la Ley es:
¡obedece!

El milagro de Purun Bhagat

La noche que creímos que la tierra se desmoronaría,
nos acercamos a hurtadillas y le agarramos de la mano,
pues le amábamos con el amor
que sabe, mas no comprende.

Y cuando la ladera se quebró con un rugido
y todo nuestro mundo se derrumbó bajo la lluvia,
le salvamos nosotros, los Pequeños.
¡Pero sabed! Él no va a volver.

Lloradle ahora. Le salvamos por
el amor humilde de los que somos silvestres.
¡Lloradle ahora! Nuestro hermano no despertará.
¡Y nos ahuyentan los de su propia sangre!
CANTO DE LOS LANGURES

Hubo una vez en la India un hombre que llegó a primer ministro de uno de los Estados semiindependientes de la región noroeste del país. Era brahmán, y de una casta tan alta que el término «casta» había dejado de tener significado para él; y su padre había sido un funcionario importante en la animada chusma que constituía una anticuada Corte Hindú. Pero a medida que Purun Dass creció, sintió que el antiguo orden de cosas estaba cambiando, y que, si cualquiera quería hallar su lugar en el mundo, debía mantener buenas relaciones con los ingleses e imitar todo lo que ellos creyeran que era bueno. Al mismo tiempo, un funcionario nativo debe preservar el amparo de su propio amo. Esta era una empresa difícil, pero el joven, tranquilo y silencioso brahmán, con ayuda de una buena educación inglesa obtenida en la Universidad de Bombay, se esforzó por aparentar impasibilidad y fue ascendiendo en la jerarquía, paso a paso, hasta llegar a primer ministro del reino. Es decir, tenía un poder real mayor que el de su propio amo, el maharajá.

Cuando el viejo rey (que desconfiaba de los ingleses, sus trenes y telégrafos) murió, Purun Dass permaneció en lo alto junto a su joven sucesor, que había recibido su educación de un instructor inglés; y, entre ambos, a pesar de que él siempre se aseguró de que su amo se atribuyera el mérito, establecieron escuelas para niñas, construyeron carreteras e inauguraron dispensarios estatales y exposiciones de herramientas para la agricultura y publicaron todos los años un libro azul sobre el «Progreso moral y material del Estado», y el Ministerio de Relaciones Exteriores y el Gobierno de la India estaban encantados. Muy pocos estados nativos aceptan el progreso inglés, porque no creen, como demostró creer Purun Dass, que lo que era bueno para los ingleses debe ser doblemente bueno para los asiáticos. El primer ministro se convirtió en amigo respetado de virreyes, gobernadores y tenientes gobernadores, de misioneros médicos y misioneros ordinarios, y de agresivos funcionarios ingleses que venían a cazar en los dominios estatales, así como toda una multitud de turistas que viajaban de un extremo al otro de la India durante los meses fríos sugiriendo cómo debía gestionarse todo. En su tiempo libre, otorgaba becas para el estudio de la medicina y la manufactura con una orientación estrictamente inglesa y escribía cartas al *Pioneer,* el diario más importante de la India, explicando las aspiraciones y objetivos de su amo.

Por fin visitó Inglaterra y, al regresar, tuvo que pagar enormes sumas a los sacerdotes, pues incluso un brahmán de una casta tan alta como Purun Dass perdía casta al cruzar el mar negro. En Londres conoció y habló con todo el que valía la pena conocer (hombres cuyos nombres circulan por todo el mundo) y vio mucho más de lo que dijo. Se le otorgaron títulos honorarios de doctas universidades, pronunció discursos y habló de reformas sociales hindús a damas inglesas en traje de noche hasta que todo Londres manifestó: «Este es el hombre más fascinante que hemos conocido en una cena desde que se empezó a usar mantel».

Cuando regresó a la India hubo un resplandor de gloria, pues el mismísimo virrey hizo una visita especial para concederle al maharajá la Orden de la Estrella de la India, toda diamantes y lazos y esmalte; y en la misma ceremonia, mientras los cañones resonaban, Purun Dass fue condecorado Caballero Comendador de la Orden del Imperio Indio, de modo que su nombre pasó a ser sir Purun Dass, K. C. I. E.[38]

Esa noche, durante la cena en la tienda virreinal, se puso en pie con la insignia y el collar de la Orden sobre el pecho y, en respuesta al brindis a la salud de su amo, pronunció un discurso que pocos ingleses habrían superado.

El mes siguiente, cuando la ciudad hubo regresado a su abrasadora tranquilidad, el Primer Ministro hizo algo que ningún inglés habría siquiera soñado con hacer, pues, en lo que a asuntos mundanos se refiere, Purun Dass dejó de existir. La orden enjoyada de su título de caballero fue devuelta al gobierno indio y un nuevo primer ministro fue nombrado para ocuparse de los asuntos. Así comenzó una gran partida del juego de las sillas en todos los nombramientos de los subalternos. Los sacerdotes supieron lo que había ocurrido y el pueblo lo imaginó, pero la India es el único lugar del mundo donde un hombre puede hacer lo que le plazca y nadie se pregunta las razones, y el hecho de que el *diwan*[39] sir Purun Dass, K. C. I. E. hubiera renunciado a cargo, palacio y poder, y hubiera aceptado el cuenco de limosnas y el traje color ocre de un *sannyasin,* de un santón, no fue considerado extraordinario. Tal como recomienda la Ley Antigua, había sido joven durante veinte años, un luchador durante veinte años más (aunque en su vida había llevado un arma) y cabeza de su familia durante otros veinte. Había utilizado su riqueza y su poder para lo que sabía que ambas cosas podían proporcionar; había aceptado honores cuando le habían llegado; había

---

38 Las iniciales correspondientes a la orden de Knight Commander of the Order of the Indian Empire.
39 Ministro principal de un estado indio.

visto hombres y ciudades lejanas y cercanas; y hombres y ciudades se habían puesto en pie ante él y le habían distinguido con honores. Ahora abandonaría todas esas cosas como quien abandona un abrigo que ya no necesita.

Al cruzar en solitario las puertas de la ciudad, con una piel de antílope y una muleta con una empuñadura de latón bajo el brazo, en la mano un cuenco de limosnas hecho con una cáscara de coco marrón pulida, y con los ojos clavados en el suelo, sonaron detrás de él las salvas disparadas desde los baluartes en honor a su feliz sucesor. Purun Dass asintió. Toda aquella vida había concluido; y no sintió ni animadversión ni benevolencia, como durante la noche no las siente un hombre hacia un sueño estéril. Era un *sannyasin*, un mendigo sin hogar, errante, que dependía de sus vecinos para el pan diario; y mientras haya un bocado que compartir en la India, ningún sacerdote ni mendigo pasa hambre. En su vida había probado la carne y apenas había comido pescado. Un billete de cinco libras habría cubierto su gasto personal en comida a lo largo de cualquiera de los muchos años en que había sido el amo absoluto de millones. Incluso cuando era idolatrado en Londres, nunca había perdido de vista su sueño de paz y tranquilidad: el largo y polvoriento camino blanco de la India, estampado de pies desnudos, su tráfico incesante y de lento avance, y, al anochecer, el humo de madera de olor intenso ascendiendo en bucles bajo las higueras, donde los caminantes se sientan a cenar.

Cuando llegó el momento de hacer realidad ese sueño, el primer ministro tomó las medidas adecuadas y, a los tres días, habría sido más fácil hallar una burbuja en el fondo del mar Atlántico que distinguir a Purun entre los millones de personas errantes que constantemente se congregaban y separaban entonces en la India.

Por la noche extendía la piel de antílope allá donde le encontrase la oscuridad, a veces en un monasterio *sannyasin* junto a la carretera, otras junto a un altar dedicado a Kala Pir en forma de columna de lodo, donde los yoguis, otra vaga división de santones, le recibían como reciben a aquellos que conocen la importancia de las castas y divisiones; a veces en las afueras de una pequeña aldea hindú, donde los niños aparecían con comida preparada por sus padres; y a veces en la ladera de baldíos terrenos de pastoreo, donde las llamas de su hoguera despertaban a los camellos somnolientos. Cualquier sitio le servía a Purun Dass o, mejor dicho, a Purun Bhagat, pues así se llamaba ahora. La tierra, la gente y la comida eran un todo. Pero, inconscientemente, sus pies le conducían hacia el norte y hacia el este; desde el sur a Rohtak; desde Rohtak hacia Kurnool; desde Kurnool hacia Samanah en ruinas, y luego río arriba a lo largo del lecho del Gugger, que solo se llena cuando llueve en las montañas, hasta que un día vio a lo lejos el perfil de la cordillera del Himalaya.

Entonces Purun Bhagat sonrió, pues recordó que su madre era de casta brahmán y rajput, de Kullu, una mujer de las montañas que siempre añoró la nieve. Y recordó también que un hombre con una sola gota de sangre de las montañas es atraído al final de vuelta al lugar al que pertenece.

—Allí —dijo Purun Bhagat ascendiendo las laderas inferiores de las montañas Siwalik, donde los cactus se alzan como candelabros de siete brazos—, allí me detendré y adquiriré conocimiento.

Y el viento frío del Himalaya sopló alrededor de sus orejas cuando pisó el camino que conduce a Simla.[40]

La última vez que había pasado por allí, escoltado estrepitosamente por la caballería, había sido por cuestiones oficiales para visitar al más amable y afable de los virreyes, y los dos habían hablado durante una hora de amigos comunes en Londres y acerca de lo que el pueblo indio opina realmente de las cosas. Esta vez Purun Bhagat no hizo visitas, pero se apoyó en la barandilla del bulevar para mirar desde lo alto la gloriosa vista de la llanura que se extendía a lo largo y ancho de cuarenta millas, hasta que un policía mahometano le dijo que estaba bloqueando el tráfico y Purun Bhagat hizo una zalema reverente ante la Ley, pues conocía su valor y él mismo iba en busca de su propia Ley. Entonces prosiguió su camino y esa noche durmió en una chabola vacía de Chota Simla,[41] que puede parecer el fin del mundo, pero era tan solo el comienzo de su viaje.

Continuó por el camino que conduce del Himalaya al Tíbet, aquella pequeña pista de tres metros construida a base de volar la piedra o que se

---

40 Durante la administración británica, Simla era la capital de la India en los meses de verano.

41 Barrio nativo de la ciudad de Simla.

sostiene mediante troncos sobre abismos de trescientos metros de profundidad; que o bien se hunde en valles cálidos, húmedos y cerrados, y trepa por rellanos desnudos y herbosos donde el sol pica como bajo una lupa, o bien se adentra en bosques mojados y oscuros donde los helechos visten los troncos de la cabeza a los pies y donde el faisán llama a su pareja. Y se encontró a pastores tibetanos con sus perros y rebaños de ovejas, cada una de ellas con una pequeña bolsita de bórax a la espalda; y a taladores ambulantes y Lamas del Tíbet envueltos en capas y cobijas que venían a la India en peregrinación; y a enviados especiales de pequeños y solitarios estados de las montañas montando furiosamente a lomos de ponis con bandas o manchas de color; o la procesión de un rajá que hacía una visita; o bien, durante un largo día soleado, no divisaba más que un oso negro gruñendo u hozando valle abajo. Cuando comenzó su viaje, el rugido del mundo que había dejado atrás siguió sonando en sus oídos como el rugido de un túnel sigue sonando mucho después de que el tren haya pasado por él, pero cuando hubo dejado atrás el puerto de montaña de Mutteeanee, ese ruido desapareció y Purun Bhagat se encontró caminando solo, dejándose sorprender y meditando con los ojos fijos en el suelo y sus pensamientos en las nubes.

Una noche cruzó el puerto de montaña más alto que hubiera visto hasta entonces —necesitó dos días para atravesarlo— y emergió ante una hilera de picos nevados que ocupaban todo el horizonte, montañas de alturas que abarcaban entre cinco y seis mil metros, que parecían estar tan cerca como para alcanzarlas arrojando una piedra a pesar de encontrarse a ochenta o cien kilómetros de distancia. El puerto estaba rematado por un bosque espeso y oscuro compuesto de cedros deodara, nogales, cerezos, árboles del paraíso y perales, pero sobre todo cedros deodara, que no son otra cosa que los cedros del Himalaya. Y a la sombra de esos cedros había un santuario dedicado a Kali,[42] que es Durga, que es Sitala, a la que a veces se venera para protegerse contra la viruela.

Purun Dass barrió el suelo de piedra, devolvió la sonrisa a la estatua sonriente, construyó con lodo un pequeño hogar en el fondo del santuario,

---

42 Diosa de la muerte y de la destrucción.

desplegó su piel de antílope sobre un lecho de agujas de pino recién caídas, se colocó el *bairagi* (la muleta con la empuñadura de latón) en el sobaco y se echó a descansar.

Justo debajo, la ladera caía unos quinientos metros, limpia y desnuda, y en el extremo había una pequeña aldea de casas de piedra y tejados de tapial que se aferraba a la pendiente empinada. Alrededor, los campos dispuestos en terrazas parecían delantales de *patchwork* sobre la falda de la montaña, y vacas no más grandes que escarabajos pastaban entre los círculos de piedras lisas de las eras. Al otro lado del valle, el tamaño de las cosas resultaba engañoso y al principio uno no se daba cuenta de que lo que a primera vista parecían matorrales en el flanco opuesto de la montaña era en realidad un bosque de pinos de tres metros. Purun Bhagat vio un águila cruzar veloz a través del gigantesco vacío, pero el ave majestuosa se había convertido en un punto antes de llegar siquiera a medio camino. Grupos de nubes dispersas flotaban por todo el valle, y algunas quedaban atrapadas en el rellano de las montañas y otras subían y desaparecían cuando llegaban a la altura del puerto.

—Aquí encontraré paz —dijo Purun Bhagat.

Es sabido que a un montañés no le cuesta nada subir o bajar treinta metros, así que en cuanto los aldeanos vieron humo en el santuario abandonado el sacerdote del pueblo subió las terrazas que forman la ladera para dar la bienvenida al fuereño.

Cuando el sacerdote vio los ojos de Purun Bhagat, los ojos de un hombre acostumbrado a controlar a miles, se inclinó hasta el suelo, cogió el cuenco de limosnas sin decir palabra y regresó a la aldea diciendo:

—Por fin tenemos un santón. Nunca había visto a un hombre así. Viene del llano, pero es pálido, un brahmán de los brahmanes.

Entonces todas las vecinas de la aldea dijeron:

—¿Crees que se quedará con nosotros?

Y todas se esforzaron por preparar la comida más sabrosa para el Bhagat.[43] La comida de las montañas es muy sencilla, pero con algo de trigo sarraceno y maíz indio, arroz y pimiento rojo, un poco de pescado del río

---

43 Bhagat significa hombre devoto.

del valle, miel de panales como chimeneas encajados en paredes de piedra, orejones y cúrcuma, jengibre silvestre y tortas de harina, una mujer devota puede preparar algo bueno, y así, el sacerdote le llevó un cuenco rebosante al Bhagat. ¿Iba a quedarse?, preguntó el sacerdote. ¿Iba a necesitar un *chela*, un discípulo, que mendigue por él? ¿Tenía una manta para el frío? ¿Estaba buena la comida?

Purun Bhagat comió y dio las gracias al sacerdote. Tenía en mente quedarse. El sacerdote dijo que eso era suficiente, que dejara el cuenco de limosnas fuera del santuario, en el hueco formado por esas dos raíces torcidas, y el Bhagat sería alimentado a diario, porque la aldea consideraría un honor que un hombre como él —miró con timidez al Bhagat a la cara— decidiera quedarse con ellos.

Ese día fue el que marcó el fin de las andanzas de Purun Bhagat. Había llegado al sitio que le había sido designado específicamente: el silencio y el espacio. Después, el tiempo se detuvo y él, sentado delante de la entrada al santuario, no supo decir si estaba vivo o muerto, si era un hombre con el control de sus miembros o bien formaba parte de las montañas y las nubes y la lluvia cambiante y la luz del sol. Repetía en voz baja un nombre cientos de veces hasta que con cada repetición parecía alejarse cada vez más de su cuerpo, subiendo con majestuosidad ante las puertas de un enorme descubrimiento; pero justo cuando las puertas se estaban abriendo su cuerpo le arrastraba de vuelta y, afligido, sentía que volvía a estar atrapado en la carne y huesos de Purun Bhagat.

Todas las mañanas, el cuenco lleno era depositado en silencio en el soporte de raíces situado fuera del santuario. A veces lo traía el sacerdote; otras, un comerciante de Ladakh[44] que se alojaba en la aldea, ansioso por obtener méritos, subía arduamente por el sendero; pero, las más veces, era la mujer que había preparado la comida la noche anterior la que la subía y solía murmurar, con apenas un susurro:

—Habla por mí ante los dioses, Bhagat. Habla por fulanita, la esposa de fulanito.

---

44 Distrito montañoso de Cachemira, a 160 kilómetros al norte de Simla.

De vez en cuando a algún niño audaz le era concedido el honor, y Purun Bhagat le oía dejar el cuenco y salir corriendo tan rápidamente como lo llevaran sus piernas. Sin embargo, el Bhagat nunca bajaba a la aldea. Esta estaba dispuesta como un mapa a sus pies. Podía ver todas las reuniones que se celebraban al atardecer en las eras porque eran los únicos terrenos llanos; podía ver el maravilloso verde sin nombre del arroz joven, el azul índigo del maíz indio, las parcelas parecidas a muelles donde se plantaba el trigo sarraceno y, cuando era la temporada, las flores rojas del amaranto, cuyas diminutas semillas, sin ser grano ni legumbre, constituyen un alimento que puede ser consumido de forma lícita por los hindús en época de ayuno.

Cuando cambió la estación, los tejados de las casas se convirtieron en pequeños cuadrados del oro más puro, puesto que era en los tejados donde disponían las mazorcas de maíz para secar. El cuidado de las colmenas y la cosecha, la recolección del arroz y el descascarillado, todo sucedía ante sus ojos, todo bordado allí abajo en las poliédricas parcelas de terreno, y pensó en todas ellas y se preguntó adónde conduciría todo ello.

Incluso en las zonas más pobladas de la India un hombre no puede permanecer quieto sin que las fieras le arrollen como si fuera una roca; y en ese entorno salvaje, las fieras, que conocían bien el santuario de Kali, regresaron para observar al intruso. Los langures, esos monos del Himalaya de bigotes grises, fueron los primeros, como es natural, puesto que son muy curiosos. Y cuando hubieron volcado el cuenco de limosnas, y lo hicieron rodar por el suelo e intentaron morder la muleta con la empuñadura de latón, y le hicieron muecas a la piel de antílope, decidieron que el ser humano que estaba sentado tan quieto era inofensivo. Al atardecer, bajaban de un salto de los pinos y le pedían con las manos cosas para comer, y luego se alejaban dando un salto de elegante curvatura. También les gustaba el calor del fuego y se apiñaban alrededor haciendo que Purun Bhagat tuviera que empujarlos a un lado para añadir leña. Y, por la mañana, día sí, día no, se encontraba a un mono peludo compartiendo su manta. A lo largo del día, una tribu u otra se sentaba a su lado, mirando fijamente las nieves, canturreando y ofreciendo un aspecto inexplicablemente inteligente y apenado.

Después de los monos llegó el barasinga,[45] un gran ciervo que se parece mucho a nuestro ciervo común, pero más robusto. Quiso frotar el terciopelo de sus cuernos contra las frías piedras de la estatua de Kali y pateó cuando vio al hombre en el santuario. Pero Purun Bhagat no se movió, y poco a poco el ciervo se fue acercando con cautela y le frotó el hombro con el hocico. Purun Bhagat deslizó su fría mano por los cálidos cuernos y el tacto calmó a la bestia agitada, que inclinó la cabeza. Purun Bhagat acarició con mucha suavidad el terciopelo, desenmarañándolo. Después, el barasinga trajo a su corza y su cervatillo —criaturas dulces que mordisquearon la manta del santón— o bien venía solo por la noche, con los ojos brillando verdes por el titileo del fuego, para llevarse su cuota de nueces frescas. Finalmente un almizclero, el más tímido y pequeño de los ciervos, también llegó con las orejas —semejantes a las de un conejo— bien tiesas. El ciervo pinto de Cachemira, el silencioso *mushick-nabha,* quiso descubrir lo que significaba la luz en el santuario y metió su hocico parecido al de un alce en el regazo de Purun Bhagat, que aparecía y desaparecía con las sombras del fuego. Purun Bhagat los llamaba a todos «sus hermanos» y su llamada grave *«¡Bhai! ¡Bhai!»*[46] los sacaba del bosque a mediodía si se encontraban al alcance del oído. El oso negro del Himalaya, malhumorado y sospechoso —Sona, que tiene una marca blanca en forma de V debajo del mentón— pasó por allí más de una vez, y puesto que el Bhagat no le tenía miedo, Sona no se mostraba airado, sino que lo observaba, y se acercaba y le pedía su parte de caricias y una porción de pan o bayas silvestres. A menudo, en los amaneceres silenciosos, cuando el Bhagat subía a la cima del puerto para ver la alborada roja a lo largo de los picos nevados, se encontraba a Sona arrastrando las patas y gruñendo detrás de él, empujando con su curiosa pata delantera los troncos caídos, apartándolos con un «uf» de impaciencia; o bien sus pasos a primera hora del día despertaban a Sona, que estaba echado, muy encogido, y la gran fiera se ponía en pie dispuesta a pelear hasta que oía la voz del Bhagat y sabía que se trataba de su mejor amigo.

---

45   Del hindi *barah sig,* que significa 'doce cuernos'.
46   Hermano.

Casi todos los ermitaños y santones que viven lejos de las grandes ciudades tienen la reputación de ser capaces de hacer milagros con las bestias salvajes, pero el milagro yace en quedarse quieto, en no hacer nunca un movimiento brusco y, durante mucho tiempo, al menos, no mirar jamás directamente al animal que le visita a uno. Los aldeanos vieron el perfil del barasinga acechando como una sombra a través del bosque oscuro de detrás del santuario; vieron al monal, el faisán del Himalaya, mostrando deslumbrante sus mejores colores delante de la estatua de Kali; y a los langures sentados sobre sus patas traseras en el interior del santuario, jugando con cáscaras de nuez. También algunos niños oyeron a Sona canturrear, al estilo de los osos, detrás de las rocas caídas, y la reputación del Bhagat como obrador de milagros continuó arraigada.

Y, sin embargo, nada más lejos de la mente de Purun Bhagat que los milagros. Él creía que todas las cosas no eran más que un gran Milagro, y cuando un hombre sabe eso es capaz de obrar de acuerdo a dicho conocimiento. Sabía con certeza que en este mundo no había nada grande ni nada pequeño: y a diario pugnaba por descubrir el camino al corazón de las cosas, por regresar al lugar de donde procedía su alma.

Y meditando de este modo, su pelo despeinado fue creciendo hasta llegarle a los hombros, la losa de piedra junto a la piel de antílope se fue desgastando hasta formar un pequeño agujero allí donde apoyaba la muleta con la empuñadura de latón, y el lugar entre los troncos de los árboles donde el cuenco de limosnas descansaba día tras día se fue hundiendo y gastando hasta formar un hueco casi tan liso como la mismísima cáscara marrón; y cada animal fue conociendo su lugar junto al fuego. Los campos cambiaron de color con el cambio de estación; las eras se llenaron y vaciaron, y se volvieron a llenar una y otra vez; y una y otra vez, cuando llegó el invierno, los langures juguetearon entre las ramas empolvadas de nieve ligera hasta que en primavera las monas madres trajeron a sus bebés de ojos tristes de los valles más cálidos. Hubo pocos cambios en la aldea. El sacerdote era más viejo, y muchos de los niños pequeños que solían venir con el cuenco de limosnas enviaban ahora a sus propios hijos; y si les preguntabas a los aldeanos cuánto tiempo había vivido el santón en el santuario de Kali situado en lo alto del puerto, respondían «siempre».

Entonces vinieron unas lluvias de verano que no se habían visto en las montañas en mucho tiempo. Durante tres largos meses, el valle estuvo envuelto en nubes y en una neblina empapadora y una lluvia constante e implacable que encadenaba una tormenta con otra. La mayor parte del tiempo el santuario de Kali se situaba por encima de las nubes, y hubo un mes entero durante el cual el Bhagat no entrevió la aldea ni una sola vez. Estaba escondida bajo un suelo blanco de nubes que flotaban y cambiaban y volteaban sobre sí mismas y se abullonaban hacia arriba, pero jamás se soltaban de sus pilares, las laderas del valle por las que discurría el agua.

Durante todo ese tiempo, no oyó más que el sonido de un millón de pequeñas aguas por encima de los árboles, abajo en el suelo empapado a través de las agujas de los pinos, goteando de las lenguas de los helechos mojados, saliendo a borbotones de canales lodosos recién abiertos y descendiendo por las pendientes. Entonces salió el sol y expuso el aroma de los cedros deodara y los rododendros, y ese olor lejano y limpio que las gentes de las montañas llaman «el olor de las nieves». El calor del sol duró toda una semana, y después las lluvias se aunaron para un último aguacero y el agua cayó con una intensidad que arrancó la piel del suelo y lo convirtió rápidamente en lodo. Esa noche, Purun Bhagat apiló su hoguera bien alta, pues estaba seguro de que sus hermanos necesitarían calor; pero ningún animal se acercó al santuario a pesar de que el santón los llamó y llamó hasta que se quedó dormido, no sin preguntarse qué habría ocurrido en el bosque.

En el momento más oscuro de la noche, con la lluvia redoblando como miles de tambores, se despertó al notar que alguien tiraba de su manta, y al alargar la mano notó la pequeña extremidad de un langur.

—Es mejor aquí que en los árboles —dijo medio dormido y abriendo un poco la manta—. Toma, caliéntate.

El mono le agarró la mano y tiró de ella.

—¿Quieres comida, entonces? —dijo Purun Bhagat—. Espera un poco y prepararé algo.

Al arrodillarse para echar leña en la hoguera, el langur corrió hacia la puerta del santuario, canturreó y corrió de vuelta adentro, tirando de la rodilla del santón.

—¿Qué ocurre? Hermano, ¿qué te preocupa? —dijo Purun Bhagat, y los ojos del langur contaron cientos de cosas que él no supo interpretar—. A menos que uno de los tuyos haya caído en una trampa, y aquí no hay nadie que coloque trampas, no voy a salir afuera con este tiempo. Mira, Hermano, incluso el barasinga viene a ponerse a cubierto.

Los cuernos del ciervo chocaron contra todo cuando entró en el santuario, incluso contra la estatua sonriente de Kali. El barasinga bajó la cornamenta en dirección a Purun Bhagat y pisoteó con inquietud, bufando por sus orificios nasales medio cerrados.

—¡*Hai*! ¡*Hai*! ¡*Hai*! —dijo el Bhagat chasqueando los dedos—. ¿Es este el pago por una noche de alojamiento?

Pero el ciervo lo empujó hacia la puerta y, en aquel momento, Purun Bhagat oyó el sonido de algo que se abría con un suspiro y vio separarse dos losas del suelo mientras la tierra de debajo crepitaba.

—Ahora entiendo —dijo Purun Bhagat—. No culpo a mis hermanos por no sentarse alrededor del fuego esta noche. La montaña se está desprendiendo. Y, sin embargo, ¿por qué irme?

Sus ojos se fijaron en el cuenco de limosnas vacío y su cara cambió de expresión.

—Me han dado comida a diario desde que llegué y, si no me doy prisa, mañana no quedará nadie en el valle. Sin duda, he de ir a avisarles. Hermano, he de volver atrás. He de llegar hasta el fuego.

El barasinga retrocedió a regañadientes cuando Purun Bhagat introdujo una antorcha de pino en las llamas, rotándola hasta que estuvo bien encendida.

—Habéis venido a avisarme —dijo poniéndose en pie—. Pero haremos algo mejor, mucho mejor. Salgamos ahora y... préstame tu cuello, Hermano, puesto que yo solo tengo dos pies.

Se aferró a la cruz erizada del barasinga con la mano derecha, con la izquierda sujetó la antorcha, y así salieron del santuario a la noche desesperada.

No soplaba viento, pero la lluvia casi extinguió la llama mientras el gran ciervo corría montaña abajo, resbalando sobre sus cuartos traseros. En cuanto hubieron salido del bosque, muchos de los hermanos de Bhagat se unieron a la carrera. Oyó, puesto que no podía ver, a los langures corriendo alrededor, y detrás de ellos el *¡uh! ¡uh!* de Sona. La lluvia apelmazó su larga melena blanca, transformándola en cuerdas; el agua salpicaba bajo sus pies desnudos, y la túnica amarilla se pegó a su frágil y viejo cuerpo. Sin embargo, no se paró, avanzando inclinado sobre el barasinga. Ya no era el santón, sino sir Purun Dass, K. C. I. E., primer ministro de un Estado de considerable tamaño, un hombre acostumbrado a mandar, que había salido para salvar vidas. El Bhagat y sus hermanos corrían chapoteando juntos a lo largo del sendero escarpado, descendiendo más y más hasta que las patas del ciervo hicieron un clic seco y tropezaron con el muro de una era. El barasinga resopló porque olió a Hombre. Ahora se encontraban en la cabecera de la única calle curvada de la aldea y el Bhagat golpeó con su muleta las ventanas con rejas de casa del herrero, al tiempo que la antorcha resucitaba, resguardada bajo los aleros.

—¡Arriba! ¡Salid! —gritó Purun Bhagat, y no reconoció su propia voz, puesto que hacía años que no había hablado en voz alta a ningún hombre—. ¡La montaña se está desmoronando! ¡La montaña se está desmoronando! ¡Arriba! ¡Salid de dentro de las casas!

—Es nuestro Bhagat —dijo la esposa del herrero—. Está afuera con sus animales. Recoge a los pequeños y avisa a los demás.

Fueron advirtiendo a todos de casa en casa, mientras los animales, apretados en el estrecho callejón, se apiñaban y amontonaban alrededor del Bhagat, y Sona resoplaba con impaciencia.

La gente corrió hacia la calle —no eran más que unas setenta almas en total— y a la luz de las antorchas vieron a su Bhagat sosegando a su aterrorizado barasinga, mientras que los monos tironeaban lastimeramente de sus faldones y Sona se había sentado sobre sus cuartos traseros y rugía.

—Hemos de cruzar el valle y subir a la otra montaña —gritó Purun Bhagat—. No dejéis atrás a nadie. Sigamos.

Entonces la gente corrió como solo los montañeses son capaces de correr, pues sabían que, en caso de corrimiento de tierras, debes subir al punto más alto del otro lado del valle. Huyeron chapoteando a través del riachuelo del fondo y corrieron jadeando hasta los campos en terrazas del extremo más alejado, mientras que Bhagat y sus hermanos los seguían. Treparon y treparon por la ladera de la montaña de enfrente, llamándose por sus nombres —era la forma de pasar lista en la aldea— y pisándoles los talones corría con gran esfuerzo el barasinga, lastrado por la fortaleza decreciente de Purun Bhagat. Finalmente, el ciervo se detuvo a la sombra de un profundo bosque de pinos, a ciento cincuenta metros de altura. Su instinto, que le había avisado del inminente desprendimiento, le indicó que aquí estarían a salvo.

Purun Bhagat descendió por el lado, y estaba cercano al desvanecimiento, pues el frío de la lluvia y la feroz ascensión lo estaban matando; pero primero habló hacia las antorchas dispersas:

—Parad y aseguraos de que estéis todos.

Después, al ver que todas las luces se habían agrupado, le susurró al ciervo:

—Quédate conmigo, Hermano. Quédate... hasta... que me haya... ido.

Un suspiro llenó el aire y se convirtió en un murmullo, que a su vez se transformó en un rugido, y un rugido que superó el sentido del oído, y la ladera de la montaña donde se encontraban los aldeanos fue golpeada en medio de la oscuridad y el golpe la hizo estremecer. Entonces, una nota continua, grave y verdadera como el do grave de un órgano ahogó todo durante quizás cinco minutos, mientras las raíces de los pinos respondían temblando. La nota fue apagándose, y el sonido de la lluvia cayendo sobre millas de suelo duro y hierba se transformó en la percusión sorda del agua sobre la tierra blanda. Sobraban las palabras.

Ningún aldeano —ni siquiera el sacerdote— se atrevió a hablar al Bhagat que les había salvado la vida. Se agacharon bajo los pinos y esperaron a que amaneciera. Cuando llegó el día miraron al otro lado del valle y vieron que lo que había sido el bosque, los campos en terrazas y el pasto veteado por las huellas, se habían convertido en una mancha abierta, roja, en forma de abanico, con unos pocos árboles arrojados cabeza abajo por el escarpe. El color rojo alcanzaba la ladera de la montaña que era su refugio, y había represado el riachuelo, que había comenzado a extenderse como un lago del color de los ladrillos. De la aldea, del camino al santuario, del mismo santuario y del bosque tras él, no quedaba rastro. En un espacio de una milla de ancho y seiscientos metros de pura profundidad la montaña había desaparecido de forma tangible, allanada limpiamente en toda su extensión.

Y los aldeanos, uno a uno, atravesaron el bosque para rezar ante su Bhagat. Vieron al barasinga de pie, junto a él, y el ciervo escapó cuando aquellos se acercaron. Y oyeron a los langures lamentándose en las ramas y a Sona gimiendo en la montaña. Su Bhagat estaba muerto, con las piernas cruzadas, la espalda apoyada en el árbol, la muleta bajo el brazo y la cara orientada hacia el noreste.

El sacerdote dijo:

—Contemplad un milagro tras otro, porque en esta postura deben enterrarse todos los sannyasins. Por esta razón, donde ahora yace, construiremos un templo para nuestro santón.

Construyeron el templo antes de que acabara el año —un pequeño santuario de piedra y arcilla— y llamaron a la montaña la Montaña del Bhagat, y aun hoy día acuden a rezar con luces y flores y ofrendas. Pero no saben que el santón que veneran es el difunto sir Purun Dass, K. C. I. E., doctor en Derecho Civil, doctor en Filosofía, etc. que una vez fue primer ministro del progresista e ilustrado Estado de Mohiniwala,[47] y miembro honorario y correspondiente de más sociedades eruditas y científicas que jamás llegarán a hacer el bien en esta vida o la siguiente.

---

47 Lugar ficticio.

CANCIÓN DE KABIR

¡Oh, ligero era el mundo que él lastraba en sus manos!
¡Oh, pesado el relato de sus feudos y sus tierras!
Ha abandonado su guddee[48] *y se ha puesto el sudario,*
y ha partido vestido de bairagi[49] *confeso.*

Ahora la blanca carretera a Delhi es una alfombra para sus pies,
El sal[50] *y el* kikar[51] *deben protegerle del calor;*
Su hogar es el campamento y las sobras y las gentes.
¡Busca su Camino como bairagi *confeso!*

Ha mirado al Hombre y su vista es transparente
(Había Uno, hay Uno y solo Uno, dijo Kabir);
La Neblina Roja del Obrar se ha reducido a una nube.
¡Ha tomado el Camino para el bairagi *confeso!*

Para aprender y discernir de su hermano el patán,
de su hermano el bruto, y su hermano el Dios,
ha abandonado el consejo y se ha puesto el sudario
(«¿Puedes oír?», dijo Kabir), ¡un bairagi *confeso!*

---

48   Trono.
49   Mendigo.
50   Árbol cuya madera se parece a la teca.
51   Árbol espinoso de la familia de la acacia.

¡Que la Selva arrase!

Esconded, cubrid, rodead con un muro
de flor y enredadera y hierba.
Olvidemos la vista y el sonido,
el olor y el tacto de aquella raza.

Ceniza negra junto al altar de piedra,
he aquí la lluvia de pie blanco.
Y las ciervas paren en los campos no sembrados,
ya nadie las volverá a espantar.
Y los muros ciegos se desmoronan, desconocidos, derrocados,
ya nadie volverá a habitarlos.

Si habéis leído los relatos del primer Libro de la Selva, recordaréis que después de que Mowgli colocara la piel de Shere Khan sobre la Roca del Consejo, explicó a cuantos quedaban de la Manada de Seeonee que a partir de ahora cazaría a solas en la Selva; y los cuatro hijos de Madre Loba y Padre Lobo dijeron que ellos cazarían con él. Sin embargo, no resulta fácil cambiar de vida en un minuto, especialmente en la Selva. Lo primero que hizo Mowgli cuando la indisciplinada Manada se hubo escabullido fue ir a la cueva que era su hogar y dormir durante un día y una noche. Después les contó a Madre Loba y Padre Lobo todo cuanto ellos fueron capaces de comprender sobre sus aventuras con los hombres; y cuando el sol tituló a lo largo de la hoja de su cuchillo de desollar —el mismo que había utilizado con Shere Khan—, los lobos admitieron que algo había aprendido el muchacho. Luego, Akela y Hermano Gris tuvieron que explicar su participación en el desplazamiento de los búfalos a la cañada y Baloo subió la colina para enterarse de todo, y Bagheera se rascó de arriba abajo de puro placer al enterarse de la forma en que Mowgli había abordado su particular guerra.

Ya hacía tiempo que se había puesto el sol, pero nadie soñaba siquiera con irse a dormir, y de vez en cuando, durante la conversación, Madre Loba levantaba la cabeza y olisqueaba a fondo con satisfacción cada vez que el viento le traía el olor de la piel del tigre sobre la Roca del Consejo.

—Si no fuera por Akela y Hermano Gris —dijo Mowgli para concluir—, no podría haber hecho nada. Oh, madre, madre. ¡Si hubieras visto a los machos negros bajar corriendo por la cañada o correr a través de las puertas de la aldea cuando la Manada de Hombres me arrojaba piedras!

—Me alegro de no haber visto eso último —dijo Madre Loba fríamente—. No soporto ser testigo de la persecución de mis cachorros como si fueran chacales. Me habría cobrado un premio de la Manada de Hombres, aunque habría perdonado a la mujer que te dio leche. Sí, solo la habría perdonado a ella.

—Paz, paz, Raksha —dijo Padre Lobo con perezosa—. Nuestra Rana ha vuelto... tan sabio que su propio padre debe lamerle los pies; y ¿qué importa un corte más o menos en la cabeza? Deja a los Hombres en paz.

Baloo y Bagheera se hicieron eco:

—Deja a los Hombres en paz.

Mowgli, con la cabeza sobre el flanco de Madre Loba, sonreía con satisfacción y dijo que, por su parte, no quería ver, oír, ni oler a los Hombres nunca más.

—Pero ¿qué pasa si son los hombres los que no te dejan en paz, Hermano? —preguntó Akela ladeando una oreja.

—Entonces seremos *cinco* —dijo Hermano Gris mirando alrededor y chascando la mandíbula al pronunciar la última palabra.

—Nosotros también podemos acudir a esa cacería —dijo Bagheera meneando ligeramente la cola mientras miraba a Baloo—. Pero ¿por qué pensar en los hombres ahora, Akela?

—Por la siguiente razón —respondió el Lobo Solitario—: cuando la piel amarilla quedó expuesta en la roca, regresé a la aldea siguiendo nuestro rastro, volviendo sobre mis huellas, apartándome, echándome, haciendo todo lo posible para confundir el rastro en el caso de que uno de ellos nos persiguiera. Pero cuando hube inutilizado el sendero de modo que ni yo mismo lo reconocí, Mang, el murciélago, apareció cazando insectos entre los árboles y se colgó encima de mí. Y dijo: «La aldea de la Manada de Hombres, donde expulsaron al Cachorro de Hombre, bulle como un avispero».

—La piedra que arrojé era grande —se rio por lo bajo Mowgli, que a menudo se divertía arrojando papayas maduras a los avisperos para luego salir corriendo al estanque más cercano antes de que lo atraparan los avispones.

—Le pregunté a Mang lo que había visto. Me dijo que la Flor Roja florecía delante de la entrada a la aldea y que los hombres se habían sentado alrededor con escopetas. Ahora sé, pues tengo buenos motivos —y Akela bajó la mirada a las viejas cicatrices de su flanco y costado—, que los hombres no cargan con escopetas por placer. En este momento, Hermano, un hombre con una escopeta sigue nuestro rastro a menos que, de hecho, no se encuentre ya en él.

—Pero ¿por qué? Los hombres me han expulsado. ¿Qué más necesitan? —dijo Mowgli enfadado.

—Eres un hombre, Hermanito —respondió Akela—. Nosotros, los Cazadores Libres, no somos quienes para decirte lo que hacen tus hermanos ni por qué.

Akela tuvo el tiempo justo para encoger su pata antes de que el cuchillo de desollar se clavara profundamente en el suelo. Mowgli había atacado con mayor rapidez de lo que el ojo humano típico es capaz de captar, pero Akela era un lobo, e incluso un perro, que es un pariente lejano del lobo, su ancestro, puede despertar de un sueño profundo por una rueda de carro que toque su flanco y escapar de un brinco ileso antes de que la rueda lo atropelle.

—Que no se te ocurra —dijo en voz baja Mowgli mientras enfundaba su cuchillo— volver a pronunciar en una misma frase las palabras «Manada de Hombres» y «Mowgli».

—¡Uf! Menudo diente más afilado —dijo Akela olisqueando el corte que la cuchilla había dejado en el suelo—, pero vivir con la Manada de Hombres te ha estropeado la vista, Hermano. En el tiempo que has tardado en lanzar yo habría sido capaz de matar a un gamo.

Bagheera se puso en pie de un salto, levantó la cabeza lo más arriba que pudo, olisqueando, y tensó cada curva de su cuerpo. Hermano Gris siguió su ejemplo rápidamente, colocándose un poco a la izquierda para recibir el viento que soplaba de la derecha mientras Akela brincaba cincuenta metros a contraviento, medio agachado y tenso también. Mowgli observó con envidia. Era capaz de oler como pocos seres humanos, pero nunca había alcanzado la sensibilidad que eriza los pelos de una nariz de la Selva y, tristemente, sus tres meses en la aldea llena de humo habían hecho que perdiera en parte sus dotes. Sin embargo, humedeció un dedo, se frotó con él la nariz y se puso en pie para captar el rastro que se encuentra en un nivel sensorial superior y que, a pesar de ser el más leve, es el más auténtico.

—¡Un hombre! —gruñó Akela bajando los cuartos traseros.

—¡Buldeo! —profirió Mowgli sentándose también—. Está siguiendo nuestro rastro y el sol se refleja sobre su rifle. ¡Mirad allí!

No era más que un toque de luz del sol, durante una fracción de segundo, sobre los tornillos de latón de un viejo mosquete. Pero nada en la Selva parpadea con ese fulgor excepto cuando las nubes corren veloces por el cielo. Entonces, un pedazo de mica, o un pequeño charco, o incluso una hoja muy pulida, destella como un heliógrafo.[52] Pero aquel día el cielo estaba despejado y no soplaba el viento.

—Sabía que los hombres nos seguirían —dijo con voz triunfante Akela—. No por nada he sido líder de la Manada.

Los cuatro cachorros no dijeron nada, pero bajaron de panza por la colina, confundiéndose entre las zarzas y el sotobosque como un topo se confunde en el pasto.

—¿Adónde vais sin decir nada? —gritó Mowgli.

---

52 Aparato para enviar señales telegráficas por medio de la reflexión solar sobre un espejo movible.

—¡Chitón! ¡Traeremos rodando su cráneo antes de mediodía! —respondió Hermano Gris.

—¡Volved! ¡Volved y esperad! ¡El Hombre no se come al Hombre! —chilló Mowgli.

—¿Quién se ha comportado como un lobo hace un instante? ¿Quién me ha lanzado un cuchillo por pensar que quizás fueras un Hombre? —dijo Akela cuando los cuatro lobos regresaron tristes y se echaron obedientes.

—¿Acaso he de daros explicaciones de todo lo que hago y dejo de hacer? —dijo furiosamente Mowgli.

—¡Eso es un Hombre! ¡Así habla un Hombre! —murmuró Bagheera—. Así también hablaban los hombres alrededor de las jaulas del Rey en Udaipur. Nosotros, los de la Selva, sabemos que el Hombre es el más inteligente de todos. Si confiáramos en nuestros oídos, sabríamos que también es el más estúpido.

Y levantando la voz, agregó:

—El cachorro de Hombre tiene razón. Los Hombres cazan en manadas. Matar a uno, a menos que sepamos lo que harán los demás, es una mala costumbre. Venid, vayamos a ver lo que ese Hombre quiere de nosotros.

—Nosotros no iremos —gruñó Hermano Gris—. Caza solo, Hermano. Sabemos quiénes somos. A estas alturas ya tendríamos su cráneo aquí.

Con el pecho agitado y los ojos llenos de lágrimas, Mowgli había estado mirado a uno y otro durante el intercambio de palabras de sus amigos. Dio un paso adelante hacia los lobos e, hincando una rodilla, dijo:

—¿Acaso creéis que no sé quién soy? ¡Miradme!

Lo miraron, incómodos, y cuando apartaron la vista él los llamó una y otra vez hasta que se les erizaron los pelos de todo el cuerpo, y cada una de sus extremidades tembló mientras Mowgli les observaba sin bajar la mirada.

—Ahora —dijo—, de nosotros cinco, ¿quién es el jefe?

—Tú eres el jefe, Hermano —dijo Hermano Gris, y le lamió el pie a Mowgli.

—Entonces seguidme —dijo Mowgli, y los cuatro caminaron tras él con los rabos bien metidos entre las patas.

—Esto le viene de vivir con la Manada de Hombres —dijo Bagheera siguiéndoles—. Ahora en la Selva hay algo más que la Ley de la Selva, Baloo.

El viejo oso no dijo nada, pero su mente no dejó de ponderar.

Mowgli tomó atajos a través de la Selva describiendo ángulos rectos respecto al rastro de Buldeo hasta que, apartando la broza, vio al viejo con el mosquete al hombro recorriendo la pista de la noche anterior al ritmo del trote de un perro.

Recordaréis que Mowgli había dejado la aldea cargando con la pesada piel de Shere Khan a la espalda, y Akela y Hermano Gris trotando detrás de él, de modo que el triple rastro había quedado bien marcado. Ahora, Buldeo había llegado al punto donde Akela, como ya sabéis, había retrocedido y lo había confundido todo. El hombre se sentó, tosió y carraspeó, y realizó pequeñas incursiones en la Selva para encontrar el rastro de nuevo, y en todo momento habría podido alcanzar con una piedra a los que le estaban observando. Nadie logra ser tan silencioso como un lobo que no quiere que lo descubran, y Mowgli, a pesar de que los lobos consideraban que se movía con mucha torpeza, era capaz de ir y venir como una sombra. Rodearon al viejo como un banco de marsopas rodea un vapor a toda marcha, y mientras le envolvían hablaron sin preocupación, porque su habla comienza por debajo del extremo más grave de la escala tonal que el oído humano sin preparación es capaz de oír. (El otro extremo está regido por el grito agudo de Mang, el Murciélago, que mucha gente es incapaz de captar. A partir de esa nota, tienen lugar todas las conversaciones de aves, murciélagos e insectos.)

—Esto es mucho mejor que cazarle —dijo Hermano Gris cuando Buldeo se detuvo a echar una ojeada y recuperar el aliento—. Parece un jabalí perdido en las Selvas junto al río. ¿Qué dice?

Buldeo estaba murmurando con irritación. Mowgli tradujo.

—Dice que las manadas de lobos deben de haber bailado alrededor de él. Dice que nunca había visto tantos rastros en su vida. Dice que está cansado.

—Habrá descansado antes de que encuentre de nuevo el rastro —dijo fríamente Bagheera apareciendo por detrás del tronco de un árbol, uniéndose al juego de escondite en el que todos participaban—. ¿Qué hace ahora esa cosa flacucha?

—Comer o sacar humo por la boca. Los Hombres siempre están jugando con sus bocas —dijo Mowgli, y los silenciosos rastreadores vieron al viejo llenar, encender y dar caladas a su pipa de agua, y tomaron buena nota del olor a tabaco para asegurarse de poder identificar a Buldeo en la noche más oscura, si era necesario.

Entonces, un grupito de carboneros se acercó por el sendero y, naturalmente, se detuvieron para hablar con Buldeo, cuya fama como cazador llegaba al menos a veinte millas a la redonda. Todos se sentaron y fumaron, y Bagheera y los demás se acercaron y observaron mientras Buldeo empezaba el relato de Mowgli, el Niño Endemoniado, narrando sobre aquí y allá, añadiendo eso o inventando aquello. Explicó cómo él mismo había matado a Shere Khan y cómo Mowgli se había convertido en lobo y había luchado con él toda la tarde, y se había transformado de nuevo en chico y había embrujado el rifle de Buldeo de modo que la bala torció su recorrido aun cuando había estado apuntando a Mowgli, y había matado a uno de los búfalos de Buldeo; y cómo la aldea, sabiendo que era el cazador más valiente de todo Seeonee, le había enviado a matar a ese Niño Endemoniado. Pero, entre tanto, las gentes de la aldea habían retenido a Messua y a su esposo, que sin duda eran los padres de este Niño Endemoniado, y los habían encerrado en su propia cabaña, y ahora los estarían torturando para que confesaran que eran una bruja y un hechicero, y luego arderían en la hoguera.

—¿Cuándo? —dijeron los carboneros, añadiendo que les gustaría mucho estar presentes en la ceremonia.

Buldeo dijo que no harían nada hasta que él regresara porque las gentes de la aldea querían que primero matara al Niño de la Selva. Después, se desharían de Messua y su marido y repartirían sus tierras y búfalos entre los aldeanos. Además, el esposo de Messua tenía unos búfalos extraordinarios. Buldeo pensó que era algo excelente destruir a hechiceros; y la gente que alberga a niños lobo de la Selva era, sin duda, la peor clase de hechiceros.

Pero ¿y si los ingleses se enteraban?, dijeron los carboneros. Los ingleses, habían oído decir, eran personas absolutamente histéricas que no permitirían a granjeros honrados matar en paz a hechiceros.

Buldeo replicó que el jefe de la aldea informaría de que Messua y su esposo habían muerto a causa de la picada de una serpiente. Todo estaba arreglado, lo único que había que hacer ahora era matar al niño Lobo. ¿Por casualidad no habían visto una criatura semejante?

Los carboneros miraron alrededor con cautela y dieron gracias a las estrellas por no haberlo visto, pues no dudaban de que, si alguien era capaz de encontrarlo, se trataría de un hombre valiente como Buldeo. El sol estaba descendiendo y se les ocurrió que podían acercarse a la aldea y echar una ojeada a esa maldita bruja. Buldeo dijo que, a pesar de que era su deber matar al niño Lobo, no tenía intención de permitir que fuera sin escolta una partida de hombres desarmados atravesando una Selva que podía hacer aparecer un demonio Lobo en cualquier instante. Por lo tanto, él los acompañaría y si la criatura mágica aparecía… bueno, les demostraría cómo el mejor cazador de todo Seeonee se hacía cargo del asunto. El brahmán, dijo, le había dado un amuleto que le protegería de la criatura.

—¿Qué dice? ¿Qué dice? ¿Qué dice? —repetían los lobos cada pocos minutos. Mowgli tradujo hasta que el relato llegó a la parte de los brujos, que lo superaba, y dijo que el hombre y la mujer que habían sido tan amables con él estaban atrapados.

—¿El Hombre atrapa al Hombre? —dijo Bagheera.

—Es lo que dice. No puedo entender la conversación. Están todos locos. ¿Qué tienen que ver conmigo Messua y su esposo para que les metan en una trampa? Y, ¿qué es todo eso que dicen de la Flor Roja? He de enterarme. Sea lo que sea lo que quieran hacerle a Messua, no lo harán hasta que Buldeo regrese. Y por eso…

Mowgli reflexionó y sus dedos jugetearon alrededor del mango de su cuchillo de desollar, mientras Buldeo y los carboneros se pusieron en marcha con valentía, avanzando en fila.

—Me voy a toda prisa a la Manada de Hombres —dijo finalmente Mowgli.

—¿Y esos? —dijo Hermano Gris mirando con hambre las espaldas morenas de los carboneros.

—Cántales —dijo Mowgli con una sonrisa—. No quiero que lleguen a la aldea antes de que anochezca. ¿Puedes retenerles?

Hermano Gris mostró sus dientes blancos lleno de desdén.

—Les haremos andar en círculos como cabras atadas a una estaca, o no conozco el comportamiento del Hombre.

—No es necesario. Cántales un poco para que no se sientan solos a lo largo del camino y, Hermano Gris, la canción no ha de ser la más dulce. Ve con ellos, Bagheera, y ayuda con la canción. Cuando esté bien entrada la noche, ven a buscarme a la aldea. Hermano Gris conoce el lugar.

—Esto de trabajar para un Cachorro de Hombre no es tarea fácil. ¿Cuándo voy a dormir? —dijo Bagheera bostezando, aunque sus ojos indicaban que estaba encantado con tanta diversión—. Yo... eso de cantarles a hombres desnudos... En fin, probémoslo.

Bajó la cabeza para que el sonido se desplazara bien y clamó un larguísimo «buena caza», un canto de medianoche entonado en plena tarde que, para empezar, ya era suficientemente espantoso. Mowgli oyó el canto retumbar, alzarse, descender y extinguirse en una suerte de espeluznante quejido detrás de él, y sonrió mientras corría por la Selva. Vio a los carboneros apiñados en grupo y al viejo Buldeo agitando el cañón del rifle, como si fuera una hoja de banano, en todas las direcciones de la brújula a la vez. Entonces, Hermano Gris clamó el *¡yalahi! ¡yalaha!* de su llamada para guiar a los ciervos, cuando la Manada guía al nilgó, la gran vaca azul, delante de ellos, y el canto pareció venir de las profundidades de la tierra, cada vez más cerca, y más cerca, y más cerca, hasta que concluyó en un aullido interrumpido repentinamente. Los otros tres respondieron de modo que hasta Mowgli habría jurado que la Manada entera estaba aullando, y entonces todos comenzaron a cantar la magnífica canción de la Mañana en la Selva, con cada giro y floritura y nota de gracia que un lobo de voz grave de la Manada conoce bien. Esta es una traducción aproximada de la canción, pero tenéis de imaginar cómo sonaría cuando interrumpe el silencio de la tarde en la Selva:

Hace un instante nuestros cuerpos
no dejaron sombras en la llanura;
ahora pálidas y oscuras pisan nuestro rastro
y regresamos veloces a casa.
En el silencio de la mañana, cada roca y arbusto
se tiene en pie, firme y alto y puro.
Entonces grita la Llamada: «Buen reposo a todos
los que acatan la Ley de la Selva».

Ahora, cuerno y piel, nuestras gentes se mezclan
para permanecer escondidos;
ahora, agachados y en silencio, a la cueva y la montaña
nuestros Barones de la Selva se dirigen.
Ahora, fuertes y feos, los bueyes del Hombre empujan
la tracción del arado recién uncido.
Ahora, despojado y temido, el amanecer es rojo
encima del talao[53] *encendido.*

¡Eh! ¡Id al cubil! El sol está en llamas
detrás de la hierba viva.
Y chirriando a través del joven bambú
pasan los susurros de aviso.
Extraños durante el día, los bosques que deambulamos
con ojos parpadeantes examinamos.
Mientras, bajo el cielo el pato salvaje grita
«El Día — ¡El Día del Hombre!».

El rocío que mojaba nuestro pelo se ha secado
o bien se desprendido al paso;
y donde bebimos, la orilla encharcada
se seca en arcilla crocante.

---

53 Lago.

La Oscuridad traidora abandona cada marca
de zarpa estirada o encapuchada.
Oye entonces la Llamada: «Buen reposo a todos
los que acatan la Ley de la Selva».

Pero no hay traducción capaz de describir el efecto, ni el desdén insuflado en cada palabra de los gañidos de los Cuatro, al oír los estallidos en los árboles cuando los hombres treparon con rapidez a las ramas y Buldeo empezó a recitar hechizos y conjuros. Entonces se echaron y durmieron porque, como todos los que viven según sus propios esfuerzos, tenían una manera de pensar metódica; y nadie es capaz de trabajar bien sin dormir.

Mientras tanto, Mowgli iba dejando atrás millas, nueve por cada hora que transcurría, y avanzaba con rapidez, encantado de sentirse tan en forma después de haber pasado tantos incómodos meses entre los hombres. La idea que ocupaba su mente era sacar a Messua y a su esposo de la trampa, cualquiera que esta fuera, pues sentía una desconfianza natural hacia las trampas. Más adelante, se prometió a sí mismo que ajustaría cuentas con toda la aldea.

Ya anochecía cuando divisó los campos de pasto que tan bien recordaba, y el *dhak*[54] donde Hermano Gris le había esperado la mañana que había matado a Shere Khan. Por muy enfadado que estuviera con la raza entera y la comunidad de Hombres, sintió que, al ver los tejados de la aldea, se le encogía el corazón y se quedaba sin aliento. Observó que todos habían regresado atípicamente temprano de los campos, y que, en lugar de ponerse a preparar la cena, se habían congregado bajo el árbol de la aldea y parloteaban y gritaban.

—Los hombres siempre tienen que hacer trampas para hombres o no están contentos —dijo Mowgli—. Anoche la trampa fue para Mowgli, aunque parezca que haya sucedido hace muchas Lluvias. Esta noche les toca el turno a Messua y su esposo. Mañana, y muchas otras noches a continuación, volverá a ser el turno de Mowgli.

---

54   Ver nota 9.

217

Se deslizó a lo largo de la valla hasta que llegó a la choza de Messua y miró por la ventana al interior de la habitación. Allí estaba Messua, amordazada, con los pies y manos atados. Respiraba con dificultad y gemía. Su esposo estaba atado al armazón de la cama pintada de colores alegres. La puerta de la choza que se abría a la calle estaba firmemente cerrada y había tres o cuatro personas sentadas apoyando la espalda contra ella.

Mowgli conocía bastante bien los modos y costumbres de los aldeanos. Razonó que, mientras pudieran comer y hablar y fumar, no harían nada más; pero en cuanto hubieran comido, empezarían a ser peligrosos. Buldeo llegaría pronto y si su escolta había cumplido con su deber, Buldeo tendría una historia muy interesante que contar. De modo que entró por la ventana y, agachándose junto al hombre y la mujer, les cortó las ataduras, les sacó las mordazas y miró alrededor en busca de leche.

Messua estaba histérica del dolor y el miedo (le habían pegado y apedreado toda la mañana), y Mowgli le tapó la boca a tiempo para impedir que gritara. Su esposo solo estaba perplejo y enfadado, y se quedó sentado sacudiéndose el polvo y otras cosas de su barba destrozada.

—Lo sabía... Sabía que vendría —sollozó Messua finalmente—. Ahora sé que es mi hijo.

Abrazó a Mowgli llevándoselo al pecho. Hasta ese momento, Mowgli había estado perfectamente tranquilo, pero ahora empezó a temblar de arriba abajo y eso le sorprendió mucho.

—¿Por qué estas correas? ¿Por qué os han atado? —preguntó tras una pausa.

—Para matarnos por haber hecho de ti nuestro hijo. ¿Por qué si no? —dijo el hombre en un tono hosco—. ¡Mira! Estoy sangrando.

Messua no dijo nada, pero eran las heridas de ella las que Mowgli miró, y los adultos oyeron cómo rechinaba los dientes al ver la sangre.

—¿Quién es responsable de esto? —dijo—. Tendrá que pagar por ello.

—Es obra de toda la aldea. Era demasiado rico. Tenía demasiado ganado. Por lo tanto, como te dimos cobijo, nos consideran brujos a los dos.

—No lo entiendo. Deja que lo explique Messua.

—Te di leche, Nathoo, ¿no te acuerdas? —dijo Messua con timidez—. Porque tú eras mi hijo, el que se llevó el tigre, y porque te amaba muchísimo. Dicen que soy tu madre, la madre de un demonio, y por lo tanto merezco morir.

—Y ¿qué es un demonio? —dijo Mowgli—. A la muerte la he visto.

El hombre levantó la vista con tristeza, pero Messua rio.

—¿Ves? —le dijo a su esposo—. Lo sabía. Ya dije que no era un hechicero. ¡Es mi hijo, mi hijo!

—Hijo o hechicero, ¿de qué nos va a servir? —respondió el hombre—. Ya estamos muertos.

—Allí está el camino a la Selva —indicó Mowgli a través de la ventana—. Ya tenéis las manos y los pies sin ligaduras. Id ahora.

—Hijo, no conocemos la Selva como tú... como tú la conoces —empezó a decir Messua—. No creo que sea capaz de llegar muy lejos.

—Y hombres y mujeres se nos echarán encima y nos arrastrarán aquí otra vez —dijo el esposo.

—Um —dijo Mowgli, y se rascó la palma de la mano con la punta de su cuchillo de desollar—. No tengo deseo alguno de hacer daño a nadie en esta aldea... aún. Pero no creo que os detengan. Dentro de poco tendrán mucho en lo que pensar. ¡Ah!

Levantó a cabeza y prestó atención al griterío y pisoteo de afuera.

—De modo que finalmente han permitido que Buldeo llegue a casa.

—Le enviaron esta mañana a matarte —lloró Messua—. ¿Lo has visto?

—Sí, nosotros... yo... lo vi. Ahora tendrá una historia que contar, y mientras la cuenta tenemos tiempo para hacer muchas cosas. Pero primero he de averiguar qué pretenden. Pensad adónde queréis ir y cuando vuelva me lo decís.

Se escabulló por la ventana y corrió a lo largo del muro exterior de la aldea hasta llegar al alcance del oído de la multitud congregada alrededor de la higuera. Buldeo estaba echado en el suelo, tosiendo y gimiendo, y todos le hacían preguntas. Tenía el pelo suelto y las manos y piernas peladas de trepar árboles; apenas era capaz de pronunciar palabra, pero sentía profundamente la importancia de su posición. De vez en cuando decía algo sobre demonios, y sobre demonios cantarines y encantamientos mágicos, y así daba a su público una muestra de lo que iba a venir. Entonces pidió agua.

—¡Bah! —dijo Mowgli—. Cháchara y nada más que cháchara. Solo hacen que hablar y hablar. Los Hombres son realmente hermanos de sangre de los Bandar. Que si ahora tiene que enjuagarse la boca con agua; que si ahora ha de soplar humo... Cuando acabe aún tendrá que contar su historia. Esta gente es muy inteligente... No dejarán a nadie vigilando a Messua hasta que se hayan atiborrado con las historias de Buldeo. Y... ¡y yo me estoy volviendo perezoso como ellos!

Se desentumeció y de nuevo se escurrió dentro de la choza. Justo cuando llegaba a la ventana notó que le tocaban un pie.

—Madre —reconoció esa lengua a la perfección—. ¿Qué haces aquí?

—He oído a mis hijos cantar en los bosques y he seguido al que más amo. Ranita, quiero ver a la mujer que te dio leche —dijo Madre Loba, húmeda de rocío.

—La han atado y quieren matarla. He soltado sus ligaduras y va a ir por la Selva con su hombre.

—Yo también los seguiré. Soy vieja, pero aún tengo dientes.

Madre Loba se puso en pie sobre sus cuartos traseros y miró por la ventana al interior oscuro de la choza.

Al cabo de un minuto bajó sin hacer ruido y lo único que dijo fue:

—Yo te di tu primera leche; pero Bagheera tiene razón. El Hombre acaba por volver con el Hombre.

—Quizás —dijo Mowgli con una mirada de desagrado—, pero esta noche estoy muy lejos de seguir ese camino. Espera aquí, pero no permitas que ella te vea.

—Tú nunca tuviste miedo de mí, Ranita —dijo Madre Loba retrocediendo hasta las hierbas altas y haciéndose invisible como solo ella sabía hacer.

—Y ahora —dijo Mowgli alegremente cuando saltaba al interior de la choza—, todos están sentados alrededor de Buldeo, que les está contando lo que no ocurrió. Dicen que cuando haya terminado de hablar seguro que vendrán aquí con la Flor... con fuego, y os quemarán a los dos. ¿Y bien?

—He hablado con mi esposo —dijo Messua—. Khanhiwara está a treinta millas de aquí, pero en Khanhiwara encontraremos a los ingleses...

—¿De qué Manada son? —dijo Mowgli.

—No lo sé. Son blancos y dicen que gobiernan por todo el territorio y que no permiten que la gente queme a los demás o se peguen sin testigos. Si podemos llegar allí esta noche, viviremos. Si no, moriremos.

—Vivid, entonces. Nadie podrá cruzar las puertas de la aldea esta noche. Pero ¿qué está haciendo?

El marido de Messua estaba en cuclillas, escarbando la tierra en una esquina de la choza.

—Está buscando el poco dinero que tiene —dijo Messua—. No podemos llevarnos nada más.

—Ah, sí. Eso que pasa de mano en mano y nunca se calienta. ¿También lo usan en otros sitios? —dijo Mowgli.

El hombre lo miró airado.

—Es un idiota, no un demonio —murmuró—. Con el dinero puedo comprar un caballo. Estamos demasiado heridos para llegar lejos a pie, y los de la aldea nos perseguirán al cabo de una hora.

—Os digo que no os perseguirán hasta que lo diga yo, pero lo del caballo es buena idea. Messua está cansada.

El esposo se puso en pie y anudó la última de las rupias en la tira de tela que rodeaba su cintura. Mowgli ayudó a Messua a salir por la ventana y el aire fresco de la noche la reanimó. Sin embargo, la Selva, a la luz de las estrellas, tenía un aspecto muy oscuro y aterrador.

—¿Conocéis el camino que lleva a Khanhiwara? —susurró Mowgli. Asintieron.

—Bien. Ahora, recordad, no tengáis miedo. Y no tenéis que daros prisa. Lo único... lo único que pasará es que oiréis unos cantos en la Selva. Tanto delante como detrás de vosotros.

—¿Crees que el miedo a morir abrasados no es suficiente para arriesgarnos a pasar una noche en la Selva? Mejor morir atacados por las fieras que por los hombres —dijo el esposo de Messua, pero Messua miró a Mowgli sonriendo.

—Lo que digo... —prosiguió Mowgli como si fuera Baloo repitiendo por enésima vez una Ley de la Selva a un cachorro travieso—. Lo que digo es que ni un colmillo en la Selva asomará contra vosotros; ni una zarpa en la Selva se levantará contra vosotros. Ni un hombre ni una fiera os frenará hasta que veáis Khanhiwara. Siempre habrá quien os vigile.

Se volvió rápidamente hacia Messua y dijo:

—Él no me cree, pero ¿tú sí que me creerás?

—Sí, claro, hijo mío. Hombre, espectro o lobo de la Selva, yo te creo.

—Él tendrá miedo cuando oiga a mi gente cantar. Tú sabrás y comprenderás. Id ahora, con calma, porque no hay necesidad de darse prisa. Las puertas de la aldea están cerradas.

Messua se arrojó sollozando a los pies de Mowgli, pero él, estremeciéndose, la levantó con rapidez. Entonces, ella se colgó de su cuello y lo bendijo con todas las palabras que se le ocurrieron, pero el esposo miró envidioso sus campos de cultivo y dijo:

—Si llegamos a Khanhiwara y los ingleses me reciben, voy a entablar una demanda contra el brahmán, el viejo Buldeo y los demás que dejará a toda la aldea empobrecida hasta los huesos. Me tendrán que pagar el doble por todo lo que no he cultivado y por mis búfalos no alimentados. Obtendré justicia.

Mowgli se rio.

—No sé lo que es justicia, pero... ven con las próximas Lluvias y verás lo que queda.

Partieron en dirección a la Selva y Madre Loba saltó desde su escondite.

—¡Síguelos! —dijo Mowgli—. Y haz que todos en la Selva sepan que los dos deben estar a salvo. Aúlla. Yo llamaría a Bagheera.

El aullido ascendió y descendió, y Mowgli vio que el marido de Messua se encogía de miedo y se volvía, medio queriendo regresar a la choza.

—Seguid —dijo Mowgli con alegría—. Ya he dicho que habría cantos. Esta llamada os seguirá hasta Khanhiwara. Es la Protección de la Selva.

Messua apremió a su esposo y la oscuridad les rodeó a los dos y a Madre Lobo justo cuando Bagheera aparecía casi por debajo de los pies de Mowgli, temblando por el deleite nocturno que excita a los Habitantes de la Selva.

—Me avergüenzo de los míos —dijo ronroneando.

—¿Cómo? ¿No le cantaron una dulce canción a Buldeo? —dijo Mowgli.

—Demasiado bien. Demasiado bien. Hasta me hicieron olvidar mi orgullo y, por el Cerrojo Roto que me liberó, me fui cantando por la Selva como si estuviera buscando pareja en primavera. ¿No nos oíste?

—Estaba ocupado con otros asuntos. Pregúntale a Buldeo si le gustó la canción. Pero ¿dónde están los Cuatro? No quiero que nadie de la Manada de Hombres salga esta noche por las puertas de la aldea.

—¿Para qué necesitas a los Cuatro? —dijo Bagheera ansioso, con los ojos ardientes y ronroneando más fuerte que nunca—. Yo puedo impedir que salgan, Hermanito. ¿Ya se puede matar? Todo este cantarles a los hombres y verles trepar árboles me ha abierto el apetito. Al fin y al cabo, ¿quién se cree el Hombre para que nos deba importar tanto? No es más que un escarbador moreno y desnudo, sin pelo, sin dientes, que se come la tierra. Le he perseguido todo el día, a mediodía, a plena luz. Le he hostigado como los lobos hostigan a los bueyes. ¡Soy Bagheera! ¡Bagheera! ¡Bagheera! Igual que bailo con mi sombra, así bailo con esos hombres. ¡Mira!

La gran pantera saltó como un gato salta sobre una hoja muerta que alza el vuelo en un remolino, dando zarpazos a derecha e izquierda en el aire que los golpes hicieron cantar, y aterrizó silenciosamente. Y saltó una y otra vez mientras sus ronroneos y gruñidos se iban intensificando igual que el vapor a presión intensifica el rumor en el interior de una caldera.

—Soy Bagheera. Soy de la Selva. Por la noche, la fuerza está en mí. ¿Quién va a impedir mi zarpazo? Cachorro de hombre, con un simple golpe de mi zarpa podría aplastar tu cabeza como una rana muerta en verano.

—Pues entonces golpéame —dijo Mowgli en el dialecto de la aldea, no en la lengua de la Selva, y las palabras humanas frenaron en seco a Bagheera, que bajó sus trémulos cuartos traseros y situó la cabeza a la altura de la de Mowgli. Mowgli miró fijamente a los ojos de la pantera como ya había mirado a los ojos de los cachorros rebeldes. Miró fijamente a los ojos color verde berilo hasta que el reflejo rojo tras ese verde desapareció igual que se apaga la luz de un faro veinte millas mar adentro; hasta que la pantera apartó la mirada y bajó la cabeza, más y más abajo, y la roja lengua rasposa lamió el empeine de Mowgli.

—Hermano, hermano, hermano... —susurró el niño acariciando a la pantera sin parar, empezando por la nuca y siguiendo por toda la espalda—. Tranquilo, tranquilo. Es culpa de la noche, no es culpa tuya.

—Han sido los olores de la noche —dijo Bagheera compungido—. Este aire me llama con mucha fuerza. Pero qué bien lo sabes.

Sin duda, el aire cercano a una aldea india está lleno de todo tipo de olores, y para cualquier criatura que piensa básicamente a través de su nariz los olores son tan enloquecedores como la música y las drogas lo son para los seres humanos. Mowgli acarició a la pantera unos minutos más y después Bagheera se echó como un gato delante del fuego, con las patas recogidas sobre el pecho y los ojos entrecerrados.

—Eres de la Selva y *no* eres de la Selva —dijo finalmente—. Y yo solo soy una pantera negra. Pero te quiero, Hermanito.

—Llevan mucho tiempo hablando bajo el árbol —dijo Mowgli sin haber prestado atención a la última frase—. Buldeo debe de haber contado muchas historias. Pronto irán a sacar a rastras a la mujer y a su esposo de la trampa y a arrojarlos en la Flor Roja. Y se encontrarán que la trampa ha sido reventada. ¡Ja, ja!

—¡No, escucha! —dijo Bagheera—. La fiebre ya ha desaparecido de mi sangre. Que me encuentren a mí en la trampa. Pocos abandonarán sus casas después de verme. No es la primera vez que he estado en una jaula y no creo que logren atarme con cuerdas.

—Pero ten cuidado —dijo Mowgli riendo, pues estaba empezando a sentirse temerario como la pantera, que ya se había deslizado dentro de la choza.

—¡Puaj! —gruñó Bagheera—. Este lugar apesta a Hombre, pero mira, aquí hay una cama como la que me dieron en las jaulas del Rey en Udaipur. Me voy a echar.

Mowgli oyó las fibras del catre dar un chasquido bajo el peso de la gran bestia.

—Por el Cerrojo Roto que me liberó, creerán que han cazado una buena pieza. Ven y siéntate a mi lado, Hermanito. Les recibiremos juntos con un cortés deseo de «buena caza».

—No. El estómago me dice que haga otra cosa. La Manada de Hombres no puede saber mi papel en este juego. Esta es tu propia caza. No quiero verles.

—Está bien —dijo Bagheera—. ¡Ah! ¡Ya vienen!

En el extremo más alejado de la aldea, la reunión bajo la higuera se había hecho más y más ruidosa. Se oyeron gritos furiosos y el avance de hombres y mujeres por la calle agitando palos y cañas de bambú y hoces y cuchillos. Buldeo y el brahmán iban a la cabeza, pero la multitud les seguía de cerca y gritaba:

—¡La bruja y el hechicero! ¡Veamos si las monedas ardiendo les hacen confesar! ¡Quemad la choza con ellos dentro! ¡Eso les enseñará a acoger a lobos endemoniados! ¡No! ¡Hay que darles una paliza primero! ¡Antorchas! ¡Más antorchas! ¡Buldeo! ¡Dispara!

Tuvieron problemas para abrir el pestillo de la puerta. Estaba cerrado con firmeza, pero la multitud lo arrancó violentamente y la luz de las antorchas fluyó al interior, donde, con su cuerpo ocupando la cama entera, las patas delanteras cruzadas y colgando un poco por el borde, yacía Bagheera, negro como un pozo sin fondo y terrible como un demonio. Durante unos treinta segundos se hizo un silencio sepulcral en el que los que estaban en primera fila retrocedieron corriendo al otro lado del umbral, y entonces Bagheera levantó la cabeza y bostezó con esmero, cuidado y ostentación, como haría si quisiera insultar a un igual. Sus labios retrocedieron y se levantaron, la lengua se curvó, la mandíbula inferior descendió cada vez más abajo hasta que se pudo ver el fondo de su peligrosa garganta; y los gigantescos colmillos asomaron perfectamente en las encías. Al cerrar la boca, los colmillos superiores e inferiores hicieron un clic como el de los dientes de acero que salen por el marco interior de una caja fuerte. En unos instantes la calle quedó vacía; Bagheera había vuelto a salir por la ventana de un salto y se había situado junto a Mowgli, mientras un torrente de gente gritando y chillando salía en desbandada, tropezando unos con otros por el pánico y la prisa que tenían por llegar a sus chozas.

—No se moverán hasta que amanezca —dijo en voz baja Bagheera—. ¿Y ahora qué?

El silencio de la hora de la siesta parecía haber invadido la aldea, pero, prestando atención, oyeron el ruido de baúles de grano pesados que eran empujados por el suelo de tierra y colocados delante de las puertas. Bagheera tenía razón, la aldea no daría señales de vida hasta que saliera el sol. Mowgli permaneció quieto, pensativo, en su cara una expresión cada vez más seria.

—¿Qué es lo que he hecho? —dijo finalmente Bagheera poniéndose en pie, en actitud servil.

—Un gran bien. Vigílalos hasta que amanezca. Voy a dormir.

Mowgli se adentró en la Selva y cayó a plomo sobre una roca, sobre la que se quedó dormido, y así continuó todo el día hasta que volvió a anochecer.

Cuando despertó, Bagheera estaba junto a él, y a los pies de Mowgli la pantera había dejado un buey recién cazado. Bagheera miró con curiosidad mientras Mowgli trabajaba con su cuchillo de desollar, comía y bebía. Luego, el niño se volvió para mirar a su amigo, apoyando el mentón en las manos.

—El hombre y la mujer están a salvo en Khanhiwara —dijo Bagheera—. Tu madre loba envió un mensaje a través de Chill, el Milano. Encontraron un caballo antes de medianoche, después de que los liberaras, y se alejaron rápidamente. ¿No son buenas noticias?

—Muy buenas noticias —dijo Mowgli.

—Y en la aldea, tu Manada de Hombres no se ha movido hasta que el sol estaba ya en lo alto. Entonces han comido y han vuelto corriendo a sus casas.

—Por casualidad, ¿te han visto?

—Puede que sí. Al amanecer estuve revolcándome en la polvareda delante de la entrada a la aldea y puede que haya canturreado un poco. Ahora, Hermanito, ya no hay más que hacer. Ven a cazar conmigo y con Baloo. Quiere enseñarte unos panales nuevos y queremos que vuelvas, como en los viejos tiempos. ¡Quítate esa expresión, que me asustas! Ya no arrojarán al hombre y a la mujer a la Flor Roja, y todo está bien en la Selva. ¿No es cierto? Olvidemos a la Manada de Hombres.

—Les olvidaremos en un rato. ¿Dónde irá a comer Hathi esta noche?

—Donde él quiera. ¿Quién sabe lo que piensa el Silencioso? Pero ¿por qué? ¿Qué puede hacer Hathi que no podamos hacer nosotros?

—Pídele a él y a sus tres hijos que vengan aquí a verme.

—Pero, de verdad, en serio, Hermanito, no… A Hathi no se le puede decir «ven» o «ve». Acuérdate, él es el Amo de la Selva, y antes de que la Manada de Hombres te cambiara la expresión de la cara, te enseñó las Palabras Maestras de la Selva.

—No importa. Tengo una Palabra Maestra para él. Dile que venga a ver a Mowgli, la Rana. Y si no te hace caso, dile que venga por el Saqueo de los Campos de Bhurtpore.

—El Saqueo de los Campos de Bhurtpore —repitió dos o tres veces Bagheera para asegurarse de no olvidarlo—. Me voy. Lo más seguro es que Hathi se enfade como nunca se ha enfadado, pero daría una luna entera de caza con tal de oír la Palabra Maestra que obligue al Silencioso a obedecer.

Se alejó y dejó a Mowgli clavando furiosamente en el suelo su cuchillo de desollar. Mowgli no había visto sangre humana en su vida hasta que vio y —lo que significó mucho más para él— olió la sangre de Messua en las ligaduras con las que la ataron. Messua había sido amable con él y, a pesar de lo poco que sabía del amor, amaba a Messua tanto como odiaba al resto de la humanidad. Sin embargo, pese a lo mucho que detestaba a los aldeanos, su hablar, su crueldad y su cobardía, no había nada en toda la Selva que le hiciera reunir el valor suficiente para acabar con la vida de un hombre y volver a oler ese terrible hedor a sangre. Su plan era mucho más sencillo, pero mucho más exhaustivo; y se rio al pensar que lo que le había dado la idea había sido uno de los relatos que una noche Buldeo había contado bajo la higuera.

—Sí era una Palabra Maestra —le susurró Bagheera al oído—. Estaban comiendo junto al río y obedecieron como bueyes. ¡Mira! ¡Por ahí vienen!

Hathi y sus tres hijos llegaron, como siempre, sin hacer ruido. El lodo en sus flancos aún estaba húmedo y Hathi masticaba pensativamente el tronco verde de un joven banano que había arrancado con sus colmillos. Pero cada una de las arrugas de su vasto cuerpo le indicaban a Bagheera —que era capaz de entender las cosas cuando las veía con sus propios ojos— que no se hallaba ante un Amo de la Selva dirigiéndose a un Cachorro de Hombre, sino ante alguien que tenía miedo de comparecer ante uno que no tenía miedo. Sus tres hijos llegaron juntos, detrás de su padre.

Mowgli apenas levantó la cabeza cuando Hathi le deseó «buena caza». Durante un buen rato, antes de hablar, dejó que Hathi continuara meciéndose de un lado a otro y cambiando de peso las patas, y cuando abrió la boca se dirigió a Bagheera y no a los elefantes.

—Voy a contar una historia que me contó el cazador al que has acosado hoy —dijo Mowgli—. Trata de un elefante viejo y sabio que cayó en una trampa, y la estaca afilada del hoyo le dejó una cicatriz que abarcaba desde un poco por encima de su talón hasta la parte alta de su hombro, una marca blanca.

Mowgli alargó la mano, y cuando Hathi se dejó iluminar por la luna reveló una cicatriz blanca en su costado pizarroso, como si le hubieran golpeado con un látigo al rojo vivo.

—Los hombres se acercaron a él —prosiguió Mowgli—, pero él soltó las ataduras, pues era muy fuerte, y escapó hasta que su herida sanó. Después regresó, furioso, por la noche, a los campos de aquellos cazadores. Y recuerdo ahora que tenía tres hijos. Esto ocurrió hace muchas, muchas Lluvias, y en un lugar muy lejano, por los campos de Bhurtpore. ¿Qué ocurrió en esos campos cuando llegó la hora de la siega, Hathi?

—Fueron segados por mí y mis tres hijos —dijo Hathi.

—¿Y el laboreo que sigue a la cosecha? —dijo Mowgli.

—No hubo laboreo —dijo Hathi.

—¿Y qué les pasó a los hombres que viven junto a los terrenos cultivados? —dijo Mowgli.

—Se fueron.

—¿Y a las chozas donde dormían esos hombres? —dijo Mowgli.

—Hicimos pedazos los tejados y la Selva se tragó las paredes —dijo Hathi.

—¿Y qué más? —dijo Mowgli.

—La Selva arrasó tanto terreno como puedo yo recorrer en dos noches de este a oeste y en tres noches de norte a sur. Dejamos que la Selva invadiera cinco aldeas, y en esas aldeas y en sus tierras, las zonas de pastoreo y los terrenos de cultivo, no hay hombre que, a día de hoy, pueda obtener alimento de ese suelo. Eso fue el Saqueo de los Campos de Bhurtpore que mis hijos y yo llevamos a cabo. Y ahora pregunto, Cachorro de Hombre, ¿cómo te has enterado? —dijo Hathi.

—Un hombre me lo dijo y ahora veo que incluso Buldeo es capaz de decir la verdad. Bien hecho, Hathi de la marca blanca, pero la segunda vez será mejor, porque esta vez habrá un hombre para dirigirlo todo. ¿Conoces la aldea de la Manada de Hombres que me ha desterrado? Son gente ociosa, estúpida y cruel. Juegan con sus bocas y no matan a los débiles por su alimento sino por diversión. Cuando han comido hasta reventar son capaces de arrojar a su propia gente a la Flor Roja. Esto es lo que yo he visto. No está bien que sigan viviendo aquí. ¡Les odio!

—Mátalos, pues —dijo el más joven de los tres hijos de Hathi, que arrancó una mata de hierbas y se limpió con ellas las patas delanteras para luego arrojar la mata a un lado. Mientras, sus ojitos rojos miraban furtivamente a un lado y a otro.

—¿De qué me sirven unos huesos blancos? —respondió Mowgli enfadado—. ¿Soy acaso un cachorro de lobo que juega al sol con una cabeza? He matado a Shere Khan y su piel está pudriéndose en la Roca del Consejo; pero... pero no sé adónde ha ido Shere Khan, y mi estómago sigue vacío. Ahora voy a tomar lo que soy capaz de ver y tocar. ¡Dejemos que la Selva arrase esa aldea, Hathi!

Temblando, Bagheera se encogió. Comprendía, en el peor de los casos, un ataque rápido en la calle principal de la aldea, dando zarpazos a diestro y siniestro en medio de una multitud, o matar con astucia a los hombres que aran al atardecer; pero este plan de borrar la aldea a propósito y por completo de la faz de la tierra le asustaba. Ahora entendía por qué había hecho llamar a Hathi. Nadie excepto el anciano elefante podía planificar y llevar a cabo semejante guerra.

—Que corran como los hombres corrieron por los campos de Bhurtpore, hasta que el único arado sea el agua de la lluvia, hasta que el sonido de la lluvia sobre las hojas gruesas sea el único eco de los husos, hasta que Bagheera y yo usemos como guarida la casa del brahmán y el buey beba en el depósito de agua de detrás del templo. ¡Que la Selva arrase, Hathi!

—Pero yo... nosotros no hemos discutido con ellos, y la ira roja del gran dolor es necesaria para que arrasemos con los lugares donde duermen los hombres —dijo Hathi dubitativo.

—¿Acaso sois los únicos Comedores de Hierba en toda la Selva? Trae a tus gentes. Que acudan el ciervo, el jabalí, el nilgó.[55] No es necesario que muestres ni un palmo de tu piel hasta que ya los campos yazcan desnudos. ¡Que la Selva arrase, Hathi!

—No será necesario matar, ¿verdad? Mis colmillos estaban rojos durante el Saqueo de los Campos de Bhurtpore y no quiero revivir ese olor.

—Tampoco yo. No quiero siquiera que sus huesos yazcan en la tierra limpia. Que se marchen y encuentren una nueva guarida. No pueden quedarse aquí. He visto y olido la sangre de la mujer que me dio alimento, la mujer que ellos habrían matado por mi culpa. Únicamente el olor de la hierba nueva ante la puerta de sus casas podrá alejar ese olor. Un olor que arde en la boca. ¡Que la Selva arrase, Hathi!

—¡Ah! —dijo Hathi—. Del mismo modo ardía la cicatriz de la estaca en mi piel hasta que vimos cómo morían las aldeas bajo los matorrales que crecieron en primavera. Ahora entiendo. Tu guerra será nuestra guerra. ¡Dejaremos que la Selva arrase!

Mowgli apenas tuvo tiempo de recobrar el aliento —temblaba de arriba abajo de furia y odio— antes de que el lugar donde habían estado los elefantes quedase vacío, y Bagheera le miraba con terror.

—¡Por el Cerrojo Roto que me liberó! —dijo la Pantera Negra al fin—. ¿Eres aún esa cosilla desnuda en nombre de quien hablé ante la Manada cuando todos éramos jóvenes? Amo de la Selva, cuando me abandonen las fuerzas habla en mi nombre, habla en nombre de Baloo, habla en nombre de todos nosotros. Somos simples cachorros ante ti, ramitas partidas bajo tus patas, cervatillos que han perdido a su madre.

La idea de Bagheera de que todos eran meros cervatillos perdidos disgustó a Mowgli. Se echó a reír, luego contuvo el aliento y a continuación sollozó y volvió a reír hasta que finalmente tuvo que saltar dentro de un estanque

---

55 O toro azul, antílope común en los bosques de la India.

para serenarse. Entonces nadó en círculos, sumergiendo la cabeza y volviéndola a sacar —como suele hacer también la rana, su homónima— entre los barrotes que el reflejo de la luna dibujaba sobre el agua.

Para entonces, Hathi y todos sus hijos ya habían tomado un camino en dirección a cada uno de los puntos cardinales y cruzaban a zancadas los valles situados a una milla de distancia. Siguieron atravesando la Selva durante dos días, es decir, una marcha de sesenta millas, y cada paso que daban y cada meneo de la trompa era sabido y anotado por Mang y Chil y los Monos y todas las aves. Entonces empezaron a comer, y comieron tranquilamente durante una semana aproximadamente. Hathi y sus hijos son como Kaa, la Pitón de Roca. No se dan prisa hasta que tienen que darse prisa.

Transcurrida la semana empezó a circular el rumor por toda la Selva —y nadie sabía quién lo había iniciado— de que había mejor comida y agua en tal y cual valle. Los jabalís, que, por supuesto, irían hasta el fin del mundo para obtener una buena comida, fueron los primeros en moverse en grupos trepando las rocas, y siguieron los ciervos, con los pequeños zorros que viven de comer los cadáveres y los moribundos de los rebaños. Y los nilgós de anchas espaldas avanzaron en paralelo a los ciervos, y los búfalos salvajes de las ciénagas siguieron a los nilgós. Cualquier insignificancia habría bastado para que todas esas manadas desperdigadas y rezagadas que pastaban y deambulaban y bebían y volvían a pastar dieran media vuelta. Pero cada vez que se asustaban, alguien se levantaba y las tranquilizaba. Podía tratarse de Sahi, el Puercoespín, cargado de noticias sobre los pastos excelentes que había un poco más allá; o bien Mang gritaba alegremente y revoloteaba por encima de un claro para indicar que estaba vacío; o Baloo, con la boca llena de raíces, arrastraba sus pies junto a un rebaño y los medio asustaba y medio jugueteaba con torpeza con ellos para hacer que volvieran a tomar el sendero correcto. Muchas criaturas regresaron o huyeron corriendo o perdieron interés, pero muchas otras continuaron adelante. Al cabo de unos diez días la situación era la siguiente: los ciervos, jabalís y nilgós se concentraban en un círculo de un radio de diez millas, mientras que los carnívoros peleaban en los límites. En el centro del círculo estaba la aldea y en los alrededores de la aldea los cultivos estaban madurando. En los campos estaban los hombres, sentados en lo que llamaban *machans,* unas plataformas semejantes a aseladeros formados por palos en lo alto de cuatro postes que servían para asustar a las aves y otros ladrones. En ese momento ya no fue necesario persuadir a los ciervos. Los carnívoros ya acechaban y los forzaban a seguir adelante.

En una noche oscura Hathi y sus hijos salieron de la Selva y rompieron los postes de los *machans* con sus trompas; se partieron como se parte un tallo de cicuta en flor, y los hombres que cayeron de ellos oyeron el grave borboteo de los elefantes. Entonces, la vanguardia formada por huestes de ciervos se descontroló e invadió los campos de pastoreo de la aldea, así como los campos de cultivo; y los jabalís escarbadores de pezuñas afiladas llegaron con ellos, y lo que dejaban los ciervos lo estropeaban los jabalís, y de vez en cuando un aviso de que se acercaban los lobos agitaba los rebaños y entonces corrían de un lado a otro, desesperados, pisoteando la cebada y apisonando las orillas de los canales de irrigación. Antes de amanecer, la presión desde el exterior del círculo finalmente cedió. Los Comedores de Carne se habían retirado y habían dejado una ruta abierta por la que huyeron manadas y manadas de ciervos. Otros, más valientes, se fueron a esperar entre los matorrales para terminar su comida la noche siguiente.

El trabajo estaba prácticamente terminado. Cuando los aldeanos se levantaron a la mañana siguiente descubrieron que habían perdido todas sus cosechas. Y si no se marchaban morirían, pues año tras año habían estado cerca de sufrir hambrunas debido a la cercanía de la Selva. Cuando enviaron a los búfalos a pastar, las enormes bestias descubrieron que los ciervos habían agotado las áreas de pastoreo, de modo que se adentraron en la Selva y se alejaron con sus compañeros silvestres. Y, al anochecer, tres o cuatro ponis que pertenecían a la aldea yacían en sus establos con las cabezas destrozadas. Solo Bagheera habría sido capaz de dar semejantes zarpazos, y solo a Bagheera se le habría ocurrido la insolente idea de arrastrar los cadáveres a la calle.

Los aldeanos no se vieron con corazón para quemar los campos aquella noche, de modo que Hathi y sus hijos fueron a recoger los restos, y allí

por donde Hathi rebusca ya no es necesario regresar. Los hombres decidieron vivir del maíz que habían almacenado hasta después de las lluvias, y luego aceptar trabajo como sirvientes hasta que pudieran recuperarse del año perdido, pero mientras el comerciante de grano pensaba en sus contenedores rebosantes de maíz y en los precios que impondría para su venta, los colmillos de Hathi fueron rompiendo la esquina de la casa de adobe y, abriendo el gran baúl de mimbre lleno del precioso alimento, lo llenó de heces de vaca.

Cuando descubrieron esto último, le tocó hablar al brahmán. Había estado rezando a sus propios Dioses sin obtener respuesta. Dijo que quizás la aldea había ofendido inconscientemente a alguno de los Dioses de la Selva porque, sin duda, la Selva estaba contra ellos. De modo que mandaron buscar al jefe de la tribu más cercana de gondis —cazadores pequeños, inteligentes y de piel muy oscura que vivían en las profundidades de la Selva y cuyos ancestros procedían de la raza más antigua de la India—, los aborígenes dueños de la tierra. Recibieron al gondi con lo poco que tenían y él se quedó de pie, sobre una sola pierna, con dos o tres flechas envenenadas guardadas en su turbante, y miró medio asustado y medio despectivamente a los ansiosos aldeanos y sus campos destrozados. Querían saber si los Dioses —los Dioses Antiguos— estaban enfadados con ellos y qué sacrificios debían ofrecer. El gondi no dijo nada, pero recogió una tira de karela, la planta trepadora que produce un melón amargo, y la colocó en la puerta del templo sobre la cara roja de la divinidad hindú. Después hizo un gesto con la mano en dirección a Khanhiwara y regresó a la Selva, donde observó a los Habitantes de la Selva vagando por allí. Sabía que cuando la Selva se mueve, solo el hombre blanco espera poder torcer su avance.

No hubo necesidad de preguntar el significado del gesto del gondi. La planta del melón amargo crecería allí donde ellos habían adorado a su Dios, y cuanto antes intentaran salvarse, mejor.

Pero es difícil arrancar a un aldeano de sus raíces. Aguantaron mientras les quedó algo de la comida de verano, e intentaron recolectar nueces en la Selva, pero las sombras con ojos les observaban fijamente y aparecían delante de ellos incluso en pleno día, y cuando asustados corrían de regreso a sus casas, en los árboles que acababan de pasar ni siquiera cinco minutos antes el corcho había sido arrancado y esculpido por el golpe de una gran zarpa. Cuanto más permanecían en la aldea, tanto más osadas se volvían las criaturas salvajes que retozaban y bramaban en las áreas de pastoreo junto al Waingunga. No tenían tiempo para reparar ni revocar las paredes de los establos vacíos que daban a la Selva. Los jabalís las pisotearon y las enredaderas de raíces nudosas corrieron detrás y se abrieron paso por el terreno recuperado, y tras las enredaderas asomaba la hierba áspera como lanzas de un ejército de duendes tras una retirada. Los hombres solteros huyeron primero, y llevaron con ellos el mensaje de que la aldea estaba condenada. ¿Quién puede luchar contra la Selva o los Dioses de la Selva, si la cobra de la aldea ha abandonado su guarida bajo la higuera?, decían. De modo que el poco comercio con el exterior se redujo igual que fueron desapareciendo los senderos transitados campo a través. Al final, los barritos de Hathi y sus tres hijos dejaron de molestarles porque ya no les quedaba nada que les pudieran robar. Les habían quitado las cosechas y las semillas. Los campos más alejados ya estaban perdiendo su perfil y había llegado el momento de aceptar la caridad de los ingleses de Khanhiwara.

Siguiendo su estilo, los nativos retrasaron su partida un día tras otro hasta que las primeras Lluvias les atraparon y los tejados sin reparar dejaron entrar torrentes de agua. Las áreas de pastoreo quedaron inundadas hasta la altura de las rodillas y la naturaleza regresó con ímpetu tras el calor del verano. Entonces, hombres, mujeres y niños vadearon a través de la lluvia caliente y cegadora de la mañana, pero se volvieron una vez más para echar una mirada de despedida a sus hogares.

Oyeron, cuando la última de las familias cruzó las puertas de la aldea, el estruendo de vigas y la cubierta vegetal tras los muros. Por un instante vieron una trompa serpenteante, negra y reluciente que se levantaba y desperdigaba la paja empapada. Desapareció y hubo otro estruendo, seguido por un chillido. Hathi había estado arrancando los tejados de las chozas igual que uno arranca nenúfares, y una viga había rebotado y le había pinchado. Solo necesitaba esto para desencadenar su fuerza total, porque, de todas las cosas de la Selva, un elefante furioso es lo más deliberadamente dañino. Dio una patada atrás contra un muro de adobe que se derrumbó con el golpe y, al desplomarse, se derritió en forma de barro amarillo bajo la lluvia torrencial. Después, Hathi empujó y gritó y corrió por las callejuelas, apoyándose contra las chozas a derecha e izquierda, haciendo pedazos las puertas y haciendo que se desplomaran los aleros, mientras que sus tres hijos atacaban con la misma furia con la que él había atacado durante el Saqueo de los Campos de Bhurtpore.

—La Selva se tragará estos cascarones —dijo una voz tranquila en medio de los escombros—. El muro exterior debe ser abatido.

Mowgli, con la lluvia bajándole por los hombros y brazos desnudos, saltó de un muro que se venía abajo como un búfalo cansado.

—A su debido tiempo —jadeó Hathi—. Pero en Bhurtpore, mis colmillos estaban rojos. ¡Hijos, al muro exterior! ¡Con la cabeza! ¡Juntos! ¡Ahora!

Los cuatro empujaron a la vez, uno al lado del otro. El muro exterior se curvó hacia afuera, se partió y cayó, y los aldeanos, mudos del horror, vieron por el irregular hueco las cabezas salvajes y manchadas de lodo de los destructores. Entonces huyeron, sin casa ni comida, corriendo valle abajo, mientras su aldea era hecha pedazos, derribada, pisoteada, licuada tras ellos.

Al cabo de un mes, el lugar ya no era más un montículo desigual invadido por retoños y rebrotes. Y, al final de la temporada de las Lluvias, un emplazamiento que había sido sometido al trabajo de los arados exhibía ahora una viva explosión de naturaleza.

CANCIÓN DE MOWGLI CONTRA LAS PERSONAS

Soltaré contra vosotros el poder de las flotillas de enredaderas.
Llamaré a la Selva para que pisotee vuestras líneas.
Los tejados desaparecerán primero,
las vigas de las casas caerán,
y la karela, la amarga karela,
lo cubrirá todo.

A las puertas de vuestros consejos mis gentes cantarán.
En las puertas de vuestros graneros los murciélagos descansarán.
Y la serpiente será vuestro vigilante
junto a un hogar sin barrer.
Porque la karela, la amarga karela,
sacará fruto allí donde dormisteis.

No veréis a quienes atacan, mas los oiréis.
Por la noche, antes de salir la luna, me cobraré mi tributo
y el lobo será vuestro pastor
junto al hito arrancado.
Porque la karela, la amarga karela,
sacará semillas allí donde amasteis.

Segaré vuestros campos ante vuestros ojos a manos de un invasor.
Iréis tras mis segadores en busca del pan perdido.
Y los ciervos serán vuestros bueyes
junto al terreno sin cultivar,
porque la karela, la amarga karela,
sacará hojas allí donde construisteis.

He soltado contra vosotros las enredaderas.
He enviado la Selva a arrasar, a inundar vuestras líneas.
Los árboles, los árboles os invaden.
Las vigas de las casas caerán
y la karela, la amarga karela,
os cubrirá a todos.

Los enterradores

Cuando a Tabaqui llamas «¡Hermano mío!» al invitar a la Hiena a comer,
más te vale pedir una Tregua Total con Jacala, el vientre que anda a cuatro
[patas.

Ley de la Selva

—¡Respetad a vuestros mayores!

Era una voz grave —una voz severa que os hubiera hecho estremecer—, una voz como de algo blando que se parte en dos. En ella se percibía un temblor, un graznido, un chirrido.

—¡Respetad a vuestros mayores! ¡Oh, Compañeros del Río! ¡Respetad a vuestros mayores!

No se veía por toda la amplitud del río más que una pequeña flota de barcazas hechas de maderos clavados y vela cuadrada, cargadas con piedras para la construcción, que acababan de pasar por debajo del puente del tren y navegaban río abajo. Las embarcaciones tenían levantados sus timones para evitar los bancos de arena fruto de restregar los pilares del puente, y al pasar las tres, una al lado de la otra, la horrible voz empezó de nuevo:

—Oh, Brahmanes del Río. Respetad a vuestros mayores y vuestros enfermos.

Un barquero sentado en la borda se volvió, levantó la mano, dijo algo que no era una bendición. Las barcazas se deslizaron rechinando a la luz del crepúsculo. El ancho río indio, que parecía más una cadena de pequeños lagos que una corriente, tenía la superficie lisa como un espejo en el que se reflejaba una mitad del cielo en color rojo arena, y en las orillas y sus inmediaciones, manchas amarillas y púrpura oscuro. Durante la estación húmeda, unos pequeños riachuelos desembocaban en el río, pero ahora, esas desembocaduras secas se situaban bien por encima de la línea de agua. En la orilla izquierda, y casi debajo del puente del tren, había una aldea de casitas de barro y ladrillo, de paja y ramitas, cuya calle principal, llena de ganado que regresaba a sus establos, acababa justo en el río en una suerte de tosco atracadero formado por peldaños de ladrillo donde la gente que quería lavarse podía bajar al agua, paso a paso. Ese lugar era el *ghaut* de la aldea de Mugger Ghaut.[56]

Anochecía rápidamente sobre los campos de lentejas, arroz y algodón situados en los terrenos que el río inundaba todos los años; sobre los juncos que bordeaban el recodo del río y la jungla enmarañada de los campos de pastoreo detrás de los calmos juncos. Los papagayos y los cuervos, que habían estado cotorreando y gritando en esta su hora de beber, habían volado al interior para anidar, cruzándose con los batallones de murciélagos comedores de fruta; y una bandada tras otra de aves acuáticas silbaba y graznaba buscando la protección de los lechos de juncos. Eran gansos, ánades, tarros, zarapitos y, de vez en cuando, flamencos.

En la retaguardia se puso un Marabú argala que volaba como si cada movimiento de sus alas fuera a ser el último.

—¡Respetad a vuestros mayores! Brahmanes del Río, respetad a vuestros mayores.

El Marabú volvió la cabeza a medias, desvió su curso un poco hacia donde se oía la voz y aterrizó con rigidez en el banco de arena que había bajo el puente. En ese momento se vio la brutal criatura que era en realidad. Por detrás era enormemente respetable, pues medía casi dos metros de altura y tenía el aspecto de un clérigo calvo y muy formal. Por delante era distinto, su cabeza tenía cierto parecido con la de Ally Sloper,[57] su cuello carecía de

---

56 *Ghaut* es el nombre que reciben los peldaños que descienden al río y *mugger* es el cocodrilo hindú. Así, la aldea se llama algo parecido a Atracadero del Cocodrilo. En adelante, el cocodrilo de este relato se llamará Mugger.

57 Personaje de tira de cómic que aparecía en la revista satírica inglesa *Judy* (1867-1907). Se trataba de un tipo muy feo y de moral dudosa.

plumas, y debajo de lo que sería el mentón le colgaba una horrible bolsa de piel fina donde guardaba todo tipo de objetos que recogía con su largo pico. Tenía las patas largas, delgadas y finas, pero las movía con delicadeza y las contemplaba con orgullo cuando se acicalaba las plumas color gris ceniza de su cola, miraba por encima del hombro y se cuadraba a la orden de firmes.

Un pequeño Chacal sarnoso que había estado ladrando de hambre en un rincón escarpado levantó las orejas y la cola y cruzó corriendo el bajío para unirse al Marabú.

De los de su casta era el inferior—aunque ni siquiera los mejores entre los chacales sirven de nada, pero este era en especial inferior al ser medio mendigo, medio delincuente—, uno de los que se dedican a rebuscar en los montones de desperdicios, desesperadamente tímido o bien incontrolablemente osado, eternamente hambriento y rebosante de una astucia que nunca le había servido de nada.

—¡U! —dijo sacudiéndose al llegar a tierra firme—. Que la sarna roja destruya a los perros de esta aldea. Me han picado tres pulgas y todo porque eché un vistazo, insisto, solo eché un vistazo a un viejo zapato en el establo de las vacas. ¿Acaso he de comer lodo?

Se rascó justo debajo de su oreja izquierda.

—He oído —dijo el Marabú con una voz parecida al sonido de una sierra desfilada cortando un grueso madero—, he *oído* decir que en ese mismo zapato había un cachorro recién nacido.

—Oír es una cosa, saber es otra —dijo el Chacal, que tenía un conocimiento notable de los proverbios; proverbios que había aprendido prestando atención por las noches a los hombres reunidos alrededor de las hogueras.

—Es verdad. Así, para estar seguro, me hice cargo de ese cachorro mientras los perros estaban ocupados en otro sitio.

—Estaban *muy* ocupados —dijo el Chacal—. En fin. Por un tiempo no podré entrar en la aldea en busca de sobras. Así que, ¿de verdad había un cachorro ciego en ese zapato?

—Está aquí —dijo el Marabú entornando los ojos hacia su bolsa llena—. Era poca cosa, pero pasable ahora que la caridad ha desaparecido de este mundo.

—Ajá. Hoy en día el mundo es como el acero —protestó el Chacal.

Entonces, sus ojos inquietos observaron una onda apenas perceptible sobre la superficie del agua y se apresuró a decir:

—La vida es dura para todos, y no dudo de que incluso nuestro excelente maestro, el Orgullo del *Ghaut* y la Envidia del Río...

—El mentiroso, el adulador y el Chacal salieron todos del mismo huevo —dijo el Marabú sin dirigirse a nadie en concreto, puesto que él mismo era un excelente embustero cuando se tomaba la molestia de mentir.

—Sí, Envidia del Río —repitió el Chacal alzando la voz—. Incluso él, no lo pongo en duda, se encuentra con que desde que se construyó el puente la comida es más escasa. Aunque él, por otro lado, si bien no osaría decírselo a la cara, es tan sabio y tan virtuoso... como no lo soy yo...

—Cuando el Chacal admite que es gris, eso quiere decir que debe de ser muy negro en realidad —murmuró el Marabú. No veía lo que estaba a punto de ocurrir.

—Que a él nunca le falta comida y, en consecuencia...

Se oyó un sonido chirriante, como si una embarcación hubiera pasado rozando un banco de arena. El Chacal se dio rápidamente la vuelta y encaró (siempre es mejor dar la cara) a la criatura de la que había estado hablando. Era un cocodrilo de siete metros, enfundado en lo que parecía una chapa de caldera remachada por triplicado, tachonada, con una quilla y una cresta. Las puntas amarillas de sus dientes superiores asomaban por encima de su mandíbula inferior, bellamente aflautada. Era Mugger, el cocodrilo hocicudo de Mugger-Ghaut, más viejo que cualquier habitante de la aldea, y que había dado nombre a la localidad; el demonio del atracadero antes de que llegara el puente del tren; asesino, comehombres y fetiche local, todo en uno. Había colocado su mentón en las aguas menos profundas, dando cuenta de su presencia a través de las apenas visibles ondas que provocaba el movimiento de su cola, y el Chacal sabía perfectamente que un solo braceo de esa cola en el agua transportaba a Mugger orilla arriba con la potencia de un motor de vapor.

—¡Qué buen augurio es verte, Protector de los Pobres! —le aduló al tiempo que daba un paso atrás con cada palabra—. Oímos una voz exquisita y nos acercamos con la esperanza de mantener una magnífica conversación. Mi presunción me ha conducido a hablar de ti mientras esperaba. Confío en que no hayas oído mis palabras.

El Chacal había hablado para que se le oyera, porque sabía que la adulación es la mejor manera de conseguir algo de comer y Mugger sabía que el Chacal había hablado con ese fin en mente, y el Chacal sabía que Mugger lo sabía, y Mugger sabía que el Chacal sabía que Mugger lo sabía. De modo que todos estaban satisfechos.

El viejo animal empujó y jadeó y resopló subiendo la orilla mientras mascullaba:

—¡Respetad a vuestros mayores y vuestros enfermos!

En todo momento, sus ojitos rojos ardían como ascuas bajo las gruesas y callosas cejas que coronaban su triangular cabeza mientras empujaba su hinchado cuerpo de barril con sus patas como muletas. Entonces se detuvo y, a pesar de lo acostumbrado que estaba el Chacal a las maneras del saurio, cuando vio con qué exactitud este último imitaba un tronco a la deriva en los bancos de arena, no pudo evitar salir corriendo por enésima vez. Mugger incluso se había esmerado por colocarse en el ángulo exacto que un tronco varado mantendría con respecto al agua, teniendo en cuenta la corriente estacional en aquel preciso momento y lugar. Todo esto, sin duda, era puro hábito pues Mugger había salido a la orilla por diversión. Pero un cocodrilo nunca acaba de saciarse del todo, y si el Chacal se hubiera dejado engañar por el parecido del reptil con un tronco no habría vivido para contarlo.

—Hijo mío, no he oído nada —dijo Mugger cerrando un ojo—. Tenía agua en los oídos y estaba desfallecido por el hambre. Desde que construyeron el puente, las gentes de mi aldea han dejado de quererme y eso me parte el corazón.

—¡Qué lástima! —dijo el Chacal—. Y qué corazón tan noble. Pero, en mi opinión, todos los hombres son iguales.

—No. Hay grandes diferencias —respondió con delicadeza Mugger—. Algunos son delgados como pértigas. Otros son gordos como cha... perros. Jamás insultaría sin causa a un hombre. Los hay de todos los colores, pero mis muchos años de vida me han demostrado que, ya sea uno u otro, todos son deliciosos. Hombres, mujeres, niños... a ninguno le encuentro falta. Y recuerda, hijo mío, aquel que critica el Mundo es criticado por el Mundo.

—La adulación es peor que una lata vacía en el estómago. Pero lo que acabamos de oír es pura sabiduría —dijo el Marabú bajando una pata.

—Pero piensa en su ingratitud hacia este excelente individuo —dijo el Chacal con ternura.

—No, no. No es ingratitud —dijo Mugger—. Lo que pasa es que no piensan en los demás. Eso es todo. Pero me he dado cuenta, mientras pasaba el rato tumbado en mi rincón pasado el vado, de que las escaleras del nuevo puente son sumamente difíciles de subir, tanto para los ancianos como para los niños. Los viejos, sin duda, no merecen consideración; pero me apena, me apena de verdad, por los niños gorditos. Aun así, creo que dentro de un tiempo, cuando la novedad del puente haya cedido, veremos las piernas desnudas de mi gente chapotear con valentía por el vado. Entonces, el viejo Mugger volverá a ser respetado.

—Pero creo haber visto flotar coronas de caléndulas cerca del *ghaut* justo este mediodía —dijo el Marabú.

Las coronas de caléndulas son señal de veneración en toda la India.

—Un error. Un error. Ha sido la esposa del vendedor de golosinas. Cada año ve peor y no es capaz de distinguir un tronco de mí, Mugger del Ghaut. Me di cuenta del error cuando arrojó la guirnalda, pues justo estaba al pie del *ghaut,* y si hubiera dado un paso más le habría podido enseñar la diferencia. No obstante, sus intenciones eran buenas, y hemos de tener en cuenta el ánimo de la ofrenda.

—¿Y de qué sirven las coronas de caléndulas si uno está en el montón de despojos? —dijo el Chacal, que estaba buscándose las pulgas sin apartar la vista de su Protector de los Pobres.

—Tienes razón, pero no han hecho todavía el montón de despojos que me lleve a mí. Cinco veces he visto el río retroceder y dejar al descubierto el limo al pie de la aldea. Cinco veces he visto que reconstruían la aldea en las orillas, y la veré reconstruida cinco veces más. No soy un gavial[58] comepeces

---

58   También conocido como gavial del Ganges, es un reptil del orden Crocodilia, de hocico demasiado estrecho para cazar grandes mamíferos. Los peces son la base de su dieta.

y descreído, que un día está en Kasi y otro en Prayag, como suelen decir, sino que soy el verdadero y constante guardián del vado. No por nada, hijo mío, la aldea lleva mi nombre y, como dice el proverbio, «aquel que vigila durante mucho tiempo recibirá al final su recompensa».

—Yo he vigilado durante mucho tiempo, mucho, mucho tiempo, casi toda mi vida, y mi recompensa no han sido más que mordiscos y palizas —dijo el Chacal.

—Jo, jo, jo —se rio a carcajadas el Marabú.

> *En agosto nació el Chacal.*
> *La Lluvia cayó en septiembre.*
> *Una inundación tan terrible como esta,*
> *dice él, no la puedo recordar.*

El Marabú se caracteriza por una desagradable particularidad. En momentos inciertos padece ataques agudos de no parar quieto o le dan calambres en las patas, y, a pesar de que su aspecto es más virtuoso que el de otras grullas, que son todas enormemente respetables, el marabú sale volando en medio de una especie de danza de guerra salvaje sobre zancos, con las alas medio abiertas y la cabeza subiendo y bajando; y por razones que solo conoce él, pone mucho cuidado en hacer coincidir sus peores ataques con sus observaciones más desagradables. Cuando pronunció la última palabra de su canto, se cuadró de nuevo, diez veces más marabú que antes.

El Chacal se sintió ultrajado a pesar de haber cumplido ya tres estaciones, pero uno no puede permanecer resentido por el insulto de una persona con un pico de un metro de largo, y con la capacidad para manejarlo como una jabalina. El Marabú era tristemente conocido por ser un cobarde, pero el Chacal era peor.

—Para poder aprender se ha de haber vivido antes —dijo Mugger—, y he de decir lo siguiente: los pequeños chacales son muy comunes, hijo mío, pero un cocodrilo como yo no es nada común. No me siento orgulloso de ello, pues el orgullo es destructivo, pero lo que sí debes observar es que ha sido mi Destino, y nadie que nade, camine o corra debe decir nada contra su propio Destino. Yo me siento satisfecho con el mío. Con un poco de suerte, buena vista y la costumbre de preguntarse si un riachuelo o un remanso tienen salida antes de entrar en ellos, se pueden hacer muchas cosas.

—Una vez oí decir que incluso el Protector de los Pobres cometió una vez una equivocación —dijo el Chacal con malicia.

—Es verdad, pero el Destino me ayudó. Ocurrió antes de haber alcanzado mi tamaño actual, tres hambrunas antes de la última (lo llenos que solían estar los arroyos a derecha e izquierda del Gunga en aquellos días). Sí. Era joven e insensato. Y cuando las aguas crecieron, no había nadie más satisfecho que yo. En aquellos días era feliz con poca cosa. La aldea estaba totalmente inundada y nadé por encima del *ghaut* y me dirigí tierra adentro, hasta los arrozales, que estaban llenos de buen lodo. También recuerdo encontrar aquella tarde un par de pulseras (eran de vidrio y no me sentaron demasiado bien). Sí, pulseras de vidrio; y si mal no recuerdo, un zapato. Debiera haber evitado los dos zapatos, pero tenía hambre. Más adelante aprendí la lección. Sí. De modo que comí y descansé, pero cuando ya estaba listo para regresar al río, el nivel del agua había bajado y tuve que ir andando por el lodo de la calle principal. ¿Quién, si no yo? Toda mi gente, los sacerdotes y mujeres y niños salieron, y yo los miré con benevolencia. El lodo no es un buen lugar en el que pelear. Un barquero dijo: «Coged las hachas y matadlo, pues es Mugger, el del vado». El brahmán dijo: «No. Mirad. Él está haciendo retroceder las aguas. Es el dios de la aldea». Entonces me arrojaron flores y uno hizo cruzar una cabra por la calle.

—¡Qué buena! ¡Qué buena que es la cabra! —dijo el Chacal.

—Peluda. Demasiado peluda. Y cuando te encuentras una en el agua lo más seguro es que esconda un gancho en forma de cruz. Pero acepté la cabra y bajé al *ghaut* con muchos honores. Más adelante, mi Destino me envió al barquero que había deseado cortarme la cola con un hacha. Su barca quedó encallada en un viejo banco de arena que no recordaréis.

—Aquí no somos todos chacales —dijo el Marabú—. ¿Era el banco que se formó donde se hundieron las barcazas cargadas con piedra el año de la gran sequía? ¿Un banco de arena que duró tres crecidas?

—Había dos —dijo Mugger—. Un banco superior y otro inferior.

—¡Ah! Lo había olvidado. Un canal los dividía y luego acabó por secarse —dijo el Marabú, que se enorgullecía de su memoria.

—En el banco inferior encalló la barca del que mal me deseaba. Se había quedado dormido en la proa. Entonces, sin despertar del todo, saltó y se hundió hasta la cintura, no, más bien hasta las rodillas, para empujar la embarcación. Esta avanzó hasta encallarse de nuevo en el siguiente banco, pues así era el río entonces. Yo le seguí porque sabía que los hombres saldrían a arrastrar la embarcación a la orilla.

—¿Y lo hicieron? —dijo el Chacal fascinado. La escala de esta cacería le impresionaba.

—Lo hicieron. Allí y un poco más abajo. No me alejé más, pues eso me dio tres *manjis*[59] bien alimentados en un solo día y, salvo el último (pues en aquella época era algo descuidado), ninguno gritó para avisar a los que estaban en el banco.

—¡Qué noble deporte! ¡Pero qué inteligencia y juicio exige! —dijo el Chacal.

—Inteligencia no, hijo mío, sino reflexión. Un poco de reflexión en la vida es como un poco de sal en el arroz, como dicen los barqueros, y yo siempre he reflexionado en profundidad. El gavial, mi primo el comepeces, me ha dicho lo difícil que le resulta seguir a sus peces, y cómo un pez se diferencia de otro, y cómo debe conocerlos bien a todos cuando están juntos, pero también saber distinguirlos entre ellos. Yo digo que eso es sabiduría. Pero, por otro lado, mi primo, el gavial, vive entre sus gentes. Mi gente no nada en grupo, con la boca fuera del agua, como hace Rewa. Ni tampoco suben constantemente a la superficie ni se vuelven de costado, como Mohoo y el pequeño Chapta. Ni se reúnen en los bancos de arena después de una crecida, como Batchua y Chilwa.[60]

—Todos son buenos para comer —dijo el Marabú traqueteando su pico.

—Eso dice mi primo y siempre exagera cuando explica cómo los caza, pero no suben a los bancos de arena para escapar de su hocico alargado. Mi

---

59 Barqueros.
60 Todos peces de agua dulce.

gente es diferente. Su vida tiene lugar en tierra, en sus casas, entre el ganado. He de saber lo que hacen y lo que están a punto de hacer. Y como dice el proverbio, si añado una trompa a la cola consigo un elefante entero. ¿Que hay una rama verde y un anillo de hierro colgando encima de la puerta? El viejo Mugger sabe que ha nacido un niño en esa casa y algún día se acercará al *ghaut* a jugar. ¿Que se va a casar una soltera? El viejo Mugger lo sabe porque ve hombres llevando regalos de un lado a otro, y ella también vendrá al *ghaut* a bañarse antes de su boda y... allí estará él. ¿Que el río ha cambiado su curso y ha formado un suelo firme donde antes solo había arena? Mugger lo sabe.

—Pero ¿de qué sirve todo ese conocimiento? —dijo el chacal—. El río ha variado su curso incluso en mi corta vida.

Los ríos de la India casi siempre están moviéndose de su lecho y a veces varían su curso hasta dos y tres millas en una sola estación, anegando los campos en una orilla y extendiendo buen limo en la otra.

—No hay conocimiento más útil —dijo Mugger—, pues nuevas tierras significan nuevas peleas. Mugger lo sabe. Sí, señor, Mugger lo sabe. En cuanto el agua se ha escurrido, él sube a escondidas por los riachuelos que los hombres creen que no esconderían ni a un perro y allí espera. Entonces viene un granjero diciendo que plantará pepinos aquí y melones allí... en esta nueva tierra que el río le ha dado. Inspecciona el buen cieno con los dedos de los pies. Y enseguida viene otro, diciendo que él pondrá cebollas y zanahorias y azúcar de caña en tal y cual sitio. Se encuentran como se encuentran las barcas a la deriva y, bajo sus turbantes, los dos ponen los ojos en blanco al oír los planes del otro. El viejo Mugger ve y escucha. Cada uno de ellos llama al otro «hermano» y van a marcar los límites de sus nuevos terrenos. Mugger los sigue de un lugar a otro, arrastrándose a ras del suelo por el lodo. Ahora empiezan a pelearse. Ahora se dicen palabras insultantes. Ahora se arrancan los turbantes. Ahora levantan sus *lathis*[61] y, finalmente, uno cae de espaldas en el lodo y el otro escapa corriendo. Cuando vuelve, la disputa está resuelta, como atestigua el bambú dentado del perdedor. Y, sin

---

61   Largas varas de bambú que todavía hoy utiliza la policía india como porra.

embargo, no se lo agradecen a Mugger. No. Gritan: «¡Asesino!». Y sus familias se pelean con palos, veinte por cada bando. Mi gente es buena gente, jats de las tierras altas, malwas de Bêt.[62] No golpean por diversión, y cuando la pelea ha terminado el viejo Mugger espera lejos, en el río, fuera de la vista de los aldeanos, detrás de los arbustos de *kikar*.[63] Entonces bajan, mis jats de anchos hombros, ocho o nueve, juntos, bajo las estrellas, llevando al hombre muerto en una camilla. Son hombres viejos con barbas grises y voces graves como la mía. Encienden un pequeño fuego. Ah, qué bien conozco yo ese fuego. Y beben tabaco e inclinan las cabezas hacia delante o hacia un lado, hacia el hombre muerto en la orilla. Dicen que la Ley Inglesa vendrá con una cuerda a resolver este asunto, y que la familia del hombre será humillada porque ese hombre deberá ser ahorcado en el gran patio de la cárcel. Entonces, los amigos del muerto dicen: «¡Que lo ahorquen!». Y la misma conversación se repite a lo largo de la larga noche una, dos y veinte veces. Entonces, uno dice finalmente: «La lucha fue justa. Aceptemos la reparación, una cantidad algo superior a lo que ofrece el homicida, y callemos para siempre». Entonces discuten sobre la reparación, puesto que el muerto era un hombre fuerte que ha dejado muchos hijos. Y antes de *amratvela,* el amanecer, le prenden fuego, como es la costumbre, y el muerto viene a mí y ya no tiene nada más que decir. Ah, hijos míos, Mugger sabe, Mugger sabe, y mis jats de Malwa son buena gente.

—Son demasiado agarrados, demasiado para mi gusto —graznó el Marabú—. No desaprovechan ni el cuerno pulido de una vaca, como se suele decir. Además, ¿quién puede aprovechar nada de lo que ha dejado un malwa?

—Eh, yo. Yo aprovecho todo de *ellos* —dijo Mugger.

—En Calcuta, en los viejos tiempos —prosiguió el Marabú—, se arrojaba todo a las calles y teníamos donde elegir. Esa fue una época exquisita. Pero hoy se mantienen las calles impolutas como el exterior de un huevo, y mi gente vuela a otros lugares. Ser limpio es una cosa, pero sacar el polvo, barrer y regar siete veces al día cansa a los mismísimos dioses.

---

62   Los jat son un pueblo de la zona del Punjab, de la zona de Malwa. Bêt es un distrito agrícola.

63   Una especie de acacia.

—El hermano de un chacal de las regiones meridionales me dijo que, en Calcuta, todos los chacales se ponían gordos como nutrias tras la estación de las Lluvias —dijo el Chacal, al que, solo de pensarlo, se le hizo la boca agua.

—Ah, pero los de cara blanca, los ingleses, están allí y se traen perros grandes y gordos de un lugar situado río abajo, y los traen en barcas para mantener a esos mismos chacales delgados —dijo el Marabú.

—Entonces, ¿son tan duros como esas gentes? Debiera de haberlo sabido. Ni la tierra, ni el cielo, ni el agua se muestran caritativos con los chacales. En la última estación, después de las Lluvias, vi las tiendas de un carablanca y robé para comérmela una brida amarilla que estaba nueva. Los carablancas no curten su cuero correctamente. Me puse muy enfermo.

—Eso es mejor que lo que me pasó a mí —dijo el Marabú—. Cuando había cumplido tres estaciones y era un ave joven y valiente, bajé al río donde atracan las embarcaciones grandes. Las de los ingleses eran tres veces más grandes que esta aldea.

—Ha llegado hasta Delhi y dice que allí la gente camina de cabeza... —se burló el Chacal. Mugger abrió su ojo izquierdo y miró fijamente al Marabú.

—Es verdad —insistió el gran pájaro—. Un mentiroso solo miente cuando espera que le crean. Nadie que no haya visto esas embarcaciones *podría* creer esta verdad.

—*Eso* es más razonable —dijo Mugger—. ¿Y luego?

—Del interior de esa embarcación estaban sacando unas piezas grandes de una cosa blanca que, al poco rato, se convirtió en agua. Muchas se partían y caían en la orilla, y el resto las llevaban corriendo a una casa con paredes muy gruesas. Pero el barquero, que reía, cogió un pedazo no más grande que un perrito y me lo arrojó. Es sabido que toda mi gente traga sin pensar, y yo me tragué ese pedazo tal como es nuestra costumbre. De inmediato me entró un frío excesivo que, empezando en mi buche, fue descendiendo hasta la punta de los dedos y me dejó incluso sin habla. Mientras, los barqueros se reían de mí. Nunca he sentido tanto frío. El dolor y asombro me obligaron a danzar hasta que recuperé el aliento y entonces bailé y grité contra la falsedad en este mundo, y los barqueros se mofaron de mí hasta caer al suelo. La maravilla principal del asunto, dejando de lado el maravilloso frío, fue que en mi buche no quedó nada una vez hube terminado de lamentarme.

El Marabú se había esforzado por describir sus sensaciones después de tragarse un pedazo de tres kilos de hielo Wenham Lake procedente de un barco nevera antes de que en Calcuta se produjera hielo industrialmente; pero como no sabía lo que era el hielo, y como Mugger y el Chacal sabían incluso menos que él, el relato no obtuvo el efecto deseado.

—Cualquier cosa —dijo Mugger, cerrando de nuevo su ojo izquierdo—, cualquier cosa es posible si sale de una embarcación tres veces más grande que Mugger-Ghaut. Mi aldea no es pequeña.

Arriba, en el puente, se oyó un pitido, y el tren correo de Delhi pasó con todos sus vagones relucientes y sus sombras persiguiéndolos por el río. El ruido metálico desapareció en la oscuridad. Mugger y el Chacal estaban tan acostumbrados a oírlo que ni tan solo levantaron la vista.

—¿Acaso no es eso igual de maravilloso que una embarcación tres veces el tamaño de Mugger-Ghaut? —dijo el pájaro mirando arriba.

—Hijo mío, yo vi cómo lo construían. Vi cómo levantaban piedra a piedra los pilares del puente y, cuando varios hombres cayeron (la mayoría eran asombrosamente hábiles, salvo cuando caían), yo estaba preparado. Después de terminar el primer pilar no se les ocurrió mirar río abajo para ver si encontraban el cuerpo para incinerarlo. De nuevo, les ahorré las molestias. No hubo nada raro en la construcción del puente —dijo Mugger.

—Pero esa cosa que tira de los carros con tejado... Eso es extraño —repitió el Marabú.

—Sin duda se trata de una nueva raza de buey. Algún día no será capaz de sostenerse ahí arriba y caerá igual que cayeron los hombres. El viejo Mugger estará preparado.

El Chacal miró al Marabú y el Marabú miró al Chacal. Si había una cosa de la cual estaban realmente seguros era de que la máquina era cualquier cosa excepto un buey. El Chacal la había visto varias veces desde el seto formado por plantas de aloe que recorre la línea del ferrocarril, y el Marabú había visto máquinas desde que la primera locomotora llegó a la India. Pero

Mugger tan solo había visto esa cosa mirando desde abajo, desde donde la cúpula de latón parecía más bien la joroba de un buey.

—Um... sí. Una nueva clase de buey —repitió Mugger lentamente, como para asegurarse.

—Sin duda es un buey —dijo el Chacal.

—Y, de nuevo, puede ser... —empezó a decir Mugger malhumorado.

—Seguro... sin duda —dijo el Chacal sin esperar a que el otro terminara.

—¿Qué? —dijo enfadado Mugger, pues notaba que los demás estaban enterados de algo que él desconocía—. ¿Qué podría ser? No he terminado de decirlo. Tú has dicho que era un buey.

—Es lo que el Protector de los Pobres quiera que sea. Yo soy *su* sirviente, no el sirviente de la cosa que cruza el río.

—Sea lo que sea, es obra de los carablancas —dijo al Marabú—. Por mi parte, no me pondría en un lugar tan cercano a eso como este banco de arena.

—No conocéis a los ingleses tan bien como yo —dijo Mugger—. Cuando se construyó el puente vino aquí un carablanca y por las tardes cogía una barca, arrastraba los pies por el fondo de la embarcación y susurraba: «¿Está aquí? ¿Está aquí? Traedme mi rifle». Antes de llegar a verle ya lo podía oír, cada uno de los ruidos que hacía, chirriando y jadeando y repiqueteando su rifle, río arriba y río abajo. Igual que yo había recogido a uno de sus trabajadores, y por lo tanto había ahorrado un gran gasto en madera para la incineración, de la misma manera bajaba él al *ghaut* y gritaba en voz alta que me cazaría y libraría al río de mi presencia, a mí, Mugger de Mugger-Ghaut. Hijos míos, nadé por debajo de su embarcación durante horas y le oí disparar su rifle, y cuando estuve seguro de que estaba agotado aparecí por el lado y abrí y cerré mi hocico en su cara. Cuando terminaron de construir el puente se largó. Todos los ingleses cazan de esa manera, excepto cuando son ellos los cazados.

—¿Quién caza a los carasblancas? —ladró el Chacal excitado.

—Ahora nadie, pero, en mis tiempos, yo los cacé.

—Recuerdo esas cacerías. En aquella época era muy joven —dijo el Marabú repiqueteando ostensiblemente su pico.

—Yo estaba bien establecido en esta zona. Si mal no recuerdo, estaban reconstruyendo por tercera vez mi aldea cuando mi primo, el Gavial, me habló de ricas aguas por encima de Benarés. Al principio no quería ir porque mi primo, que es un comepeces, no sabe distinguir bien entre lo bueno y lo malo, pero oí a mi gente hablar por la noche y lo que dijeron me dio confianza.

—¿Y qué dijeron? —preguntó el Chacal.

—Dijeron lo suficiente para que yo, Mugger de Mugger-Ghaut, saliera del agua y emprendiera el camino a cuatro patas. Avanzaba por la noche utilizando los riachuelos más diminutos que pudieran servirme, pero era el principio de la estación calurosa y todos los riachuelos habían bajado de nivel. Crucé caminos polvorientos, atravesé campos de hierbas altas y subí montañas a la luz de la luna. Incluso trepé rocas, hijos míos, tenedlo en cuenta. Crucé el extremo de Sirhind, un territorio árido, antes de encontrar el grupo de riachuelos que inundan Gungaward. El viaje desde el lugar donde se encontraban mi propia gente y mi río duró un mes. Fue maravilloso.

—¿Encontraste comida por el camino? —preguntó el Chacal, que tenía el alma encerrada en su estómago y no le impresionaban los viajes terrestres de Mugger.

—Cualquier cosa que encontrara... *primo* —dijo Mugger con lentitud, arrastrando las palabras.

En la India, uno no llama a nadie primo a menos que pueda establecer una relación de parentesco, y como únicamente en los cuentos de hadas los cocodrilos se casan con chacales, el Chacal supo la razón por la que de repente se le había incluido en el círculo familiar de Mugger. Si hubieran estado solos no le habría importado, pero le molestó que los ojos del Marabú brillaran por la hilaridad que la fea broma le había proporcionado.

—Sin duda, padre, debería haberlo sabido —dijo el Chacal. A un cocodrilo hocicudo no le gusta que los chacales lo llamen padre, y Mugger de Mugger-Ghaut respondió como es debido y dijo muchas más cosas que no es necesario repetir aquí.

—El Protector de los Pobres ha afirmado que estábamos emparentados. ¿Cómo voy a recordar el grado exacto? Es más, comemos lo mismo. Él lo ha dicho —objetó el Chacal.

Eso lo empeoró todo, si cabe, porque a lo que se refería el Chacal era a que Mugger debía de haber comido carne fresca todos los días, en lugar de

ALMA CLÁSICOS ILUSTRADOS

Alma Clásicos Ilustrados
ofrece una selección de la mejor literatura
universal; desde Shakespeare a Poe,
de Jane Austen a Tolstoi, pasando por Lao Tse
o los hermanos Grimm, esta colección ofrece
clásicos para entretener e iluminar a lectores
de todas las edades e intereses.

Esperamos que estas magníficas
ediciones ilustradas te inspiren para recuperar
ese libro que siempre has querido leer,
releer ese clásico que te entusiasmó
o dar una nueva oportunidad a uno que quizás
no tanto. Libros cuidadosamente editados,
traducidos e ilustrados para disfrutar del placer
de la lectura con todos los sentidos.

www.editorialalma.com

f @Almaeditorial @almaeditorial

guardársela hasta que estuviera en las condiciones adecuadas, como cualquier cocodrilo hocicudo que se precie y la mayoría de criaturas salvajes hacen cuando pueden. Sin duda, una de las peores expresiones de desprecio a lo largo del Río es llamar a alguien «comedor de carne fresca». Es casi tan malo como llamar a un hombre caníbal.

—Eso te lo comiste hace treinta estaciones —dijo el Marabú en voz baja—. Aunque discutiéramos durante treinta estaciones más, nunca volvería. Dinos lo que ocurrió cuando alcanzaste las aguas ricas después de tu maravilloso viaje por tierra. Si tuviéramos que escuchar el aullido de cada chacal la vida en esta aldea se detendría, como dice la máxima.

Mugger debió de estar agradecido por la interrupción porque prosiguió con un clamor:

—¡Por las orillas derecha e izquierda del Gunga! Al llegar... jamás había visto aguas semejantes.

—Entonces, ¿eran mejores que la gran crecida de la última estación? —dijo el Chacal.

—¡Mejores! Esa crecida no fue mayor que la que llega cada cinco años: un puñado de desconocidos ahogados, algunas gallinas y un buey muerto en el agua lodosa y revuelta. Pero en la estación que os estoy describiendo el caudal del río había bajado, estaba quieto y su nivel, uniforme, y, tal como me había advertido el Gavial, los ingleses muertos bajaban tocándose. Mi enormidad, el tamaño de mi cintura y mis dimensiones son fruto de aquella estación. Desde Agra, pasando por Etawah y las anchas aguas de Allahabad...[64]

—¡Oh, el remolino que se formaba bajo los muros del fuerte de Allahabad! —dijo el Marabú—. Eran atraídos allí como los juncos atraen a los patos silbones y daban vueltas y vueltas y más vueltas... ¡así!

Y comenzó de nuevo su horrible danza mientras el Chacal le miraba con envidia. Obviamente, no podía recordar ese terrible año del motín[65] del que estaban hablando. Mugger prosiguió:

---

64 Oficialmente conocida como Prayagraj, esta ciudad se encuentra en la confluencia de los ríos Ganges y Yamuna.

65 La Rebelión de la India de 1857.

—Sí. En Allahabad uno permanecía quieto en la marea muerta y dejaba pasar veinte cadáveres río abajo antes de elegir el que quisiera. Y, por encima de todo, los ingleses no iban cargados de joyas ni llevaban anillos en la nariz ni pulseras tobilleras como hoy llevan las mujeres de aquí. Como dice la máxima, deleitarse en el uso de adornos significa acabar con una soga como collar. Todos los cocodrilos hocicudos de todos los ríos engordaron en aquella época, pero mi destino fue ser más gordo que todos ellos. Las noticias que circulaban informaban de que los ingleses eran perseguidos hasta los ríos y ¡por las orillas derecha e izquierda del Gunga! creímos que era verdad. Y así lo continué creyendo a medida que seguía corriente abajo, hacia el sur, más allá de Munger y las tumbas que dan al río.

—Conozco ese lugar —dijo el Marabú—. Desde entonces, Munger es una ciudad abandonada. Muy poca gente vive allí ahora.

—Después subí corriente arriba muy lenta y parsimoniosamente, y un poco por encima de Munger me encontré con una barca llena de carasblancas... ¡vivos! Eran, por lo que recuerdo, mujeres, echadas bajo una tela sujeta con varas, y lloraban haciendo ruido. En aquella época, los vigilantes de los vados no disparaban contra nosotros. Los rifles estaban muy ocupados en otros lugares. Los oíamos día y noche, en el interior, yendo y viniendo según soplara el viento. Salí a la superficie por completo delante de la barca porque nunca había visto carasblancas vivos a pesar de conocerles bien. Una criatura blanca desnuda se inclinó por encima de la borda porque quería ver la estela de sus manos en el río. Es precioso ver lo que disfruta un niño con el agua corriente. Ese día yo había comido, pero sentía que tenía un hueco por llenar. Aun así, aparecí al lado de las manos del pequeño por diversión. Era un blanco tan evidente que ni siquiera miré al acercarme, pero eran tan diminutas que, a pesar de que mis mandíbulas se cerraron en el lugar correcto, de eso estoy seguro, el niño retiró las manos rápidamente, ileso. Esas pequeñas manos blancas debieron de pasar entre diente y diente. Debería de haberlo capturado por los codos, pero, como ya he dicho, solo subía a la superficie por diversión y por ver cosas nuevas. En la barca, todas las mujeres gritaron, una tras otra, y volví a subir para observarlas. La embarcación era demasiado pesada para volcarla. Solo se trataba de mujeres, pero dice la máxima que aquel que confía en una mujer caminará sobre lentejas de agua en un estanque. Y por las orillas derecha e izquierda del Gunga que eso es verdad.

—Una vez una mujer me dio la piel seca de un pez —dijo el Chacal—. Esperaba conseguir su bebé, pero, como dice la máxima, el pienso para caballos es mejor que la coz de un caballo. ¿Qué hizo tu mujer?

—Me disparó con una especie de escopeta corta que nunca había visto. Cinco veces, una tras otra (Mugger se enfrentó sin duda a un revólver de los de antes), y me quedé mirando con la boca abierta, y mi cabeza envuelta en humo. Nunca había visto nada igual. Cinco disparos, y descargados tan rápidamente como yo agito mi cola. ¡Así de rápido!

El Chacal, que cada vez estaba más interesado en la historia, apenas tuvo tiempo de dar un salto atrás cuando la cola le pasó al lado como una guadaña.

—No fue hasta el quinto disparo —dijo Mugger como si jamás hubiera soñado con desorientar a uno de sus oyentes—, digo que no me sumergí hasta el quinto disparo y volví a la superficie a tiempo de oír al barquero gritar a todas esas mujeres que, sin duda, yo estaba muerto. Una bala se había alojado debajo de una de las placas del cuello. No sé si sigue allí ni si es la razón por la que no puedo girar la cabeza. Ven y mira, hijo mío. Te mostraré que lo que digo es cierto.

—¿Yo? —dijo el Chacal—. ¿Acaso alguien que come zapatos viejos y parte huesos puede presumir de dudar de la palabra de la Envidia del Río? ¡Que cachorros ciegos me arranquen la cola a mordiscos si tan siquiera la sombra de tamaña idea se me ha pasado por mi humilde cabeza! El Protector de los Pobres se ha dignado a informarme a mí, su esclavo, de que una vez en su vida fue herido por una mujer. Eso es suficiente, y contaré este relato a todos mis hijos sin pedir pruebas.

—A veces, un exceso de cortesía no es mejor que un exceso de descortesía porque, como dice la máxima, uno puede ahogar a un invitado a base de requesón. No deseo que ninguno de tus hijos sepa que Mugger de Mugger-Ghaut recibió su única herida a manos de una mujer. Bastante tendrán en que pensar si consiguen alimento de la misma manera que su miserable padre.

—¡Hace tiempo que lo he olvidado! ¡Jamás se han pronunciado semejantes palabras! ¡Jamás ha existido una mujer blanca! ¡No hubo ninguna barca! ¡Nunca ha ocurrido nada!

El Chacal agitó su peluda cola para indicar que había borrado todo por completo de su cabeza y se sentó dándose aires.

—Sin duda sucedieron muchas cosas —dijo Mugger, frustrado su segundo intento aquella noche por derrotar a su amigo. (Sin embargo, ninguno tenía mala intención. Comer o ser comida era la justa ley en el río, y el Chacal siempre iba a saquear su parte una vez Mugger había terminado su festín)—. Dejé esa barca y subí corriente arriba, y cuando llegué a Arrah y los páramos que hay a continuación dejó de haber ingleses muertos. El río circuló vacío durante un tiempo. Entonces llegaron uno o dos muertos, con casacas rojas, no ingleses, sino de un mismo tipo todos, hindús y purbeeahs,[66] luego cinco o seis, uno al lado del otro, y finalmente, desde Arrah al norte, más allá de Agra, pareció como si aldeas enteras de individuos hubieran sido vertidas en el agua. Bajaban por los riachuelos, uno tras otro, como troncos flotando en los ríos en la época de las Lluvias. Cuando el río creció, los cuerpos atrapados en los bancos de arena se desembarrancaron y comenzaron a deslizarse. La lluvia que caía los arrastró campo a través y, tirando de sus melenas, también por la Selva. A lo largo de toda la noche oía los cañones situados en el norte, y durante el día, los pies cansados de los hombres que cruzaban los vados y ese ruido que hacen las carretas pesadas en la arena bajo el agua. Cada onda sobre la superficie traía más muertos. Al final hasta yo tuve miedo, y me dije: «Si esto les está pasando a los hombres, ¿cómo escapará Mugger de Mugger-Ghaut?». También se me acercaban por detrás embarcaciones con las velas arriadas que ardían como a veces arden las barcas que transportan algodón, sin fin, pero sin hundirse jamás.

—Ah —dijo el Marabú—. Embarcaciones de ese tipo llegan a Calcuta. Son altas y negras, y navegan por el río azotando el agua con una cola, y...

—Son tres veces más grandes que mi aldea. Las barcas que yo digo eran bajas y blancas, y navegaban azotando el agua por los costados, y no son

---

66 Infantería nativa.

más grandes que las barcas de alguien que dice la verdad. Me asustaron mucho y salí del agua, y regresé a este, mi río, escondiéndome durante el día y caminando por la noche cuando no era capaz de encontrar riachuelos que me ayudaran en mi viaje. Llegué a mi aldea convencido de que no volvería a ver a mi gente. Sin embargo, estaban arando y cultivando y segando y yendo de aquí para allá por sus campos, en silencio, como su propio ganado.

—¿Seguía habiendo buena comida en el río? —preguntó el Chacal.

—Más de la que deseaba. Incluso yo, y eso que yo no como lodo; digo que incluso yo estaba saturado y recuerdo que también un poco asustado de esta constante circulación de cuerpos silenciosos. Oí decir a la gente de mi aldea que todos los ingleses estaban muertos, pero aquellos que bajaban la corriente boca abajo no eran ingleses, como bien podía ver mi gente. Entonces mi gente dijo que lo mejor era no decir nada y pagar los impuestos y arar la tierra. Al cabo de mucho tiempo el río empezó a circular más transparente y aquellos que bajaban por él claramente se habían ahogado durante la crecida, como bien podía ver. Y a pesar de que no era fácil obtener comida, me alegré muchísimo. Matar un poco aquí y allí no está mal, pero, como dice la máxima, incluso Mugger se siente satisfecho de vez en cuando.

—¡Maravilloso! ¡Verdaderamente maravilloso! —dijo el Chacal—. He engordado tan solo con oír las historias sobre buen comer. Y después, si me permites que te pregunte, ¿qué hizo el Protector de los Pobres?

—Me dije, y juré por las orillas derecha e izquierda del Gunga, que cerraría con firmeza mis mandíbulas por cumplir ese juramento, me dije que nunca más iría a hacer un viaje como aquel. De modo que me quedé a vivir junto al *ghaut,* cerca de mi gente, y año tras año he cuidado de ellos, y me quieren tanto que me arrojan coronas de caléndulas a la cabeza cada vez que me ven salir a la superficie. Sí, y mi destino ha sido generoso conmigo, y el río respeta mi presencia pobre y enferma, solo...

—Nadie es nunca totalmente feliz —dijo el Marabú con comprensión—. ¿Qué más necesita Mugger de Mugger-Ghaut?

—A ese niño blanco que nunca llegué a atrapar —dijo Mugger con un gran suspiro—. Era muy pequeño, pero no le he olvidado. Ahora soy viejo, pero antes de morir deseo probar algo nuevo. Es verdad que caminan pesadamente, haciendo ruido, y son gente estúpida, y que la diversión sería poca, pero recuerdo los viejos tiempos en aquel lugar por encima de Benarés, y si la criatura vive se acordará. Puede que camine a lo largo de la orilla de algún río contando cómo de pequeño pasó su mano entre los dientes de Mugger de Mugger-Ghaut y vivió para contarlo. El destino me ha sido propicio, pero a veces lo que me atormenta durante el sueño es la idea de ese niño blanco pequeño en la proa de esa barca.

Bostezó y cerró la mandíbula.

—Y ahora voy a descansar y pensar. No hagáis ruido, hijos míos, y respetad a vuestros mayores.

Se dio la vuelta con rigidez y se arrastró hacia la cima del banco de arena, mientras que el Chacal se cobijó con el Marabú junto a un árbol solitario en el extremo más cercano al puente de la vía férrea.

—Esa sí que ha sido una vida agradable y productiva —sonrió y miró inquisitivamente al pájaro que señoreaba por encima de él—. Y fíjate que en ningún momento ha creído necesario decirme dónde podría haber un bocado por estas orillas. Y yo, en cambio, le he avisado cientos de veces acerca de las cosas buenas que flotan río abajo. Cuán cierta es la máxima que dice que todo el mundo olvida al chacal y al barbero cuando las noticias ya han sido dadas. Y ahora se pone a dormir. *¡Arrh!*

—¿Cómo puede un chacal cazar con Mugger? —dijo el Marabú con frialdad—. Un gran ladrón y un pequeño ladrón. Es fácil adivinar quién se queda con la mejor parte.

El Chacal se volvió lloriqueando impaciente, e iba a acurrucarse bajo el árbol cuando, de repente, se asustó y miró por encima de las ramas hacia el puente que pasaba por encima de su cabeza.

—¿Qué ocurre ahora? —preguntó el Marabú abriendo inquieto sus alas.

—Espera y verás. El viento sopla desde donde estamos hacia donde están ellos, pero esos dos hombres no nos están buscando.

—¿Hombres? Mi dignidad me protege. Toda la India sabe que soy sagrado.

Al Marabú, siendo un carroñero de primera clase, se le permite ir adonde quiera, de modo que ni siquiera se estremeció.

—Yo no merezco el golpe de nada mejor que un viejo zapato —dijo el Chacal y volvió a prestar atención—. ¡Atento a esas pisadas! —prosiguió—. Ese cuero no es local, sino el zapato herrado de un carablanca. ¡Escucha! Ahí arriba el hierro golpea al hierro. ¡Es un fusil! Amigo, esos estúpidos ingleses de caminar pesado vienen a hablar con Mugger.

—¡Avísale, pues! Hace tan solo un rato fue llamado Protector de los Pobres por alguien semejante a un Chacal muerto de hambre.

—Que se ocupe mi primo de proteger su propia piel. Una vez tras otra me ha dicho que no hay nada que temer de los carasblancas. Estos deben de ser carasblancas. Ningún aldeano de Mugger-Ghaut se atrevería a ir tras él. ¿Ves? Ya te he dicho que era un fusil. Ahora, con un poco de suerte, podremos comer antes del amanecer. Él no puede oír bien fuera del agua y... ¡esta vez no se trata de una mujer!

Entre las vigas del puente, un cañón brilló brevemente a la luz de la luna. Mugger estaba tendido en el banco de arena, quieto como su propia sombra, sus patas delanteras un poco abiertas y la cabeza entre ambas, roncando como un... cocodrilo hocicudo.

Una voz en el puente susurró:

—Es un ángulo un poco extraño, casi vertical, pero seguro como una casa. Mejor que intentemos darle detrás del cuello. ¡Madre mía! ¡Menuda bestia! Aunque los aldeanos se pondrán histéricos si le disparamos. Es el *deota,* el pequeño dios de esta zona.

—Me importa un comino —respondió la otra voz—. Se zampó a quince colegas míos cuando construíamos este puente, y es hora de pararle los pies. Lo he estado persiguiendo en barca durante semanas. Espérate con el Martini[67] listo y dispara en cuanto haya vaciado los dos cañones de este.

—Vigila el retroceso. Un disparo doble con un fusil de calibre cuatro no es cosa de broma.

—Eso lo decidirá él. ¡Ahí va!

Se oyó un rugido como el de un pequeño cañón (la clase más pequeña de rifle para elefantes no es muy distinta a cierta artillería), y una llamarada

---

67   El Martini-Henry era un fusil utilizado por el ejército británico.

doble, seguida por el chasquido agudo del Martini, cuyos proyectiles alargados apenas atraviesan las placas de un cocodrilo. Pero las balas explosivas sí surtieron efecto. Una de ellas dio detrás del cuello de Mugger, un palmo a la izquierda de la espina dorsal, mientras que la otra estalló algo más abajo, al principio de la cola. En noventa y nueve casos de cien, un cocodrilo herido de muerte puede arrastrarse al fondo del agua y escapar, pero Mugger de Mugger-Ghaut fue literalmente partido en tres pedazos. Apenas movió la cabeza antes de que la vida se le fuera, reposando tan quieto como el Chacal.

—¡Rayos y truenos! ¡Rayos y truenos! —dijo la miserable bestezuela—. ¿Ha caído finalmente del puente esa cosa que tira de las carretas con techo?

—No es más que un fusil —dijo el Marabú, aunque el plumaje de su cola temblaba—. No ha sido más que un fusil. Sin duda, está muerto. Aquí vienen los carasblancas.

Los dos ingleses bajaron corriendo desde el puente y atravesaron el banco de arena, donde se quedaron admirando la longitud de Mugger. Entonces, un nativo con un hacha cortó la gran cabeza y cuatro hombres la arrastraron por el banco de arena.

—La última vez que metí la mano dentro de la boca de un cocodrilo hocicudo —dijo uno de los ingleses al agacharse (era el que había construido el puente)— fue cuando debía de tener unos cinco años, cuando salimos de Munger por el río. Yo era hijo del Motín, como se solía decir. Mi pobre madre también estaba en la barca y a menudo me contó cómo había disparado la vieja pistola de papá contra la cabeza del monstruo.

—Bueno. Sin duda te has vengado del jefe del clan... a pesar de que el disparo te haya hecho sangrar por la nariz. ¡Eh! ¡Barqueros! Llevad esa cabeza arriba de la orilla y la herviremos para conservar el cráneo. La piel está demasiado tocada para conservarla. Vámonos a la cama. Ha valido la pena pasar toda la noche esperando, ¿no crees?

Curiosamente, no hacía ni tres minutos que el Chacal y el Marabú habían hecho la misma observación.

CANCIÓN DE LA ONDA

Una vez llegó una onda a tierra
a la hora del ardiente ocaso dorado.
Besó la mano de la doncella
al regresar por el vado.

Pie delicado y corazón amable,
descansa aquí, alegre.
«Espera, doncella» dijo la onda.
«Espera un momento, pues soy la muerte».

«Adonde llama mi amor yo voy,
malo sería despreciarlo.
Era un pez que daba vueltas,
volviéndose con osadía».

Pie delicado y corazón amable,
espera al ferry cargado.
«Espera, oh, espera», dijo la onda.
«Doncella, espera, pues soy la muerte.»

«Cuando llama mi amor me apuro,
doña Desdén nunca se casó.»
Onda tras onda alrededor de su cintura,
haciendo remolinos en la corriente.

Corazón ingenuo y mano fiel,
pies pequeños que tierra no tocaron,
escapó lejos la onda,
onda, onda, hacia el ocaso rojo.

El ankus del Rey

Estos son los Cuatro para siempre insatisfechos,
nunca complacidos desde el primer Rocío:
la boca de Jacala, el buche del Milano,
del Mono las manos y los ojos del Hombre.
MÁXIMA DE LA SELVA

Kaa, la gran Pitón de Roca, había mudado de piel quizás doscientas veces desde su nacimiento, y Mowgli, que nunca había olvidado que le debía la vida a Kaa tras rescatarle una noche de las Guaridas Frías, cosa que quizás recordéis, fue a felicitarle. Mudar de piel siempre hace que la serpiente esté malhumorada y deprimida hasta que la nueva capa empieza a brillar y tener un aspecto bonito. Kaa ya nunca se burlaba de Mowgli, sino que le aceptaba —como hacían los demás— como Amo de la Selva y le llevaba todas las noticias que sin duda le llegaban a una pitón de su tamaño. Lo que Kaa no supiera sobre la Selva Media —como designan a la vida que tiene lugar cerca de la tierra o bien por debajo de las rocas, en las madrigueras, entre los troncos— podría haber sido escrito en la más diminuta de sus escamas.

Esa tarde, Mowgli estaba sentado en el círculo de grandes bucles de Kaa, toqueteando la piel vieja y descascarillada que yacía enlazada y retorcida entre las rocas, tal cual Kaa la había dejado. Kaa se había enroscado cortésmente bajo los anchos hombros desnudos de Mowgli, de modo que el niño descansaba realmente en una especie de sillón con respaldo y reposabrazos.

—Incluso las escamas de los ojos son perfectas —dijo Mowgli en voz baja, jugando con la vieja piel—. Qué extraño me resulta ver la envoltura de la cabeza fuera de uno mismo, arrojada a sus pies.

—Ah, pero yo no tengo pies —dijo Kaa—, y puesto que esto es lo habitual en mi gente, yo no lo encuentro extraño. ¿Nunca notas tu piel vieja o rugosa?

—Sí, pero entonces voy a bañarme, Cabeza Plana. Pero es verdad, cuando hace mucho calor desearía poder desprenderme de mi piel sin dolor y correr por ahí sin pellejo.

—Yo me lavo y también cambio de piel. ¿Qué te parece mi nueva muda?

Mowgli pasó la mano por la diagonal de cuadritos de su inmenso lomo.

—La Tortuga tiene un lomo más duro, pero de colores no tan vivos —dijo crítico—. La Rana, que lleva mi nombre, es más alegre, pero no tan dura. Es muy bonita de ver, como el moteado de la boca de un lirio.

—Necesita agua. Una piel nueva nunca alcanza su verdadera tonalidad hasta el primer baño. Vamos a remojarnos.

—Yo te llevaré —dijo Mowgli y, riendo, se agachó para levantar a la serpiente por la mitad de su gran cuerpo, justo por donde era más gruesa. Habría dado lo mismo intentar levantar una cañería de sesenta centímetros de diámetro, y eso que Kaa se había quedado quieto hinchándose por pura diversión. Entonces, el juego habitual de la tarde empezó con el Niño ruborizado por el esfuerzo y la Pitón, con su lustrosa nueva piel, enfrentándose en un combate de lucha libre, una competición de la vista y la fuerza. Por supuesto, Kaa podría haber aplastado a docenas de Mowglis si hubiera querido, pero participó en el juego con cuidado y sin utilizar más de una décima parte de su fuerza. Puesto que Mowgli era suficientemente fuerte para soportar algún golpe, Kaa le había enseñado este juego, que le agilizaba las extremidades como ninguna otra actividad. A veces, Mowgli se encontraba con que Kaa le enrollaba los bucles hasta el cuello e intentaba liberar un brazo y coger a su amigo por el pescuezo. Entonces la serpiente cedía y aflojaba la presión, y Mowgli, con sus pies ágiles, intentaba limitar el agarre de esa gigantesca cola cuando se desplazaba hacia atrás palpando en busca de una roca o un tocón. Se mecían de un lado a otro, las cabezas tocándose, cada uno esperando la oportunidad hasta que el bello e imponente grupo se fundía en un torbellino de bucles negros y amarillos y brazos y piernas forcejeando, arriba y abajo.

—¡Ahora! ¡Ahora! ¡Ahora! —decía Kaa haciendo fintas con la cabeza que ni siquiera la mano rápida de Mowgli era capaz de parar—. ¡Mira! Te toco aquí, Hermanito. Aquí y aquí. ¿Acaso están dormidas tus manos? ¡Aquí otra vez!

El juego siempre terminaba de la misma manera, con un golpe directo de la cabeza que tumbaba al niño una y otra vez. Mowgli no era capaz de aprender a defenderse de ese salto veloz como el rayo, y, como decía Kaa, era inútil intentarlo.

—¡Buena caza! —gruñó finalmente Kaa, y Mowgli, como siempre, fue lanzado atrás media docena de metros, sin aliento y carcajeándose. Se levantó con los dedos llenos de hierba y siguió a Kaa hasta el lugar donde la sabia serpiente se bañaba, un estanque profundo y negro como el alquitrán rodeado de rocas e interesante por los troncos que había sumergidos. El niño se lanzó adentro, al estilo de la Selva, sin hacer ruido, y se zambulló para luego aparecer de nuevo sin un sonido, y nadó de espaldas, con los brazos detrás de la cabeza, mirando la luna que salía por encima de las rocas y rompiendo su reflejo en el agua con los pies. La cabeza en forma de diamante de Kaa rasgó las aguas del estanque como una cuchilla y fue a descansar sobre el hombro de Mowgli. Se quedaron quietos, remojándose lujosamente en el agua fresca.

—Esto sí que está bien —dijo al final Mowgli, somnoliento—. En cambio, en la Manada de Hombres a esta hora, si mal no recuerdo, se echaban sobre trozos de madera dura en el interior de una trampa y cerraban con cuidado todo para que el viento limpio no entrara, se tapaban hasta la cabeza con un pedazo repugnante de tela y cantaban canciones maléficas por sus narices. Es mucho mejor dormir en la Selva.

Una cobra con prisa bajó por una roca a beber, les deseó buena caza y se alejó.

—Ssssh —dijo Kaa como si acabara de recordar algo—. De modo que la Selva te da todo lo que siempre has deseado, ¿eh, Hermanito?

—No todo —dijo riendo Mowgli—. Si no, habría un Shere Khan nuevo y fuerte que matar una vez cada luna. Ahora podría matar con mis propias manos sin pedir ayuda a los búfalos. También he deseado que saliera el sol en plena estación de las Lluvias, y lluvia que tapara el sol en pleno verano. Y también es cierto que cuando he tenido el estómago vacío habría deseado matar a una cabra. Y siempre que he matado a una cabra habría deseado matar a un ciervo. Y cuando he matado a un ciervo habría preferido un nilgó. Pero todos nos sentimos así.

—¿Y nunca has tenido otros deseos? —le preguntó la gran serpiente.

—¿Qué más puedo desear? Tengo la Selva, la Protección de la Selva... ¿Existe algo más entre el amanecer y el crepúsculo?

—Pues la Cobra dijo... —empezó a decir Kaa.

—¿Qué cobra? La que acaba de pasar ahora no ha dicho nada. Estaba cazando.

—Otra.

—¿Tienes trato con las Criaturas Venenosas? A ellas les dejo libre el paso. Llevan la muerte en los colmillos y eso no es bueno, pues son tan pequeñas. Pero ¿con qué encapuchada has hablado?

Kaa avanzó lentamente por el agua como avanza un barco de vapor que navega con mar de costado.

—Hace tres o cuatro lunas —dijo— estuve cazando en las Guaridas Frías, lugar que no has olvidado. Y lo que perseguía allí huyó gritando más allá de los depósitos, en dirección al pabellón que una vez destrocé por ti y que cayó al suelo.

—Pero la gente de las Guaridas Frías no vive en madrigueras.

Mowgli sabía que Kaa estaba hablando de los Monos.

—Esa cosa no vivía allí, pero quería vivir allí —respondió Kaa haciendo vibrar su lengua—. Corrió a una madriguera de gran profundidad. Seguí a la criatura y después de matarla me puse a dormir. Cuando desperté, seguí adelante.

—¿Bajo tierra?

—Eso es. Y al final me tropecé con Capucha Blanca, una Cobra Blanca, que me habló de cosas que superaban mis conocimientos y me mostró muchas otras que nunca antes había visto.

—¿Nuevas presas? ¿O buenas presas? —Mowgli se volvió rápidamente.

—No eran presas, y me habrían roto todos los dientes. Pero Capucha Blanca me dijo que un hombre— y hablaba como alguien que conocía bien a la especie—, que un hombre daría su último aliento por tan solo echar una ojeada a esas cosas.

—Iremos a verlas —dijo Mowgli—. Ahora recuerdo que una vez fui hombre.

—Calma... calma. La prisa mató a la Serpiente Amarilla que se comió el sol. Los dos hablamos bajo tierra, y yo le hablé de ti y le dije que eras un hombre. Capucha Blanca, que es sin duda tan vieja como la Selva, me dijo: «Hace mucho que no veo a un hombre. Que venga, y él verá todas estas cosas por las cuales muchos pagarían con su vida».

—*Deben* de ser nuevas presas. Y, sin embargo, las Criaturas Venenosas nunca nos avisan de la presencia de presas. Son unas antipáticas.

—*No* son presas. Es... es... no puedo decirte qué es.

—Iremos allí. Nunca he visto a un Capucha Blanca y me gustaría ver las otras cosas. ¿Las mató?

—Todas esas cosas están muertas. Dice que es el guardián de todas ellas.

—¡Ajá! Como un lobo que protege la carne que ha llevado a su propia guarida. Vamos.

Mowgli nadó hasta la orilla, se revolcó en la hierba para secarse y los dos partieron hacia las Guaridas Frías, la ciudad abandonada de la que ya habéis oído hablar. En aquellos días, Mowgli no tenía miedo de los Monos y, en cambio, los Monos le tenía pavor a Mowgli. Sus tribus, sin embargo, estaban haciendo incursiones en la Selva, de modo que las Guaridas Frías estaban vacías y permanecían en silencio a la luz de la luna. Kaa iba por delante cuando subieron hacia las ruinas del pabellón de la reina que se alzaba sobre la terraza. Se deslizó por encima de las rocas y descendió por unas escaleras medio obstruidas que bajaban al subsuelo desde el centro del pabellón. Mowgli pronunció la llamada de la serpiente —«Somos hermanos de sangre, tú y yo»— y siguió a Kaa a gatas. Se arrastraron una distancia larga bajando por un pasadizo en pendiente que giraba y se torcía varias veces y finalmente llegaron a un lugar donde la raíz de un gran árbol, que se alzaba por encima de ellos unos nueve metros, había arrancado una piedra sólida de la pared. Se deslizaron por ese hueco y se encontraron en una gran cámara cuyo techo abovedado había sido perforado por las raíces del árbol, de modo que unas pocas haces de luz atravesaban la oscuridad.

—Una guarida segura —dijo Mowgli poniéndose en pie—, pero demasiado lejos para visitarla a diario. Y ahora, ¿qué vamos a ver?

—¿Acaso no soy nada? —dijo una voz en el centro de la cámara, y Mowgli vio que algo blanco se movía hasta que, poco a poco, delante de él se levantó la cobra más enorme que había visto jamás, una criatura de casi dos metros y medio, y toda ella de un color que tiraba a blanco. Por encontrarse en la oscuridad había ido adquiriendo el color del marfil viejo. Incluso la marca de los anteojos de su capucha abierta se había aclarado a un tono amarillo pálido. Sus ojos eran rojos como rubís y era un animal enteramente maravilloso.

—¡Buena caza! —le deseó Mowgli, que llevaba sus buenas maneras de la misma manera que su cuchillo: siempre encima.

—¿Qué pasa con la ciudad? —dijo la Cobra Blanca sin responder al saludo—. ¿Qué pasa con la gran ciudad amurallada, una ciudad de cien elefantes y veinte mil caballos e incontable ganado, la ciudad del Rey de los Veinte Reyes? Aquí me he vuelto sordo y hace mucho tiempo que no oigo sus gongs de guerra.

—Encima de nuestras cabezas está la Selva —dijo Mowgli—. De todos los elefantes, solo conozco a Hathi y a sus hijos. Bagheera ha matado a todos los caballos de una aldea y... ¿Qué es un rey?

—Ya te lo dije —le susurró Kaa a la Cobra—. Ya te dije cuatro lunas atrás que la ciudad ya no existía.

—La ciudad, la gran ciudad del bosque cuyas puertas eran vigiladas por las torres del rey, nunca morirá. La construyeron antes de que el padre de mi padre saliera del huevo, y sobrevivirá cuando los hijos de mis hijos sean tan blancos como yo. Salomdhi, hijo de Chandrabija, hijo de Viyeja, hijo de Yegasuri, la levantó en tiempos de Bappa Rawal. ¿Qué tipo de ganado eres tú?

—He perdido el hilo —dijo Mowgli volviéndose a Kaa—. No entiendo lo que dice.

—Yo tampoco. Es muy viejo. Padre de las Cobras, aquí solo hay Selva, y así ha sido desde el principio.

—Entonces, ¿quién es él? —preguntó la Cobra Blanca—. ¿Quién es este que se sienta ante mí sin miedo, que desconoce el nombre del rey y habla nuestra lengua con su boca de hombre? ¿Quién es este que blande un cuchillo y habla la lengua de la serpiente?

—Me llaman Mowgli —fue la respuesta—. Soy de la Selva. Los lobos son mi gente, y Kaa, aquí presente, es mi hermano. Padre de las Cobras, ¿quién eres tú?

—Soy el Guardián del Tesoro del Rey. Kurrun Raja construyó el edificio de encima en los días en que mi piel era oscura. Impartía la lección mortal a aquellos que venían a robar. Un día, bajaron el tesoro a través de las piedras y oí el canto de los brahmanes, mis amos.

«Um», se dijo Mowgli. «Ya he tenido trato con un brahmán de la Manada de Hombres y... sé lo que sé. Al poco tiempo el mal hace acto de presencia.»

—Cinco veces desde que vine aquí levantaron la piedra, pero siempre para bajar más cosas, nunca para llevárselas. No hay riquezas como estas, los tesoros de cien reyes. Pero hace muchísimo tiempo desde la última vez que movieron la piedra, y creo que mi ciudad ha olvidado.

—No hay ciudad. Mira arriba. Allí están las raíces de grandes árboles que arrancan las piedras. Los árboles y los hombres no crecen juntos —insistió Kaa.

—Dos y tres veces han logrado llegar aquí los hombres —respondió airada la Cobra Blanca—. Pero no hablaron hasta que los acaricié por detrás, y entonces solo lloraron un poco. Pero *vosotros* venís con mentiras, Hombre y Serpiente, y me queréis hacer creer que la ciudad no existe y que mi función de guardián ha concluido. Los hombres cambian poco a lo largo de los años. ¡Pero *yo* no cambio nunca! Hasta que la piedra sea levantada, hasta que los brahmanes bajen cantando las canciones que conozco y me den de beber leche caliente y me saquen de nuevo a la luz, yo... yo... yo, y nadie más, ¡seré el Guardián del Tesoro del Rey! ¿Decís que la ciudad está muerta y que aquí hay raíces de árboles? Pues inclinaos y coged lo que queráis. En toda la tierra no hay tesoro como este. Hombre con lengua de serpiente, si puedes salir vivo por donde has entrado, ¡los reyes menores serán tus sirvientes!

—De nuevo, he perdido el hilo —dijo Mowgli con despreocupación—. ¿Crees que es posible que un chacal haya bajado a esta profundidad y mordido a esta gran Capucha Blanca? Sin duda, el animal está loco. Padre de las Cobras, no veo aquí nada que llevarme.

—¡Por los Dioses del Sol y la Luna! ¡La locura de la muerte se ha hecho con el niño! —siseó la Cobra—. Antes de que tus ojos se cierren te concederé un favor. Mira alrededor y ve lo que ningún hombre ha visto antes.

—En la Selva, los que le hablan a Mowgli de hacerle favores no acaban bien —masculló el niño—, pero la oscuridad lo cambia todo, lo sé bien. Miraré alrededor, si es lo que deseas.

Con el ceño fruncido, miró fijamente por toda la cámara y entonces levantó del suelo un puñado de cosas que brillaban.

—Ajá —dijo—. Estas cosas son como las que se usan para jugar en la Manada de Hombres. Solo que estas son amarillas y las de ellos son marrones.

Dejó caer las monedas de oro y siguió adelante. El suelo de la cámara estaba formado por una capa de un metro y medio o dos de monedas de oro y plata que habían salido de sacos reventados, donde habían estado originalmente guardadas. A lo largo de los años, las piezas de metal se habían comprimido y asentado como la arena durante la marea baja. Por encima y dentro de esta capa, y asomando entre las monedas, como restos de un naufragio en la playa, había *howdahs*[68] de plata repujada adornados con joyas, tachonados con placas de oro e incrustados con rubís y turquesas. Había palanquines y literas para transportar reinas, con marcos y soportes de plata y esmalte, con barras cuyos mangos eran de jade y anillos para cortinas de ámbar; había candelabros dorados, cargados de esmeraldas perforadas que temblaban en los brazos; había imágenes de dioses olvidados, de un metro y medio de altura, plateadas y con joyas por ojos; había cotas de malla de oro incrustado en hierro, con flecos de perlas naturales picadas y ennegrecidas; había cascos, blasonados e incrustados con rubís «sangre de pichón»; había escudos

---

68 Veáse la nota 23.

de laca, de caparazón de tortuga y piel de rinoceronte, atados y ornamentados con oro rojo e incrustados sus bordes con esmeraldas; había fardos de espadas, puñales y cuchillos de caza con empuñaduras decoradas con diamantes; había cuencos de oro para sacrificios, con sus cucharones, y altares portátiles con formas jamás vistas a la luz del día; había vasos y pulseras de jade; había incensarios, peines y frascos de perfume, *henna* y polvos para los ojos, todos adornados con oro repujado; había incontables anillos para la nariz, brazaletes, diademas, anillos y fajas; había cinturones con una anchura de medio palmo incrustados con diamantes y rubís tallados y cajas de madera, con un cierre triple de hierro, cuya madera había se había disuelto en polvo, mostrando en su interior zafiros estrella y otros tipos de zafiro, ópalos, ágatas, rubís, diamantes, esmeraldas y granates sin tallar.

La Cobra Blanca tenía razón. El dinero no podía ni empezar a pagar el valor de este tesoro, la criba de restos de siglos de guerras, expolio, comercio y tributos. Ya solo las monedas no tenían precio, sin contar siquiera las piedras preciosas. El peso en bruto del oro y la plata debía de ser de dos o trescientas toneladas. Cada gobernante nativo en la India de hoy día, por pobre que sea, dispone de unas reservas a las que siempre va agregando más, y a pesar de que de vez en cuando un príncipe iluminado envía cuarenta o cincuenta carros tirados por bueyes llenos de plata para cambiarla por títulos del Gobierno, la mayoría se guarda para ellos su tesoro y el conocimiento de la existencia del mismo.

Naturalmente, Mowgli no entendía lo que significaban estas cosas. Los cuchillos le interesaban un poco, pero no estaban bien equilibrados como el suyo, de modo que los dejó estar. Finalmente halló algo muy fascinante colocado en la parte frontal de un *howdah* medio enterrado bajo las monedas. Era un *ankus* de casi un metro, el gancho para elefantes, parecido a un bichero para barcas pero más pequeño. La parte superior tenía un rubí redondo y brillante, y veinte centímetros del mango estaban incrustados con turquesas sin pulir, lo que otorgaba un agarre muy satisfactorio. Debajo de las turquesas había una orilla de jade con un adorno de flores que lo rodeaba: las hojas eran esmeraldas y las flores eran rubís incrustados en la piedra verde y fría. El resto del mango era una vara de puro marfil, mientras que el extremo, con pincho y gancho, era de acero con incrustaciones de oro e imágenes de una cacería de elefantes. Las imágenes fueron lo que atrajo a Mowgli, que se dio cuenta de que tenían algo que ver con su amigo Hathi el Silencioso.

La Cobra Blanca había estado observándole de cerca.

—¿Acaso no vale la pena morir por contemplar esto? —dijo—. ¿No te he hecho un gran favor?

—No lo entiendo —dijo Mowgli—. Estas cosas son duras y frías, y en ningún caso se pueden comer. Pero esto —y levantó el *ankus*—, esto me lo quiero llevar para que vea la luz del día. ¿Has dicho que todo era tuyo? ¿Me lo das y te traigo tres ranas para comer?

La Cobra Blanca se estremeció levemente de malvado placer.

—Pues claro que te lo doy —dijo—. Te daré todo lo que hay aquí hasta que te vayas.

—Pues me voy ahora. Este sitio es oscuro y frío y quiero llevar esta cosa con punta afilada a la Selva.

—Mira junto a tu pie. ¿Qué es eso?

Mowgli recogió algo que era blanco y liso.

—Es el hueso de la cabeza de un hombre —dijo en voz baja—. Y aquí hay tres más.

—Vinieron hace mucho tiempo para llevarse el tesoro. Hablé con ellos en la oscuridad y quedaron inmóviles para siempre.

—Pero ¿por qué necesito esto llamado tesoro? Si me das el *ankus* para que me lo lleve, lo consideraré buena caza. Si no, la caza habrá sido buena de todos modos. No peleo con las Criaturas Venenosas y me enseñaron las Palabras Maestras de tu tribu.

—Aquí solo hay una Palabra Maestra, ¡y es la mía!

Kaa se lanzó hacia delante con ojos refulgentes.

—¿Quién me pidió que trajera al Hombre? —siseó.

—Yo, sin duda —ceceó la vieja Cobra—. Hace mucho que no veo un Hombre y este habla nuestra lengua.

—Pero no dijiste nada de matar. ¿Cómo voy a regresar a la Selva y explicar que lo he conducido a su muerte? —dijo Kaa.

—No hablo de matar hasta que no llegue el momento. En cuanto a lo de irte o quedarte, hay un hueco en la pared. Haya paz, gordo asesino de monos. Solo he de tocarte el cuello y la Selva dejará de conocerte. Nunca entró el Hombre en esta cámara para salir con aliento bajo sus costillas. ¡Soy el Guardián del Tesoro de la Ciudad del Rey!

—Gusano blanco de la oscuridad, ¡que te he dicho ya que no hay ni rey ni ciudad! ¡La Selva nos rodea! —gritó Kaa.

—Todavía existe el Tesoro. Pero esto es lo que se puede hacer. Espera un momento, Kaa de las Rocas, y mira al niño correr. Hay sitio para la diversión. La vida es bella. ¡Corre un poco y diviértenos, niño!

Mowgli puso lentamente la mano sobre la cabeza de Kaa.

—Esa cosa blanca ha tratado hasta ahora con hombres de la Manada de Hombres. No me conoce —susurró—. Es él quien ha pedido esta cacería. Dejémosle que la disfrute.

Mowgli se había quedado de pie con la punta del *ankus* apuntando al suelo. Ahora lo arrojó con rapidez y cayó cruzado justo detrás de la caperuza de la gran serpiente, clavándola así en el suelo. En un instante, el peso de Kaa cayó sobre el cuerpo que se retorcía, paralizándole de la cabeza a la cola. Los ojos rojos ardían y quince centímetros de cabeza intentaban golpear a diestro y siniestro.

—¡Mata! —dijo Kaa cuando la mano de Mowgli tocó el cuchillo.

—No —dijo al desenvainar el arma—. Nunca más mataré si no es para comer. ¡Mira, Kaa!

Atrapó a la serpiente por la capucha y le abrió por la fuerza la boca con su cuchillo, mostrando los otrora terribles colmillos venenosos de la mandíbula superior, ahora negros y debilitados en las encías. La Cobra Blanca había sobrevivido a su veneno, como suele ocurrirles a las serpientes.

—*Thuu*[69] —dijo Mowgli, y le indicó con un gesto a Kaa que se apartara. Recogió el *ankus,* liberando así a la Cobra Blanca.

—El Tesoro del Rey necesita un nuevo Guarda —dijo en un tono serio—. Thuu, no te ha ido bien. Corre un poco y diviértenos, Thuu.

---

69 Literalmente, un tronco podrido. Aquí indica que el veneno se ha secado.

—Qué vergüenza. ¡Mátame! —siseó la Cobra Blanca.

—Demasiado hablar de muerte. Nos vamos. Y me llevo esta cosa con punta, Thuu, porque hemos peleado y te he derrotado.

—Entonces, vigila que esa cosa no te mate. ¡Es la Muerte! Recuerda, ¡la Muerte! En esa cosa hay suficiente para matar a todos los hombres de mi ciudad. No la sostendrás por mucho tiempo, Hombre de la Selva, ni tampoco habrá quien te la quite. Ellos matarán y matarán y matarán por ella. Mi fuerza se ha agotado, pero el *ankus* hará mi trabajo. ¡Es la Muerte! ¡Es la Muerte! ¡Es la Muerte!

Mowgli salió al pasadizo gateando por el hueco y lo último que vio fue a la Cobra Blanca golpear furiosamente con sus inofensivos colmillos a las impasibles caras doradas de dos dioses que yacían en el suelo, y siseaba:

—¡Es la Muerte!

Se alegraron de salir de nuevo a la luz del día, y cuando regresaron a su propia Selva y Mowgli hizo que el *ankus* centelleara a la luz matutina, se sintió casi satisfecho, como si hubiera encontrado un montón de flores nuevas con las que adornar su melena.

—Esto brilla más que los ojos de Bagheera —dijo encantado, haciendo girar el rubí—. Se lo enseñaré. Pero ¿qué quería decir Thuu con lo de la muerte?

—No lo sé. Me apena enormemente que no sintiera el filo de tu cuchillo. Siempre hay maldad en las Guaridas Frías, tanto en la superficie como bajo tierra. Pero ahora tengo hambre. ¿Quieres cazar conmigo esta mañana? —dijo Kaa.

—No. Bagheera tiene que ver esta cosa. ¡Buena caza!

Mowgli se alejó bailando y blandiendo el gran *ankus,* deteniéndose de vez en cuando para admirarlo, hasta que llegó a esa zona de la Selva por donde suele moverse Bagheera, y se lo encontró bebiendo tras una caza fructífera. Mowgli le contó sus aventuras de principio a fin, y mientras tanto en las pausas Bagheera olisqueaba el *ankus.* Cuando Mowgli llegó a las últimas palabras de la Cobra Blanca, la pantera ronroneó con aprobación.

—Entonces, ¿la Capucha Blanca dijo la verdad? —preguntó rápidamente Mowgli.

—Nací en las jaulas del rey en Udaipur y conozco en mis entrañas al Hombre. Únicamente por el deseo de apropiarse de esa piedra roja muchos matarían tres veces en una sola noche.

—Pero la piedra hace que esto sea pesado. Mi pequeño cuchillo es mejor y... ¿ves? La piedra roja no es buena para comer. Entonces, ¿por qué matarían?

—Mowgli, ve a dormir. Has vivido entre los hombres y...

—Me acuerdo. Los hombres matan porque no cazan. Lo hacen por aburrimiento y por placer. Despierta, Bagheera. ¿Para qué servía esta cosa con punta?

Bagheera entreabrió los ojos, pues tenía mucho sueño, y miró a Mowgli con un brillo malicioso.

—Este objeto fue concebido por los hombres para golpear las cabezas de los hijos de Hathi y que de ellas brotara la sangre. Lo he visto hacer por las calles de Udaipur, delante de nuestras jaulas. Esa cosa ha probado el sabor de muchos como Hathi.

—Pero ¿por qué golpean las cabezas de los elefantes?

—Para enseñarles la Ley de los Hombres. Como no tienen ni zarpas ni colmillos, los hombres hacen cosas así y peores.

—Siempre todo acaba en sangre, incluso cuando solo me acerco a las cosas que ha hecho la Manada de Hombres —dijo Mowgli con repugnancia. Se estaba cansando del peso del *ankus*—. Si lo hubiera sabido no lo habría cogido. Primero fue la sangre de Messua en las ligaduras y ahora es la sangre de Hathi. Ya no lo usaré más. ¡Mira!

Centelleando, el *ankus* salió disparado y la punta se clavó a treinta metros de distancia, entre los árboles.

—Mis manos están limpias de Muerte —dijo Mowgli frotándose las palmas en la tierra fresca y húmeda—. Thuu dijo que la Muerte me seguiría. Es viejo, es blanco y está loco.

—Blanco o negro, muerte o vida, el caso es que me voy a dormir, Hermanito. No puedo cazar toda la noche y aullar todo el día, como hacen otros.

Bagheera partió hacia una guarida de caza que conocía, a unas dos millas de distancia. Mowgli trepó tranquilamente a un árbol cómodo, anudó tres de cuatro plantas trepadoras y en menos que canta un gallo ya estaba meciéndose en una hamaca a quince metros de altura. Aunque no ponía objeción al aprovechamiento de la luz del día, Mowgli seguía la costumbre de sus amigos y la usaba lo menos posible. Cuando se despertó entre las escandalosas criaturas que viven en los árboles, volvía a anochecer, y había estado soñando con las bellas piedras que había arrojado.

—Al menos voy a echarle una ojeada a esa cosa —dijo, y se deslizó por una enredadera hasta el suelo; sin embargo, Bagheera se le había adelantado. Mowgli le oyó olfatear en la semipenumbra.

—¿Dónde está la cosa con punta? —gritó Mowgli.

—Un hombre se la ha llevado. Aquí está el rastro.

—Ahora veremos si Thuu dijo la verdad. Si la cosa con punta es la Muerte, entonces ese hombre morirá. Sigámosle.

—He de matar primero —dijo Bagheera—. Un estómago vacío significa una vista deficiente. Los hombres son lentos en su avance y la Selva está tan húmeda que la más mínima huella quedará marcada.

Cazaron tan rápidamente como pudieron, y pasaron casi tres horas hasta antes de que, una vez hubieron terminado de comer y beber, enfilaron tras el rastro. Las Criaturas de la Selva saben que no compensa darse prisa por comer.

—¿Crees que la cosa con punta se volverá contra ese hombre y le matará? —preguntó Mowgli—. Thuu dijo que era la Muerte.

—Lo veremos cuando le encontremos —dijo Bagheera trotando con la cabeza pegada al suelo—. Es un solo rastro —se refería a que solo había un hombre—, y el peso de la cosa ha hecho que sus huellas sean más profundas.

—¡Ajá! Tan claro como un relámpago en verano —respondió Mowgli, y comenzaron a avanzar a un trote rápido e irregular, entrando y saliendo de las sombras arrojadas por la luz de la luna, siguiendo las huellas de ese par de pies descalzos.

—Ahora el hombre corre rápido —dijo Mowgli—. Los dedos están más abiertos.

Atravesaron un terreno húmedo.

—¿Por qué ha girado aquí?

—Espera —dijo Bagheera, y se lanzó hacia delante con un salto soberbio. Lo primero que hay que hacer cuando un rastro deja de explicarse es saltar lejos sin dejar tus propias huellas en el suelo, ya que podrían confundir. Bagheera se dio la vuelta en cuanto tocó el suelo y, mirando a Mowgli, gritó:

—Aquí hay otro rastro con el que se cruza. Este segundo es de un pie más pequeño y los pies se encogen hacia dentro.

Entonces Mowgli corrió para ir a ver.

—Es el pie de un cazador gondi —dijo—. ¡Mira! Aquí ha arrastrado su arco por la hierba. Por eso el primer rastro se apartó tan rápidamente. El Pie Grande se ha escondido del Pie Pequeño.

—Es verdad —dijo Bagheera—. Ahora, a menos que al cruzar las huellas hayamos estropeado las señales, sigamos cada uno un rastro. Yo sigo a Pie Grande y tú a Pie Pequeño, el gondi.

Bagheera se dirigió de un salto al rastro original, dejando a Mowgli agachado sobre la curiosa huella estrecha del hombrecillo salvaje de los bosques.

—Ahora —dijo Bagheera siguiendo paso a paso la hilera de huellas—, yo, Pies Grandes, giro a un lado por aquí. Ahora me escondo detrás de una roca y me quedo quieto, y no me atrevo ni a cambiar de posición. ¡Grítame tu rastro, Hermanito!

—Ahora, yo, Pie Pequeño, llego a la roca —dijo Mowgli recorriendo su rastro—. Ahora me siento bajo la roca, apoyándome en mi mano derecha y colocando el arco entre los dedos de mis pies. Espero un buen rato, pues la marca de mis pies es profunda aquí.

—Yo también —dijo Bagheera escondido tras la roca—. Espero, apoyando el extremo de la cosa con punta apoyado en una piedra. Resbala, pues hay una rascada en la piedra. Grita tu rastro, Hermanito.

—Una, dos ramitas y una rama grande están rotas —dijo Mowgli en voz baja—. Ahora, ¿cómo grito esto? ¡Ah! Ahora está claro. Yo, Pie Pequeño, me voy haciendo ruido y pisoteando para que Pie Grande pueda oírme.

Se alejó de la roca paso a paso entre los árboles, e iba alzando la voz en la distancia a medida que se iba acercando a una pequeña cascada

—Yo... me... alejo... adonde... el... ruido... del... salto... de... agua... tapa... mi... ruido... y... espero... aquí. ¡Grita tu rastro, Bagheera, Pie Grande!

La pantera había estado mirando en todas direcciones para ver cómo el rastro de Pie Grande seguía desde detrás de la roca. Entonces dijo:

—Voy desde detrás de la roca sobre mis rodillas, arrastrando la cosa con punta. No veo a nadie y me pongo a correr. Yo, Pie Grande, corro veloz. El rastro es claro. Que cada uno siga el suyo. ¡Yo corro!

Bagheera siguió el rastro claramente marcado y Mowgli siguió los pasos del gondi. Durante un tiempo no se oyó nada en la Selva.

—¿Dónde estás, Pie Pequeño? —gritó Bagheera. La voz de Mowgli le respondió a menos de cincuenta metros a la derecha.

—Um —dijo la Pantera con un rugido grave—. Los dos corren en paralelo, acercándose.

Corrieron otra media milla, siempre manteniendo la misma distancia, hasta que Mowgli, cuya cabeza no estaba tan pegada al suelo como la de Bagheera, gritó:

—¡Se han encontrado! ¡Buena caza! Mira. Aquí estaba Pie Pequeño, con la rodilla sobre una roca... ¡y allí está Pie Grande!

A menos de diez metros delante de ellos, tirado encima de un montón de rocas hechas pedazos, yacía el cuerpo de un aldeano del distrito con la espalda y el pecho atravesadas por una larga flecha gondi con emplumado.

—Thuu no era tan viejo ni estaba tan loco, ¿eh, Hermanito? —dijo con delicadeza Bagheera—. Aquí por lo menos hay un muerto.

—Sigamos. Pero ¿dónde está el objeto que bebe la sangre de elefante, el gancho con el ojo rojo?

—Quizás lo tenga Pie Pequeño. El rastro vuelve a ser de una sola persona.

El rastro único de un hombre ligero que había estado corriendo veloz y llevando peso en el hombro izquierdo rodeó una franja de hierba seca, donde cada pisada parecía, a los ojos de vista aguda de los rastreadores, marcada en hierro candente.

Nadie habló hasta que el rastro alcanzó las cenizas de una hoguera escondida en un barranco.

—¡Otra vez! —dijo Bagheera deteniéndose en seco, como si se hubiera convertido en piedra.

El cuerpo de un pequeño gondi marchito yacía con los pies en las cenizas y Bagheera miró a Mowgli inquisitivamente.

—Lo han hecho con un bambú —dijo el niño tras echar una ojeada—. Lo usé con los búfalos cuando estaba con la Manada de Hombres. El Padre de las Cobras, y siento mucho haberme burlado de él, conocía bien a esta especie, como yo debería haberla conocido. ¿No dije acaso que los hombres matan por aburrimiento?

—Sin duda, han matado por las piedras de color rojo y azul —respondió Bagheera—. Acuérdate de que yo estuve en las jaulas del rey en Udaipur.

—Un, dos, tres, cuatro rastros —dijo Mowgli inclinándose encima de las cenizas—. Cuatro rastros de hombres calzados. No son tan veloces como los gondi. A ver. ¿Qué mal les había hecho el pequeño montaraz? ¿Ves? Estuvieron hablando juntos, los cinco, de pie, antes de matarlo. Bagheera, volvamos. Mi estómago me pesa y, sin embargo, sube y baja como el nido de una oropéndola en el extremo más alejado de una rama.

—No se considera buena cacería dejar que la presa escape. ¡Sigamos! —dijo la pantera—. Esos ocho pies calzados no han ido demasiado lejos.

No pronunciaron palabra durante una hora mientras seguían el ancho rastro de los cuatro hombres calzados.

Ahora ya era pleno día, hacía calor, y Bagheera dijo:

—Huelo humo.

—Los hombres siempre están más dispuestos a comer que a correr —respondió Mowgli, corriendo dentro y fuera de la maleza baja de la nueva Selva que estaban explorando. Bagheera, un poco a su izquierda, hizo un ruido indescriptible con su garganta.

—Aquí hay uno que ya había acabado de comer —dijo. Debajo de un arbusto había un fardo de ropas de colores vivos y alrededor se veía un vertido de harina.

—Esto también lo han hecho con el bambú —dijo Mowgli—. ¡Mira! Ese polvo blanco es lo que comen los hombres. Le han quitado la carne a este hombre, que llevaba la comida, y lo han entregado a Chil, el Milano.

—Este es el tercero —dijo Bagheera.

—Voy a ir a ver al Padre de las Cobras con ranas frescas y grandes y lo engordaré —se dijo Mowgli—. La cosa que bebe la sangre de elefantes es la Muerte misma... pero sigo sin entender nada.

—¡Sigamos! —dijo Bagheera.

No habían recorrido ni media milla cuando oyeron a Ko, el Cuervo, cantando el canto de la muerte en la copa de un tamarisco, bajo cuya sombra yacían tres hombres. Un fuego casi consumido humeaba en el centro del círculo, bajo una plancha de hierro sobre la que había una torta de pan ácimo quemado. Cerca de la hoguera, radiante a la luz del sol, yacía el *ankus* de rubís y turquesas.

—La cosa trabaja rápidamente. Pero todo termina aquí —dijo Bagheera—. ¿Cómo han muerto estos, Mowgli? En ellos no hay marcas.

La experiencia proporciona a un Habitante de la Selva conocimientos sobre plantas y bayas venenosas tan completos como los de los médicos. Mowgli olisqueó el humo que emanaba del fuego, rompió un pedazo del pan quemado, lo probó y lo escupió de inmediato.

—La Manzana de la Muerte —tosió—. El primero debió de haberlo preparado para matar a los que le mataron antes, y que primero mataron al gondi.

—Sin duda, buena caza. Las muertes seguían de cerca —dijo Bagheera.

La Manzana de la Muerte es lo que en la Selva llaman manzana espinosa o datura, el veneno más extendido en toda la India.

—¿Y ahora qué? —dijo la pantera—. ¿Hemos de matarnos mutuamente por esa cosa asesina de ojos rojos?

—¿Sabe hablar? —susurró Mowgli—. ¿Cometí un error cuando la arrojé? A nosotros dos no nos hará nada, porque nosotros no deseamos lo que los hombres desean. Si la dejamos aquí, seguro que seguirá matando a otros, uno tras otro, con la misma rapidez con la que caen las nueces en un vendaval. No es que ame precisamente a los hombres, pero incluso yo no deseo que mueran seis en una sola noche.

—¿Qué importa? Solo son hombres. Se han matado entre ellos y a nosotros bien que nos viene —dijo Bagheera—. Ese primer montaraz cazó bien.

—Sin embargo, son cachorros, y un cachorro acabaría ahogándose al intentar morder la luna reflejada en el agua. La culpa es mía —dijo Mowgli, que hablaba como si fuera versado en todo—. Nunca más llevaré a la Selva cosas extrañas, aunque sean bellas como flores. Esto —y agarró el *ankus* con cautela—, se va de vuelta con el Padre de las Cobras. Pero primero hemos de dormir, y no podemos hacerlo cerca de estos durmientes. Y también hemos de enterrar esta cosa para que no escape y mate a seis más. Hazme un agujero bajo ese árbol.

—Pero Hermanito —dijo Bagheera yendo al sitio indicado—, te digo que no es culpa de la cosa que bebe sangre. El problema está en los hombres.

—Es lo mismo —dijo Mowgli—. Cava un agujero profundo. Cuando nos despertemos lo cogeré y lo llevaré de vuelta.

Dos noches más tarde, cuando la Cobra Blanca lamentaba su pérdida en la oscuridad de la cámara, avergonzada, robada y sola, el *ankus* entró dando vueltas a través del hueco de la pared y se estrelló en el suelo rebosante de monedas de oro.

—Padre de las Cobras —dijo Mowgli (fue prudente y permaneció en el otro lado de la pared)—, búscate entre tus gentes una serpiente joven y madura para que te ayude a proteger el Tesoro del Rey, para que ningún hombre salga vivo de ahí nunca más.

—Ajá. Entonces ha vuelto. Ya dije que esa cosa era la Muerte. ¿Cómo es que sigues vivo? —murmuró la vieja Cobra entrelazándose cariñosamente alrededor del mango del *ankus*.

—Por el Toro que me compró que no lo sé. Esa cosa ha matado seis veces en una noche. Que no salga nunca más.

CANCIÓN DEL PEQUEÑO CAZADOR

Antes de que Mao, el Pavo Real, aletee, antes de que los Monos griten,
antes que Chil, el Milano, descienda en picado una gran distancia,
a través de la Selva revolotea muy suavemente una sombra y un suspiro.
Es el Miedo, oh, Pequeño Cazador, es el Miedo.
Muy suavemente en el claro corre una sombra que acecha y vigila,
y el susurro se extiende y se ensancha, lejos y cerca,
y el sudor está en tu ceño, porque incluso ahora está pasando.
Es el Miedo, oh, Pequeño Cazador, es el Miedo.

Antes de que la luna esté en lo alto de la montaña, antes de que las rocas
*   [tengan estrías de luz,*
cuando los rastros descendientes son húmedos, oscuros, deprimentes,
viene por detrás de ti una respiración profunda, husmeando a través de la
*   [noche.*
Es el Miedo, oh, Pequeño Cazador, es el Miedo.
De rodillas tensa el arco, deja volar la flecha estridente,
en los matorrales vacíos y burlones hunde la lanza.
Pero tus manos son flojas, débiles, y la sangre ha desaparecido de tu cara.
Es el Miedo, oh, Pequeño Cazador, es el Miedo.

Cuando la nube de calor absorbe la tempestad, cuando caen los pinos
                                                    [astillados,
cuando las borrascas cegadoras y estridentes azotan la tierra,
a través de los gongs de guerra de los truenos suena una voz más alta que
                                                    [ninguna otra.
Es el Miedo, oh, Pequeño Cazador, es el Miedo.

Ahora la crecida es profunda, ahora los peñascos sin pies saltan.
Ahora el relámpago ilumina el más mínimo nervio de las hojas,
pero tu garganta está seca y tu corazón en tu costado golpea:
es el Miedo, oh, Pequeño Cazador, esto es el Miedo.

Quiquern

Las Gentes del Hielo Oriental están fundiéndose como la nieve.
Mendigan café y azúcar; van adonde el hombre blanco va.
Las Gentes del Hielo Occidental aprenden a robar y luchar.
Venden sus pieles en el puesto de intercambio; venden sus almas a los blancos.
Las Gentes del Hielo Meridional comercian con la tripulación del ballenero.
Sus esposas llevan muchos lazos, pero sus tiendas están rotas y son pocas.
Pero las Gentes del Hielo Antiguo, allí donde el hombre blanco no conoce,
tienen espadas hechas de cuerno de narval, y son los últimos Hombres.
TRADUCCIÓN

—Ha abierto los ojos. ¡Mira!

—Ponle otra vez la piel. Será un perro fuerte. Le pondremos nombre cuando cumpla cuatro meses.

—¿El nombre de quién le pondremos? —dijo Amoraq.

Kadlu recorrió con la vista el iglú forrado de pieles hasta que vio a Kotuko, el niño de catorce años que estaba sentado en el banco de dormir y que estaba haciendo un botón con marfil de morsa.

—Ponle mi nombre —dijo Kotuko, sonriendo—. Un día lo necesitaré.

Kadlu le devolvió la sonrisa hasta que sus ojos casi se hundieron en sus gordas mejillas e hizo un gesto con la cabeza a Amoraq, mientras la feroz madre gimoteaba al ver a su bebé retorcerse tan lejos de su alcance, metido en un pequeño morral de piel de foca y colgado encima del calor de la lámpara de aceite. Kotuko siguió tallando y Kadlu arrojó un manojo enrollado

286

de arneses de cuero para los perros en un cuarto diminuto que se abría a un lado del iglú. Se sacó su pesado traje de caza confeccionado con la piel de un ciervo, lo colocó en la red de barbas de ballena que colgaba encima de otra lámpara y se sentó en el banco de dormir para roer un pedazo de carne de foca congelada hasta que Amoraq, su esposa, trajera la cena compuesta de carne hervida y sopa de sangre. Había pasado todo el día, desde el amanecer, en los respiraderos de focas, a ocho millas de distancia, y había regresado a casa con tres focas grandes. Hacia la mitad del largo y bajo pasadizo o túnel de nieve que conducía a la puerta interior del iglú se podían oír ladridos y aullidos, pues los perros de su trineo, concluida su jornada de trabajo, reñían por conseguir los rincones más abrigados.

Cuando los aullidos fueron demasiado fuertes, Kotuko se levantó con pereza del banco, cogió un látigo con un mango de medio metro hecho con la elástica barba de una ballena y casi ocho metros de pesadas correas trenzadas. Se metió en el pasadizo, donde por el jaleo parecía que los perros se lo estuvieran comiendo vivo. Sin embargo, la jarana no era más que su manera de bendecir los alimentos antes de comer. En el momento de salir al otro lado, media docena de cabezas peludas le siguieron con la mirada cuando el niño se dirigió a una especie de cadalso fabricado con mandíbulas de ballena donde colgaba la carne de los perros. Allí partió la carne congelada en pedazos grandes con un arpón de filo ancho y se quedó frente a los perros con el látigo en una mano y la carne en la otra. Llamó a cada bestia por su nombre, primero al más débil, y pobre del perro que se moviera fuera de turno, pues el látigo restallaría como un rayo de cuero y arrancaría un par de centímetros de pelo y piel. Todos y cada uno de los perros gruñó, ladró, se atragantó con su porción y regresó corriendo a la protección del pasadizo, mientras el niño permanecía en la nieve bajo la aurora boreal y administraba justicia. El último en ser servido fue el líder de la jauría, que mantenía el orden cuando se les colocaba el arnés a los perros, y Kotuko le dio a este una ración doble de carne, así como un latigazo adicional.

—¡Ah! —dijo Kotuko enrollando el látigo—. Tengo un cachorro encima de la lámpara que será un gran aullador. *¡Sarpok!* ¡Entra!

Volvió a entrar reptando por encima de los perros acurrucados, se sacudió la nieve en polvo de las pieles con el sacudidor de hueso que Amorak guardaba junto a la puerta, dio golpecitos en el techo forrado de piel para hacer caer los carámbanos que se hubiesen desprendido de la cúpula de hielo y se acurrucó en el banco. En el pasadizo, los perros roncaban y gimoteaban en sueños, el cachorro en el morral de piel de Amoraq daba patadas y hacía borboteos y la madre del recién nombrado cachorrito estaba echada junto a Kotuko, con los ojos fijos en el morral de pieles de foca, caliente y protegido encima de la llama ancha y amarilla de la lámpara.

Lo que sigue ocurrió lejos, en el norte, más allá de la costa de Labrador, más allá del estrecho de Hudson, donde las grandes mareas empujan el hielo, al norte de la península de Melville, al norte incluso de los estrechos de Fury y Hecla, en la orilla norte de la isla de Baffin, donde la isla de Bylot se asienta sobre el hielo del estrecho de Lancaster como un bol de pudín colocado al revés. El norte del estrecho de Lancaster se conoce poco, excepto North Devon y la isla de Ellesmere. Pero incluso allí viven unas pocas personas dispersas, justo al lado, como quien dice, del mismísimo Polo.

Kadlu era inuit, lo que también se conoce como esquimal, y su tribu, formada por unas treinta personas en total, pertenecía a los Tununirmiut, literalmente «la tierra que yace más allá de algo». En los mapas, esa costa inhóspita figura como Navy Board Inlet, pero el nombre inuit es mejor, porque esa tierra se encuentra en el último rincón del mundo. Durante nueve meses al año solo hay hielo y nieve, y tempestad tras tempestad, y un frío que nadie que no haya visto el termómetro a veinte bajo cero puede siquiera imaginar. Durante seis de esos nueve meses la oscuridad es total, y eso es lo que hace que el lugar sea tan horrible. En los tres meses de verano solo hiela una vez cada dos días con su noche, y entonces la nieve empieza a ser barrida de las laderas meridionales, y unos pocos sauces[70] germinan sus capullos lanudos, o unos cuantos *Sedum*[71] creen florecer, playas de grava fina y cantos rodados se abren al mar, y rocas pulidas y otras con vetas asoman

---

70 El arbusto *Salix brachycarpa,* una especie de sauce nativo de la región; no el sauce llorón.
71 Género de planta suculenta.

entre la nieve granulada. Pero todo esto desaparece a las pocas semanas y el salvaje invierno envuelve de nuevo la tierra firme, mientras que en el mar el hielo se mueve de un lado a otro en el horizonte, comprimiendo y embistiendo, partiendo y golpeando, pulverizando y triturando, hasta que toda la superficie, desde la tierra hasta alta mar, se vuelve a congelar y alcanza un grosor de tres metros.

En invierno, Kadlu seguía a las focas hasta el borde de este suelo helado y las cazaba con su lanza cuando subían a tomar aire en los respiraderos. Las focas necesitan mar abierto para vivir y pescar, y durante lo más duro del invierno el hielo podía cubrir a veces ochenta millas de superficie hasta la orilla más cercana. En primavera, él y su gente dejaban los témpanos y se asentaban en tierra firme, en tierra rocosa, donde montaban sus tiendas de pieles y capturaban aves marinas o cazaban las focas jóvenes que se encuentran en las playas. Más adelante se dirigían al sur, a la isla de Baffin, en busca de renos, y también para obtener sus provisiones anuales de salmón de los cientos de ríos y lagos del interior; y regresaban al norte en septiembre u octubre para la caza de bueyes almizcleros y de focas, como siempre en invierno. Estos viajes se realizaban en trineos tirados por perros, a razón de veinte o treinta millas diarias, o en ocasiones a lo largo de la costa en grandes «barcas de mujeres»[72] fabricadas con pieles, en las que los perros y los bebés se colocaban entre las piernas de los remeros y las mujeres cantaban canciones mientras se deslizaban de cabo a cabo por las aguas cristalinas y frías. Todos los lujos que conocía la población de Tununirmiut venían del sur: madera de deriva para los patines de los trineos, varas de hierro para las puntas de los arpones, cuchillos de acero, ollas de estaño que cocían la comida mucho mejor que los viejos cacharros de esteatita, sílex y acero, incluso cerillas, así como lazos de colores para el cabello de las mujeres, espejitos baratos y tela roja para adornar los bordes de las chaquetas de vestir de piel de venado. Kadlu intercambiaba los ricos cuernos retorcidos color crema de narval y los dientes de buey almizclero (tan valiosos como perlas) con los inuit del sur, y ellos a su vez comerciaban

---

72 Estas barcas son los *umiok,* que usan tanto hombres como mujeres, mientras que los kayaks los usan los hombres.

con los balleneros y las bases de misioneros asentados en los estrechos de Exeter y Cumberland. Y así seguía la cadena, de modo que una olla adquirida por un cocinero de una embarcación en el mercadillo de Bhendy en Calcuta podía acabar sus días sobre una lámpara de aceite en algún frío paraje del Círculo Polar Ártico.

Kadlu, que era buen cazador, disponía de gran cantidad de arpones de hierro, cuchillos para el hielo, dardos para cazar aves y todas las demás cosas que facilitan la vida en el frío; y era el jefe de su tribu o, como dicen ellos, «el hombre que lo sabe todo gracias a la práctica». Esto no le daba ninguna autoridad, excepto que de vez en cuando podía aconsejar a sus amigos sobre si debían cambiar de terreno de caza. Sin embargo, Kotuko utilizaba esa autoridad para dominar un poco, al estilo inuit, a los otros niños cuando salían por la noche para jugar a la pelota a la luz de la luna o para cantar la Canción de los Niños a la Aurora Boreal.

Pero a los catorce años un inuit se considera ya un hombre, y Kotuko estaba cansado de preparar trampas para aves de caza y zorros árticos y, sobre todo, estaba cansado de ayudar a las mujeres a masticar pieles de foca y ciervo (esta técnica las ablanda como ninguna otra) todo el día mientras los hombres cazaban. Quería ir a la *quaggi,* la Casa de los Cantos, donde los cazadores se reunían para festejar sus misterios, y el *angekok,* el mago, les asustaba provocándoles deliciosos ataques cuando las lámparas se apagaban y podías oír el Espíritu del Reno pateando sobre el tejado; y cuando al arrojar una lanza hacia la oscuridad de la noche esta volvía cubierta de sangre caliente. Quería arrojar sus grandes botas a la red con el aire cansado del jefe de la familia y jugar con los cazadores cuando estos pasaban una noche por su casa y echaban una partida de ruleta hecha con un cuenco de estaño y un clavo. Había cientos de cosas que quería hacer, pero los hombres adultos se reían de él y decían: «Espera a atarte con la hebilla,[73] Kotuko. Cazar no consiste solo en capturar».

Ahora que su padre le había puesto su nombre a un cachorro, las cosas estaban mejorando. Un inuit no malgasta un buen perro en su hijo hasta

---

73 Se explica más adelante la técnica de caza que implica el uso de una correa con hebilla.

que el niño sabe algo sobre dirigir perros, y Kotuko estaba más que seguro de saber más que todo lo que hay que saber.

Si el cachorro no hubiera tenido una constitución de hierro habría muerto de tanta comida y mimo. Kotuko le hizo un pequeño arnés con una correa y lo arrastraba por el suelo de la estancia gritando: «¡*Aua! ¡Ja aua!*» (¡A la derecha!), «¡*Choiachoi! ¡Ja choiachoi!*» (¡A la izquierda!), «¡*Ohaha!*» (¡Para!). Al cachorro no le gustaba nada, pero que lo pescaran de esta manera era pura felicidad en comparación con el día en que lo engancharon al trineo por primera vez. Simplemente se sentó en la nieve a jugar con la correa de cuero de foca que iba de su arnés al *pitu,* la gran correa de la parte delantera del trineo. Entonces la jauría arrancó y el cachorro vio cómo el pesado trineo de tres metros le pasaba por la espalda y le arrastraba por la nieve mientras Kotuko se reía hasta que le rodaron las lágrimas por la cara. Siguieron días y días de latigazos crueles que sisean como el viento sobre el hielo, y sus compañeros le mordieron porque no sabía hacer su trabajo, y el arnés le rozaba, y ya no tenía permitido dormir con Kotuko sino que tenía que hacerlo en el rincón más frío del pasadizo. Esos fueron momentos tristes para el cachorro.

El niño también aprendía, y tan rápidamente como el cachorro, aunque un trineo de perros es una cosa dolorosa de manejar. Cada uno de los animales está enganchado, el más débil más cerca del conductor, con su propia correa separada, que lleva por debajo de la pata delantera izquierda y se conecta a la correa principal mediante una suerte de botón y lazo que puede ser soltado con un giro de muñeca y permite desatar a cada perro por separado. Esto es muy necesario porque a los perros jóvenes a menudo se les enreda su propia correa en las patas traseras y puede hacerles cortes profundos. Y todos sin excepción hacen visitas a sus amigos mientras corren, saltando entre las correas. Entonces se pelean y el resultado es un lío peor que encontrarse el sedal mojado cuando quieres ir a pescar. La mayoría de los problemas se pueden evitar con un uso científico del látigo. Todo niño inuit se precia de ser un maestro del látigo largo, pero es muy fácil acertar una marca en el suelo y muy difícil inclinarse hacia delante y tocar a un perro remolón justo entre los omóplatos cuando el trineo circula a toda velocidad. Si le llamas la atención a un perro por «ir de visita» pero le das a otro por error con el látigo, los dos se pelearán de inmediato y frenarán a todos los demás. O bien, si viajáis con un compañero y empezáis a hablar, o vais solos y empezáis a cantar, los perros se detendrán, se darán la vuelta y se sentarán a escuchar lo que tengáis que decir. Una o dos veces, Kotuko se vio abandonado al olvidar bloquear el trineo tras detenerse; y rompió varios látigos y arruinó varias correas antes de que se le confiara una jauría de ocho y un trineo ligero. Entonces se sintió alguien importante y, con corazón valiente y brazo veloz, surcaba las superficies de hielo negro[74] liso a la velocidad de una jauría tras una presa. Solía recorrer diez millas hasta los respiraderos de focas y, cuando se encontraba en territorios de caza, soltaba una correa del *pitu* y dejaba suelto al gran líder negro, que era el perro más inteligente de la jauría. En cuanto el perro olía un respiradero, Kotuko volcaba el trineo, clavaba profundamente en la nieve un par de astas aserradas que sobresalían como el tirador de un cochecito de bebé del respaldo del trineo, y de este la jauría no podía escabullirse. Entonces se arrastraba con lentitud y esperaba a que la foca subiera a la superficie a respirar. En ese momento clavaba rápidamente su lanza, que llevaba atada una cuerda, y tiraba de la foca hasta la orilla mientras el perro negro se acercaba y ayudaba a arrastrar al animal muerto por el hielo hasta el trineo. En ese momento, los perros enganchados aullaban y babeaban de excitación, y Kotuko agitaba el látigo delante de sus caras como si fuera una barra ardiendo mientras esperaba a que el cadáver estuviera congelado por completo. Volver a casa era lo más difícil. El trineo cargado tenía que conducirse por el hielo irregular y los perros decidían que querían sentarse y mirar con hambre a la foca en lugar de tirar. Finalmente alcanzaban el camino erosionado por los trineos y que conducía al poblado por el hielo, los perros con la cabeza gacha y los rabos tiesos, mientras Kotuko cantaba *«An-gutivaun tai-na tau-na-ne taina»,* la Canción del Retorno del Cazador, y muchas voces le saludaban desde los iglús bajo el cielo oscuro y estrellado.

---

74 Hielo transparente.

Cuando Kotuko, el perro, alcanzó el tamaño de un adulto, también empezó a disfrutar. Avanzó posiciones a base de peleas y más peleas hasta que una noche derribó al perro negro por un pedazo de comida (Kotuko, el niño, vio que fue una pelea justa) y le degradó, como aquel que dice, a segundo de abordo. De modo que fue ascendido a la correa larga de perro líder, corriendo un metro y medio por delante de los demás. Su deber obligado era detener las peleas, tanto con los arneses puestos como sin ellos, y llevaba un collar de alambre de cobre, muy grueso y pesado. En ocasiones especiales se le daba comida cocida dentro de la estancia y a veces se le permitía dormir en el banco con Kotuko. Era un buen perro para cazar focas y sabía mantener a raya a los bueyes almizcleros corriendo alrededor de ellos y mordiéndoles los talones. Incluso se enfrentaba (y eso era la prueba irrefutable de la valentía de un perro de trineo) al adusto lobo ártico al que todos los perros del norte, como norma, temen por encima de cualquier cosa que camine por la nieve. Él y su amo —no consideraban colegas al resto de la jauría— cazaban juntos día tras día, noche tras noche, el niño envuelto en pieles y la criatura salvaje de pelaje largo y amarillo, ojos almendrados y colmillos blancos. La obligación de todo inuit es conseguir comida y pieles para él y su familia. Las mujeres transforman las pieles en ropa y en ocasiones ayudan en la caza menor, pero el grueso de la búsqueda de la comida —y comen muchísimo— recae en los hombres. Si el abastecimiento falla, no hay nadie allí en el ártico a quien comprar o mendigar o pedir prestado. La gente muere.

Un inuit no piensa en estas posibilidades hasta que se ve forzado a ello. Kadlu, Kotuko, Amoraq y el bebé que daba patadas en la capucha de piel a espaldas de Amoraq y masticaba pedazos de grasa de ballena todo el día eran tan felices como cualquier familia en el resto del mundo. Venían de una raza muy pacífica —un inuit apenas pierde los estribos y casi nunca pega a un niño— que no sabía exactamente lo que significaba contar una mentira, y mucho menos robar. Se sentían satisfechos cazando sus alimentos en el corazón del frío más implacable y desesperante; exhibiendo sonrisas grasientas y, por las noches, contando historias de fantasmas y cuentos de hadas; comiendo hasta reventar y cantando la canción infinita *«¡Amna aya, aya, amna, ah! ¡Ah!»* que entonan las mujeres cuando zurcen la ropa y los equipos de caza durante los dilatados días únicamente iluminados por lámparas.

Pero un terrible invierno todo les traicionó. Los Tununirmiut regresaron de la pesca anual del salmón y con el primer hielo construyeron sus hogares hacia el norte de la isla de Bylot, preparándose para cazar focas en cuanto el mar se congelase. Pero el otoño llegó temprano y con brutalidad. Durante todo septiembre hubo temporales constantes que rompieron el hielo liso que favorito de las focas, el que solo tiene un grosor de un metro o metro y medio, y lo empujaron tierra adentro, donde se apiló formando una gran barrera de unas veinte millas de ancho, formada por pedazos de hielo desiguales, algunos puntiagudos, y por encima de la cual era imposible pasar con los trineos de perros. La orilla del témpano donde las focas suelen pescar en invierno estaba quizás a una distancia de veinte millas por detrás de esta barrera y fuera del alcance de los Tununirmiut. Aun así, se las habrían arreglado durante el invierno con sus existencias de salmón congelado y grasa de ballena, así como con lo que fuera que consiguieran con las trampas. Sin embargo, en diciembre, uno de sus cazadores se topó con una *tupik* (una tienda de pieles) en cuyo interior había tres mujeres y una niña medio muertas de inanición. Los hombres que las acompañaban habían bajado desde el norte, pero habían muerto aplastados en sus pequeñas canoas de pieles cuando iban tras un narval de cuerno largo. Kadlu, por supuesto, no dudó en distribuir a las mujeres entre los diferentes iglús del poblado de invierno, pues ningún inuit se atreve a negarle comida a un desconocido. Nunca se sabe si algún día les va a tocar mendigar a ellos. Amoraq acogió a la niña, que tenía unos catorce años, como una especie de sirvienta. Por el corte de su capucha de punta aguda y el estampado de diamantes alargados de sus pantalones de piel de ciervo blanco supusieron que venía de la isla de Ellesmere. Nunca había visto ollas de cocina ni trineos con patines de madera, pero Kotuko, el niño, y Kotuko, el perro, se encariñaron mucho con ella.

Entonces todos los zorros se dirigieron al sur, y ni siquiera el glotón, ese pequeño ladrón de las nieves, gruñón y de cabeza plana, se molestó en seguir la hilera de trampas vacías que había colocado Kotuko. La tribu perdió un par de sus mejores cazadores, que se lisiaron gravemente durante una lucha con un buey almizclero, lo que obligó a los demás a trabajar más. Día tras día, Kotuko salía con un trineo ligero de caza y seis o siete de sus perros más fuertes, buscando hasta que le dolían los ojos una porción de hielo más diáfana donde una foca quizás hubiera abierto un respiradero. Kotuko, el perro, recorría un amplio territorio, y en medio del silencio mortal de los campos de hielo, Kotuko, el niño, era capaz de oír sus gemidos medio ahogados de excitación cuando se encontraba ante un respiradero de foca a tres millas de distancia, y lo oía con tanta claridad como si estuviera junto a su codo. Cuando el perro encontraba un agujero, el niño se construía un pequeño muro de nieve para protegerse del viento cortante y esperaba allí diez, doce, veinte horas a que la foca subiera a respirar, con los ojos pegados a la minúscula marca que había hecho encima del agujero para guiar el golpe hacia abajo de su arpón, una pequeña alfombrita de piel de foca bajo los pies y las piernas atadas juntas con el *tutareang* (esa hebilla de la que habían hablado los viejos cazadores). Así se evita que un hombre mueva las piernas mientras espera y espera y espera a que suba la foca de fino oído. Aunque no hay emoción en este tipo de caza, podéis imaginar perfectamente que quedarse sentado con las piernas juntas y el termómetro quizás a cuarenta bajo cero es el trabajo más duro que conoce un inuit. Cuando lograba cazar una foca, Kotuko, el perro, daba un salto, con la correa detrás, y ayudaba a cargar el cuerpo al trineo, donde los cansados y hambrientos canes yacían perezosos al socaire del hielo roto.

Una foca no era gran cosa, pues cada boca en el pequeño poblado tenía derecho a una ración, y ni hueso, piel o tendón eran desaprovechados. La carne que habían dado a los perros ahora estaba destinada al consumo humano y Amoraq alimentaba a la jauría con pedazos de viejas tiendas de pieles para el verano que rescataba de debajo de los bancos de dormir. Los perros no dejaban de aullar y se despertaban para seguir aullando de hambre. Uno podía adivinar por las lámparas de esteatita de los iglús que la hambruna estaba al caer. En las épocas de bonanza, cuando abundaba el aceite de foca, la llama de las lámparas en forma de barca alcanzaba sesenta centímetros de altura, era alegre, aceitosa, amarilla. Ahora apenas llegaba a quince centímetros pues, en cuanto una llama brillaba con mayor ardor, Amoraq cortaba la mecha de musgo... y los ojos de toda la familia seguían aquel gesto de su mano. El horror de la hambruna aquí en el gran frío no es tanto el de morir, sino el de morir en la oscuridad. Todos los inuit temen la oscuridad que los oprime y rodea sin interrupción durante seis meses al año y, cuando las lámparas empiezan a bajar de intensidad en los iglús, las mentes de las personas empiezan a verse afectadas y tienden a la confusión.

Sin embargo, lo peor estaba por venir.

Noche tras noche, los malnutridos perros se mordían y gruñían en los pasadizos, mirando las frías estrellas y olfateando el viento glacial. Cuando dejaban de aullar, el silencio se desplomaba tan sólido y pesado como una masa de nieve que golpea una puerta durante una ventisca, y los hombres podían oír el latido de su sangre en los finos conductos de sus oídos y el bombeo de sus propios corazones, que retumbaban tan fuerte como el sonido de los tambores de los hechiceros viajando por la nieve. Una noche, Kotuko, el perro, que se había mostrado desacostumbradamente taciturno llevando el arnés, se puso en pie de un salto y empujó la cabeza contra la rodilla de Kotuko. El niño le acarició, pero el perro seguía empujándole a ciegas hacia delante, meneando la cola. Entonces Kadlu se despertó y agarró la gran cabeza lobuna y miró directamente a los ojos vidriosos. El perro gimió y tembló entre las rodillas de Kadlu. El pelaje de la nuca se erizó y gruñó como si un desconocido llamara a la puerta. Entonces ladró con alegría, se revolcó en el suelo y mordisqueó la bota de Kotuko como si fuera un cachorro.

—¿Qué ocurre? —preguntó Kotuko, que empezaba a tener miedo.

—Es el mal —respondió Kadlu—. Es el mal de los perros.

Kotuko, el perro, levantó el hocico y se puso a aullar.

—Nunca había visto nada igual. ¿Qué va a hacer? —dijo Kotuko.

Kadlu se encogió de hombros y atravesó la estancia para coger su arpón corto. El gran perro le miró, volvió a aullar y se escurrió por el pasadizo mientras los otros perros se apartaban a derecha e izquierda para dejarle sitio. Cuando llegó a la nieve ladró con furia, como si ladrara tras el rastro de un buey almizclero, y desapareció de la vista sin dejar de alborotar, saltar y retozar. El problema no era la rabia sino, simple y llanamente, la locura.

El frío y el hambre y, sobre todo, la oscuridad, le habían afectado; y cuando el terrible mal de los perros se manifiesta en una jauría se propaga como el fuego. El siguiente día de caza otro perro enfermó y Kotuko lo mató allí mismo, mientras mordía y se enredaba en las correas. Luego fue el segundo de abordo, el perro negro que había sido líder anteriormente, el que de repente empezó a ladrar tras el rastro imaginario de un reno, y cuando lo soltaron del *pitu* salió corriendo hacia la boca de un risco helado y escapó como había escapado su líder, con el arnés puesto. Después de este episodio ya nadie quiso sacar a los perros. Los necesitaban para otra cosa y los perros lo sabían, y a pesar de estar atados y de darles de comer a mano, sus ojos estaban llenos de desesperación y miedo. Y lo peor fue que las mujeres ancianas empezaron a contar cuentos de fantasmas y a decir que habían hablado con los espíritus de los cazadores que habían muerto en otoño y que habían profetizado todo tipo de cosas espantosas.

Kotuko lloraba la pérdida de su perro más que ninguna otra cosa, pues un inuit come muchísimo, pero también sabe cómo pasar hambre. Mas el hambre, la oscuridad, el frío, el congelamiento afectaron a su fortaleza, y empezó a oír voces en su cabeza y a ver gente que no estaba realmente ahí. Una noche en la que se había soltado la hebilla tras diez horas de espera junto a un respiradero ciego y regresaba tambaleándose al poblado, medio desmayado y mareado, se detuvo un momento para apoyar la espalda contra una roca que se sujetaba tan solo a un pedazo de hielo que sobresalía, como un balancín. Su peso alteró el equilibrio de la roca y esta rodó con pesadez. Kotuko saltó a un lado para evitarla, pero la roca se deslizó tras él, chirriando y siseando sobre la pendiente de hielo.

Eso fue suficiente para Kotuko. Le habían criado en la creencia de que toda roca y peñasco tiene su propietario (su *inua*), que por lo general era una especie de Ente-Mujer de un solo ojo llamada *tornaq*, y que cuando una *tornaq* quería ayudar a un hombre, rodaba tras él dentro de su casa de piedra y le preguntaba si quería que ella fuera su espíritu guardián. (Durante el deshielo del verano, las rocas y peñascos levantados por el hielo ruedan por toda la extensión del territorio, de modo que se entiende de dónde procede la idea de las rocas vivas.) Kotuko oyó cómo la sangre latía en sus oídos, igual que la había oído a lo largo de todo el día, y pensó que la *tornaq* de piedra le estaba hablando. Antes de llegar a casa estaba seguro de que había mantenido una larga conversación con ella y, como toda su gente creía que esto era posible, nadie le contradijo.

—Me ha dicho: «Salto, salto desde mi lugar en la nieve» —dijo Kotuko con los ojos hundidos, inclinándose hacia delante dentro del iglú inmerso en la semipenumbra—. Me ha dicho: «Te guiaré a los buenos respiraderos». Mañana saldré y la *tornaq* me guiará.

Entonces entró el *angekok,* el hechicero del poblado, y Kotuko le contó la historia por segunda vez. No olvidó un solo detalle.

—Sigue a las *tornait,* los espíritus de las rocas, y ellas nos traerán comida de nuevo —dijo el *angekok.*

La niña del norte se había pasado los últimos días echada cerca de la lámpara, comiendo muy poquito y diciendo menos, pero cuando Amoraq y Kadlu prepararon un pequeño trineo de mano con paquetes y correas para Kotuko, y lo cargaron con el equipo de caza y toda la grasa de ballena y carne de foca congelada que pudieran separar, ella agarró la soga y se colocó resuelta al lado del niño.

—Tu casa es mi casa —dijo ella. El pequeño trineo con patines de hueso chirriaba y daba golpes en la horrible noche ártica.

—Mi casa es tu casa —dijo Kotuko—, pero creo que los dos acabaremos con Sedna.

Sedna es la Dama del Inframundo y los inuit creen que todo el que muere debe pasar un año en su horrible compañía antes de ir a Quadliparmiut, el Sitio Feliz, donde nunca hiela y los robustos renos vienen trotando cuando les llamas.

Por todo el poblado se oía gritar a la gente:

—Las *tornait* han hablado a Kotuko. Ellas le mostrarán el hielo abierto. Él nos traerá focas.

Sus voces fueron rápidamente engullidas por el frío, la oscuridad vacía, y Kotuko y la niña se colocaron muy juntos para tirar de la soga o empujar el trineo a través del hielo en dirección al Océano Ártico. Kotuko insistía en que la *tornaq* de la piedra le había propuesto ir al norte, y al norte se

dirigieron bajo Tuktuqdjung el Reno, la constelación de estrellas que nosotros llamamos la Osa Mayor.

Ningún europeo podría haber recorrido cinco millas al día sobre montones de hielo desmenuzado y pedazos de cantos agudos a la deriva. Pero
aquellos dos sabían exactamente el giro de muñeca que mueve un trineo
alrededor de una colina, el tirón que casi lo arranca volando de una grieta
en el hielo y la fuerza exacta que se necesita para los pocos golpes de arpón
que hacen posible abrir el paso cuando todo parece inútil.

La niña no decía nada, pero avanzaba con la cabeza inclinada y los flecos largos de pelo de glotón de su capucha de armiño revoloteaban por su
ancha cara morena. Encima de ellos, el cielo era de un intenso negro ater-
ciopelado que cambiaba a franjas de rojo en el horizonte, donde grandes
estrellas ardían como farolas. De vez en cuando, una oleada verdosa de la
Aurora Boreal se desplazaba por el vacío en lo más alto del cielo, ondeando
como una bandera, para acabar desapareciendo; o bien un meteoro deste-
llaba, desplazándose de una oscuridad a otra, dejando atrás un rastro de
chispas. Entonces podían ver la superficie rugosa y fruncida del témpano,
coronada y espolvoreada de extraños colores: rojo, cobrizo y azulado. Sin
embargo, a la luz ordinaria de las estrellas, todo volvía a su tonalidad gris
hielo. El témpano, como recordaréis, había sido abatido y atormentado por
los temporales de otoño hasta convertirlo en los restos de un terremoto,
pero congelados. Había hondonadas, barrancos y agujeros como canteras
de grava cortados en el hielo; había enormes pedazos dispersos que se habían adherido por el frío al suelo original del témpano; había manchas de
hielo transparente que había acabado debajo del témpano durante algún
temporal y luego había sido empujado arriba de nuevo; había rocas redondas de hielo; había crestas serradas esculpidas por la nieve que vuela em-
pujada por el viento; había fosas hundidas de las que entre doce y dieciséis
hectáreas se encontraban por debajo del resto de la extensión. Desde cierta
distancia se podrían haber confundido los enormes pedazos por focas o
morsas, o trineos volcados u hombres en una expedición de caza, o incluso
al mismísimo gran Espíritu del Oso Blanco de Diez Patas. Pero, a pesar de
la presencia de estas fantásticas formas, que parecía que fueran a cobrar

vida en cualquier momento, no se oía ni un sonido ni el eco más leve de un sonido. Y a través de este silencio y a través de este lugar yermo, donde luces repentinas aleteaban y se volvían a apagar, el trineo y los dos que tiraban de él se arrastraban como personajes salidos de una pesadilla, una pesadilla del fin del mundo en el rincón más alejado del globo.

Cuando se cansaban, Kotuko construía lo que los cazadores llaman una media casa, una casita de nieve muy pequeña en la que se acurrucaban con la lámpara de viaje e intentaban deshelar la carne de foca congelada. Después de haber dormido, la marcha comenzaba de nuevo, treinta millas diarias para llegar diez millas al norte. La niña avanzaba en silencio, pero Kotuko murmuraba y cantaba las canciones que había aprendido en la Casa de los Cantos, canciones de verano, canciones sobre el salmón y el reno, todas ellas fuera de lugar en aquella estación. El niño afirmaba que había oído a la *tornaq* gruñir y subía corriendo una colina, agitando los brazos y hablando a gritos y en tono amenazador. A decir verdad, Kotuko parecía preso de la locura, pero la niña estaba segura de que estaba siendo guiado por su espíritu guardián y que todo saldría bien. No le sorprendió, por lo tanto, que al final de la cuarta marcha Kotuko, a quien los ojos le ardían como bolas de fuego en la cabeza, le dijo que su *tornaq* les estaba siguiendo por la nieve en forma de perro de dos cabezas. La niña miró hacia donde señalaba Kotuko y algo pareció deslizarse por un barranco. Sin duda no era humano, pero todo el mundo sabía que las *tornait* preferían aparecer en forma de oso o foca o algo similar.

Puede que fuera el Espíritu del Oso Blanco de Diez Patas o cualquier otra cosa, pues Kotuko y la niña estaban tan hambrientos que sus ojos no eran de fiar. No habían capturado nada con las trampas y no habían visto ningún rastro de grandes mamíferos desde que habían dejado el poblado. La comida que tenían no les duraría más de una semana y se acercaba una tempestad. Una tormenta polar puede durar diez días sin interrupción y pasarla a la intemperie significa una muerte segura. Kotuko levantó un iglú lo bastante grande para contener el trineo (nunca hay que separarse de la carne), y mientras estaba dando forma al último bloque de hielo que constituye la piedra angular del tejado vio una Cosa que le miraba desde un pequeño

acantilado de hielo a una milla de distancia. Había neblina y la Cosa parecía medir doce metros de longitud y tres de altura, más seis metros de cola y una forma cuyo perfil se estremecía. La niña también la vio, pero en lugar de gritar aterrorizada, dijo tranquilamente:

—Es Quiquern. ¿Qué va a pasar?

—Me hablará —dijo Kotuko. Pero el cuchillo de nieve tembló en su mano mientras pronunciaba esas palabras, pues a pesar de lo mucho que un hombre quiera aparentar que es amigo de los espíritus extraños y feos, rara vez desea que los demás crean lo que dice. Quiquern es, además, el fantasma de un perro gigante, desdentado, sin pelo, que se supone que vive en la región más remota del norte y al que se ve vagar por la zona justo antes de que ocurran cosas. Pueden ser cosas agradables o desagradables, pero ni siquiera los hechiceros quieren hablar de Quiquern. Hace que los perros enloquezcan. Al igual que el Espíritu del Oso Blanco, tiene varios pares de patas adicionales, seis u ocho, y esta Cosa que estaba saltando en medio de la neblina tenía más patas que cualquier perro real pudiera necesitar. Kotuko y la niña se apiñaron rápidamente en el iglú. Sin duda, si el Quiquern hubiera querido les habría despedazado y les hubiera arrancado la cabeza, pero hallaban enorme consuelo al saber que disponían de una pared de hielo de un grosor de treinta centímetros entre ellos y la malvada oscuridad. La tempestad comenzó con un aullido del viento semejante al chillido de un tren, y durante tres días y tres noches siguió aullando, sin variar un ápice, sin calmarse ni tan solo durante un minuto. Durante setenta y dos largas horas alimentaron la lámpara que tenían entre las piernas, mordisquearon la carne de foca tibia y observaron cómo se acumulaba el hollín negro en el techo. La niña hizo un cálculo de la comida que quedaba en el trineo: no había reservas más que para dos días, y Kotuko dirigió la mirada hacia las puntas de hierro, los cierres de tendón de ciervo de su arpón, la lanza para focas y el dardo para cazar pájaros. Pero no había nada más que pudiera hacer.

—Pronto iremos a Sedna, muy pronto —susurró la niña—. En tres días nos echaremos y partiremos. ¿No va a hacer nada tu *tornaq*? Cántale una canción del *angekok* para que venga.

Empezó a cantar imitando el aullido agudo de las canciones mágicas, y la tormenta fue amainando lentamente. En medio del canto, la niña se levantó y colocó su mano enguantada, y luego la cabeza, sobre el suelo de hielo del iglú. Kotuko siguió su ejemplo y los dos se arrodillaron, mirándose a los ojos y prestando la máxima atención. El niño arrancó un pedazo fino de barba de ballena del borde de una trampa para pájaros que había en el trineo y, después de enderezarla, la colocó derecha en un pequeño agujero en el hielo, fijándola con el guante. Estaba ajustada con tanta delicadeza como la aguja de una brújula y ahora, en vez de escuchar, miraban. La delgada varilla tembló un poco, el temblor más diminuto del mundo. Después vibró ininterrumpidamente durante unos segundos, se detuvo y vibró de nuevo, esta vez apuntando en otra dirección.

—¡Pero si aún no es el momento! —dijo Kotuko—. Un gran témpano se ha soltado a lo lejos.

La niña señaló la varilla y sacudió la cabeza.

—Es una gran ruptura —dijo—. Escucha el hielo del suelo. Está golpeando.

Esta vez, cuando se arrodillaron, oyeron los resoplidos y golpes amortiguados más curiosos, aparentemente bajo sus pies. A veces sonaba como si un cachorro ciego estuviera aullando por encima de la lámpara, luego como si una piedra estuviera siendo molida sobre el hielo duro, y después, de nuevo, como golpes amortiguados de un tambor, pero todo ello alargándose en el tiempo y alejándose en el espacio, como si viajaran a través de un pequeño cuerno a una distancia enorme.

—No podremos ir a Sedna echados como queríamos —dijo Kotuko—. Se está agrietando. La *tornaq* nos ha engañado. Vamos a morir.

Todo esto puede parecer absurdo, pero los dos se estaban enfrentando a un peligro muy real. La tempestad había conducido las aguas profundas de la bahía de Baffin hacia el sur y esta se había acumulado en el borde de las tierras heladas que van desde la isla de Bylot hasta el oeste. Además, la fuerte corriente que comienza al este, en el estrecho de Lancaster, llevó consigo milla tras milla de lo que llaman un banco de hielo formado por pedazos más pequeños que no se ha helado para formar una masa sólida. Este banco estaba bombardeando el témpano al tiempo que las olas y el mar de fondo de la tormenta marítima lo debilitaba y gastaba. Lo que Kotuko y la niña habían estado escuchando eran los leves ecos de esta lucha librada a treinta o cuarenta millas de distancia, y la pequeña varilla temblaba al ritmo de la contienda.

Como dicen los inuit, cuando el hielo se despierta tras su largo sueño de invierno, no se sabe qué puede ocurrir, porque el hielo del témpano cambia de forma casi con tanta rapidez como una nube. El temporal era evidentemente una tormenta de primavera enviada con antelación y ahora cualquier cosa era posible.

Sin embargo, los dos estaban ahora más contentos que antes. Si el témpano se rompía, ya no tendrían que esperar y sufrir. Los espíritus, duendes y hechiceros estaban moviéndose sobre el hielo rompiente y podrían entrar en la tierra de Sedna junto a toda clase de Cosas misteriosas. La excitación los superaba. Cuando salieron del iglú tras la tempestad, el ruido en el horizonte seguía aumentando y alrededor de ellos el hielo protestaba y zumbaba.

—Sigue a la espera —dijo Kotuko.

En lo alto de una colina estaba, sentada o agachada, la Cosa de ocho patas que habían visto tres días antes, y aullaba terriblemente.

—Sigámosla —dijo la niña—. Puede que conozca un camino que no nos lleve a Sedna.

La niña estaba tan débil que vaciló al agarrar la cuerda del trineo. La Cosa avanzaba lenta y con torpeza por las cuestas, siempre en dirección al oeste y a tierra firme, y los niños la seguían, mientras los truenos cada vez más intensos en el borde del témpano se acercaban cada vez más a ellos. La orilla del témpano estaba partida y agrietada en todas direcciones a lo largo de tres o cuatro millas hacia el interior, y grandes pedazos de hielo de un grosor de tres metros y una superficie que iba desde unos pocos metros cuadrados hasta varias hectáreas eran sacudidos, se hundían y volvían a subir, y chocaban contra el témpano aún entero, mientras el oleaje agitaba el agua entre los pedazos, saliendo a chorro por la fuerza. Este hielo que no dejaba de arremeter era, por decirlo de alguna manera, la primera hueste que el mar arrojaba contra el témpano. El incesante choque y sacudida de estos pedazos casi ahogaban el sonido desgarrador de las placas de un banco de hielo empujadas por debajo del témpano como cartas que uno esconde apresuradamente bajo el mantel. Donde el agua no era muy profunda, estas placas se apilaban una sobre otra hasta que la que estaba más abajo tocaba el lodo a quince metros de profundidad, y el mar decolorado se acumulaba tras el hielo lodoso hasta que la creciente presión empujaba todo de nuevo hacia delante. Además del témpano y el banco de hielo, la tormenta y las corrientes traían verdaderos icebergs, montañas de hielo flotantes que habían sido arrancadas de la costa que da a Groenlandia o de la costa norte de la bahía de Melville. Avanzaban solemnemente, las olas alrededor rompiendo y formando espuma blanca, y se aproximaban al témpano como una flota de las de antes, con las velas desplegadas. Un iceberg que parecía listo para llevarse por delante el mundo entero se atoró impotente en aguas profundas, se dio la vuelta y se ahogó en la espuma y el lodo y las gotas heladas, mientras que otro mucho más pequeño y bajo chocó y se montó sobre el témpano llano, arrojando toneladas de hielo a los lados y abriendo una grieta de una milla de longitud antes de detenerse. Algunos caían como espadas cortando un canal de filos irregulares y otros se astillaban formando una lluvia de bloques de toneladas de peso cada uno, que daban vueltas chirriando entre las colinas. Otros se alzaban por encima del agua cuando se atascaban, retorciéndose como si padecieran dolor, y caían de lado mientras el mar rompía encima. Este pisoteo y acoso, este doblarse y desplomarse y arquearse del hielo creando cualquier forma posible se producía a lo largo y ancho del territorio que abarcaba la orilla norte del témpano. Desde donde estaban Kotuko y la niña, la confusión no parecía más que un movimiento molesto que se propagaba a lo largo del horizonte, pero iba acercándose a ellos por momentos, y podían oír, lejos hacia tierra firme, un estruendo pesado, semejante al estampido de la artillería a través de la niebla. Eso indicaba que el témpano era empujado a golpes hacia los acantilados de la isla de Bylot, la tierra que se encontraba hacia el sur, detrás de ellos.

—Esto no había ocurrido nunca —dijo Kotuko mirando estupefacto—. Es demasiado pronto. ¿Cómo puede romperse el témpano *ahora*?

—¡Sigue *eso*! —gritó la niña, que señalaba la Cosa que medio cojeaba, medio corría distraídamente delante de ellos.

La siguieron tirando del trineo, al tiempo que la marcha rugiente del hielo se acercaba cada vez más. Finalmente, los campos de hielo cercanos se agrietaron y crujieron en todas direcciones, y las grietas se abrieron y cerraron como los dientes de un lobo. Pero ahí donde descansaba la Cosa, sobre un montículo de bloques de hielo dispersos de una altura de unos quince metros, nada se movía. Kotuko se lanzó hacia delante con desenfreno, arrastrando con él a la niña, y llegó reptando hasta el pie del montículo. Alrededor de los niños el hielo hablaba cada vez más alto, pero el montículo permanecía quieto y, cuando la niña miró a Kotuko, este subió y bajó el codo, la señal inuit para indicar tierra en forma de isla. Y a tierra les había conducido cojeando la Cosa de ocho patas, un islote de formación granítica con una playa de arena, separada del continente, cubierta y enfundada y oculta bajo la nieve de forma que ningún hombre la habría distinguido de un témpano. Sin embargo, su suelo era de tierra sólida y no de hielo que se desplazara. El destrozo y el rebotar de los témpanos cuando se hacían pedazos y astillas marcaba el litoral del islote. De él salía en dirección al norte un banco de arena que desviaba la acometida del hielo más pesado, igual que la reja de un arado levanta la marga. Había el peligro, por supuesto, de que el hielo comprimido saltara volando hacia la playa y cayera de lleno en el islote, pero esto no preocupó a Kotuko y la niña cuando construyeron su iglú y empezaron a comer y oyeron el martilleo y el desplazamiento del hielo por la playa. La Cosa había desaparecido y Kotuko, agachado junto a la lámpara, hablaba excitado sobre su poder sobre los espíritus. En mitad de su relato fantasioso, la niña empezó a reír, y la risa provocó que se meciera hacia delante y hacia atrás.

Por detrás de su hombro entraron en el iglú, arrastrándose, dos cabezas, una amarilla y otra negra, que pertenecían a los dos perros más contritos y avergonzados que se hayan visto. Uno era Kotuko, el perro, y el otro era el líder negro. Los dos estaban ahora gordos, tenían buen aspecto y habían recuperado la cordura, pero estaban ligados el uno con el otro de un modo extraordinario. Cuando el perro negro escapó, recordaréis que llevaba puesto el arnés. Debió de encontrarse con Kotuko, el perro, y se debieron de poner a jugar o pelear porque la cinta del hombre había quedado atrapada en el collar de hilo de cobre trenzado de Kotuko, y se había apretado tanto que ninguno de los dos podía acercarse a la correa para roerla y soltarse, de modo que los dos estaban atados por el cuello, bien juntos. Esto, y la libertad de poder cazar por su cuenta, les debió ayudar a curarse de su locura. Ahora estaban muy tranquilos.

La niña empujó a las dos criaturas avergonzadas hacia Kotuko y, llorando de la risa, dijo:

—Este es Quiquern, que nos ha conducido a un lugar seguro. Mira sus ocho patas y su doble cabeza.

Kotuko los soltó y los dos se tiraron encima de él, el amarillo y el negro juntos, intentando explicar cómo habían recuperado la cordura. Kotuko les pasó la mano por las costillas, que encontró bien revestidas.

—Han encontrado comida —dijo con una sonrisa—. No creo que vayamos a ir a Sedna en breve. Mi *tornaq* nos ha enviado a estos. El mal los ha abandonado.

En cuanto hubieron saludado a Kotuko, los dos perros, que se habían visto obligados a dormir y comer y cazar juntos durante las últimas semanas, se lanzaron uno al cuello del otro y hubo una bella pelea en el iglú.

—Los perros con el estómago vacío no pelean —dijo Kotuko—. Han encontrado focas. Vamos a dormir. Encontraremos comida.

Al despertar vieron el mar abierto en la playa situada en el norte del islote y todo el hielo suelto había sido desplazado hacia tierra firme. El primer sonido del oleaje es uno de los más maravillosos que un inuit puede oír, pues significa que la primavera está de camino. Kotuko y la niña se cogieron de la mano y sonrieron porque el rugido de las olas entre el hielo les recordaba la temporada del salmón y el reno y el olor de los sauces en flor. Tan intenso era el frío que cuando contemplaban el mar, este empezó a saltar sobre los pedazos de hielo. Pero en el horizonte se veía un vasto resplandor rojo, la luz del sol sepultado. Era más bien como un bostezo en medio del sueño del astro y no tanto su despertar, y el resplandor duró unos pocos minutos, pero señalaba el cambio de estación. Sintieron que nada podía alterar aquello.

Kotuko se encontró a los perros peleando por una foca recién capturada que había estado siguiendo a los peces que las tormentas siempre perturban. Era la primera foca de un grupo de veinte o treinta que llegaron al islote a lo largo de ese día y, hasta que el mar se congeló de nuevo, se congregaron cientos de cabezas negras disfrutando en el agua poco profunda y flotando junto a los pedazos de hielo.

Fue estupendo volver a comer hígado de foca, volver a llenar sin freno las lámparas con aceite y observar la llama arder a una altura de casi un metro. Pero en cuanto se endureció de nuevo el hielo sobre el mar, Kotuko y la niña cargaron el trineo de mano e hicieron que los perros tiraran de él como nunca habían tirado en sus vidas, pues temían lo que podía haber pasado en su poblado. El tiempo era implacable, como siempre, pero es más fácil tirar de un trineo cargado con buena comida que cazar hambriento. Dejaron veinticinco cuerpos de foca enterrados en el hielo, listos para ser aprovechados, y se dieron prisa por volver con los suyos. Los perros les mostraron el camino y, a pesar de que no había señal alguna ni punto de referencia, en dos días ya estaban ladrando fuera de la casa de Kadlu. Solo tres perros les respondieron. Los otros se los habían comido y todas las casas estaban a oscuras. Pero cuando Kotuko gritó «ojo», que significa carne hervida, unas voces débiles respondieron. Y cuando congregó uno a uno a todos los habitantes por su nombre, vio que no faltaba nadie.

Una hora más tarde las lámparas echaban llamaradas en el iglú de Kadlu, el agua de la nieve se estaba calentando, las ollas empezaban a hervir y la nieve a fundirse en el techo mientras Amoraq preparaba una comida para todo el poblado y el bebé en su capucha masticaba una tira de rica y sustanciosa grasa de foca. Los cazadores se llenaron lenta y metódicamente —hasta casi reventar— de carne de foca. Kotuko y la niña les contaron su aventura. Los dos perros estaban sentados entre ambos y cada vez que los nombraban torcían una oreja y ponían cara de avergonzarse. Un perro que ha enloquecido y ha recuperado la cordura, dicen los inuit, está a salvo de futuros ataques.

—La *tornaq* no se olvidó de nosotros —dijo Kotuko—. La tormenta arreció, el hielo se rompió y las focas nadaron tras los peces que la tormenta había asustado. Ahora, los nuevos respiraderos están a menos de dos días de distancia. Que los buenos cazadores vayan mañana y traigan las focas que capturé. Hay veinticinco focas enterradas en el hielo. Cuando nos las hayamos comido todos seguiremos a las focas del témpano.

—¿Y qué harás *tú*? —preguntó el hechicero con la misma voz que utilizaba con Kadlu, el más rico de los Tununirmiut.

Kadlu miró a la niña del norte y dijo en voz baja:

—*Nosotros* vamos a construir un iglú.

Señaló el lado noroeste del iglú, pues ese es el lado donde vive el hijo o hija que se ha casado.

La niña volvió las palmas de las manos hacia arriba, sacudiendo con cierto desánimo la cabeza. Era una desconocida, recogida medio muerta de hambre, y no podía aportar nada al nuevo hogar.

Amoraq se levantó del banco donde estaba sentada y empezó a ponerle cosas sobre el regazo a la niña: lámparas de esteatita, raspadores de hierro, ollas de estaño, pieles de ciervo bordadas con dientes de buey almizclero, agujas para coser lonas como las que usan los marineros... La dote más fina que jamás fue dada en el rincón más alejado del Círculo Polar Ártico, y la niña del norte inclinó la cabeza hasta tocar el suelo.

—¡Hay que añadir a estos! —dijo Kotuko riendo y señalando a los perros, que empujaron sus hocicos fríos contra la cara de la niña.

—¡Ah! —dijo el *angekok* dándose importancia con un carraspeo, como si hubiera estado meditando—. En cuanto Kotuko dejó el poblado me dirigí a la Casa de los Cantos y canté magia. Canté durante las noches largas y llamé al Espíritu del Reno. Mis cantos provocaron la tormenta que rompió el hielo y condujo a los dos perros hacia Kotuko cuando el hielo podría haber aplastado sus huesos. Mi canción condujo a las focas tras el hielo roto. Mi cuerpo yacía inmóvil en la *quaggi*, pero mi espíritu corría por todo el hielo, y guio a Kotuko y los perros en todas sus aventuras. Fue obra mía.

Todo el mundo estaba satisfecho y cansado, de modo que nadie le contradijo, y el *angekok,* en virtud de su cargo, se sirvió otro pedazo de carne hervida y se echó a dormir con los demás en aquel hogar cálido, bien iluminado y con olor a aceite.

Kotuko, que dibujaba muy bien al estilo inuit, grabó imágenes de estas aventuras en un pedazo largo y plano de marfil con un orificio en la punta. Cuando él y la niña fueron al norte a la isla de Ellesmere en el año del Invierno Maravilloso, le dejó este relato en imágenes a Kadlu, que lo perdió en la grava cuando su trineo se rompió un verano en la playa del lago Netilling en Nikosiring. Allí, un inuit del lago lo encontró la primavera siguiente y se lo vendió a un hombre en Imigen que era intérprete en un ballenero del estrecho de Cumberland, y este se lo vendió a Hans Olsen, que después fue contramaestre a bordo de un gran barco de vapor que llevaba turistas al cabo Norte, en Noruega. Cuando concluyó la temporada turística, el vapor hizo el recorrido entre Londres y Australia, deteniéndose en Ceilán, y allí Olsen vendió el marfil a un joyero cingalés a cambio de dos zafiros de imitación. Yo lo encontré debajo de unos trastos en una casa en Colombo y lo he traducido de principio a fin.

ANGUTIVAUN TAINA

Esta es una traducción libre de la Canción del Retorno del Cazador tal como los hombres solían cantarla después de capturar focas. Los inuit siempre repiten todo una y otra vez.

Nuestros guantes están rígidos por la sangre helada,
nuestras pieles por la nieve que vuela,
al llegar con las focas, las focas,
desde el borde del témpano.

¡Au jana! ¡Aua! ¡Oha! ¡Haq!
Y las jaurías de perros ladran
y los látigos restallan y los hombres regresan,
de vuelta del borde del témpano.

Hemos seguido el rastro de nuestra foca hasta su lugar secreto.
La hemos oído rascar por debajo.
Hemos hecho la marca, hemos observado a un lado,
allá en el borde del témpano.

Hemos levantado el arpón cuando salió a respirar.
Lo empujamos abajo, así
y así la engañamos y así la matamos,
allá en el borde del témpano.

Nuestros guantes se pegan por la sangre helada,
nuestros ojos por la nieve que vuela,
pero hemos regresado con nuestras esposas,
desde el borde del témpano.

¡Au jana! ¡Aua! ¡Oha! ¡Haq!
Y las jaurías de perros cargadas avanzan,
y las esposas pueden oír a sus esposos regresar
de vuelta del borde del témpano.

Perro rojo

Por nuestras noches excelentes y las noches en blanco, por las noches de correr
[ligero,
de incursiones favorables, de vista de águila, de buena caza, de innegable
[pericia.
Por los olores del amanecer, impolutos, antes de que el rocío haya
[desaparecido.
Por deslizarnos en la neblina y atemorizar a la presa.
Por el grito de nuestros compañeros cuando el sambhur se vuelve,
[acorralado.
Por el peligro y la revuelta de la noche.
Por el sueño durante el día en la boca de la guarida.
Por todo ello plantamos cara y luchamos.
¡A la lucha! ¡Oh, a la lucha!

La parte más agradable de la vida de Mowgli empezó después de que la Selva arrasara la aldea. Tenía la conciencia tranquila, consecuencia de saldar una sus deudas; todos en la Selva eran sus amigos y le tenían tan solo un poco de miedo. Las cosas que hacía o veía u oía cuando visitaba a unas gentes y otras, con o sin sus cuatro compañeros, podrían ser trasladadas a relatos escritos, cada uno de ellos tan largo como este. De modo que nunca os contarán la historia de cómo conoció al Elefante Loco de Mandla, que mató a veintidós bueyes que tiraban de once carros cargados con monedas de plata para la Tesorería del Gobierno y que desparramó las resplandecientes rupias por el polvo; de cómo peleó con Jacala, el Cocodrilo, durante una larga noche en las ciénagas del norte y rompió su cuchillo de desollar en las placas dorsales de la bestia; de cómo encontró un cuchillo nuevo y más largo colgando del cuello de un hombre que había muerto atacado por un jabalí y de cómo rastreó al jabalí y lo mató como justo pago por el cuchillo; de cómo durante la Gran Hambruna casi murió aplastado en medio de las sinuosas carreras de los rebaños ciervos; de cómo salvó a Hathi el Silencioso de caer de nuevo en un hoyo con una estaca en el fondo y de cómo, al día siguiente, él cayó en una astuta trampa para leopardos; de cómo Hathi rompió las barras de madera que la cerraban; de cómo ordeñaba a las búfalas de los pantanos, y de...

Pero los relatos, mejor de uno en uno. Padre y Madre Lobo murieron y Mowgli empujó una gran roca para cerrar la boca de su cueva y aulló la Canción de la Muerte por ellos; Baloo se volvió viejo y anquilosado, e incluso Bagheera, cuyos nervios eran de acero y sus músculos de hierro, era ligeramente más lento a la hora de cazar. Con la edad, Akela cambió su pelaje gris por uno blanco como la nieve; las costillas le sobresalían y caminaba como si estuviera hecho de madera, de modo que Mowgli cazaba para él. Pero los lobos jóvenes, los hijos de la Manada de Seeonee que se había disuelto, prosperaron y aumentaron en número, y cuando llegaron a ser unos cuarenta y no tenían líder y todos habían alcanzado la edad de cinco años, Akela les dijo que debían juntarse y cumplir la Ley y correr junto a un cabecilla, tal como corresponde al Pueblo Libre.

No era algo que preocupara a Mowgli pues, como solía decir, había probado la fruta amarga y sabía de qué árbol colgaba. Pero cuando Phao, hijo de Phaona (en la época en que Akela era jefe su padre era conocido como Rastreador Gris), alcanzó peleando el liderazgo de la Manada, según la Ley de la Selva, y las viejas llamadas y canciones volvieron a sonar bajo las estrellas, Mowgli fue a la Roca del Consejo por nostalgia del pasado. Cuando habló, la Manada esperó a que terminara. Luego se fue a sentar junto a Akela en la roca de encima de Phao. Esa fue una época de buena caza y sueño reparador. Los desconocidos no entraban en las selvas que pertenecían a las «gentes de Mowgli», que era como se designaba a la Manada, y los lobos jóvenes ganaron peso y se hicieron fuertes, y se llevaron muchos cachorros a la ceremonia de Inspección.[75] Mowgli siempre asistía a la Inspección recordando la noche en que una pantera negra compró un bebé moreno para la Manada, así como la llamada «¡Mirad! ¡Mirad bien, lobos!», que hacía que su corazón se emocionara. Si no, se encontraba siempre en lo más profundo de la Selva con sus cuatro hermanos, saboreando, tocando, viendo y sintiendo cosas nuevas.

Un atardecer, cuando trotaba tranquilamente por las colinas para llevarle a Akela medio ciervo que había cazado y los Cuatro corrían tras él siguiéndole, discutiendo de vez en cuando y tropezando el uno con el otro por el mero gozo de estar vivos, Mowgli oyó un grito que no había oído desde la época de Shere Khan. Es lo que llaman en la Selva el *pheeal*, un chillido horrible que lanza el chacal cuando caza detrás de un tigre, o bien cuando va a haber una gran matanza. Si sois capaces de imaginar una mezcla de odio, triunfo, miedo y desesperación, y todo aderezado con una especie de entonación airada, os haréis una idea del *pheeal* que se alzó y descendió y vaciló y tembló a lo lejos, al otro lado del Waingunga. Los Cuatro se detuvieron en seco, erizándose y gruñendo. La mano de Mowgli fue directa al cuchillo y luego se paró, su cara roja y el ceño fruncido.

—No hay Rayado que se atreva a cazar aquí —dijo.

—Este no es el grito del Mensajero —respondió Hermano Gris—. Se trata de una gran matanza. ¡Escuchad!

Volvió a oírse, medio sollozo y medio risita, como si el chachal tuviera los suaves labios de un humano. Entonces Mowgli respiró hondo y corrió a la Roca del Consejo adelantando por el camino a los lobos de la Manada que avanzaban a toda prisa. Phao y Akela estaban en la Roca juntos, y debajo de ellos, con los nervios a flor de piel, estaban sentados los otros. Las madres y los cachorros corrían a sus guaridas, pues cuando se oye el grito del *pheeal* no es momento para que los débiles se encuentren fuera.

No podían oír nada salvo el rumor y borboteo del Waingunga en la oscuridad, hasta que, de repente, al otro lado del río aulló un lobo. No era un lobo de la Manada, pues todos se encontraban en la Roca. La nota cambió a un

---

75 Ceremonia descrita en el primer relato de *El libro de la Selva*, titulado «Los hermanos de Mowgli».

ladrido largo y lleno de desesperación. Decía: «¡Cuones!», «¡cuones! ¡cuones! ¡cuones!».[76] Oyeron pisadas cansadas sobre las rocas, y un lobo demacrado, manchado de rojo por los costados, su pata derecha delantera mutilada y la mandíbula blanca de espuma, se arrojó dentro del círculo y cayó jadeando a los pies de Mowgli.

—¡Buena caza! ¿Quién es tu Jefe? —dijo Phao muy serio.

—¡Buena caza! Soy Won-tolla —fue su respuesta. Quería decir que era un Lobo Solitario, que va por libre, únicamente cuidando de su pareja y sus cachorros en una guarida aislada, como hacen muchos lobos del sur. Won-tolla significa Fuereño, uno que vive fuera de toda Manada. Entonces jadeó y pudieron ver cómo los latidos de su corazón hacían estremecer su cuerpo.

—¿Qué anda por ahí? —dijo Phao, pues esa es la pregunta que se hace la Selva después de oír el *pheeal*.

—Los cuones, los cuones de Decán. El Perro Rojo, el Asesino. Llegaron al norte desde el sur diciendo que la meseta de Decán estaba vacía y venían matando por el camino. Cuando esta luna era nueva yo tenía una familia de cuatro: mi pareja y mis tres cachorros. Ella les enseñaba a cazar en las llanuras de hierba y a esconderse para mover a los ciervos, como hacemos los que vivimos en terreno abierto. A medianoche les oí a todos juntos, ladrando tras su rastro. Al amanecer encontré a los míos tiesos en la hierba, cuatro, Pueblo Libre, cuatro cuando esta luna era nueva. Entonces hice uso de mi Derecho de Sangre y encontré a los cuones.

—¿Cuántos? —dijo rápidamente Mowgli. La Manada gruñó.

—No lo sé. Tres ya no volverán a matar, pero al final me ahuyentaron como a un ciervo, lo hicieron por mis tres patas. ¡Mirad, Pueblo Libre!

Empujó su destrozada pata delantera, oscurecida por la sangre seca. Presentaba mordeduras crueles en la parte baja de su costado y desgarros y mordiscos en el cuello.

—Come —dijo Akela apartándose de la carne que Mowgli le había traído. El Fuereño se echó encima.

---

76 Los cuones son perros salvajes de la India, también conocidos como perros jaros o doles.

—No será en vano —dijo humildemente cuando hubo satisfecho el primer ataque de hambre—. Dadme un poco de fuerza, Pueblo Libre, y yo también mataré. Mi guarida, que estaba llena cuando la luna era nueva, está ahora vacía, y la Deuda de Sangre no ha sido cobrada por completo.

Phao oyó cómo el lobo hacía crujir un hueso de los cuartos traseros de la carne y gruñó en señal de aprobación.

—Nos harán falta esas mandíbulas —dijo—. ¿Había cachorros con los cuones?

—No. No. Son todos Cazadores Rojos, perros adultos de su Jauría, corpulentos y fuertes a pesar de que en Decán solo comen lagartos.

Lo que Won-tolla había dicho significaba que los cuones, los perros rojos cazadores de la meseta de Decán, se empleaban en matar y la Manada sabía bien que incluso el tigre entrega su pieza cobrada a los cuones. Arrasan a través de la Selva y abaten y despedazan todo con lo que se cruzan. A pesar de no ser ni la mitad de astutos que los lobos, son muy fuertes y numerosos. Los cuones, por ejemplo, no empiezan a considerarse una jauría hasta que suman cien cabezas, mientras que una manada de cuarenta lobos es considerada notable. Los viajes de Mowgli le habían llevado a los llanos herbosos de Decán, y había visto a los intrépidos cuones durmiendo y jugando y rascándose en los pequeños hoyos y matas de hierba que utilizan como guarida. Les despreciaba y odiaba porque no olían como el Pueblo Libre, porque no vivían en cuevas y, sobre todo, porque tenían pelo entre los dedos, mientras que él y sus amigos tenían los pies limpios. Pero sabía, porque Hathi se lo había dicho, lo terrible que llegaba a ser una jauría de cuones cazando, y hasta que no se les mata o hasta que la caza escasea no detienen su avance.

Akela también conocía a los cuones, pues le dijo a Mowgli en voz baja:

—Es mejor morir perteneciendo a una manada que sin jefe y solo. Esta será una buena cacería, y mi última. Pero, como hombre, vas a tener muchas más noches con sus días, Hermanito. Ve al norte y no hagas nada. Y si queda algún lobo vivo después de que se hayan marchado los cuones, ese lobo te llevará noticias de la lucha.

—Ah —dijo Mowgli muy serio—. ¿Así que tengo que ir a las ciénagas y pescar un poco y dormir en un árbol, y debo ir a pedir ayuda a los Bandar y cascar nueces mientras aquí lucha la Manada?

—Esta lucha es a muerte —dijo Akela—. Nunca has conocido al cuón, el Asesino Rojo. Incluso el Rayado...

—¡Aowa! ¡Aowa! —dijo Mowgli con acritud—. He matado a un mono a rayas y sé en lo más profundo de mi ser que Shere Khan habría dado a su propia pareja como alimento a los cuones si hubiera olisqueado a una jauría tres cordilleras más allá. Escúchame: hubo un lobo, mi padre, y hubo una loba, mi madre, y hubo un viejo lobo gris (no demasiado sabio, pues ahora es blanco) que fue mi padre y mi madre. Por lo tanto, yo —aquí levantó la voz—, yo digo que cuando vengan los cuones, y si vienen los cuones, Mowgli y el Pueblo Libre serán uno solo en esa caza; y digo por el Buey que me salvó la vida, por el Buey que Bagheera pagó por mí en los viejos tiempos que vosotros, los de la Manada, no recordáis, yo digo para que los Árboles y el Río puedan oírlo bien y creerlo si yo me olvido, yo digo que este cuchillo mío será como los colmillos para la Manada, y no creo que sea romo. Esta es mi Palabra y yo la he pronunciado.

—No conoces a los cuones, hombre que habla como los lobos —dijo Won-tolla—. Yo solo quiero satisfacer mi Deuda de Sangre contra ellos antes de que me hagan pedazos. Se mueven lentamente, matando a medida que avanzan, pero en dos días me habré recuperado un poco y volveré para satisfacer mi Deuda de Sangre. Pero a vosotros, Pueblo Libre, os digo que vayáis al norte y no comáis mucho durante un tiempo hasta que los cuones hayan desaparecido. Esta caza no es para comer.

—¡Escuchad al Fuereño! —dijo Mowgli con una carcajada—. Pueblo Libre, hemos de ir al norte y escarbar lagartos y ratas de las orillas, no sea que nos topemos con los cuones. Los cuones quieren cazar en nuestro territorio mientras nosotros nos escondemos en el norte hasta que a ellos les apetezca devolvernos lo que es nuestro. Son perros y cachorros de perro, rojos, con la panza amarilla, sin guarida y con pelo entre los dedos. Sus camadas son de seis y ocho cachorros, como si fueran Chikai, la pequeña rata saltarina. Sin duda hemos de huir, Pueblo Libre, y pedir permiso a las gentes del norte para comer las vísceras del ganado muerto. Ya conocéis el dicho: al norte están las alimañas, al sur los piojos. *Nosotros* somos la Selva. Elegid. Elegid. Es buena caza. Por la Manada, por toda la Manada, por la guarida y la camada, por lo que se caza dentro y lo que se caza fuera, por el amigo que lleva a la corza y el pequeño cachorrillo a la guarida... ¡A la lucha! ¡A la lucha! ¡A la lucha!

La Manada respondió con un ladrido grave y total que sonó en medio de la noche como si cayera un árbol de gran tamaño.

—¡A la lucha! —gritaron.

—Quedaos con ellos —les dijo Mowgli a los Cuatro—. Necesitaremos todos los colmillos. Phao y Akela deben preparar la batalla. Voy a contar los perros.

—¡Es la muerte! —gritó Won-tolla medio levantándose—. ¿Qué puede hacer un sin pelo contra el Perro Rojo? Incluso el Rayado... recordad...

—En verdad eres un Fuereño —gritó de vuelta Mowgli—, pero ya hablaremos cuando estén muertos los cuones. ¡Buena caza a todos!

Y corrió hacia la oscuridad, lleno de excitación, apenas mirando dónde ponía los pies, y la consecuencia natural fue que tropezó con los grandes anillos de Kaa y cayó cuan largo era. La pitón estaba vigilando un sendero de ciervos cercano al río.

—¡*Kssha!* —dijo enfadado Kaa—. ¿Es acaso la costumbre de la Selva pisotear, patear y fastidiarme la caza nocturna, sobre todo ahora que las presas están moviéndose estupendamente?

—Es mi culpa —dijo Mowgli levantándose del suelo—. Te estaba buscando, Cabeza Plana, pero cada vez que nos encontramos te has hecho más largo y ancho, a razón de un brazo mío cada vez. No hay nadie como tú en la Selva, ni tan sabio, viejo, fuerte y bello, Kaa.

—Y, bueno, ¿qué te trae por aquí? —La voz de Kaa era ahora más amable—. No ha pasado siquiera una luna desde que un Hombrecillo con un cuchillo me arrojó piedras a la cabeza y me llamó cosas feas, típicas de los monos, simplemente porque estaba durmiendo a la intemperie.

—Eso fue porque desviabas a los ciervos en todas direcciones y Mowgli estaba cazando, y esa misma Cabeza Plana estaba demasiado sorda para oír el silbido y apartarse de los senderos de los ciervos —respondió Mowgli con tranquilidad, sentándose entre los anillos de colores.

—Ese mismo Hombrecillo viene ahora con palabras dulces y aduladoras a la misma Cabeza Plana y le dice que es sabia y fuerte y bella, y esa misma Cabeza Plana se lo cree y le hace un sitio a este mismo Hombrecillo y... ¿Estás cómodo ahora? ¿Puede darte Bagheera un lugar de descanso tan bueno?

Como era su costumbre, Kaa había hecho para Mowgli una especie de media hamaca suave con sus anillos. El niño alargó la mano en la oscuridad y asió el elástico cuello de la serpiente hasta que la cabeza de Kaa descansó sobre el hombro de Mowgli, y entonces le contó todo lo que había ocurrido en la Selva aquella noche.

—Tal vez sea sabio —dijo Kaa al final—, pero de que estoy sordo estoy seguro. De otro modo habría oído el *pheeal*. No me extraña que los Comedores de Hierba estén inquietos. ¿Cuántos son estos cuones?

—Aún no los he visto. He venido corriendo a verte. Tu eres más viejo que Hathi. Pero, oh, Kaa —y Mowgli se retorció de puro gozo—, será una buena cacería. Pocos de nosotros veremos otra luna.

—¿Y *tú* qué pintas en todo esto? Recuerda que eres un Hombre; y recuerda que la Manada te expulsó. Deja que los Lobos se encarguen de los Perros. *Tú* eres un Hombre.

—Las nueces del año pasado son la tierra negra de este año —dijo Mowgli—. Es verdad que soy un Hombre, pero esta noche he afirmado desde lo más profundo de mi estómago que soy un Lobo. Y he llamado al Río y a los Árboles para que lo recuerden. Perteneceré al Pueblo Libre, Kaa, hasta que los cuones se hayan marchado.

—Pueblo Libre —gruñó Kaa—. ¡Ladrones libres! ¿Y tú te has atado a ellos en un nudo de muerte tan solo por el recuerdo de unos cuantos lobos muertos? Eso no es buena caza.

—He dado mi palabra. Los Árboles lo saben, el Río lo sabe. Hasta que los cuones no se hayan ido mi Palabra no me será devuelta.

—¡*Ngssh*! Esto lo cambia todo. Pensaba llevarte conmigo a las ciénagas del norte, pero la Palabra, incluso la Palabra de un Hombrecillo desnudo y sin pelo, es la Palabra. Ahora yo, Kaa, digo...

—Piensa bien, Cabeza Plana, y no te ates como yo a un nudo de muerte. No necesito tu Palabra, porque sé bien...

—Así sea, entonces —dijo Kaa—. No te daré mi Palabra. Pero ¿qué te dice tu estómago que hay que hacer cuando lleguen los cuones?

—Tendrán que cruzar el Waingunga a nado. He pensado en encontrarme con ellos con mi cuchillo en el bajío, con la Manada detrás de mí, y a base de apuñalarles y golpearles quizás podamos obligarles a ir corriente abajo o bien cortarles el cuello.

—Los cuones no se vuelven y sus gargantas están calientes —dijo Kaa—. Ni el Hombrecillo ni los Lobos seguirán vivos una vez haya terminado la pelea. Solo huesos secos.

—¡Alala! Si morimos, pues moriremos. Será la mejor cacería. Pero mi estómago es joven y no he visto demasiadas Lluvias. No soy ni sabio ni fuerte. ¿Tienes un plan mejor, Kaa?

—He visto cien y cien Lluvias. Antes de que le salieran a Hathi los colmillos de leche el rastro que yo dejaba en el polvo ya era grande. Por el Huevo Primigenio, soy más viejo que muchos árboles, y he visto todo lo que la Selva ha hecho.

—Pero esta es una cacería nueva —dijo Mowgli—. Los cuones no han cruzado nunca a nuestro lado.

—Lo que es ya ha sido antes. Lo que será no es más que un año olvidado que vuelve atrás. No digas nada mientras repaso mis años vividos.

Durante un rato largo, Mowgli siguió echado en los anillos mientras Kaa, con la cabeza inmóvil en el suelo, pensaba en todo lo que había visto y conocido desde el día en que salió del huevo. La luz parecía salir de sus ojos y dejarlos como ópalos sin vida, y de vez en cuando hacía movimientos rígidos con la cabeza, a derecha e izquierda, como si estuviera cazando dormido. Mowgli se adormeció tranquilamente, pues sabía que no había nada mejor que dormir antes de una cacería, y estaba entrenado para dormir a cualquier hora del día o de la noche.

Entonces notó que el lomo de Kaa crecía y se ensanchaba por debajo de él, pues la enorme pitón se estaba hinchando, siseando de tal forma que recordaba al sonido una espada al desenvainarse de una funda de acero.

—He visto todas las estaciones pasadas —dijo finalmente Kaa—, y los grandes árboles y los viejos elefantes y las rocas que estaban peladas y afiladas antes de que creciera el musgo encima de ellas. ¿Sigues vivo, Hombrecillo?

—Si hace muy poco que se ha puesto la luna —dijo Mowgli—. No entiendo...

—¡*Hssh*! Vuelvo a ser Kaa. Ya sé que ha pasado poco tiempo. Ahora vayamos al río y te enseñaré lo que hay que hacer contra los cuones.

Se volvió, tieso como una flecha, en dirección hacia la corriente principal del Waingunga, sumergiéndose un poco más arriba del estanque que escondía la Roca de la Paz, con Mowgli a su lado.

—No. No nades. Iré rápidamente. Súbete a mi lomo, Hermanito.

Mowgli colocó su brazo izquierdo alrededor del cuello de Kaa, puso el derecho a lo largo de su cuerpo y estiró los pies. Entonces Kaa avanzó por la corriente como solo él podía, y las ondas del agua desplazada rodeaban como un volante el cuello de Mowgli, y sus pies bailaban de un lado a otro en el remolino que se formaba bajo los costados oscilantes de la pitón. Una milla o dos por encima de la Roca de la Paz, el Waingunga se estrecha en un desfiladero de rocas de mármol de una altura de unos veinticinco o treinta metros y la corriente circula como si fuera un molino entre todo tipo de feas rocas. Pero Mowgli no se preocupó por el agua. Pocas masas de agua le preocupaban en este mundo. Estaba mirando el desfiladero a ambos lados y olfateando inquieto, pues captaba un olor en el aire dulzón y agrio a la vez, parecido al olor de un gran hormiguero en un día de calor. Por instinto se sumergió en el agua, solo levantando la cabeza para respirar de vez en cuando, y Kaa se detuvo dando una doble vuelta a su cola en una roca hundida y sujetó a Mowgli por el hueco formado por los anillos mientras el agua seguía corriendo.

—Este es el Lugar de la Muerte —dijo el niño—. ¿Por qué hemos venido aquí?

—Están durmiendo —dijo Kaa—. Hathi no se aparta por el Rayado. Y, sin embargo, Hathi y el Rayado se apartan por los cuones y dicen los cuones que ellos no se apartan por nada. Y, sin embargo, ¿por quién se apartan las

Criaturas Pequeñas de las Rocas? Dime, Amo de la Selva, ¿quién es el Amo de la Selva?

—Ellas —susurró Mowgli—. Este es el Lugar de la Muerte. Vámonos.

—No. Mira bien, pues están durmiendo. Este lugar está igual que cuando yo no medía ni lo que mide tu brazo.

Las rocas quebradas y desgastadas de la garganta del Waingunga habían sido utilizadas desde los principios de la Selva por las Criaturas Pequeñas de las Rocas, las atareadas y furiosas abejas negras de la India y, como Mowgli bien sabía, todos los rastros desaparecían media milla antes de alcanzar la garganta. Durante siglos, las Criaturas Pequeñas habían construido sus colmenas y volado en enjambres de grieta en grieta, habían manchado el mármol blanco con miel rancia y habían construido sus panales en la profundidad de las cuevas interiores, donde ni el hombre ni las bestias ni el fuego ni el agua jamás las tocaban. A lo largo de la garganta colgaban a ambos lados lo que se asemejaba a cortinas de reluciente terciopelo negro, y Mowgli se sumergió al ver que se trataba de millones de abejas durmiendo. Había otros grumos y guirnaldas y cosas parecidas a troncos de árbol podridos salpicando las rocas, panales viejos o nuevas ciudades construidas en el lado protegido del sol y de las corrientes de aire de la garganta, y enormes masas de restos podridos que habían bajado rodando y se habían quedado encallados entre los árboles y las plantas trepadoras que se aferraban a la roca. Al prestar atención oyó más de una vez el crujido de un panal lleno de miel deslizándose para finalmente desplomarse en las oscuras galerías, y luego el estruendo de alas airadas y el goteo silencioso de la miel que se perdía, formando regueros hasta que se volcaba sobre un saliente al aire libre y se escurría lentamente sobre las ramas. En un lado del río había una diminuta playa de no más de metro y medio de ancho y que estaba llena de montones de restos acumulados durante incontables años. Había abejas y zánganos muertos, desperdicios y panales rancios, y alas de polillas merodeadoras que se habían desviado para conseguir miel, todo amontonado en pilas del más fino polvo negro. Tan solo el olor penetrante era suficiente para asustar a cualquiera que no tuviera alas y que conociera a las Criaturas Pequeñas.

Kaa prosiguió corriente arriba hasta llegar a un banco de arena situado en el principio de la garganta.

—Aquí está la caza de esta temporada —dijo—. ¡Mira!

En el banco de arena yacían los esqueletos de un par de ciervos jóvenes y un búfalo. Mowgli se dio cuenta de que ni lobos ni chacales habían tocado los huesos, que estaban dispuestos de manera natural.

—Cruzaron el límite, no conocían la Ley —murmuró Mowgli—, y las Criaturas Pequeñas los mataron. Vayámonos antes de que se despierten.

—No se despiertan hasta el alba —dijo Kaa—. Y ahora te explicaré. Un ciervo del sur que fue acosado hace muchas, muchas Lluvias, llegó aquí sin conocer la Selva. Una jauría seguía su rastro. Cegado por el miedo saltó desde lo alto, pues la jauría que lo perseguía corría veloz tras él, sin prestar atención a lo demás. El sol estaba en lo alto y las Criaturas Pequeñas eran muchas y estaban muy enfadadas. Muchos de la jauría también se arrojaron al Waingunga, pero ya habían muerto antes de llegar al agua. Aquellos que no saltaron también murieron en lo alto de las rocas. Sin embargo, el ciervo sobrevivió a las abejas.

—¿Cómo?

—Porque fue el primero que, corriendo por su vida, saltó antes de que las Criaturas Pequeñas se dieran cuenta, y estaba ya en el río cuando se juntaron para matar. La jauría, que iba detrás, no tuvo ninguna posibilidad y sucumbió bajo el peso de las Criaturas Pequeñas.

—¿El ciervo vivió? —repitió lentamente Mowgli.

—Al menos no murió entonces, pero nadie con un cuerpo musculoso le esperaba abajo para sujetarle con fuerza y protegerle de la corriente; alguien como cierta Cabeza Plana viejo, gordo, sordo y amarillo que esperaría a un Hombrecito... Sí. Aunque en este caso, su rastro lo seguirían todos los cuones de Decán. ¿Qué sientes ahora en tu estómago?

La cabeza de Kaa estaba muy cerca del oído de Mowgli, pero el niño tardó un poco en responder.

—La verdad es que eso es jugar con los bigotes de la Muerte, pero... Kaa, sin duda, eres el más sabio de toda la Selva.

—Son muchos los que lo dicen. Escucha, si los cuones te persiguen...

—Pues claro que me perseguirán. ¡Ja, ja! Dispongo de muchas espinas en mi lengua para pincharles en el pellejo.

—Si te siguen ciegos de ira, viendo solo tu espalda, los que no mueran arriba se ahogarán o bien aquí o más abajo, pues las Criaturas Pequeñas se levantarán para atacarlos. El Waingunga es un agua hambrienta y ellos no tendrán a Kaa para rescatarlos sino que, los que sigan vivos, bajarán hasta los bajíos cercanos a las Guaridas de Seeonee, y allí tu Manada los agarrará por el cuello.

—¡Ahai! ¡Eowawa! Un plan inmejorable mientras las Lluvias no caigan en la estación seca. Ahora queda el detalle de correr y saltar. Me dejaré ver por donde están los cuones para que me sigan de cerca.

—¿Has visto las rocas de arriba? ¿Desde el lado que lleva tierra adentro?

—Pues no. Lo había olvidado.

—Ve a ver. El suelo está podrido, agrietado y lleno de agujeros. Si uno de tus torpes pies pisara mal, se acabó la cacería. Ve a verlo. Te dejo aquí y solo por ti me voy a dar aviso a la Manada para que sepan dónde buscar a los cuones. Por mí no lo haría, ya sabes que ni yo ni *ningún* lobo compartimos piel.

Cuando a Kaa no le gustaba alguien a quien conocía, era capaz de ser más desagradable que ninguno de los Habitantes de la Selva, excepto quizás Bagheera. Nadó corriente abajo y en el lado opuesto a la Roca se encontró con Phao y Akela, que prestaban atención a los ruidos nocturnos.

—¡Hssh! Perros —dijo alegremente—. Los cuones bajarán por la corriente. Si no tenéis miedo, podréis matarlos en el bajío.

—¿Cuándo vendrán? —preguntó Phao.

—¿Y dónde está mi Cachorro de Hombre? —preguntó Akela.

—Vendrán cuando vengan —dijo Kaa—. Esperad y ved. En cuanto a tu Cachorro de Hombre, que te ha dado su palabra y, por lo tanto, ha quedado expuesto a la Muerte, tu Cachorro de Hombre está conmigo, y si ya ha muerto eso será únicamente culpa tuya, ¡perro descolorido! Esperad aquí a los cuones y alegraos de que el Cachorro de Hombre y yo estemos de vuestro lado.

Kaa nadó veloz río arriba y se situó en el centro de la garganta, mirando arriba, hacia el perfil del precipicio. Entonces vio la cabeza de Mowgli que se recortaba en el cielo estrellado. A continuación, oyó un zumbido en el aire y el chapoteo entusiasta y limpio de un cuerpo que cae con los pies por delante. Al minuto siguiente, el niño descansaba de nuevo en el anillo que Kaa había formado con su cuerpo.

—De noche es un salto sencillo —dijo en voz baja Mowgli—. He saltado desde alturas mayores por diversión, pero ese lugar de allí arriba es horrible, con matorrales bajos y grietas de gran profundidad y todas llenas de Criaturas Pequeñas. He puesto grandes piedras, una encima de la otra, junto a tres grietas. Las tumbaré con los pies mientras corra y las Criaturas Pequeñas se levantarán detrás de mí muy enfadadas.

—Así habla un Hombre y esa es su astucia —dijo Kaa—. Eres inteligente, pero las Criaturas Pequeñas siempre están enfadadas.

—No, al atardecer todas las criaturas aladas, las de cerca y las de lejos, descansan un rato. Yo jugaré con los cuones al atardecer, pues ellos cazan mejor durante el día. Ahora siguen el rastro de sangre de Won-tolla.

—Chil no abandona jamás un buey muerto, como tampoco un cuón abandona un rastro de sangre —dijo Kaa.

—Entonces les haré un nuevo rastro de sangre, uno con la suya propia, si soy capaz, y que muerdan el polvo. ¿Te quedarás aquí, Kaa, hasta que vuelva con los cuones?

—Sí. Pero ¿y si te matan en la Selva? ¿O si las Criaturas Pequeñas te matan antes de que puedas saltar al río?

—Cuando llegue mañana, cazaremos para mañana —dijo Mowgli citando una máxima de la Selva, y prosiguió—: Cuando esté muerto será el momento de cantar la Canción de la Muerte. ¡Buena caza, Kaa!

Soltó el brazo del cuello de la pitón y bajó por la corriente como un tronco en una crecida, braceando y sin dejar de reír a carcajadas de pura felicidad hacia la orilla más alejada, donde encontró aguas tranquilas. No había nada que le gustara más a Mowgli que, como él mismo decía, «tirar de los bigotes a la Muerte» y hacer saber a la Selva que él era su señor. A menudo, con ayuda de Baloo, había robado nidos de abejas en árboles dispersos y sabía que las Criaturas Pequeñas odiaban el olor de ajos silvestres. De modo que recogió un ramillete y lo ató con una tira de corcho. Luego siguió el rastro de sangre de Won-tolla, que enfilaba hacia el sur desde las Guaridas a lo largo de unas cinco millas. Lanzó una mirada a los árboles volviendo la cabeza a un lado y se rio entre dientes.

—He sido Mowgli, la Rana —se dijo—. Mowgli, el Lobo, he dicho que soy. Ahora he de ser Mowgli, el Mono, antes de que sea Mowgli, el Ciervo. Al final seré Mowgli, el Hombre. ¡Ja!

Y pasó el pulgar por la hoja de cuarenta y seis centímetros de su cuchillo.

El rastro de Won-tolla, de olor rancio debido a las manchas oscuras de sangre, seguía a lo largo de un bosque de árboles de tronco grueso que crecían muy juntos y que se extendían hacia el noreste, gradualmente haciéndose más finos hasta llegar a unas dos millas de distancia de las Rocas de las Abejas. Desde el último árbol hasta los arbustos bajos de las Rocas de las Abejas se abría un territorio extenso donde apenas había un lugar donde un lobo pudiera esconderse. Mowgli trotó bajo los árboles, calculando las distancias entre rama y rama, trepando de vez en cuando a un tronco y haciendo un salto de prueba de un árbol a otro hasta que llegó al campo abierto, que estudió meticulosamente durante una hora. Después dio media vuelta, retomó el rastro de Won-tolla donde lo había dejado, se acomodó en un árbol con una rama que sobresalía y se encontraba a una altura de dos metros y medio del suelo, y se quedó quieto, afilando su cuchillo en la suela de su pie y canturreando.

Un poco antes de mediodía, cuando el sol más calentaba, oyó el correteo de patas y olfateó el olor abominable que desprendía la jauría de cuones trotando sin piedad tras el rastro de Won-tolla. Vistos desde arriba, los cuones rojos no alcanzan ni la mitad del tamaño de un lobo, pero Mowgli sabía lo fuertes que eran sus patas y mandíbulas. Miró la rojiza cabeza puntiaguda del líder olfateando el rastro y lo saludó:

—¡Buena caza!

La bestia miró arriba y sus compañeros se detuvieron tras él, veintenas y veintenas de perros rojos con la cola colgando, hombros anchos, cuartos traseros flojos y bocas sangrientas. Los cuones son, por norma, gente muy silenciosa, y carecen de modales incluso en su propia tierra. Unos doscientos se debían de haber congregado debajo de él, pero podía ver que los líderes olfateaban hambrientos el rastro de Won-tolla e intentaban hacer avanzar a la jauría. Eso había que evitarlo o llegarían a las Guaridas en plena luz del día, y Mowgli quería retenerlos bajo este árbol hasta el atardecer.

—¿Con el permiso de quién habéis venido aquí? —dijo Mowgli.

—Todas las selvas son nuestra Selva —fue la respuesta, y el cuón que la dio mostró sus colmillos blancos. Mowgli miró abajo con una gran sonrisa e imitó a la perfección la cháchara aguda de Chikai, la rata saltarina de Decán, dando a entender a los cuones que él no los consideraba mejores que Chikai. La Manada se apelotonó alrededor del tronco y el líder aulló salvajemente, llamando a Mowgli mono de los árboles. Mowgli respondió estirando una pierna y moviendo los dedos de los pies justo por encima de la cabeza del líder. Eso fue suficiente, y más que suficiente, para despertar la obtusa furia de la jauría. A los que tienen pelo entre los dedos no les gusta que se lo recuerden. Mowgli apartó su pie en cuanto el líder dio un salto y dijo con aire inocente:

—¡Perro, perro rojo! Vuelve a Decán a comer lagartijas. Ve con Chicai, tu perro hermano. ¡Perro rojo, rojo perro! ¡Tenéis pelo entre cada dedo!

Y meneó por segunda vez los dedos de los pies.

—Baja o haremos que mueras de hambre, ¡mono pelado! —gritó la Manada, y esto era justo lo que quería Mowgli. Se tumbó a lo largo de la rama, apoyó la mejilla en la corteza y dejó su brazo derecho libre. Expuso a la jauría lo que opinaba y lo que sabía de ellos, sus modales, sus costumbres, sus parejas y sus cachorros. No hay discurso más rencoroso ni hiriente que el lenguaje que los Habitantes de la Selva usan para mostrar su desdén y menosprecio. Y si lo piensas bien, entenderás por qué debe ser así. Como le dijo Mowgli a Kaa, el niño tenía muchas espinas en la lengua, y lentamente y a propósito provocó que los cuones pasaran del silencio a los gruñidos, y de los gruñidos a los ladridos, y de los ladridos al desvarío ronco. Intentaron dar respuesta a sus provocaciones, pero era como si un cachorro intentara enfrentarse a la furia de Kaa. Mientras tanto, Mowgli tenía la mano derecha recogida a un lado, lista para entrar en acción, y los pies rodeando el grosor de la rama. El gran líder rojizo había dado muchos saltos en el aire, pero Mowgli no quería arriesgarse a atacar en falso. Finalmente, con una ira que superaba su propia fuerza, el cuón saltó alcanzando más de dos metros de altura. Entonces, Mowgli alargó la mano con la velocidad de una serpiente arbórea y agarró al perro por el cogote. La rama se agitó por el peso de ambos, casi arrojando a Mowgli al suelo. Pero el niño no perdió el equilibrio y, centímetro a centímetro, fue subiendo hasta la rama a la bestia suspendida como un chacal ahogado. Con la mano izquierda cogió su cuchillo y le cortó al animal la cola roja y peluda, tras lo cual arrojó al cuón de nuevo al suelo. Eso era todo lo que necesitaba. La jauría no seguiría adelante con la persecución del rastro de Won-tolla hasta que no hubieran matado a Mowgli o Mowgli no los matara a ellos. Los vio congregarse en círculos, sus cuartos traseros temblando, lo que significaba que iban a quedarse, de modo que trepó a una horquilla más alta, se puso cómodo y se durmió.

Al cabo de tres o cuatro horas se despertó y contó a los integrantes de la jauría. Estaban todos allí, en silencio, hoscos y con una mirada fría, de acero. El sol empezaba a ponerse. En media hora, las Criaturas Pequeñas de las rocas acabarían sus labores y, como ya sabéis, los cuones no pelean bien al atardecer.

—No necesitaba unos guardianes tan fieles —dijo con educación, poniéndose en pie sobre la rama—, pero lo recordaré. Sois verdaderos cuones, pero me parecéis todos demasiado iguales. Por esta razón no le voy a devolver su cola al comedor de lagartijas. ¿Satisfecho, Perro Rojo?

—Yo en persona te arrancaré el estómago —gritó el líder arañando la base del árbol.

—No, pero piensa, sabia rata de Decán. A partir de ahora habrá muchas camadas de perros rojos sin cola, con los culos en carne viva que dolerán cuando la arena esté caliente. Vuelve a casa, Perro Rojo, y di que un mono te ha hecho esto. ¿Que no te vas? Pues entonces ven conmigo y sabrás lo que es bueno.

Se movió al siguiente árbol, al estilo de los Bandar, y después al siguiente, y al otro, y al otro, y la manada le seguía, levantando sus cabezas hambrientas. De vez en cuando hacía ver que caía, y los cuones tropezaban unos con otros por su prisa por participar en la matanza. Era una imagen curiosa, la del niño con el cuchillo que resplandecía a la luz del sol crepuscular y la jauría con su pelaje en llamas siguiéndole desde el suelo, todos apiñados. Cuando llegó al último árbol cogió el ajo silvestre y se frotó todo el cuerpo minuciosamente, y los cuones ladraron con desdén.

—Mono con lengua de lobo, ¿estás pensando en cubrir tu rastro? —dijeron—. Nosotros te seguiremos hasta la muerte.

—Toma tu cola —dijo Mowgli arrojándola hacia el camino que había seguido. La jauría corrió instintivamente hacia ella—. Y ahora, seguidme hasta la muerte.

Antes de que los cuones vieran lo que iba a hacer, el niño ya se había deslizado por el tronco hasta el suelo y empezado a correr como el viento hacia las Rocas de las Abejas.

Los perros lanzaron un aullido profundo e iniciaron su galope sostenido que acaba abatiendo a todo aquel que corre. Mowgli sabía que su velocidad como jauría era más lenta que la de los lobos, de otro modo no se hubiera arriesgado a hacer una carrera de dos millas campo a través. Los cuones estaban seguros de que por fin el niño iba a ser suyo, y él estaba seguro de estar jugando con ellos como quería. Lo único que importaba era mantenerlos suficientemente interesados en él para evitar que abandonaran la carrera demasiado pronto. Corría limpiamente, sin cambios de ritmo, saltando. El cuón sin cola estaba a menos de cuatro metros detrás de él, y la jauría los seguía a ambos, ocupando quizás un cuarto de milla de territorio, locos y ciegos de ira por participar en la matanza. De modo que mantenía la distancia de oídas, reservando fuerzas para la carrera por las Rocas de las Abejas.

Las Criaturas Pequeñas se habían ido a dormir en cuanto empezó ponerse el sol, pues no era la estación de las flores, pero cuando las primeras pisadas de Mowgli sonaron huecas en el suelo desigual, el niño oyó un sonido como si toda la tierra estuviera zumbando. Entonces corrió como nunca en su vida había corrido, empujó una, dos, tres pilas de piedras en las grietas oscuras y de aroma dulce. Oyó el rugido como el del mar en una cueva y vio la corriente del Waingunga lejos, muy abajo, y una cabeza plana en forma de diamante en el agua. Saltó hacia delante con todas sus fuerzas —el cuón sin cola cerró la boca en el aire junto a su hombro— y cayó con los pies por

delante a la seguridad del río, sin aliento pero triunfante. No tenía ni una picada, pues el olor a ajo silvestre había frenado a las Criaturas Pequeñas durante los pocos segundos que pasó entre ellas. Cuando salió a la superficie, los anillos de Kaa le sujetaban, mientras que unas cosas caían por el borde del precipicio. Parecían grandes racimos de abejas apelotonadas que caían en picado. Pero antes de que el racimo tocara el agua, las abejas volaban arriba y el cuerpo de un cuón se sumergió y continuó río abajo. Arriba podían oír los ladridos cortos y furiosos que eran ahogados por el rugido como el de las grandes olas, el rugido de las alas de las Criaturas Pequeñas de las Rocas. Algunos de los cuones habían caído en las grietas que se comunicaban con las cuevas subterráneas y se ahogaban y luchaban y mordían entre los panales tumbados y, finalmente, incluso cuando ya estaban muertos, eran levantados por las oleadas de abejas que había debajo y salían disparados por alguno de los agujeros de las paredes de la garganta para ir a caer en las pilas negras de desechos. Hubo cuones que con su salto quedaron atrapados en los árboles del precipicio y las abejas ocultaban sus formas. Pero la mayoría, enloquecidos por las picadas, se habían arrojado al río y, como dijo Kaa, el Waingunga es un agua hambrienta.

Kaa tuvo a Mowgli bien agarrado hasta que el niño recuperó el aliento.

—No podemos quedarnos aquí —dijo—. Las Criatura Pequeñas están muy excitadas. ¡Vamos!

Apenas asomando la cabeza y buceando tanto como le fue posible, Mowgli bajó nadando por el río cuchillo en mano.

—Despacio, despacio —dijo Kaa—. Un solo colmillo no mata a cien a menos que sea el de una cobra, y muchos de los cuones se arrojaron al agua veloces cuando vieron alzarse a las Criaturas Pequeñas.

—Tanto más trabajo para mi cuchillo. ¡Uf! ¡Cómo nos persiguen las Criaturas Pequeñas! —dijo, y se sumergió de nuevo. La superficie del agua estaba cubierta de amenazadoras abejas zumbando y picando lo que fuera que se encontraran.

—Nada se ha perdido jamás por estar callado —dijo Kaa (no había aguijón que penetrara sus escamas)—, y tú tienes toda la noche para cazar. ¡Escúchalos aullar!

Casi la mitad de la manada había visto la trampa en la que habían caído sus compañeros y, cambiando de dirección, se arrojaron al agua donde la garganta tenía unas orillas muy empinadas. Sus gritos de rabia y sus amenazas al «mono de los árboles» que les había causado tamaña vergüenza se mezclaban con los ladridos y gruñidos de aquellos castigados por las Criaturas Pequeñas. Permanecer en la orilla significaba la muerte y todos los cuones lo sabían. La jauría prosiguió corriente abajo por los remolinos profundos del Estanque de la Paz, pero incluso allí las Criaturas Pequeñas les seguían y les forzaban a entrar de nuevo en el agua. Mowgli pudo oír la voz del líder sin cola decirles que aguantasen y que mataran a todos los lobos de Seeonee. Pero no perdió el tiempo escuchándolo.

—¡Alguien mata en la oscuridad detrás de nosotros! —saltó un cuón—. ¡El agua está teñida!

Mowgli se había zambullido como una nutria y había tirado de un cuón antes de que este pudiera abrir la boca. Ondas oscuras aparecieron cuando el cuerpo salió a la superficie y se volvía de costado. Los cuones intentaron volverse, pero la corriente se lo impedía, y las Criaturas Pequeñas les aguijoneaban la cabeza y las orejas, y pudieron oír el desafío de la Manada de Seeonee cada vez más alto y profundo en la creciente oscuridad. De nuevo, Mowgli buceó y, de nuevo, un cuón se sumergió y emergió muerto, y de nuevo ascendió el clamor en la retaguardia de la jauría. Algunos aullaron que era mejor ir a la orilla, otros le pedían a su líder que les llevara de vuelta a Decán y otros exigían a Mowgli que se mostrase y se dejara matar.

—Vienen a la pelea con dos estómagos y varias voces —dijo Kaa—. El resto está con tu gente ahí abajo. Las Criaturas Pequeñas se vuelven a dormir. Nos han perseguido hasta aquí. Yo, ahora, me vuelvo, porque con los lobos no comparto la piel. Buena caza, Hermanito, y recuerda que los cuones dan mordiscos bajos.

Un lobo llegó corriendo a tres patas por la orilla, saltando arriba y abajo, ladeando y acercando la cabeza al suelo, encorvando el lomo y brincando en el aire como si estuviera jugando con sus cachorros. Era Won-tolla, el Fuereño, y no decía una sola palabra, sino que seguía con su horrible exhibición junto a los cuones. Estos ya llevaban tiempo en el río y nadaban cansados, tenían el pelaje empapado y les pesaba, pues las colas peludas absorbían agua como esponjas. Estaban tan extenuados y agitados que ellos tampoco decían nada y miraban el par de ojos en llamas que se movían en la orilla.

—¡Esta no es una buena caza! —dijo uno jadeando.

—¡Buena caza! —dijo Mowgli poniéndose en pie con osadía justo al lado de la bestia. Le clavó el cuchillo tras el omóplato, empujando fuerte para evitar que le mordiera antes de morir.

—¿Estás ahí, Cachorro de Hombre? —dijo Won-tolla desde el otro lado del agua.

—Pregunta a los muertos, Fuereño —replicó Mowgli—. ¿No ha bajado ninguno por el río? A estos perros les he hecho morder el polvo, les he engañado a plena luz del día y a su líder le falta la cola. Pero aún quedan algunos para ti. ¿Adónde quieres que les dirija?

—Esperaré —dijo Won-tolla—. Tengo toda la noche por delante.

El aullido de los lobos de Seeonee se oía cada vez más cerca: «Por la Manada, por la Manada entera se luchará». Una curva en el río llevó a los cuones hacia las arenas y los bancos en el lado opuesto a las Guaridas.

Entonces vieron su error. Deberían haber saltado a tierra una milla más arriba y haber ido tras los lobos sobre suelo seco. Ahora era demasiado tarde. El banco de arena estaba lleno de ojos en llamas, y excepto por el horrible *pheeal* que no había cesado desde la puesta de sol, no se oía nada más en la Selva. Parecía como si Won-tolla les estuviera seduciendo para que se dirigieran a la orilla. El líder de los cuones dijo:

—Volveos contra ellos y tomad control.

La jauría entera se lanzó hacia la orilla, chapoteando y avanzando por el bajío hasta que la superficie del Waingunga se volvió blanca y agitada, con grandes ondas desplazándose de un lado a otro, como las olas de proa en una embarcación. Mowgli siguió el avance, clavando su cuchillo y haciendo cortes, mientras los cuones, apiñados, corrían a toda prisa hacia la playa del río en una sola oleada.

Entonces comenzó la larga lucha, tirando y presionando y separando y dispersando y estrechándose y ensanchándose a lo largo de las arenas enrojecidas y húmedas, por encima de las raíces retorcidas de los árboles, entre los arbustos, dentro y fuera de las agrupaciones de gramas, pues incluso ahora la proporción era de dos cuones por cada lobo. Pero se enfrentaban a lobos que luchaban por todo lo que significaba la Manada y que no eran tan solo unos cazadores de diferentes estaturas, pechos fuertes y colmillos blancos. Peleaban también contra las *lahinis* de ojos ansiosos, las lobas de la guarida, como se suele decir, que luchaban por sus camadas, y de vez en cuando había un lobo de un año, su pelaje todavía lanoso, que tiraba y mordía desde los flancos. Debéis saber que un lobo vuela hacia una garganta, o muerde un flanco, mientras que un cuón prefiere atacar el estómago. De modo que cuando los cuones se esforzaban por salir del agua se veían obligados a levantar la cabeza, por lo que las probabilidades estaban a favor de los lobos. En terreno seco, los lobos sufrían, pero en el agua o la playa el cuchillo de Mowgli iba y venía sin cesar. Los Cuatro se habían abierto camino hacia donde se encontraba el niño. Hermano Gris, agachado entre las piernas de Mowgli, protegía su estómago, mientras los otros vigilaban su espalda y costados o se colocaban encima de él cuando lo tumbaba el choque de un cuón que saltaba aullando, lanzándose de lleno contra la hoja afilada y firme. En cuanto al resto, lo que se veía era una masa confusa, una multitud enzarzada que iba meciéndose de derecha a izquierda y de izquierda a derecha por la orilla, girando con lentitud por el centro. En un extremo había un montículo de animales jadeantes que, al igual que una burbuja en un remolino, que estalla y sale disparada, arrojaba a cuatro o cinco perros destrozados, todos esforzándose por volver a la pelea. En otro, había un lobo que era atacado por dos o tres cuones, a los que arrastraba laboriosamente, cayendo abatido sin cesar. Un lobo de un año permanecía en pie sostenido por la presión de los que le rodeaban, pero había muerto hacía rato, y su madre, loca de la ira, se revolcaba, mordiendo y atacando furtivamente. En lo más denso de la pelea, un lobo y un cuón, olvidando a todos los demás, maniobraban por subyugar al otro hasta que fueron apartados por la acometida de otros combatientes furiosos. En una ocasión, Mowgli pasó junto a Akela, que tenía un cuón en cada flanco y la mandíbula desdentada clavada en las entrañas de un tercero. Y una vez vio a Phao, con los colmillos hincados en la garganta de un cuón, tirando de la bestia poco dispuesta hasta que los lobos de un año pudieran acabar con ella. Pero el grueso de la batalla consistía en ráfagas ciegas y asfixia en la oscuridad: golpes, tropiezos, revolcones, aullidos, gemidos e intentos por separar a las presas alrededor de él, detrás de él, encima de él. A medida que avanzaba la noche, el movimiento rápido, como de atracción de feria, se fue acelerando. Los lobos más grandes intimidaban a los cuones, que tenían miedo de atacarles, pero no se atrevían a escapar. Mowgli sintió que el final estaba a punto de llegar y se contentó con golpear para solo lisiar. Los lobos de un año se envalentonaron. De vez en cuando había un momento para recobrar el aliento y decirle algo a un amigo. El mero resplandor del cuchillo era a veces suficiente para que un perro se apartara.

—La carne está muy cerca del hueso —gritó Hermano Gris. Sangraba por una veintena de heridas.

—Pero todavía hemos de partir el hueso —dijo Mowgli—. *¡Eowawa!* ¡Así las gastamos en la Selva!

La hoja ensangrentada de su cuchillo se desplazó como una llama a lo largo del costado de un cuón cuyos cuartos traseros se escondían bajo el peso de un lobo que se aferraba a él.

—¡Es mío! —bufó el lobo con el hocico arrugado—. ¡Déjamelo a mí!

—¿Sigues con el estómago vacío, Fuereño? —dijo Mowgli. Won-tolla estaba muy malherido, pero tenía bien sujeto al cuón, que no podía volverse ni alcanzarlo.

—¡Por el buey que me salvó la vida! —dijo Mowgli con una risa amarga—. ¡Si es el que no tiene cola!

Y en verdad era el gran líder de color rojizo.

—No es de sabios matar a cachorros y *lahinis* —continuó Mowgli en tono filosófico, secándose la sangre de los ojos—, a menos que uno también haya matado al Fuereño. Y mi estómago me dice que este Won-tolla te va a matar a ti.

Un cuón saltó para ayudar a su líder, pero antes de que sus colmillos encontraran el flanco de Won-tolla el cuchillo de Mowgli halló su garganta, y Hermano Gris se encargó del resto.

—Y así es como las gastamos en la Selva —dijo Mowgli.

Won-tolla no dijo nada. Sus mandíbulas fueron cerrándose repetidamente en la espina dorsal de su presa al tiempo que su vida le abandonaba. El cuón se estremeció, su cabeza cayó y se quedó quieto. Won-tolla se desplomó sobre el perro rojo.

—¡Ajá! La Deuda de Sangre ha sido pagada —dijo Mowgli—. Canta la canción, Won-tolla.

—Ya no cazará más —dijo Hermano Gris—. Y Akela también lleva callado mucho tiempo.

—El hueso ha sido partido —rugió Phao, hijo de Phaona—. ¡Se van! ¡Matad, matad, cazadores del Pueblo Libre!

Un cuón tras otro fue alejándose de las oscuras y sangrientas playas junto al río, en dirección a la selva espesa, corriente arriba o corriente abajo, donde vieran el camino libre.

—¡La deuda! ¡La deuda! —gritaba Mowgli—. ¡Pagad la deuda! ¡Han matado al Lobo Solitario! ¡No dejéis que escape un solo perro!

Corría, volaba hacia el río, cuchillo en mano, para detener a cualquier cuón que osara arrojarse al agua, cuando, de debajo de una montaña de nueve muertos surgieron la cabeza de Akela más sus patas delanteras. Mowgli cayó de rodillas junto al Lobo Solitario.

—¿No dije que sería mi última pelea? —dijo con dificultad Akela—. Ha sido una buena caza. ¿Y tú, Hermanito?

—Estoy vivo, aunque he matado a muchos.

—Bien hecho. Muero y quiero... quiero morir junto a ti, Hermanito.

Mowgli tomó la cabeza llena de heridas y la apoyó sobre su regazo, rodeando con los brazos el cuello del lobo.

—Mucho tiempo ha pasado desde los días de Shere Khan y el Cachorro de Hombre que se revolcaba desnudo en el polvo.

—No, no. Soy un lobo. Yo comparto la misma piel con el Pueblo Libre —lloró Mowgli—. No soy un hombre por mi voluntad.

—Eres un hombre, Hermanito, pequeño lobo mío que tuve a mi cuidado. Eres un hombre, si no la Manada habría huido antes de que llegaran los cuones. Te debo mi vida, y hoy has salvado a la Manada igual que una vez yo te salvé a ti. ¿Lo has olvidado? Todas las deudas han sido saldadas. Ve con tu gente. Te lo digo otra vez, luz de mis ojos, esta caza ha concluido. Ve con tu propia gente.

—Nunca iré. Cazaré solo en la Selva. Ya lo he dicho.

—Después del verano vienen las Lluvias y después de las Lluvias viene la primavera. Vuelve antes de que te obliguen.

—¿Quién me obligará?

—Mowgli obligará a Mowgli. Vuelve con tu gente. Ve con los Hombres.

—Cuando Mowgli obligue a Mowgli, iré —respondió Mowgli.

—No hay más que decir —dijo Akela—. Hermanito, ¿puedes levantarme? Yo también fui jefe del Pueblo Libre.

Con mucho cuidado y suavidad, Mowgli apartó los cuerpos y puso a Akela en pie, rodeándole con los brazos, y el Lobo Solitario tomó una larga bocanada de aire y empezó a aullar la Canción de la Muerte que el jefe de la Manada debe cantar cuando abandona esta vida. Fue cobrando fuerza a medida que su voz se elevaba y resonaba al otro lado del río, hasta que llegó al último «¡buena caza!». Akela se apartó de Mowgli por un instante y, dando un salto en el aire, cayó de espaldas, muerto, encima de los cuerpos de su última y más terrible matanza.

Mowgli se sentó con la cabeza entre las rodillas, sin importarle nada más, mientras el resto de los cuones que iban volando eran subyugados y perseguidos por las despiadadas *lahinis.* Poco a poco los gritos fueron disipándose y los lobos regresaron, cojeando a medida que sus heridas empezaban a dolerles, para contar sus bajas. Quince machos de la Manada, así como media docena de lahinis, yacían muertos junto al río y, del resto, no había ninguno sin una herida. Mowgli permaneció sentado todo ese tiempo hasta que amaneció, y cuando el morro húmedo y sangriento de Phao empujó su mano, Mowgli se apartó para mostrar el cuerpo destrozado de Akela.

—¡Buena caza! —dijo Phao como si Akela siguiera con vida, y entonces dijo a los demás por encima del hombro—: ¡Aullad, perros! ¡Esta noche ha muerto un Lobo!

Sin embargo, de la jauría de doscientos cuones, que presumían de que todas las selvas eran su Selva y de que ningún ser vivo era capaz de vencerles, ninguno regresó a Decán a llevar el mensaje de Phao.

CANCIÓN DE CHIL

Esta es la canción que cantó Chil cuando los milanos descendieron uno tras otro al lecho del río una vez concluida la gran lucha contra los cuones. Chil es amigo de todos, pero en el fondo de su corazón es una criatura de sangre fría, pues sabe que, en un momento u otro, casi todos llegan a él.

Estos eran mis compañeros, en marcha por la noche.
(¡Chil! ¡Buscad a Chil!)
Ahora soy yo quien vengo a señalar el fin de la pelea.
(¡Chil! ¡Avanzadilla de Chil!)
Desde abajo me anunciaron las presas muertas.
Desde arriba les anuncié los ciervos de la llanura.
Aquí está el fin de todo rastro. Ellos ya no hablarán más.

Aquellos que clamaban el grito de caza, aquellos que corrían veloces;
(¡Chil! ¡Buscad a Chil!)
aquellos que empujaban al sambhur y le acorralaban al pasar;
(¡Chil! ¡Avanzadilla de Chil!)
aquellos que corrían tras el rastro y los que corrían delante;
aquellos que evitaban el cuerno, aquellos que lo dominaban.
Aquí está el fin de todo rastro. Ellos ya no acosarán más.

Estos eran mis compañeros. ¡Qué pena que murieron!
(¡Chil! ¡Buscad a Chil!)
Ahora voy yo a consolar a aquellos que les conocían en sus buenos tiempos.
(¡Chil! ¡Avanzadilla de Chil!)
Flanco hecho trizas, ojo hundido, boca abierta y roja.
Abrazados, fláccidos y solos yacen los muertos encima de sus muertos.
Aquí está el fin de todo rastro. Y aquí mis huestes se alimentan.

Retozos de primavera

El Hombre va con el Hombre. ¡Grita el desafío por toda la Selva!
Aquel que era nuestro Hermano nos deja.
Escuchad ahora y juzgad, oh, Habitantes de la Selva, responded:
¿quién lo hará volver? ¿Quién lo hará quedarse?

El Hombre va con el Hombre. Está sollozando en la Selva.
Aquel que era nuestro Hermano llora dolido.
El Hombre va con el Hombre (¡Oh, nosotros le amábamos en la Selva!)
por el rastro del Hombre adonde ya no podemos seguirlo.

Dos años después de la gran pelea con el Perro Rojo y la muerte de Akela, Mowgli debía de haber cumplido casi diecisiete años. Parecía mayor, pues el ejercicio intenso, una alimentación excelente y los baños que se daba siempre que quería, cuando tenía calor o se sentía polvoriento, le habían proporcionado una fuerza y desarrollo muy por encima de su edad. Cuando quería echar una ojeada por las vías arbóreas, era capaz de desplazarse columpiándose con una sola mano de rama en rama, suspendido de las más altas, y hacerlo durante media hora. Podía detener a un joven ciervo en mitad del galope y tumbarle de lado por la cabeza. Incluso era capaz de arrojar al suelo a los grandes jabalíes azulados[77] que viven en las Ciénagas del Norte. Los Habitantes de la Selva que solían temerle por su astucia ahora le

---

77 Jabalí nativo de la India, *Sus scrofa cristatus*.

temían por su fuerza, y cuando se movía lentamente, metido en sus asuntos, el mero susurro avisando de su llegada despejaba los senderos de los bosques. Y, sin embargo, la mirada de sus ojos era siempre dulce. Incluso cuando luchaba, sus ojos nunca llameaban como los de Bagheera. Solo demostraban interés y excitación, y esa era una de las cosas que Bagheera no entendía.

La pantera le preguntó a Mowgli al respecto, y el chico rio y dijo:

—Cuando se me escapa la presa, me enfado. Cuando llevo dos días sin cobrar una pieza, me enfado mucho. ¿No hablan mis ojos entonces?

—La boca está hambrienta —dijo Bagheera—, pero tus ojos no dicen nada. Para ti, cazar, comer o nadar es todo lo mismo, como para una piedra la lluvia o el sol.

Mowgli la miró perezosamente con los ojos entrecerrados y, como era habitual, la pantera apartó la vista. Bagheera sabía a la perfección quién era el amo.

Estaban echados en lo alto de una colina con vistas al Waingunga. La neblina de la mañana flotaba en el fondo en forma de cintas de color blanco y verde. A medida que el sol ascendía, esa neblina se transformaba en mares burbujeantes de oro rojo que se agitaban, y los rayos inferiores dibujaban rayas sobre la hierba seca donde Mowgli y Bagheera estaban descansando. La estación fría estaba llegando a su fin y las hojas y los árboles tenían un aspecto desgastado y descolorido. Cuando soplaba el viento, por todas partes se oía un susurro seco, una suerte de tictac. Una hojita pulsaba con furia contra una ramita, como suele hacer una hoja suelta atrapada en la corriente. Este rumor despertó a Bagheera, pues olfateó el aire de la mañana, soltó un carraspeo fingido, se puso de espaldas y tocó con las patas delanteras la hojita parlanchina.

—Llega el cambio de estación —dijo—. La Selva continúa su avance. Se acerca el Momento del Nuevo Habla. Esta hoja lo sabe. Eso es bueno.

—La hierba está seca —respondió Mowgli mientras arrancaba una mata—. Incluso los Ojos de la Primavera (la pequeña Flor Roja, cerosa, en forma de trompetilla que crece entre las hierbas), incluso los Ojos de la Primavera se han cerrado y... Bagheera, ¿crees que está bien que una

Pantera Negra se eche de espaldas y levante las zarpas al aire como si fuera un simple gato de los árboles?[78]

—¿Qué? —dijo Bagheera. Parecía estar pensando en otras cosas.

—Decía que si está bien que una pantera negra mordisquee y carraspee y aúlle y se revuelque. Recuerda, somos los Amos de la Selva, tú y yo.

—Sin duda. Sí. Te escucho, Cachorro de Hombre —Bagheera se dio la vuelta rápidamente y se sentó derecho, con los desaliñados flancos negros cubiertos de polvo (justo en ese momento estaba soltando su pelaje de invierno)—. Sin duda somos los Amos de la Selva. ¿Quién es tan fuerte como Mowgli? ¿Quién tan sabio?

Bagheera arrastró las palabras de una forma tan curiosa que hizo que Mowgli se volviera para ver si por casualidad la Pantera Negra se estaba burlando de él, pero la Selva está llena de palabras que suenan a una cosa y luego significan otra.

—He dicho que es indiscutible que somos los Amos de la Selva —repitió Bagheera—. ¿Qué he hecho mal? No sabía que el Cachorro de Hombre ya no se dignaba a echarse en el suelo. ¿Acaso vuela?

Mowgli se sentó y, apoyando los codos en las rodillas, dirigió la vista al valle para contemplar el amanecer. En algún lugar de los bosques había un pájaro que ensayaba una y otra vez las primeras notas de su canción de primavera con una voz ronca y atiplada. No era más que la sombra de la llamada líquida y ágil que más adelante diseminaría, pero Bagheera la oyó.

—Digo que el Momento del Nuevo Habla se acerca —gruñó la pantera y agitó la cola.

—Te he oído —respondió Mowgli—. Bagheera, ¿por qué tiemblas? El sol ya calienta.

—Ese es Ferao, el carpintero escarlata —dijo Bagheera—. Él no ha olvidado. Ahora yo también he de recordar mi canción.

Empezó a ronronear y canturrear para sí. Insatisfecho, intentaba recordar y repetía la melodía una y otra vez.

—No hay nada en movimiento —dijo Mowgli.

---

78   Probablemente el gato de la jungla, *Felis chaus*.

—Hermanito, ¿se te han tapado los oídos? Esta no es una canción de caza, sino una canción que preparo para cuando tenga necesidad.

—Lo había olvidado. Debiera haber sabido que llegaba el Momento del Nuevo Habla, cuando tú y todos los demás os vais y me dejáis solo —dijo Mowgli bastante ofendido.

—Pero... sin duda, Hermanito —empezó a decir Bagheera—, no siempre...

—Solo digo que lo hacéis —dijo enfadado Mowgli, señalándolo con el dedo índice—. Os vais y yo, que soy Amo de la Selva, he de vagar solo. ¿Qué pasó la estación pasada, cuando estaba recogiendo caña de azúcar en los campos de una Manada de Hombres? Envié a un mensajero, te envié a ti, para que fueras a pedirle a Hathi que viniera tal noche y arrancara para mí la grama con su trompa.

—Llegó solo dos noches después —dijo Bagheera un poco acobardado—, y en cuanto a la grama que tanto te gusta, recogió más de lo que ningún Cachorro de Hombre comería en todas las noches de la estación de las Lluvias. No fue culpa mía.

—No vino la noche en que le envié el mensaje. No. Estaba barritando y corriendo y rugiendo por todos los valles a la luz de la luna. Su rastro era como el rastro de tres elefantes, pues no se escondía entre los árboles. Bailaba a la luz de la luna delante de las casas de la Manada de Hombres. Le vi. Y, sin embargo, no vino a mí. Y soy el Amo de la Selva.

—Era el Momento del Nuevo Habla —dijo la pantera siempre muy humilde—. Quizás, Hermanito, no le llamaste usando la Palabra Maestra. Escucha a Ferao y disfruta.

El mal humor de Mowgli parecía haber pasado. Estaba echado de espaldas, con la cabeza apoyada en sus brazos y los ojos cerrados.

—No sé... tampoco me importa —dijo adormilado—. Durmamos, Bagheera. Siento el estómago pesado. Hazme un hueco donde pueda apoyar la cabeza.

La pantera se echó de nuevo exhalando un suspiro, pues podía oír a Ferao practicar y practicar y volver a practicar su canto de Primavera del Nuevo Habla, como se suele decir.

En una Selva India, las estaciones se suceden prácticamente sin división. Parece como si solo hubiera dos épocas, la húmeda y la seca. Pero si observas bien, bajo los torrentes de lluvia y las nubes de cenizas y polvo verás que las cuatro estaciones se suceden como es habitual. La primavera es la más maravillosa, pues no ha de cubrir un campo limpio y desnudo con hojas y flores nuevas, sino empujar y apartar el embrollo colgante de plantas colgantes medio verdes que durante el invierno han sufrido para sobrevivir y hacer que la tierra rancia y parcialmente fertilizada se sienta nueva y joven una vez más. Y lo hace tan bien que no hay primavera en el mundo como la primavera de la Selva.

Hay un día en que todas las cosas están cansadas, y los mismos olores, cuando se alejan con el aire pesado, son viejos y están gastados. No se puede explicar, pero se intuye. Luego, hay otro día (a ojos vista parece que no ha cambiado nada) en que todos los olores son nuevos y deliciosos, y los bigotes de los Habitantes de la Selva tiemblan desde la raíz, y el pelaje invernal salta de los costados en forma de largas y sucias matas. Entonces, quizás, cae un poco de lluvia y todos los árboles y arbustos y los bambús y los musgos y las plantas de hojas jugosas despiertan con un sonido de crecimiento que casi se puede oír, y bajo este ruido corre, día y noche, un zumbido profundo. Ese es el ruido de la primavera, un *boom* vibrante que no hacen las abejas, ni los saltos de agua, ni el viento en las copas de los árboles, sino el ronroneo del mundo apasionado y feliz.

Hasta ese año, Mowgli siempre había disfrutado del cambio de estación. Por lo general era él el primero en ver los Ojos de Primavera entre las hierbas y el primer banco de nubes de primavera, que son como ninguna otra cosa en la Selva. Su voz podía oírse en todo tipo de lugares húmedos, estrellados, con floraciones, ayudando a las grandes ranas con sus coros o burlándose de los pequeños búhos que se cuelgan cabeza abajo y que ululan durante las noches blancas. Como toda su gente, la primavera era la estación que elegía para sus revoloteos: moverse por el mero gozo de correr a través del aire cálido, treinta, cuarenta o cincuenta millas entre el crepúsculo y el alba, y regresar jadeando y riendo y con una corona de extrañas flores. Los Cuatro no le seguían en estos circuitos salvajes, sino que iban a cantar canciones con los otros lobos. Los Habitantes de la Selva están muy ocupados en primavera, y Mowgli podía oírles gruñendo y gritando y silbando, según cual fuera su especie. Sus voces entonces eran diferentes de sus voces en otros momentos del año, y esa era una de las razones por las que la primavera en la Selva se llamaba el Momento del Nuevo Habla.

Pero esa primavera, tal como le había explicado a Bagheera, algo había cambiado, y lo notaba en el estómago. Desde que los brotes de bambú se habían manchado de marrón, había tenido ganas de que llegara la mañana en que cambiarían los olores. Pero cuando esa mañana llegó y Mao, el Pavo Real, maravilloso en sus colores bronce, azul y oro, gritó a voz en pecho por los bosques neblinosos, y Mowgli abrió la boca para responder al canto, las palabras se le atragantaron y le sobrevino una sensación que comenzaba en los dedos de los pies y terminaba en su cabellera... una sensación de pura infelicidad, de modo que revisó todo su cuerpo para asegurarse de que no hubiera pisado una espina. Mao cantó sobre los nuevos olores y los otros pájaros respondieron, y desde las rocas junto al Waingunga se oyó el rugido ronco de Bagheera, llamada que se situaba entre el grito de un águila y el relincho de un caballo. En las ramas nuevas hubo gritos y jarana entre los Bandar, y allí estaba Mowgli con el pecho hinchado listo para responder a Mao, pero la voz se le quebró en pequeñas bocanadas de aire a causa de su infelicidad.

Miró alrededor, pero no vio más que a los Bandar burlones escabulléndose por los árboles y a Mao con la cola abierta en todo su esplendor, bailando en la parte baja de la ladera.

—¡Los olores han cambiado! —gritó Mao—. ¡Buena caza, Hermanito! ¿Qué hay de tu respuesta?

—¡Hermanito, buena caza! —silbaron Chil, el Milano, y su pareja descendiendo juntos a toda velocidad. Las dos aves pasaron delante de las narices de Mowgli, tan cerca que se desprendieron unos cuantos plumones blancos y mullidos.

Una lluvia ligera de primavera, la que llaman lluvia de los elefantes, cruzó la Selva en forma de cinturón de media milla de ancho y luego acabó extinguiéndose con un doble arco iris y unos truenos lejanos. Tras su paso, dejó las hojas nuevas húmedas y temblorosas. Durante unos momentos se oyó el zumbido de la primavera y luego se apagó. Sin embargo, parecía que todos en la Selva cantaran a la vez. Todos excepto Mowgli.

«He comido bien», se dijo. «He bebido agua limpia. Ni me arde la garganta ni se me encoge como cuando mordí la raíz de manchas azules que Oo, la Tortuga, me dijo que era comestible. Pero el estómago me pesa y no he sido amable con Bagheera ni con otros Habitantes de la Selva, mi propia gente. Ahora, además, tengo demasiado calor, pero luego tendré demasiado frío; o no tengo ni frío ni calor, sino que estoy enfadado con lo que no puedo ver. *¡Huhu!* Es hora de salir a retozar. Esta noche cruzaré la cordillera. Sí. Correré hacia las Ciénagas del Norte y volveré aquí. Durante demasiado tiempo me ha resultado fácil cazar. Los Cuatro vendrán conmigo, pues se están poniendo gordos como larvas blancas.»

Les llamó, pero los Cuatro no respondieron. Estaban demasiado lejos para oírle, entonando con los otros lobos de la Manada sus cantos de primavera, canciones de la Luna y del sambhur, pues durante la primavera los Habitantes de la Selva no distinguen demasiado entre el día y la noche. Proyectó la nota aguda del ladrido, pero la única respuesta fue el *maiou* burlón del gatito de árbol moteado que aparecía y desaparecía entre las ramas en busca de nidos. A esto Mowgli respondió con un estremecimiento de rabia y medio sacó su cuchillo. Luego, su humor se volvió altanero, a pesar de que no había nadie que le viera, y bajó ofendido por la ladera con el mentón levantado y el ceño fruncido. Sin embargo, ninguno de los suyos le preguntó nada, pues estaban demasiado ocupados con sus asuntos.

—Sí —dijo en voz alta para sí mismo, sabiendo que no lo decía de corazón—. Que venga el cuón rojo de Decán o que la Flor Roja dance entre los bambús y que toda la Selva venga corriendo a quejarse a Mowgli con la deferencia reservada a los grandes elefantes. Pero ahora, como las flores de los Ojos de Primavera están rojas y Mao, en verdad, quiere mostrar sus piernas desnudas en una suerte de danza de primavera, la Selva se vuelve loca como Tabaqui. ¡Por el Buey que me salvó la vida! ¿Soy o no el Amo de la Selva? ¡Silencio! ¿Qué hacéis aquí?

Una pareja de lobos jóvenes de la Manada venía trotando por un sendero, buscando un espacio abierto donde pelear. (Recordaréis que la Ley de la

Selva prohíbe pelear donde la Manada pueda observar.) Tenían los pelos de la nuca erizados como alambres y aullaban con furia, y se agacharon para entablar el primer forcejeo. Mowgli dio un salto adelante y los agarró a los dos por las gargantas, uno en cada mano, con intención de empujar a las criaturas atrás como había hecho a menudo en sus juegos o cacerías con la Manada. Pero nunca había interferido en una pelea de primavera. Los dos lobos saltaron adelante y empujaron a Mowgli a un lado y, sin malgastar una palabra, se revolcaron abrazados.

Casi antes de caer, Mowgli ya se había puesto en pie con el cuchillo desenfundado y mostrando los dientes, y en ese instante los habría matado a los dos por ninguna otra razón que la de estar peleando cuando lo que quería es que estuvieran quietos, a pesar de que, según la Ley, todo lobo tiene derecho a pelear. Mowgli empezó a danzar alrededor de los dos con los hombros bajos y la mano temblorosa, preparado para dar un golpe doble cuando la primera escaramuza hubiera cedido. Pero mientras esperaba la fuerza pareció abandonar su cuerpo. Bajó el cuchillo, envainó el arma y observó la pelea.

—Seguro que he comido veneno —suspiró finalmente—. Desde que dispersé el Consejo con la Flor Roja, desde que maté a Shere Khan, ninguno de los lobos de la Manada ha podido arrojarme a un lado. Y estos son solo unos lobos de pacotilla, pequeños cazadores. Mi fuerza me ha abandonado. Voy a morir. Oh, Mowgli, ¿por qué no los matas a los dos?

La pelea siguió hasta que uno de los lobos salió corriendo y Mowgli se quedó solo en el suelo destrozado y empapado en sangre, mirando su cuchillo y sus brazos y piernas, mientras una sensación de infelicidad le sobrecogía como nunca antes, cubriéndolo como el agua cubre un tronco en el río.

Aquella noche cazó temprano, pero comió poco para estar en forma y poder retozar como todas las primaveras. Y comió solo porque todos los Habitantes de la Selva estaban cantando o peleando. Era la perfecta noche en blanco,[79] como se suele decir. Las plantas parecían haber crecido desde

---

79 Es una noche en que la luna brilla con intensidad y se hace difícil dormir.

la mañana todo lo que solían crecer en un mes. La rama que el día antes aún presentaba hojas de color amarillo goteó savia cuando Mowgli la partió. Los musgos se rizaban profunda y cálidamente encima de sus pies, la hierba joven no tenía filos cortantes y todas las voces de la Selva zumbaban como la cuerda más grave de un arpa acariciada por la luna, la Luna del Nuevo Habla, que derramaba luz generosamente sobre rocas y estanques, se deslizaba entre troncos y enredaderas y se colaba a través de un millón de hojas. Olvidando su infelicidad, Mowgli cantó en voz alta de puro placer, aclimatándose así a su paso. Era más vuelo que otra cosa, pues había elegido la ladera que descendía a las Ciénagas del Norte a través del corazón de la Selva principal, cuyo mullido suelo silenciaba sus zancadas. Un hombre criado entre hombres habría avanzado tropezando muchas veces a la engañosa luz de la luna, pero los músculos de Mowgli, entrenados a base de años de experiencia, le sostenían como si fuera una pluma. Cuando un tronco podrido o una piedra oculta aparecían bajo sus pies, los evitaba sin reducir la velocidad, con facilidad, sin pensar. Cuando se cansaba de ir por el suelo levantaba los brazos como un mono y agarraba la enredadera más cercana, y parecía flotar en lugar de trepar hacia las ramas más finas —de donde partía una vía arbórea— hasta que le apetecía otra cosa y entonces regresaba al suelo dando un salto trazando una amplia curva en la espesura. Había hondonadas calmas, calientes, rodeadas por rocas húmedas, donde apenas podía respirar debido a los aromas intensos de las flores nocturnas y los brotes que asomaban en las plantas trepadoras; oscuras avenidas donde la luna se reflejaba en cintas tan regulares como los suelos de mármol cuadriculados en la nave de una iglesia; matorrales donde la hierba joven y húmeda le llegaba hasta el pecho y le rodeaba la cintura; y cimas coronadas por rocas rotas, donde saltaba de piedra en piedra por encima de las madrigueras de pequeños zorros asustados. Podía oír, muy levemente y a gran distancia, el *chug-drug* de un jabalí afilando sus colmillos en un tronco; y entonces se topaba con la gran bestia gris a solas, que se encontraba marcando y rasgando la corteza de un árbol alto, su boca babeando espuma y sus ojos ardiendo como el fuego. O se volvía al oír el choque de cuernos y los gruñidos sibilantes cuando pasaba corriendo junto a los furiosos sambhur, que se tambaleaban al desplazarse de un extremo a otro con las cabezas gachas, impregnados de sangre que se veía a rayas negras a la luz de la luna. O en un vado caudaloso oía a Jacala, el Cocodrilo, bramando como un buey; o tropezaba con un nudo entrelazado de Criaturas Venenosas, pero antes de que estas pudieran atacar, él ya se había alejado y había cruzado la gravilla resplandeciente hacia las profundidades de la Selva.

De modo que corría, a veces gritando, otras cantando para sí, el ser más feliz en toda la Selva aquella noche, hasta que el olor de las flores le advirtió de que se estaba acercando a las ciénagas, y estas se encontraban mucho más allá del territorio de caza más lejano.

Aquí, de nuevo, un hombre criado entre hombres habría caído de cabeza al cabo de tres pasos, pero los pies de Mowgli tenían ojos y lograban que pasara de una mata de hierba a otra, y de un terrón de tierra vacilante a otro sin la ayuda de los ojos de la cabeza. Corrió hacia el centro del pantano molestando a un pato en la carrera y se sentó en un tronco cubierto de musgo bañado por el agua negra. Alrededor, la ciénaga estaba despierta, pues en primavera las Aves duermen ligero y las bandadas van y vienen a lo largo de la noche. Pero nadie prestó atención a Mowgli, sentado entre los altos juncos que canturreaban canciones sin palabras. El niño se miraba las suelas de sus endurecidos pies morenos en busca de astillas. Parecía haber dejado la infelicidad atrás, en su propia selva, y justo empezaba a entonar una canción a pleno pulmón cuando la desazón le llegó de nuevo, solo que diez veces peor que antes.

Esta vez Mowgli tuvo miedo.

—¡También está aquí! —dijo en voz alta—. Me ha seguido.

Miró por encima del hombro para ver si la Cosa estaba detrás de él.

—No hay nadie.

Los ruidos de la noche en la ciénaga prosiguieron, pero ni un ave ni ninguna bestia le habló y su sensación de tristeza aumentó.

—Seguro que he comido un veneno —dijo con voz anonadada—. Debe de ser que he comido sin darme cuenta un veneno y me está abandonando la fuerza. Tuve miedo, y sin embargo no era yo el que tenía miedo, sino Mowgli el que tuvo miedo cuando los dos lobos peleaban. Akela, o incluso

Phao, los habría silenciado. Y, sin embargo, Mowgli tuvo miedo. Esa es la verdadera señal de que he comido veneno... Pero ¿a quién en la Selva le importa? Todos cantan y aúllan y pelean y corren en bandas a la luz de la luna y yo, *¡hai-mai!*, estoy muriendo en la ciénaga por el veneno que he comido.

Se compadecía tanto de sí mismo que casi sollozó.

—Y después —continuó— me encontrarán muerto en el agua negra. No. Voy a regresar a mi propia Selva, la que amo, y a menos que esté gritando en el valle quizás Bagheera pueda velar por lo que quede de mí, para que Chil no me use como usó a Akela.

Una gruesa y cálida lágrima rodó y cayó sobre su rodilla y, apenado como estaba, Mowgli se sintió feliz de estar tan triste, si es que podéis entender este tipo de felicidad inversa.

—Como Chil, el Milano, usó a Akela —repitió—, la noche que salvé a la Manada del Perro Rojo.

Se quedó callado durante un rato pensando en las últimas palabras del Lobo Solitario, que, por supuesto, recordaréis.

—Akela me dijo muchas cosas disparatadas la noche que murió, pues cuando morimos, nuestros estómagos cambian. Dijo... No importa. Yo *soy* de la Selva.

En su agitación, al recordar la pelea en la orilla del Waingunga, gritó las últimas palabras en voz alta y una búfala que estaba entre los juncos se levantó de golpe y resopló:

—¡Un hombre!

—¡Uy! —dijo Mysa, el Búfalo Salvaje (Mowgli le oyó rumiar)—. Eso no es un hombre. Solo es el lobo sin pelo de la Manada de Seeonee. En noches como esta corre de un lado a otro.

—¡Uy! —dijo la búfala, bajando la cabeza para pastar—. Creía que era un hombre.

—Que no, te digo. Oh, Mowgli, ¿hay algún peligro? —mugió Mysa.

—Oh, Mowgli, ¿hay algún peligro? —respondió el niño en tono burlón—. Eso es todo lo que piensa Mysa. ¿Hay peligro? Pero ¿quién piensa en Mowgli, que corre de un lado a otro de la Selva por la noche velando por todos?

—Grita muy fuerte —dijo la búfala.

—Así gritan —respondió Mysa con desdeño— los que, habiendo arrancado la hierba, no saben cómo comerla.

—Por menos que esto —gimió Mowgli para sí—, por menos que esto azucé a Mysa para que dejara de revolcarse y lo monté a través de la ciénaga guiándolo con un junco.

Alargó la mano con intención de arrancar uno de los frágiles juncos, pero la retiró con un suspiro. Mysa siguió rumiando y las hierbas altas se dividieron allí donde pastaba la búfala.

—No voy a morir *aquí* —dijo enfadado—. Mysa, que tiene la misma sangre que Jacala y el cerdo, me vería. Iré más allá de la ciénaga a ver lo que ocurre. Nunca me ha pasado esto cuando en primavera he salido a retozar... esto de tener calor y frío a la vez. ¡Arriba, Mowgli!

No pudo resistir la tentación de deslizarse sigilosamente entre los juncos hasta donde estaba Mysa y pincharle con la punta de su cuchillo. El gran búfalo se levantó de inmediato, como el estallido de un proyectil, y Mowgli se puso a reír hasta caer sentado.

—Di ahora que el lobo sin pelo de la Manada de Seeonee te pastoreó una vez, Mysa —gritó.

—¡Lobo! ¿Tú? —bufó y dio una patada en el lodo—. Toda la Selva sabe que eras un pastor de ganado manso, un niñato que gritaba en el polvo de las tierras sembradas. ¿Tú, de la Selva? ¿Qué cazador habría reptado como una serpiente entre las sanguijuelas para hacer una broma, una broma típica de chacal, y me habría avergonzado ante mi hembra? Ven a tierra firme y yo... y yo... —Mysa iba soltando espuma por la boca, pues tenía el peor genio de toda la Selva.

Sin inmutarse, Mowgli le vio jadear y resoplar. Cuando finalmente pudo hacerse oír a través de los salpicones de lodo, dijo:

—¿Qué guarida de la Manada de Hombres hay cerca de las ciénagas, Mysa? Esta Selva es nueva para mí.

—Entonces, ve al norte —rugió el búfalo enfadado, pues Mowgli le había pinchado con fuerza—. Esta broma ha sido digna de esos pastores desnudos. Ve y cuéntaselo todo a los de la aldea junto a la ciénaga.

—A la Manada de Hombres no les gustan las historias de la Selva y tampoco creo, Mysa, que una rascada más o menos sea un asunto que llevar ante el consejo. Pero iré a echar una ojeada a esa aldea. Sí, iré. Y, ahora, tranquilidad. No ocurre todas las noches que el Amo de la Selva venga a arrearte.

Abandonó el suelo movedizo por un extremo de la ciénaga y pisó tierra firme sabiendo bien que Mysa nunca cargaría, y corrió riéndose al pensar en la ira del búfalo.

—Mis fuerzas no me han abandonado del todo —dijo—. Puede que el veneno no haya llegado hasta los huesos. Parece que allí, cerca del horizonte, hay una estrella.

Oteó colocando las manos a los lados para ver mejor.

—¡Por el Buey que me salvó la vida! Es la Flor Roja, la Flor Roja a cuyo calor me he sentado, antes incluso de ir a vivir con la Manada de Seeonee. Ahora que la he visto dejaré de correr.

La ciénaga terminaba en una extensa planicie donde titilaba una luz. Hacía tiempo que Mowgli no se había interesado por los asuntos de los hombres, pero esta noche el centelleo de la Flor Roja le atrajo.

—Iré a mirar —dijo— como hice en los viejos tiempos y veré si la Manada de Hombres ha cambiado.

Olvidando que ya no estaba en su propia Selva, donde podía hacer lo que quisiera, avanzó pisando sin cuidado encima de hierbas cargadas de rocío hasta llegar cerca de la choza de donde procedía la luz. Tres o cuatro perros ladraron, pues Mowgli se encontraba en las afueras de una aldea.

—¡Ah! —dijo Mowgli sentándose ruidosamente en el suelo después de lanzar un gruñido de lobo que silenció a los chuchos—. Lo que tenga que suceder, sucederá. Mowgli, ¿qué se te ha perdido en las guaridas de la Manada de Hombres?

Se frotó la boca recordando el lugar donde la piedra le había golpeado años atrás, cuando la otra Manada de Hombres le expulsó de su aldea.

La puerta de la choza se abrió y una mujer salió a mirar en la oscuridad. Una criatura lloró en el interior y la mujer dijo por encima del hombro:

—Duerme. No es más que un chacal que ha despertado a los perros. Pronto amanecerá.

Entre las hierbas, Mowgli empezó a temblar como si tuviera fiebre. Conocía bien la voz, pero para asegurarse llamó en voz baja, sorprendido por lo bien que recordaba el habla de los hombres:

—¡Messua! ¡Oh, Messua!

—¿Quién llama? —dijo la mujer con voz temblorosa.

—¿Has olvidado? —dijo Mowgli. Al hablar notó la garganta seca.

—Si eres tú, ¿qué nombre te di? ¡Dilo!

La mujer había entrecerrado la puerta y se había llevado la mano al pecho.

—¡Nathoo! ¡Ohé Nathoo! —dijo Mowgli, pues, como recordaréis, ese fue el nombre que Messua le dio cuando llegó a la Manada de Hombres.

—Ven, hijo mío —le llamó y Mowgli apareció en la luz y miró a Messua, la mujer que se había portado tan bien con él y cuya vida él había salvado de la Manada de Hombres tanto tiempo atrás. Había envejecido y tenía el pelo gris, pero sus ojos y su voz no habían cambiado. Como es costumbre entre las mujeres, ella había esperado encontrar a Mowgli como lo había dejado, y sus ojos sorprendidos se desplazaron desde el pecho del niño hasta la cabeza, que ya alcanzaba el dintel de la puerta.

—Hijo mío —tartamudeó y luego cayó a los pies de él—. Pero ya no eres mi hijo. Eres un Dios de los Bosques. *¡Ahai!*

A la luz roja de la lámpara de aceite, fuerte, alto y bello, con su melena negra rozándole los hombros, el cuchillo colgando del cuello y la cabeza coronada por una guirnalda de jazmín blanco, podía fácilmente haber sido confundido por un dios silvestre de las leyendas de la selva. El niño que yacía medio dormido en una cama se incorporó y gritó aterrorizado. Messua se volvió para consolarle mientras Mowgli permanecía quieto, mirando los jarrones de agua y ollas, el baúl para el grano y todas las otras pertenencias humanas que recordaba tan bien.

—¿Quieres comer o beber? —murmuró Messua—. Todo esto es tuyo. Te debemos nuestras vidas. Pero ¿eres aquel a quien yo llamaba Nathoo o eres un dios?

—Soy Nathoo —dijo Mowgli—. Estoy muy lejos de mi tierra. He visto esta luz y he venido. No sabía que estabas aquí.

—Después de ir a Khanhiwara —dijo Messua con timidez—, los ingleses nos ayudaron contra esos aldeanos que quisieron quemarnos. ¿Te acuerdas?

—Claro. No lo he olvidado.

—Pero cuando la Ley Inglesa estuvo lista, fuimos a la aldea de esas gentes malvadas, mas habían desaparecido.

—Eso también lo recuerdo —dijo Mowgli, cuyas narinas temblaron.

—Mi esposo, en consecuencia, fue a trabajar a los campos y finalmente, pues era un hombre fuerte, pudimos comprar un poco de tierra aquí. No es un lugar tan rico como la antigua aldea, pero nosotros dos no necesitamos mucho.

—¿Dónde está él, el hombre que aquella noche escarbó en la tierra cuando tenía miedo?

—Murió. Hace un año.

—¿Y él? —Mowgli señaló al niño.

—Mi hijo nació hace dos estaciones de las Lluvias. Si eres un dios, concédele la Protección de la Selva para que esté a salvo entre los tuyos, igual que nosotros estuvimos a salvo aquella noche.

Levantó al niño que, olvidando su miedo, alargó la mano para jugar con el cuchillo que colgaba del cuello de Mowgli, y Mowgli apartó cuidadosamente sus deditos.

—Y si tú eres Nathoo, el que se llevó el tigre —prosiguió Messua con voz entrecortada—, entonces él es tu hermano pequeño. Bendícelo como su hermano mayor.

—*¡Hai-mai!* ¿Qué sé yo de eso que se llama bendición? No soy ni un dios ni su hermano y, oh, madre, madre, me oprime el corazón.

Se estremeció al dejar al niño en el suelo.

—Entiendo —dijo Messua trajinando entre ollas y cacharros—. Esto viene de retozar por las ciénagas en plena noche. No cabe duda de que la fiebre te ha empapado hasta los huesos.

Mowgli sonrió ante la idea de que algo en la Selva pudiera hacerle daño.

—Encenderé un fuego y beberás leche caliente. Quítate esa guirnalda de jazmín. El olor es demasiado fuerte para un espacio tan pequeño.

Mowgli se sentó, murmurando, y escondió la cara en las manos. Le abrumaban extrañas sensaciones que nunca antes había experimentado, exactamente como si le hubieran envenenado, y se sentía mareado y con náuseas. Bebió la leche caliente a grandes sorbos mientras Messua le daba de vez en cuando una palmadita en el hombro, sin estar segura de si trataba de su hijo Nathoo de hacía tanto tiempo atrás o de un maravilloso ser de la Selva. Pero estaba contenta de poder al menos constatar que era de carne y hueso.

—Hijo —dijo al fin con ojos llenos de orgullo—, ¿te ha dicho alguien que superas en belleza al resto de los hombres?

—¿Qué? —dijo Mowgli, pues era evidente que jamás había oído nada parecido. Feliz, Messua rio en voz baja. La mirada en la cara del niño le bastó.

—Entonces, ¿soy la primera? Está bien que una madre diga estas cosas, aunque no ocurre a menudo. Eres muy bello. Nunca he visto un hombre como tú.

Mowgli torció la cabeza e intentó mirarse por encima de su propio hombro musculoso, y Messua rio de nuevo y durante tanto tiempo que Mowgli, sin saber por qué, se vio obligado a reír con ella. El pequeño corrió de uno a otro riendo también.

—No debes reírte de tu hermano —dijo Messua cuando le tomó en brazos—. Cuando tú seas la mitad de bello, te casaremos con la hija menor de un rey y montarás sobre el lomo de grandes elefantes.

Mowgli no entendía una palabra de cada tres de aquella conversación. La leche caliente estaba surtiendo efecto después de su larga carrera, de modo que se acurrucó y en un minuto se quedó profundamente dormido, y Messua le apartó el cabello de los ojos y le tapó con una manta y se sintió feliz. Al estilo de la Selva, durmió el resto de la noche y todo el día siguiente, pues sus instintos, que nunca dormían realmente, le advirtieron de que no había nada que temer. Al final se despertó dando un salto que sacudió la choza entera, pues la manta sobre su cara le hizo soñar con trampas. Y quedó en pie ahí en medio, cuchillo en mano, los ojos aún legañosos, pero listo para pelear.

Messua sonrió y le puso delante la cena. Tan solo se trataba de unas tortas preparadas sobre el fuego humeante, un poco de arroz y un puñado de tamarindos ácidos en conserva, justo lo suficiente hasta que, como cada noche, pudiera ir a cazar. El olor del rocío en las ciénagas hizo que le entrara hambre y se sintiera inquieto. Quería terminar su retozo de primavera, pero el pequeño insistía en sentarse sobre su regazo y Messua insistía en peinarle su larga melena color negro azulado. La mujer cantó mientras lo peinaba, tontas canciones para bebés, llamando a Mowgli hijo suyo, y rogándole que le diera algo de su poder selvático a su hijo pequeño. La puerta de la choza estaba cerrada, pero Mowgli oyó un ruido que conocía bien y vio que Messua abría la boca con horror al ver una gran pata gris que se metía por debajo de la puerta. Hermano Gris gemía un gemido apagado y penitente de ansiedad y miedo.

—¡Quédate fuera y espera! Cuando te llamaba ni viniste —dijo Mowgli en el lenguaje de la Selva, sin volverse siquiera, y la pata gris desapareció.

—No traigas a tus… tus sirvientes contigo —dijo Messua—. Yo… nosotros siempre hemos vivido en paz con la Selva.

—Vienen en son de paz —dijo Mowgli poniéndose en pie—. Recuerda esa noche en el camino a Khanhiwara. Había una veintena de lobos delante y detrás de vosotros. Pero veo que incluso en primavera los Habitantes de la Selva no siempre me olvidan. Madre, he de irme.

Messua se apartó humildemente. Sin duda, pensó, el chico era un dios de los bosques. Pero cuando su mano tocó la puerta, la madre dentro de ella la condujo a rodearle el cuello a Mowgli con sus brazos una y otra vez.

—¡Vuelve! —susurró—. Seas mi hijo o no, vuelve, porque te quiero. Mira, él también te llora.

El niño lloraba porque entendía que el hombre con el cuchillo reluciente se iba.

—Vuelve —repitió Messua—. Ya sea de noche o de día, esta puerta nunca estará cerrada para ti.

Mowgli sintió que algo tiraba de sus cuerdas vocales, pues su voz pareció fallarle cuando respondió:

—Volveré, sin duda.

—Y ahora —dijo apartando la cabeza del servil lobo que esperaba en el umbral—, tengo que darte una pequeña reprimenda, Hermano Gris. ¿Por qué no vinisteis los cuatro cuando os llamé hace días?

—¿Hace días? Pero si fue anoche. Yo... Nosotros... estábamos cantando en la Selva las nuevas canciones, pues es el Momento del Nuevo Habla. ¿No te acuerdas?

—Es verdad.

—Y en cuanto cantamos las canciones —continuó Hermano Gris con seriedad—, seguí tu rastro. Me aparté de los demás y te seguí corriendo. Pero, oh, Hermanito, ¿qué has hecho, comiendo y durmiendo con la Manada de Hombres?

—Si hubierais venido cuando os llamé esto no habría sucedido —dijo Mowgli acelerando el paso.

—Y ahora, ¿qué pasará? —preguntó Hermano Gris.

Mowgli iba a responder cuando una muchacha ataviada con un vestido blanco se acercó por un sendero que conducía a las afueras de la aldea. Hermano Gris desapareció rápidamente y Mowgli retrocedió sin hacer ruido a un campo cultivado con hierbas altas. Casi podría haberla tocado con la mano. Entonces, los tallos cálidos y verdes cercanos se cerraron delante de su cara y desapareció como un fantasma. La muchacha gritó, pues pensaba que había visto un espíritu. Entonces dio un largo suspiro. Mowgli apartó los tallos con las manos y la observó hasta que la vio desaparecer.

—Y ahora, no lo sé —dijo suspirando él también—. ¿Por qué no vinisteis cuando os llamé?

—Te seguimos... te seguimos —murmuró Hermano Gris lamiendo el talón de Mowgli—. Siempre te seguimos, excepto en el Momento del Nuevo Habla.

—¿Y me seguiríais hasta la Manada de Hombres? —susurró Mowgli.

—¿Acaso no te seguí la noche en que tu antigua Manada te expulsó? ¿Quién te despertó cuando estabas echado en los campos de cultivo?

—Sí, pero ¿lo harías de nuevo?

—¿No te he seguido esta noche?

—Sí, pero ¿una y otra vez, Hermano Gris?

Hermano Gris se quedó callado. Cuando habló, gruñó para sí:

—El Negro dijo la verdad.

—¿Qué dijo?

—Al final, el Hombre vuelve al Hombre. Raksha, nuestra madre, dijo...

—También lo dijo Akela la noche del Perro Rojo —murmuró Mowgli.

—Y también lo dice Kaa, el más sabio de todos nosotros.

—¿Qué quieres decir, Hermano Gris?

—Te expulsaron una vez gritando insultos contra ti. Te cortaron la boca con piedras. Enviaron a Buldeo para que te matara. Te habrían arrojado a la Flor Roja. Tú, y no yo, has dicho que son malvados y estúpidos. Tú, y no yo, pues yo sigo a los míos, arrojaste la Selva contra ellos. Tú, y no yo, compusiste una canción contra ellos, más amarga incluso que nuestra canción contra el Perro Rojo.

—Te pregunto qué quieres decir.

Hablaban mientras corrían. Hermano Gris siguió trotando sin responder y entonces dijo entre salto y salto:

—Cachorro de Hombre, Amo de la Selva, Hijo de Raksha, mi hermano de Guarida, a pesar de que lo olvido un poco en primavera, tu rastro es mi rastro, tu guarida es mi guarida, tu presa es mi presa y tu pelea a muerte es mi pelea a muerte. Y hablo también por los Tres. Pero ¿qué dirás a todos en la Selva?

—Bien pensado. No es bueno esperar entre un avistamiento y el momento de cazar una presa. Adelántate y llámalos a todos a la Roca del Consejo y os explicaré lo que le pasa a mi estómago. Pero quizás no vayan, quizás me olviden en el Momento del Nuevo Habla.

—¿Acaso tú no has olvidado nunca? —gritó Hermano Gris por encima del hombro cuando empezaba a galopar con Mowgli detrás, meditando.

En cualquier otra estación las noticias habrían convocado a todos en la Selva con las nucas erizadas, pero ahora estaban ocupados cazando y peleando y matando y cantando. Hermano Gris fue de uno a otro gritando:

—¡El Amo de la Selva vuelve con los Hombres! ¡Venid a la Roca del Consejo!

Y los Habitantes de la Selva, contentos y entusiastas, solo respondían:

—Volverá cuando haga calor en verano. Las Lluvias le obligarán a guarecerse. Corre y canta con nosotros, Hermano Gris.

—Pero el Amo de la Selva vuelve con los Hombres —repetía Hermano Gris.

—*¡Eee, yoawa!* ¿Y por ello el Momento del Nuevo Habla es acaso menos dulce? —respondían. De modo que cuando Mowgli, con el corazón pesaroso, atravesó sus bien conocidas rocas hasta el lugar donde le llevaron ante el Consejo, se encontró solo a los Cuatro, a Baloo, que estaba casi ciego por la edad, y a Kaa, la corpulenta serpiente de sangre fría enroscada en el lugar que había ocupado Akela.

—Entonces, ¿tu rastro termina aquí, Cachorro de Hombre? —dijo Kaa cuando Mowgli se arrojó al suelo tapándose la cara con las manos—. Llora tus lágrimas. Somos hermanos de sangre, tú y yo, hombre y serpiente juntos.

—¿Por qué no morí bajo las zarpas de Perro Rojo? —gimió el muchacho—. Me ha abandonado la fuerza, y no se trata de ningún veneno. Noche y día oigo un doble paso siguiendo mi rastro. Cuando me vuelvo, es como si alguien se escondiera de mí en un instante. Voy a mirar tras los árboles y no hay nadie. Llamo y nadie me responde, pero es como si alguien escuchara y eligiera no responder. Me echo pero no consigo descansar. Emprendo mi retozo de primavera pero no logro sosegarme. Me baño pero no logro refrescarme. La caza me enferma pero no tengo ganas de pelear si no mato. La Flor Roja está en mi cuerpo, mis huesos son agua y... y no sé lo que sé.

—¿Qué necesidad hay de hablar? —dijo Baloo con lentitud, volviendo la cabeza al lugar donde estaba Mowgli—. Akela, junto al río, dijo que Mowgli llevaría a Mowgli de vuelta a la Manada de Hombres. Yo lo dije. Pero ¿quién hace caso a Baloo ahora? Bagheera... ¿Dónde está Bagheera esta noche? Bagheera también lo sabe. Es la Ley.

—Cuando nos conocimos en las Guaridas Frías, Cachorro de Hombre, lo supe —dijo Kaa volviéndose un poco hacia él con sus poderosos anillos—. Al final, el Hombre regresa con el Hombre, a pesar de que la Selva no le expulsa.

Los Cuatro se miraron y miraron a Mowgli, perplejos pero obedientes.

—Entonces, ¿la Selva no me expulsa? —dijo Mowgli con voz entrecortada.

Hermano Gris y los Tres gruñeron con furia y empezaron a decir:

—Mientras vivamos nadie osará...

Baloo les hizo callar.

—Yo te enseñé la Ley. Me toca hablar —dijo— y, a pesar de que ya no puedo ver las rocas que tengo delante, sí veo a lo lejos. Ranita, busca tu propio camino, crea una guarida con alguien que sea de tu propia sangre y manada y gente. Pero, cuando necesites unas patas, o colmillos, u ojos, o enviar un mensaje rápidamente, recuerda, Amo de la Selva, que la Selva es tuya con solo una llamada.

—La Selva Media también es tuya —dijo Kaa—. No hablo por las Criaturas Pequeñas.

—*Hai-mai,* mis hermanos —lloró Mowgli levantando los brazos con un sollozo—. ¡No sé lo que sé! No quiero irme, pero me llevan ambos pies. ¿Cómo voy a abandonar estas noches?

—No. Levanta la mirada, Hermanito —repitió Baloo—. No te avergüences de esta caza. Cuando has comido la miel dejamos atrás la colmena vacía.

—Después de mudar la piel —dijo Kaa—, no volvemos a meternos en ella. Es la Ley.

—Escúchame, Hermanito, a quien más quiero entre todos —dijo Baloo—. No hay palabra ni voluntad que te retenga. ¡Levanta la mirada! ¿Quién va a cuestionar al Amo de la Selva? Te vi jugar con las piedritas ahí abajo cuando no eras más que una ranita, y Bagheera, que te compró por el precio de un joven buey recién cazado, también te vio. De los que te inspeccionamos entonces solo quedamos dos. Raksha, tu madre, yace muerta junto a tu padre en la guarida. La Vieja Manada hace tiempo que murió. Ya sabes cómo acabó Shere Khan, y Akela murió peleando con los cuones en la orilla donde, si no fuera por tu sabiduría y fuerza, la segunda Manada de Seeonee también habría muerto. No queda nada salvo viejos huesos. Ya no es el Cachorro de Hombre el que pide dejar la Manada, sino el Amo de la Selva el que cambia de camino. ¿Quién cuestiona al Hombre y su manera de hacer?

—Pero Bagheera y el buey que me compró —dijo Mowgli—. Yo no...

Sus palabras fueron interrumpidas por un rugido y un estruendo en la espesura. Bagheera, ligero, fuerte y terrible como siempre, se plantó ante ellos.

—Por esto —dijo estirando la pata derecha para mostrar que chorreaba sangre— no venía. Ha sido una larga cacería, pero un buey de dos años, el Buey que te da la libertad, yace muerto en los arbustos, Hermanito. Todas las deudas han sido saldadas. En cuanto al resto, mi palabra es la palabra de Baloo —y la pantera lamió el pie de Mowgli—. Recuerda que Bagheera te quiso —lloró y se alejó dando un salto. Al pie de la montaña gritó de nuevo, un grito prolongado, sonoro:

—¡Buena caza a lo largo de tu nuevo camino, Amo de la Selva! Recuerda, Bagheera te quiso.

—Ya has oído —dijo Baloo—. Ya no hay más que decir. Ahora ve. Pero antes ven a mí. ¡Oh, mi sabia Ranita ven a mí!

—Es muy difícil mudar de piel —dijo Kaa mientras Mowgli sollozaba y sollozaba con la cabeza apoyada en el hombro del oso ciego y los brazos rodeando su cuello, mientras Baloo intentaba, débilmente, lamerle los pies.

—Las estrellas están desapareciendo —dijo Hermano Gris olfateando el viento del amanecer—. ¿Dónde nos guareceremos hoy? Pues, a partir de ahora, hemos de seguir nuevos rastros.

Y esta es la última de las historias de Mowgli.

CANCIÓN DE DESPEDIDA

[Esta es la canción que Mowgli oyó tras él en la Selva hasta que llegó de nuevo a la puerta de la choza de Messua.]

BALOO

Por aquel que le mostró
a una sabia Rana el Camino de la Selva,
acata la Ley de la Manada de Hombres,
¡por tu ciego y viejo Baloo!
Limpio o sucio, caliente o rancio,
síguela como si fuera el Rastro,
durante el día y durante la noche,
sin desviarte a derecha o izquierda.
Por aquel que te quiere
más que a ninguna otra cosa viva.
Cuando tu Manada te haga daño,
di: «Tabaqui vuelve a cantar».
Cuando tu Manada te mate a trabajar,
di: «Aún vive Shere Khan».
Cuando el cuchillo saques para matar
acata la Ley y sigue tu camino.
(Raíz y miel, palmera y espata,
¡a un cachorro protege de daño!)
Madera y Agua, Viento y Árbol,
¡Que la Protección de la Selva no te abandone!

KAA

La ira es el huevo del Miedo,
solo los ojos sin párpados son claros.
Nadie puede extraer el veneno de la cobra.
Lo mismo ocurre con su habla.
La sinceridad te dará
fuerza, que es la pareja de la Cortesía.
No arremetas más allá de tu longitud.
No apoyes tu fuerza en una rama podrida.
Mide tu boca con ciervo o cabra,
no sea que tu ojo asfixie tu garganta.
Después de comer, debes dormir.
Vigila que tu guarida esté escondida,
no sea que un error, por ti olvidado,
conduzca a un asesino a tu madriguera.
Este y oeste y norte y sur,
lávate entero y cierra tu boca.
(Por hoyo y grieta y estanque azul,
Selva Media, ¡seguidlo!)
Madera y Agua, Viento y Árbol,
¡Que la Protección de la Selva no te abandone!

BAGHEERA

Mi vida empezó en una jaula,
bien conozco el valor del Hombre.
Por el Cerrojo Roto que me liberó,
¡Cachorro de Hombre vigila a los de tu raza!
Perfumado de rocío o iluminado por las estrellas,
no elijas el enrevesado rastro del gato arbóreo.
Manada o consejo, caza o guarida,
no grites tregua con los Hombres Chacales.
No respondas cuando te digan:
«Ven con nosotros, es más fácil».
No respondas cuando te pidan
ayuda para dañar al débil.
No alardees como los Bandar.
Haz las paces con tu presa.
No permitas que ni llamada ni canción ni señal
te aparten de tu cacería.
(Neblina de la mañana o claridad del crepúsculo,
¡servidle, Guardianes de los Ciervos!)
Madera y Agua, Viento y Árbol,
¡Que la Protección de la Selva no te abandone!

LOS TRES

Por el camino que debes seguir
hacia los umbrales de nuestro terror,
donde la flor brota roja.
En las noches que yazcas
prisionero de nuestra madre el cielo,
escuchándonos pasar, a nosotros que te amamos.
En las mañanas en que despiertes
al son del trabajo que no puedes rehuir
con el corazón roto por amor a la Selva.
Madera y Agua, Viento y Árbol,
Sabiduría, Fuerza y Cortesía,
¡Que la Protección de la Selva no te abandone!